Le ranch Calder

JANET DAILEY	*ŒUVRES*
LE SOLITAIRE	*J'ai lu* 1580****
LA DYNASTIE CALDER	*J'ai lu* 1659****
LE CAVALIER DE L'AURORE	*J'ai lu* 1701****
LA TEXANE	*J'ai lu* 1777****
LE MAL-AIMÉ	*J'ai lu* 1900****
LE RANCH CALDER	*J'ai lu* 2029****
LES AILES D'ARGENT	
LE CAVALIER DE L'OMBRE	
PRISONNIERS DU BONHEUR	*J'ai lu* 2101**** *(déc. 86)*

Janet Dailey

Le ranch Calder

traduit de l'anglais par Janine VASSAS

Éditions J'ai lu

Ce roman a paru sous le titre original :

THIS CALDER RANGE

Septembre 1878

1

C'était une terre d'alluvions, une plaine herbeuse qui semblait s'étendre jusqu'à l'infini. Des crevasses et des talus en rompaient la monotonie. Un immense ciel bleu adoucissait cette vaste contrée du nord qui ondoyait comme une mer houleuse : le territoire vierge du Montana. Sa grandeur solitaire exaltait le fort et intimidait le faible.

Deux cavaliers venaient d'atteindre le sommet de la crête. A leurs énormes selles et à leurs chapeaux de cow-boys aplatis, à leurs vêtements et à leur harnachement, on voyait qu'ils venaient du Texas. Ils étaient couverts d'une épaisse couche de poussière.

Ils descendirent la pente douce, puis s'immobilisèrent. Le cuir d'une selle craqua; le plus grand des deux hommes avait sauté à terre d'un mouvement souple. Son cheval bai aux naseaux d'un blanc de craie poussa un hennissement et plongea la tête dans l'herbe.

Elancé, Chase Benteen Calder portait son mètre quatre-vingt-cinq avec aisance. Il était tout en muscles, avec une poitrine plate, des épaules larges et des jambes longues. A vingt-six ans, la vie avait durci ses traits hardis. On était frappé par ses yeux sombres, la légère cassure de son nez et la cicatrice pâle sur sa tempe droite. Le soleil lui avait tanné la peau.

Il continuait de tenir les rênes de son cheval bai pendant que l'animal broutait. Le cliquetis du harnais attira le regard de Benteen vers l'herbe que l'animal était en train de mâcher : une herbe frisée et drue qui poussait au ras du sol, une herbe pour buffles, plus nourrissante qu'aucune autre. La chaleur et la sécheresse ne la flétriraient pas, les froids hivers la transformeraient en foin, le piétinement des sabots ne l'écraserait pas. Cela signifiait que cette herbe rase était capable de faire gagner deux cents livres à un buffle mâle adulte.

Les grands troupeaux qui, jadis, erraient sur ce territoire étaient sur le point d'être exterminés par les chasseurs de buffles. Cette action était encouragée par le gouvernement de Washington, qui tentait de briser l'unité des Indiens afin de les soumettre une fois pour toutes.

Chase Benteen Calder scruta l'étendue infinie de la plaine avec des yeux de connaisseur. Puis son regard s'arrêta sur le cavalier maigre et sec qui avait relâché les rênes de son cheval. Barnie et Calder étaient des vétérans du « rassemblement » des troupeaux; ils avaient mené une bonne douzaine de fois des *long horns* (1) dans le Nord, jusqu'au Kansas et au-delà. Et ce jour-là, ils rentraient d'un « rassemblement » : ils avaient travaillé pour un ranch au Texas. Ils venaient de livrer un troupeau dans le Wyoming.

C'était justement pendant le « rassemblement », au cours d'une étape à Dodge City, que Calder et Barnie avaient entendu parler, pour la première fois, du territoire indien situé dans le Montana. La curiosité de Benteen s'était aussitôt éveillée. Ensuite, l'intendant du ranch avait fait allusion aux

(1) Race bovine aux longues cornes.

espaces herbeux du Nord. Au lieu de retourner directement au Texas, Benteen avait alors décidé de faire un détour, afin de jeter un coup d'œil sur le pays. Barnie l'avait suivi.

Cette étendue d'herbe était telle qu'on la lui avait décrite, plus vaste même. Située à basse altitude, elle était plus enviable que les plaines du Colorado et du Wyoming. Sa luxuriance engraisserait bien les bêtes.

L'été lui avait donné une riche couleur jaune que le souffle frais de l'automne transmuait en bronze. Les tiges inclinées couvraient des centaines d'hectares. Cet endroit ne resterait plus longtemps secret. Bientôt, il serait envahi par des gens qui viendraient y tenter leur chance. Cependant, Benteen était décidé à revenir avant la ruée des spéculateurs.

– C'est ici, Barnie, déclara Benteen avec un sourire convaincu.

– Ouais.

Trois choses étaient nécessaires pour fonder un ranch : l'herbe, l'eau et un abri naturel pour l'hiver. Or de l'herbe, il y en avait à profusion; les buissons touffus et les merisiers offraient des abris et, un peu plus haut, une rivière serpentait à travers la plaine.

Après avoir enroulé les rênes autour du cou de son cheval, Benteen sauta en selle et dirigea sa monture vers les rives plantées de coton. Le taciturne Barnie Moore le suivait en se balançant au rythme de son cheval.

– Regarde là-bas, fit-il.

Avec son chapeau, il avait désigné un talus érodé par le vent et la pluie. Un important gisement de charbon noir brillait faiblement sous la lumière automnale.

– Ça manque pas de combustible.

Benteen enregistra le message et, sans ralentir

leur allure, les deux hommes continuèrent en direction de la rivière. L'été l'avait réduite à un filet d'eau paresseux qui coulait entre les berges creusées par la fonte des neiges. Mais c'était de l'eau, une eau qui donnait la vie.

Benteen laissa les rênes pendre sur le pommeau de la selle. Tout près de lui, Barnie plongea une main dans la poche de sa veste et en sortit une blague à tabac et du papier à cigarettes. Chase Benteen Calder se remplissait les yeux de l'immense paysage; les plaines à perte de vue, la rivière peu profonde et le ciel bleu, là-haut. Ils lui chantaient une promesse. Cela peut paraître insensé de croire que la terre chantait, mais elle chantait : l'eau murmurait tout doucement, un petit vent vif balayait les pentes. L'herbe jouait une mélodie avec les feuilles sèches des arbres à coton et les saules qui bordaient la rivière.

Dans son imagination, Benteen voyait ce que serait ce pays, avec des troupeaux gras, d'énormes granges aux poutres épaisses et une grande maison bâtie sur une butte. Peut-être pas tout au début, mais un jour, il y aurait ici la place de vivre. En attendant, il faudrait travailler dur pour transformer le rêve en réalité.

Benteen savait ce qu'était le travail. Il avait toujours été employé, mais sans pour cela cesser d'observer et d'apprendre. Il avait fait des économies pour s'acheter un endroit à lui... Ces plaines vierges porteraient son empreinte. Ici, il bâtirait quelque chose de durable.

La certitude qu'il venait de trouver un endroit où vivre lui gonflait la poitrine. Cette terre lui appartiendrait, elle serait la terre Calder...

Benteen en avait assez du Texas envahi et surpeuplé. Il n'était encore qu'un enfant à la fin de la guerre civile, mais il avait vu les changements apportés par la « Reconstruction »; la plupart étaient mauvais. Il avait vu trop de causes perdues durant sa jeunesse. Ici était le lieu des commencements.

– Au printemps, je conduirai un troupeau, annonça Benteen sur un ton catégorique.

Barnie frotta une allumette sous sa cigarette roulée à la main et se pencha vers la flamme.

– Si tout va bien, reprit Benteen, je reviendrai avant la fin de l'été prochain. Tu tiendras le coup si je te demande de t'installer dans le pays? Je vais acheter une concession et tu pourras la surveiller.

– Je crois, fit Barnie d'une voix traînante. Que fera ton père si tu quittes le Texas?

– Je n'en sais rien. (Sa mâchoire bronzée se crispa.) Les gars du ranch Ten Bar l'ont chassé de ses terres, et pourtant c'est un type têtu.

Le père de Benteen, Seth Calder, était un brave homme, un honnête homme. Il aurait pu devenir quelqu'un d'important, s'il n'avait eu un défaut fatal : il ne se rendait jamais compte que les choses finissaient. Bien que la guerre civile fût terminée depuis des années, Seth continuait à discuter la situation du Sud. Il prétendait que Lincoln avait étouffé politiquement les véritables droits de ces Etats. Cette position rendait Seth impopulaire parmi les hommes au pouvoir dans le Texas.

Le fait qu'il ait soutenu le Sud pendant la guerre l'avait laissé presque totalement démuni. Il avait lutté pour rebâtir son modeste ranch, puis le krach boursier de 1873 l'avait balayé. Judd Boston, du ranch Ten Bar, s'en était, lui, sorti sans dommage. Pendant que Seth Calder avait été obligé de vendre son bétail, Boston avait acheté des bêtes au point que ses troupeaux envahissaient la prairie, laissant à Seth Calder un tout petit espace. Ses animaux s'étaient alors trouvés entassés sur un lopin de terre qui suffisait à peine à les nourrir.

En outre, Seth Calder ne voulait pas renoncer à l'idée que sa femme lui reviendrait un jour. Benteen avait passé son adolescence à attendre le retour de sa mère. Lorsqu'il avait six ans, elle s'était enfuie avec un « bon à rien ». Calder avait toujours prétendu qu'il l'avait séduite en lui parlant de San Francisco ou de l'Europe, et en lui faisant miroiter des robes et des bijoux. Vingt ans après, Seth attendait toujours qu'elle revienne. Benteen, lui, n'y croyait plus et, contrairement à son père, il ne le souhaitait pas.

Il y a des cas où un homme doit résister et se battre, et d'autres où il doit renoncer et s'en aller. Benteen avait compris cela mais il doutait que son père en ait fait autant. Le Texas était noyé dans les souvenirs du passé et les difficultés du présent. L'avenir était dans le Montana.

– Et Lorna?

L'intimité qui s'était développée entre les deux hommes, presque du même âge, permettait à Barnie de poser cette question à Calder.

– Nous nous marierons au printemps, avant que le troupeau ne remonte vers le nord.

Il n'y avait aucune raison d'attendre. Benteen avait trouvé le lieu qui leur assurerait un avenir. Auparavant, il s'était gardé de préciser la date de son mariage avec Lorna Pearce.

2

C'est à Fort Worth, au Texas, que se réunissaient les conducteurs de troupeaux en partance pour le nord, avant de prendre la piste de Chisholm. C'était une ville de cow-boys bruyante, aux mœurs relâchées et destinée à assouvir tous les plaisirs. On y vendait des denrées alimentaires, farine, sucre, café, mélasse, ainsi que des cigarettes et autres articles de première nécessité. A Fort Worth, on trouvait des saloons, des pistes de danse et des femmes accueillantes, et les cow-boys étaient certains de ne pas s'y ennuyer. L'hôtel *El Paso* était une construction à trois étages en pierre à chaux. Bref, les affaires marchaient bien, mais la ville manquait singulièrement de trottoirs.

Maintenant la saison du « rassemblement » était terminée. Fort Worth était paisible en cet après-midi de novembre où Chase Benteen Calder y arriva. Ses vêtements étaient raides de la crasse accumulée sur les pistes du Montana. Une barbe drue assombrissait ses traits anguleux, le faisant paraître plus dur encore. Ses cheveux noirs avaient pris une teinte cuivrée. C'étaient des cheveux épais dont les boucles effleuraient le foulard noué autour de son cou.

Benteen conduisit sa monture devant l'écurie des chevaux de louage. N'étant pas homme à laisser ses yeux en repos, il surveillait attentivement les rues adjacentes, les bâtiments et surtout les gens. Il arrêta le bai devant la porte ouverte de l'écurie, sauta à terre et déchargea son barda. Une odeur âcre de poussière le saisit à la gorge. Un infirme sortit en boitant.

– Eh! Benteen, fit-il pour accueillir l'arrivant, je croyais bien que tu avais quitté le pays!

– Chaque chose en son temps, Stoney, répondit Benteen avec un sourire las.

Tout à coup, le fracas d'un *buggy* attira son attention. Benteen reconnut aux commandes Judd Boston, escorté par des cavaliers. Le propriétaire du ranch Ten Bar portait un complet sombre; le col blanc amidonné de sa chemise lui serrait le cou. Il se distinguait à son chapeau melon. Son attitude arrogante affichait bien le pouvoir que donne la richesse.

Malgré l'élégance affectée de Judd Boston, Benteen ne commit pas l'erreur de se sentir diminué.

Après un long voyage, Benteen était fatigué, sale et irritable. Il ne désirait rien de plus que prendre un bain, boire une bière fraîche et retrouver Lorna. Il n'était pas d'humeur à avoir une conversation avec Boston, mais il n'avait pas le choix.

Il n'avait jamais aimé cet homme. Toutefois, il ne jugeait pas qu'il fût nécessaire d'aimer les gens pour qui l'on travaillait. D'ailleurs, Benteen aurait été incapable de préciser la raison pour laquelle il n'appréciait pas Judd Boston. Peut-être parce qu'il était yankee, ou peut-être parce qu'il était banquier. En tout cas, ce n'était pas un véritable éleveur. A moins que ce ne soient ses mains blanches : si propres, comme si elles avaient été lavées trop souvent.

Le *buggy* stoppa devant les écuries, l'escorte des cavaliers se déploya en éventail dans la rue. Les autres *ranchers* venaient en ville seuls, mais Judd Boston avait besoin d'une garde montée.

– Calder!

A ce ton de commandement, les épaules de Benteen se raidirent légèrement, mais son visage demeura impassible. Il s'avança vers le cabriolet avec la démarche désinvolte et nonchalante des hommes de l'Ouest. A chaque pas, ses éperons cliquetaient. Il s'arrêta devant le *buggy* et garda le silence, parce qu'il n'avait rien à dire.

Son silence ne plut pas à Judd Boston. Ses yeux noirs brillèrent de rage, pareils à des charbons ardents.

– Où diable étais-tu passé? s'enquit-il. Voilà deux mois que je t'attends!

– J'avais un travail personnel à faire.

La réponse était laconique, ni respectueuse ni

insolente. Benteen était conscient de l'impatience de son adversaire. Il fallait se montrer rusé, attendre le moment opportun. Cela lui rappelait le jeu du chat et de la souris.

– Je t'ai engagé pour un boulot, Calder.

Cette déclaration insinuant que le travail n'avait pas été fait ébranla les nerfs fatigués de Calder.

– Votre troupeau a été remis à Snyder, avec seulement dix bêtes manquantes. Je vous ai envoyé l'argent par l'intermédiaire de Jessie Trumbo.

– Tu avais mission de me remettre l'argent à moi, non à Jessie, insista froidement Boston.

– J'avais mission de m'assurer que vous recevriez l'argent, rectifia Benteen. Et vous l'avez. (Il y avait une pointe d'irritation dans sa voix. Peu lui importait d'offenser Judd Boston.) Vous m'avez engagé pour mener votre troupeau au Wyoming, reprit-il. Le boulot a été fait. Vous me devez des gages, Boston, mais je ne vous appartiens pas, je n'appartiens à personne.

Le visage large de Boston s'était figé.

– Je n'ai que faire d'un type qui disparaît pendant deux mois, Calder. Tu ne figureras plus sur la liste des salariés.

– Bien, fit Calder en esquissant un demi-sourire, ça m'épargnera la peine de vous quitter.

Les deux hommes s'affrontaient, leurs regards rivés l'un à l'autre. Puis une lueur de satisfaction anima les yeux de Boston. Il appela l'un des cavaliers.

– Baker! Le cheval bai qui est à l'écurie porte la marque du Ten Bar. Prends-le et ramène-le-moi au ranch.

Cet ordre marqua Benteen comme au fer rouge.

– Pas question! Dans ce pays, on n'enlève jamais son cheval à un cow-boy. Je vous le conduirai moi-même au ranch demain matin.

– Je le veux sur-le-champ, déclara Judd en souriant, autrement je dirai que tu me l'as volé. Tu as entendu, Baker?

Benteen lança un regard mauvais au jeune cow-boy qui vint se placer à cheval derrière le *buggy*.

Jessie Trumbo sauta à bas de sa monture et le suivit.

– Je vais te donner un coup de main, Baker, proposa-t-il à voix basse.

Que les cow-boys soient d'accord ou pas, ils devaient obéir aux ordres du patron.

Benteen reporta son attention sur l'homme qui se trouvait dans le *buggy*.

– Je vais ôter mon équipement et vous pourrez reprendre le cheval, dit-il. Maintenant, j'aurai peut-être le temps de jeter un coup d'œil sur les marques de vos bêtes. J'ai toujours pensé qu'il était facile de transformer le « C » de mon père en « 10 » pour « Ten Bar ».

Judd Boston se raidit.

– Assez traîné par ici, Calder. Si j'étais vous, je dégagerais.

Un sourire ambigu étira la bouche de Benteen.

– C'était mon intention, Boston.

D'un mouvement rapide du poignet, Judd Boston fit claquer son fouet aux oreilles de sa jument alezane. Benteen fit un pas en arrière au moment où la bête prit le trot.

Benteen revint à l'écurie et s'avança vers son cheval pour lui ôter son harnais.

– Tu t'es fait un ennemi, Benteen, déclara Jessie Trumbo avec flegme.

Benteen considérait Jessie comme un ami. Il n'était pas nécessaire de lui répondre. Benteen suivit des yeux le *buggy* qui disparaissait au coin de la rue.

– Tu es d'accord si je laisse mon barda dedans, Stoney? demanda-t-il au garçon d'écurie.

– Bien sûr, approuva le vieil infirme.

Benteen transporta l'équipement dans l'écurie. Puis il ouvrit la sacoche et sortit un revolver de la gaine qu'il balança par-dessus son épaule. Il saisit son fusil et ressortit pour desseller son cheval bai.

– Où est donc Barnie? interrogea Jessie en se penchant par-dessus le pommeau de la selle. Je croyais qu'il était avec toi.

– En effet. (Benteen accrocha l'étrier au pommeau de la selle et commença à desserrer la sangle.) Je l'ai laissé dans le Montana, au nord du Yellowstone, il surveille mes futures terres jusqu'au printemps. A ce moment-là, j'y conduirai mon troupeau.

– Le Montana...! (Jessie avait sifflé de surprise.) Alors, tu prends le large?

Benteen souleva la lourde selle sur le dos du cheval. Une lueur de fierté éclaira ses yeux sombres.

– Où vas-tu trouver un troupeau? continua Trumbo. Tu vas prendre celui de ton paternel?

– J'ai l'intention de passer l'hiver à battre les halliers afin de rassembler des *mavericks* (1).

Jessie fit la grimace.

– Ça va être l'enfer de faire la chasse aux *long horns* dans tous ces taillis, mais ça vaut peut-être mieux que de débiter des « oui, monsieur » à monsieur Dollar.

Benteen jeta la selle sur son épaule et la porta dans l'écurie avec son barda. Lorsqu'il ressortit, Jessie et le jeune cow-boy avaient passé un licol à son cheval et l'entraînaient. Benteen reprit son fusil, qui était resté appuyé contre le mur de l'écurie, et commença à descendre la rue poussiéreuse. Sa démarche était lourde de fatigue. Bien qu'il fût très las, il ne cessait de surveiller la rue.

(1) Bêtes non marquées, vivant à l'état sauvage.

– Benteen? appela une voix de femme hésitante.

Il s'arrêta et se retourna. Un souffle frais le revigora lorsqu'il aperçut Lorna dans l'embrasure de la porte de la modiste. Elle abandonna son expression hésitante. Un sourire détendit ses lèvres pleines. Soudain, elle sembla glisser vers lui. Elle était si légère qu'elle ne faisait aucun bruit. Un ruban bleu retenait ses longs cheveux châtains qui retombaient en boucles dans son dos, jusqu'à la taille. Elle était le printemps, fraîche et innocente dans sa longue robe de coton blanc imprimé de fleurs bleues. Sa tête arrivait tout juste à l'épaule de Benteen. Ses yeux bruns étincelaient du bonheur de le retrouver.

– Je savais que c'était toi.

Sa voix chantait.

Benteen la buvait des yeux comme un homme assoiffé. Il avait oublié quelle petite chose elle était. Pas si petite, après tout... Il rectifia son jugement en remarquant la poitrine ferme qui tendait la robe pudiquement boutonnée jusqu'au cou.

– Où étais-tu? demanda-t-elle en examinant sa tenue dépenaillée. Je commençais à m'inquiéter. Les autres cow-boys sont rentrés depuis des mois. Où étais-tu, tout ce temps?

Une tendresse soudaine détendit les traits rudes de Benteen. Il effleura du doigt la joue lisse de sa fiancée, désirant la caresser davantage.

– Tu te comportes déjà comme une épouse, plaisanta-t-il gentiment.

Il était conscient de son apparence, et la rue n'était pas un lieu propice aux retrouvailles.

A cette remarque, Lorna baissa les yeux.

Lorna Pearce était un être paradoxal; elle avait des traits de madone mais son regard était vif et spirituel. Elle possédait une intelligence qu'elle avait l'habitude de cacher sous des coquetteries de femme. Parfois, elle était gaie et rieuse, à la façon des adolescentes, parfois tranquille et pleine d'assurance. A cet instant, elle semblait incroyablement jeune, trop jeune pour devenir une épouse. Pourtant, elle avait dix-sept ans, bientôt dix-huit, l'âge de se marier.

Elle lui glissa un regard oblique en essayant de dissimuler son effronterie sous un air convenable.

– Si j'étais votre femme, Chase Benteen Calder, je vous aurais attendu avec un rouleau à pâtisserie pour être resté absent si longtemps. Vous ne m'avez pas écrit le moindre petit mot.

Il eut un rire étouffé, la sachant incapable de la moindre violence. Il leva les yeux sur l'enseigne de la boutique d'où elle venait de sortir.

– Que faisiez-vous là, mademoiselle? En train de dépenser l'argent de votre père, en achetant un nouveau chapeau?

– Non, j'attends de dépenser votre argent, répliqua-t-elle. Je rendais visite à une amie. (Elle regarda vers la porte, devant laquelle se tenait une jeune fille plutôt simple, aux cheveux châtains.) Tu te souviens de Sue Ellen, n'est-ce pas? Nous étions à l'école ensemble. (Elle s'avança vers son amie et lui fit signe de venir.) Sa mère tient la boutique de mode.

La jeune fille s'approcha timidement.

– Bonjour, monsieur Calder, dit-elle d'une voix blanche.

– Benteen, rectifia Calder. (Il se demandait ce que les deux femmes pouvaient bien avoir en commun.) Comment allez-vous, Ellen?

– Très bien, merci, murmura celle-ci en ouvrant à peine la bouche.

Lorna se rapprocha hardiment et revint à la charge.

– Tu ne m'as pas encore avoué où tu avais disparu tout ce temps, Benteen!

– C'est une longue histoire. Je viendrai chez toi ce soir et nous en discuterons.

Il passa une main sur son menton rugueux.

– Bon. Maintenant j'aurais besoin d'un bon bain et d'un rasage.

– Viens donc dîner.

– A 7 heures?

C'était l'heure à laquelle la famille Pearce avait l'habitude de prendre le repas du soir.

– Oui, approuva Lorna.

Benteen lui adressa un sourire, puis toucha poliment le bord de son chapeau, par déférence envers Sue Ellen. Sa démarche n'était plus aussi pesante lorsqu'il redescendit la rue.

Il y avait deux ans qu'il avait rencontré Lorna Pearce pour la première fois, dans le magasin de son père, quelques maisons plus loin. Tout de suite, Benteen avait été attiré. Mais, bien sûr, elle était trop jeune. A partir de ce moment-là, il était devenu un client régulier du magasin dans l'espoir d'apercevoir la jeune fille. Durant la période où les cow-boys étaient en ville, les parents de Lorna lui interdisaient de descendre au magasin. Les hommes, même ceux qui respectent le plus le sexe faible, se montrent parfois entreprenants lorsqu'ils ont un verre dans le nez. Bien entendu, les Pearce tenaient à protéger leur fille contre des avances intempestives.

Dès que Lorna eut seize ans, Benteen demanda à son père l'autorisation de la courtiser. Sa requête fut acceptée, malgré les doutes qu'éprouvaient les Pearce sur les capacités de Calder à créer un foyer confortable. Benteen, lui, n'avait jamais douté que Lorna devînt un jour sa femme.

Au printemps dernier, avant de partir sur les pistes, il avait demandé Lorna en mariage. Il avait préféré ne pas fixer la date des épousailles avant d'avoir trouvé un endroit où vivre. Benteen savait que son père l'aurait accueilli dans son ranch, lui et sa femme, mais cela aurait été sans avenir. En effet, le C-Bar était de plus en plus étranglé par les agissements de Judd Boston. Et si le ranch ne nourrissait pas son père, à plus forte raison Lorna et lui...

Au cours des trois dernières années, Benteen avait économisé sou par sou. Il avait traqué des *mavericks* et s'était constitué un troupeau. Il avait même réussi à mettre de côté un millier de dollars, afin d'acheter un terrain où il bâtirait la maison.

Lorna serait pour lui une épouse merveilleuse. Elle n'avait pas la tête pleine de folies, grandes villes et toilettes, comme sa mère à lui. Elle était sensible, active et belle.

Lorna avait les nerfs à fleur de peau lorsqu'elle entendit des pas sur le perron. Elle n'avait pas besoin de regarder l'heure pour savoir que c'était Benteen. Son cœur battant la poussait à se précipiter vers la porte, à sa rencontre. Mais une jeune fille bien éduquée ne devait pas montrer son impatience, ce n'était pas convenable. Dieu seul savait combien Benteen avait l'art de lui faire sentir qu'elle n'était pas « convenable »...

Elle fit semblant d'arranger un couvert en argent sur la table recouverte de la plus belle nappe de la maison. On frappa à la porte. Lorna surprit le regard amusé de son père, en train de lire *Le journal démocrate de Fort Worth.*

– Ce doit être Benteen, murmura-t-elle.

– Ce doit être lui, reconnut le père.

Il avait gardé sa pipe entre ses dents en parlant.

La longue jupe bleu de Prusse bruissa lorsque Lorna s'avança lentement vers la porte. En passant dans le vestibule, elle jeta un dernier regard au miroir ovale. Elle avait relevé ses longs cheveux noirs en chignon, ce qui la faisait paraître beaucoup plus mûre que cet après-midi. Elle avait horreur que Benteen la trouve trop jeune.

Lorsqu'elle ouvrit la porte, Benteen resta une minute sur le seuil à la dévisager. Cette inspection hardie la troubla d'une façon bizarre. Ou peut-être était-ce la nouvelle apparence de Benteen qui l'émouvait? Il tenait son chapeau à la main. Ses épais cheveux sombres aux reflets cuivrés brillaient sous les rayons du soleil couchant. Son visage lisse, rasé de frais, révélait la fermeté de ses traits. Il portait une chemise blanche et un lacet de velours autour du cou. On aurait dit que rien ne pouvait anéantir cette puissance qui émanait de lui.

– Tu es légèrement en avance, dit Lorna.

Elle sentait la nécessité de cacher sa joie.

– Devrais-je m'en aller et revenir plus tard? fit Benteen sur un ton moqueur.

– Bien sûr que non!

Elle lui prit la main et l'entraîna à l'intérieur. Elle éprouvait du plaisir à sentir ses doigts rudes, refermés sur sa main, qu'il tenait fermement. Ses yeux sombres étaient toujours fixés sur elle.

– Papa est dans le salon. Tiens-lui compagnie pendant que j'aide maman à la cuisine.

– Ne sois pas trop longue, je meurs de faim!

Il lui lâcha la main. Lorna s'éclipsa avec le sentiment qu'il ne faisait pas allusion à la nourriture... La façon dont Benteen la fixait la bouleversait parfois. De temps en temps, elle était heureuse que ses parents restent dans la pièce voisine. Même maintenant que les jeunes gens étaient fiancés, on les laissait rarement longtemps seuls. D'habitude ils s'asseyaient sous le porche pendant que M. et Mme Pearce demeuraient dans le vestibule. Chaque fois qu'ils cessaient de parler, la mère de Lorna sortait invariablement pour leur offrir de la citronnade ou autres rafraîchissements. Lorna appréciait trop le respect que Benteen lui témoignait pour lui suggérer qu'ils se rencontrent sans les parents pour chaperons, sans doute parce qu'elle craignait d'avoir la tentation de céder.

Au dîner, Benteen et Lorna étaient assis face à face. Dans des moments comme celui-ci, il était facile à la jeune fille d'imaginer le temps où elle serait mariée et dans une maison bien à elle.

– Vous disiez que vous étiez monté jusque dans le Montana, Benteen? demanda M. Pearce en lui passant le plat de pommes de terre.

Le jeune homme acquiesça et se servit copieusement.

– On est en train d'ouvrir le territoire indien, à l'est. L'herbe est si haute qu'elle arrive jusqu'à l'étrier. J'ai fait enclore une concession là-bas.

– Vraiment?

Le père de Lorna observait son futur gendre avec intérêt et approbation; la jeune fille, elle, était rose de fierté.

– C'est précisément pourquoi j'étais parti; je cherchais un endroit où Lorna et moi pourrions bâtir notre avenir, expliqua Benteen en jetant un bref regard sur sa fiancée. J'imagine que nous serons mariés au mois de mars et que nous partirons avec le troupeau au mois d'avril.

– Nous partirons? répéta Lorna. (Elle eut l'impression que quelque chose, dans la conversation, lui avait échappé.) Où irons-nous, Benteen?

– J'étais justement en train de l'expliquer, précisa Benteen avec un sourire indulgent. J'ai trouvé un lieu pour nous dans le Montana. Je l'ai même choisi. Nous y construirons notre maison.

– Oh!

Lorna avait poussé un faible cri pour masquer son trouble. Tout à coup, elle fit semblant de s'absorber dans la contemplation de son assiette, et n'écouta plus que d'une oreille distraite la conversation entre les deux hommes.

Une partie de son être refusait de croire que ce projet de vivre au Montana était sérieux. C'était si loin! Elle ne pouvait songer à quitter le Texas. Benteen n'y avait jamais fait allusion jusque-là. Cette perspective la terrifiait.

Benteen, de son côté, faisait semblant de ne pas remarquer son silence et son manque d'enthousiasme. Lorna sentait le regard de sa mère posé sur elle, et s'efforçait de ne pas le croiser. Pas maintenant. Pas tant qu'elle n'aurait pas les idées claires...

– Ce gâteau est délicieux, madame Pearce.

Benteen se renversa contre le dossier de sa chaise. Son assiette était vide.

– C'est Lorna qui l'a fait, dit Mme Pearce pour mettre sa fille en valeur.

Le moment était mal choisi pour Lorna de se sentir fière de ses prouesses culinaires. Elle était trop préoccupée.

– Désirez-vous encore un peu de café, Benteen?

– Non, merci.

Lorna sentit qu'il la regardait. Le père de Lorna proposa alors :

– Ce soir, je t'aide à débarrasser la table, Clara. Je suis certain que nos amoureux ont des tas de choses à se dire.

La famille s'était déjà levée lorsque Lorna repoussa sa chaise. Aussitôt, Benteen se précipita à ses côtés et lui prit le coude.

– Veux-tu que nous allions nous asseoir dans le salon?

Il attendit qu'elle dise oui avant de l'escorter dans la pièce voisine. Une fois dans le salon, Lorna se tourna vers lui :

– Es-tu vraiment sérieux au sujet du Montana, Benteen?

Il parut pris de court.

– Oui.

L'incertitude torturait Lorna.

– Ne penses-tu pas que nous aurions dû en parler auparavant?

– Parler de quoi? (Benteen fronça les sourcils et fixa plus attentivement la jeune fille.) Nous avions convenu que je devais chercher un endroit pour nous.

– Oui, mais tu n'avais pas précisé que c'était dans le Montana, protesta Lorna. Je croyais que nous devions acheter au Texas.

– Il n'y a rien par ici, Lorna, déclara Benteen. Là-bas, le ciel sert de limite à la terre, et quel ciel! Attends de voir, c'est un pays magnifique.

– J'en suis certaine, murmura Lorna. Mais c'est terriblement loin.

Il esquissa un sourire.

– Il arrive parfois qu'on doive quitter ses parents.

Pourtant, il comprenait l'hésitation de sa fiancée. Il avait oublié qu'elle était si jeune! Elle était très attachée à ses parents. Cela changerait, une fois mariée. Elle reporterait son amour sur son époux.

Il fit le geste de la prendre dans ses bras, et elle céda. Toutefois, elle se montra moins passionnée que d'habitude. Benteen ne le remarqua même pas, tant son corps était avide de sentir la douceur d'une femme.

Le désarroi de Lorna ne résista pas au baiser de Benteen. Il embrassa fougueusement ses lèvres tendres. Lorsque les bras de Benteen se refermèrent autour de son corps, elle sentit sa chair brûlante et frémit. L'intimité de l'étreinte l'inquiéta; elle éveillait en elle des désirs qu'elle croyait coupables.

A regret, elle se détourna. Le cœur lui cognait dans la poitrine.

– Tu ne devrais pas m'embrasser de cette manière, fit-elle, hors d'haleine.

Il lui prit le menton et l'obligea à le regarder.

– Tu vas devenir ma femme, déclara-t-il avec désinvolture.

Les pommettes roses de la jeune fille semblaient l'amuser.

– Oui, chuchota Lorna.

Brusquement, elle fut remplie de doutes au sujet du mariage. Est-ce que Benteen l'embrasserait ainsi, quand il serait son époux? Et elle, comment devrait-elle se comporter? Il lui fallait se calmer et reprendre la situation en main... Elle était adulte, bientôt une femme mariée. Mais, après tout, n'était-ce pas normal pour une future épouse d'avoir peur de sa nuit de noces?

Elle ignorait la réponse. Evidemment, elle pourrait en discuter avec sa mère. Peut-être même était-il naturel de ressentir ce qu'elle ressentait lorsque Benteen l'embrassait. Peut-être n'était-ce pas mal?

– Quelque chose ne va pas, Lorna?

Benteen venait de remarquer son changement d'expression. Elle eut la désagréable impression qu'il lisait dans ses pensées.

– Non, absolument rien, mentit-elle. Il nous faudra choisir la date du mariage.

– Choisis-la. Je serai au rendez-vous.

Le cœur de Lorna s'affola à cette promesse.

3

Bien qu'elle fût très proche de sa mère, Lorna ne pouvait lui avouer les sensations que Benteen éveillait en elle. Il lui était difficile de comparer avec les autres hommes, n'ayant jamais été attirée par ses soupirants. A seize ans, elle était tombée amoureuse du fils de Seth Calder; c'était tout.

– Que voulais-tu me dire, Lorna? s'enquit Mme Pearce.

La jeune fille se tourna vers la fenêtre, surprise par cette question. Elle cherchait une manière d'aborder ce sujet délicat.

– Je pensais à ce que Benteen avait dit hier soir... Le départ pour le Montana.

– C'est si loin, n'est-ce pas? Tu vas nous manquer affreusement, à ton père et à moi.

– Je suis un peu effrayée, reconnut Lorna, je croyais que nous habiterions près de vous. Je ne suis pas certaine de vouloir partir.

– La place d'une femme est auprès de son mari, rappela gentiment sa mère. Tu veux toujours te marier?

– Oui. (Lorna n'avait pas hésité.) C'est seulement que... (Elle toucha ses lèvres, se souvenant du baiser.) Il y a tant de choses inconnues, soupira-t-elle enfin.

– Toutes les épouses ressentent la même appréhension, dit Clara en souriant, et toutes apprennent d'elles-mêmes. Je me souviens, lorsque j'étais jeune mariée, je faisais horriblement mal la cuisine. C'est un vrai miracle que ton père ait survécu la première année!

– Je me sens capable de cuisiner et de tenir une maison. Mais que se passe-t-il quand on a un bébé? Je... suppose que nous aurons un enfant.

– Je l'espère, ma petite fille, et même plusieurs.

– Je ne sais pas. Parfois, lorsque j'y songe...

Elle s'interrompit, incapable de terminer sa phrase.

– Au début, ce ne sera sans doute pas très facile, précisa sa mère, mais après un certain temps de mariage, je pense que tu accepteras mieux... l'idée, surtout si tu désires des enfants.

– J'imagine.

Lorna fut troublée par cette réponse qui ne faisait que confirmer les bavardages des filles à l'école : le sexe était une chose que les femmes convenables étaient obligées de subir. Elles n'en éprouvaient aucun plaisir, à moins d'être des créatures de mauvaise vie.

Il était préférable de ne pas confier à sa mère les sensations que Benteen faisait naître en elle... Ces frémissements dans tout le corps... Elle devrait simplement apprendre à les chasser. Lorna souhaitait être une épouse convenable.

Il était presque midi lorsque Benteen atteignit le C-Bar, le ranch de son père. Jadis, les deux hommes avaient envisagé de s'associer, mais le krach boursier avait ruiné ce projet. Pour gagner sa vie, Benteen avait été obligé de travailler chez des étrangers, tandis que son père tentait de sauver leur ranch. L'hiver dernier, les blizzards avaient définitivement mis fin au beau rêve – les blizzards et Judd Boston.

Maintenant, Benteen était certain que le banquier lui volait une vache par-ci, un taureau par-là. Le problème était de le prouver et, même s'il y parvenait, Benteen n'était pas sûr que cela changerait quoi que ce soit.

En travaillant pour Judd Boston au Ten Bar, Benteen avait beaucoup appris concernant le bétail. A son insu, Judd Boston lui avait enseigné le sens des affaires.

Benteen arrêta le cheval hongre devant l'écurie et descendit de selle. Il entra dans la maison, une maison blanche toute simple qui commençait à montrer des signes de vieillesse. Elle comportait seulement quatre pièces : une cuisine avec un coin pour le bois et une pompe qui fournissait l'eau courante, une salle de séjour avec une cheminée en pierre et un bureau en bois de pacanier, et enfin deux petites chambres.

Benteen déposa son fusil dans le râtelier, près du bureau, et se dirigea vers la plus petite des deux chambres, autrefois la sienne. Il n'y avait aucune trace de Seth Calder, mais son fils ne pouvait s'attendre à le trouver chez lui au milieu de la journée.

Benteen n'était pas revenu au ranch depuis des mois; toutefois, rien n'avait changé. Il regarda le portrait qui trônait sur la cheminée. Le plaisir de retrouver sa maison s'évanouit lorsqu'il s'avança. Le portrait représentait une femme aux cheveux blonds, d'un blond de miel sauvage. Ses yeux étaient aussi foncés que ses cheveux étaient clairs. Mais Benteen ne vit pas la beauté de cette femme qui était sa mère. Il nota seulement sa détermination forcenée et son appétit vorace pour les choses de la vie. Benteen éprouvait-il de l'amertume? Certainement.

Si cela n'avait dépendu que de lui, la photographie de Madeleine Calder ne serait pas restée exposée plus longtemps. Mais il respectait la volonté de son père. Il reposa le cadre sur la cheminée et alla dans la cuisine se préparer du café.

Seth Calder rentra au coucher du soleil. Comme ce n'était pas un homme très expansif, il accueillit son fils avec réserve, malgré leur longue séparation. Les deux hommes se ressemblaient physiquement. Ils échangèrent peu de paroles pendant que Seth se lavait, et que Benteen mettait la table. Lorsque le repas fut terminé, Seth Calder s'appuya contre le dossier de sa chaise : visiblement il avait enfin l'intention de discuter.

Il alluma un cigare – le seul luxe qu'il s'offrait – et

tira dessus en le faisant rouler entre ses lèvres avec un plaisir évident. Son maintien et son aspect n'indiquaient en rien qu'il fût au bord de la ruine. Benteen avait beau penser que sa lutte pour conserver son ranch était inutile, il ne l'en admirait pas moins.

– Comment s'est passé le « rassemblement »?

Seth Calder avait ôté son cigare pour poser cette question.

– Bien. (Benteen agita le café noir dans la timbale en étain.) Combien de bêtes as-tu perdues cet hiver, papa?

– En gros, une trentaine. J'ai retrouvé les carcasses de la moitié d'entre elles.

– As-tu vérifié les troupeaux du ranch Ten Bar pour savoir si tes vaches ne s'y étaient pas égarées?

Benteen ne voulait pas révéler ses soupçons, pas encore.

– Je l'ai fait.

La réponse était laconique mais le ton sur lequel elle avait été prononcée encouragea Benteen à poursuivre son enquête.

– Ça serait facile pour le Ten Bar de transformer le « C » de Calder en « 10 ».

Benteen regarda son père par-dessus le gobelet en buvant son café. Un sourire forcé étira la bouche du vieil homme.

– Je suis tombé sur un mâle qui portait une marque fraîche du Ten Bar par-dessus celle du C-Bar, l'automne dernier, dit Seth Calder.

– Pourquoi n'as-tu rien fait? Pourquoi n'es-tu pas allé trouver le shérif?

– Et que lui aurais-je dit? Mon propre fils travaille pour les hommes qui me volent!

Benteen posa sa timbale sur la table.

– Tu aurais dû m'en informer.

– Tu étais parti pour le Wyoming. D'ailleurs, je

n'avais aucune preuve. C'était peut-être le fait d'un cow-boy isolé. Boston n'était pas forcément au courant.

– Il ne se passe rien dans son ranch dont il ne soit informé. Papa, vends le C-Bar, cet endroit ne t'a jamais apporté que des soucis. Je viens d'acheter une concession dans le Montana, nous pourrions y conduire le troupeau, il aurait toute l'herbe dont il a besoin.

Seth Calder secoua la tête.

– Non. Je ne m'en irai pas sous prétexte que les choses se gâtent.

L'obstination aveugle de son père irrita Benteen mais il se contint.

– Tu ne comprends donc pas! Là-bas, nous pourrons nous tailler un gros morceau de terre.

Les yeux de Seth Calder étaient noirs de désapprobation.

– Personne ne me fera quitter ce lieu, encore moins un marchand de tapis comme Boston.

Les pieds de la chaise raclèrent lourdement le carrelage lorsque Benteen l'éloigna de la table. Il marcha pesamment vers le poêle en fonte, prit le pot en fer et se versa une nouvelle tasse de café.

– Combien de temps vas-tu tenir le coup, papa? Un autre mauvais hiver, une sécheresse, et tu es fini. Boston n'aura même pas à lever le petit doigt.

– Je ne partirai pas. J'ai construit ce ranch pour Madeleine et pour moi. Je resterai jusqu'à ce qu'elle revienne.

Benteen laissa enfin éclater sa colère :

– Elle ne reviendra jamais. Ni aujourd'hui, ni demain, ni l'an prochain! Tu te mens à toi-même! Si elle n'est pas morte, elle est probablement devenue la poule d'un type.

Seth Calder bondit sur ses pieds, le visage décomposé. Il serra son cigare entre ses doigts, à le briser.

– Je t'interdis de parler ainsi de ta mère!

Benteen renonça alors à dire tout ce qu'il avait sur le cœur. Toute parole aurait été vaine, son père ne tolérant pas la moindre accusation contre sa femme. Les deux hommes continuèrent de s'affronter en silence et la bataille ne cessa que lorsque Benteen annonça platement :

– Au printemps, j'épouserai Lorna et nous monterons vers le nord avec les troupeaux.

Il faisait part de sa décision, sans demander l'approbation ou la bénédiction paternelle.

Au ranch du Ten Bar, Judd Boston s'entretenait avec son contremaître dans la salle à manger : un petit homme sec nommé Loman Janes. Loman avait les énormes mains d'un cow-boy bien entraîné au lasso. Ses yeux gris brillèrent de ressentiment devant le ton réprobateur de l'homme auquel il était entièrement dévoué.

– Je te le répète, pour que Calder ait subitement des soupçons, il faut qu'il y ait une bonne raison à cela. Quelqu'un a vendu la mèche au sujet de la falsification des marques.

– Non. (Loman Janes se dressa de toute sa taille au milieu de la pièce.) Vos hommes savent bien qu'il vaut mieux ne pas souffler mot s'ils tiennent à conserver leur langue! Calder a dû *deviner* quelque chose.

Judd Boston n'aimait pas cette réponse. Tous ses plans s'étaient déroulés parfaitement jusqu'à présent et maintenant Chase Benteen Calder venait les troubler par ses soupçons... Le banquier braqua des yeux méchants sur son contremaître.

– Tu prétends aussi que Shorty Niles et Trumbo m'abandonnent et vont travailler pour Calder?

– Ils racontent qu'il a rassemblé un troupeau qui doit partir pour le Nord, précisa Loman sur un ton cassant. Trumbo fait courir le bruit que Calder a pris une concession dans le Montana.

– Racontars, dit Boston, plein de mépris pour les bavardages des cow-boys. Là-haut, il n'y a rien à part des Sioux et des Cheyennes. Voilà à peine deux ans qu'ils ont jeté dehors Custer et ses troupes. Calder essaie juste de brouiller les pistes.

C'était ce que Boston aurait fait à la place de Benteen.

– Ils parlent d'herbe qui pousse à volonté, ajouta Loman.

Il savait que le mot « herbe » avait un effet magique sur les éleveurs.

– Ils en ont, de l'herbe, ici, et de l'eau et du bétail, rétorqua Boston. J'ai attendu dix ans avant de mettre la main sur l'eau du ranch Calder.

Le banquier avait manœuvré dans le dos de Seth Calder et réussi à le placer dans une situation désespérée. Judd Boston avait toujours convoité le C-Bar et vite compris qu'il ne parviendrait jamais à l'acheter, même avec tout l'or du monde. Peu à peu, il avait appris à plier dans le sens du vent. Il savait quand il fallait pousser et quand il fallait attendre le bon moment. Actuellement, le C-Bar était sur le point de s'effondrer. C'était donc le moment de pousser.

– Je t'ordonne de savoir où est Benteen en ce moment, combien d'hommes il a avec lui et ce qu'il compte faire.

4

Il n'y avait pas de pistes dans la campagne broussailleuse du Texas, ni d'espace pour tracer des pistes. Les buissons poussaient, touffus, empêchant tout passage des hommes ou des animaux. Ils avaient étouffé la prairie qui jadis recouvrait des milliers de kilomètres carrés. Le Texas était un pays inhospitalier, avec ses plantes brandissant leurs griffes tranchantes. Parmi les arbustes, poussait le *palo verde* aux épines presque noires, plus apparentes que ses feuilles. Les Texans affirmaient que Dieu avait fait don de cette sombre épinaie au diable, pour qu'il en fasse son terrain de jeux.

Chevaux et cavaliers n'avaient jamais traversé ces fourrés sans rencontrer un serpent à sonnettes, prêt à cracher son venin. Ainsi, n'y aurait-il eu aucune raison de s'aventurer dans les buissons si le rusé et sauvage *long horn* ne s'y était dissimulé.

Shorty Niles chevauchait aux côtés de Benteen Calder, qui se dirigea vers l'épinaie. L'après-midi finissait : c'était le moment propice à la capture du *maverick*.

La veille, les deux hommes avaient repéré un couple avec des veaux, mais ils n'avaient pas réussi à les prendre au lasso. Aujourd'hui, Benteen voulait faire un nouvel essai.

Comme il était petit, Shorty se figurait qu'il avait plus que d'autres à faire la preuve de sa valeur. Il était toujours prêt à risquer sa vie. Les gens qui le connaissaient se demandaient comment il était encore en vie à dix-sept ans! Shorty était le premier à se porter volontaire et le dernier à abandonner une tâche. C'était un ami fidèle qu'on n'aurait pas aimé avoir comme adversaire.

En silence, les deux hommes pénétrèrent à cheval dans les fourrés. Ils dépassèrent un coma aux épines acérées comme des poignards. Ses fleurs hivernales blanches répandaient un parfum douceâtre qui ne parvenait pas à couvrir la puanteur d'un serpent à sonnettes mort, piétiné.

Shorty poussa un cri perçant. Les cavaliers éperonnèrent leurs montures droit sur les *long horns* embusqués. Les buissons semblaient impénétrables, mais là où une vache passait, un cheval pouvait la suivre.

Maintenant, c'était l'affaire des cavaliers.

Au camp, la lumière jaune du crépuscule filtrait à travers les broussailles. Jessie Trumbo avait déjà allumé un feu pour faire la cuisine. Des tranches de bœuf, débitées la veille, étaient en train de frire dans un poêlon. Le café était déjà chaud, et le pot était resté devant les braises.

La nuit avait épaissi le ciel lorsque Benteen finit par rejoindre les cow-boys devant le feu de camp. Meurtri, fourbu, il s'avança à pas pesants pour se verser un gobelet de café, puis s'assit à même le sol, jambes en tailleur.

– Quelqu'un a vu l'Espagnol aujourd'hui? demanda-t-il.

Ce cow-boy, un Indien métis, avait disparu depuis trois nuits. Il avait pratiquement grandi dans les fourrés et en connaissait les moindres secrets. De tous ces hommes, Benteen était celui que l'absence de l'Espagnol inquiétait le moins : l'Espagnol saurait se débrouiller.

– Non.

Jessie planta un couteau dans la viande qui grésillait dans le poêlon et la retourna.

– J'ai croisé sa piste ce matin, déclara-t-il, mais elle avait au moins deux jours.

– A quel endroit précis? s'enquit Benteen.

– Près du buisson blanc.

– J'y ferai un tour demain.

Benteen avala une gorgée de café brûlant; son goût amer réveilla ses sens engourdis.

Les flammes vacillantes du feu projetaient des ombres grotesques sur le mur formé par les buissons. Tout à coup, quelque chose bougea, attirant les regards. Mais avant qu'un cow-boy ait dégainé, un homme cria avec un fort accent étranger :

– C'est moi, l'Espagnol!

Une longue forme surgit de l'obscurité et se rapprocha du feu, tirant une énorme selle. L'Espagnol pénétra dans le cercle lumineux : ses vêtements déchirés et sales, non moins que sa démarche boiteuse en disaient long sur son histoire.

– Où est ton cheval? demanda Shorty.

Personne n'avait fait allusion à son absence de trois jours. On le recevait comme si on l'avait vu le matin même.

– Abandonné. (L'Espagnol indiqua de la tête un buisson et posa sa selle sur un coin de terre sans herbe. En traînant du pied gauche, il claudiqua vers le feu puis se versa du café.) J'ai bien cru que j'allais passer une autre nuit dans les broussailles. Heureusement, j'ai senti la viande.

– Elle va bientôt être cuite, précisa Jessie.

L'Espagnol retourna à sa selle, s'assit par terre, sa jambe blessée allongée devant lui, et s'adossa au pommeau.

– J'ai balancé mon lasso sur un *ladino*, expliqua-t-il. (Il avait employé le mot espagnol qui signifiait hors-la-loi mais désignait une vache sauvage capable de lutter à mort pour rester libre.) Ce *ladino*, poursuivit-il, il avait des cornes d'un mètre dix, vingt peut-être. Il a chargé mon cheval dans le poitrail. Et il vrillait, et il poussait! J'ai même pas eu le temps de lancer la corde que le cheval était déjà mort, là, sous mes jambes. C'était un bon cheval. En attendant, le *ladino* m'a pris mon lasso...

– C'était pas un vieux diable rouge? demanda Jessie.

– Si, reconnut l'Espagnol.

– Je m'y suis cassé le nez la semaine dernière; cette bête est pas bonne à prendre. Ne perds pas ton temps avec. Tu ferais mieux de l'abattre à la carabine.

Personne ne désapprouva ce conseil.

Le souper des cow-boys consistait en de la viande et des haricots accompagnés de pain fait avec du suif, de la farine, de l'eau et du sel : une nourriture qui tenait l'estomac. C'était tout ce qui importait.

Dès qu'ils eurent fini, les hommes récurèrent leurs gamelles avec du sable. Dans ce pays, l'eau était trop rare pour la gaspiller à laver la vaisselle. Comme il restait encore un peu de café dans le pot, Benteen versa le liquide épais et noir dans son gobelet en étain et s'assit sur le sol, dans la frange lumineuse dessinée par le feu. En sortant sa blague à tabac de sa poche, il remarqua qu'elle était presque vide.

– Eh! Benteen. (Shorty avait rompu le silence pesant qui s'était abattu sur le campement.) Alors, tu nous invites au mariage?

– Justement, j'avais l'intention de vous demander de m'accompagner dans mon voyage de noces, répliqua Benteen en roulant une cigarette.

– Tu rigoles?

Shorty, allongé par terre avec sa selle en guise d'oreiller, souleva la tête. Il regarda Benteen, les sourcils froncés.

– Je ne rigole pas du tout. (Benteen prit un brandon dans le feu et alluma sa cigarette.) Lorna et moi, nous aurons besoin d'aide pour conduire le troupeau dans le Montana!

– Tu vas l'emmener avec toi sur les pistes! s'exclama Jessie Trumbo, incrédule.

– Je ne l'épouse pas pour l'abandonner, rétorqua Benteen. Voilà ce que je vous propose : ceux qui veulent travailler pour moi et accompagner le troupeau dans le Nord n'ont qu'à me faire signe. Ils seront les bienvenus.

– Tu peux compter sur moi.

Comme de coutume, Shorty s'était proposé le premier.

– Y a rien qui me retient au Texas, dit à son tour Jessie.

– Et toi, l'Espagnol?

– Je viendrai. A condition qu'on arrive avant le froid. J'ai le sang chaud, moi!

L'aversion du métis pour le froid était bien connue, mais il l'exagérait. Benteen eut un sourire amusé. Il se tourna vers le dernier du groupe : Ely Stanton, qui était toujours le dernier à se prononcer et ne se décidait qu'après mûre réflexion. Il était également le seul à être marié.

– Je crois pas que l'idée plairait trop à Mary, fit Ely sans se presser. Elle a des parents dans l'Iowa, elle veut qu'on aille les voir. Si je pouvais trouver une place chez un riche fermier...

– Eh! Ely, tu te vois marcher derrière la charrue au cul d'un cheval toute la journée? se moqua Shorty.

– J' sais bien, répondit Ely en se raidissant.

– Si tu décides de déménager en Iowa, tu pourrais accompagner le troupeau jusqu'à Dodge City, suggéra Benteen. Lorna serait ravie d'avoir ta femme pour compagne.

– Je te ferai connaître ma réponse, assura Ely.

Le bétail se mit à tourner en rond dans l'enclos. Autour du feu, les cow-boys furent immédiatement alertés, s'attendant à du grabuge. Mais le bruit provenait d'un changement de position des bêtes. Après quelques minutes, le troupeau se calma et le silence s'abattit sur le camp.

– Tu t'es absenté très longtemps, Benteen, remarqua Shorty. Comment pouvais-tu être sûr que ta belle t'attendrait pour t'épouser? Elle aurait pu changer d'avis et s'envoler avec un galant!

Sans le vouloir, Shorty venait de toucher un point

sensible. Benteen n'avait jamais oublié la fugue de sa mère.

– Ce n'est pas le genre de Lorna, aboya-t-il.

– J' voulais pas dire ça! protesta Shorty. Tu es trop resté dans les fourrés, ça t'a rendu piquant comme un cactus.

Benteen tira une dernière bouffée sur sa cigarette avant de jeter le mégot dans le feu.

Une semaine après, les vaches rassemblées prenaient la piste de Fort Worth. Les premiers jours de marche furent difficiles : les bêtes poussées par leur instinct essayaient sans cesse de regagner les fourrés. Les meneurs s'occupèrent de leur faire rebrousser chemin. Les premiers jours, la moyenne de parcours fut de vingt kilomètres.

Benteen avançait sur la gauche avec l'Espagnol, non loin d'un puissant taureau aux longues oreilles : le leader du troupeau. Il s'appelait Capitaine.

Un cavalier monté à cru apparut au sommet d'une crête dans la prairie. Benteen se redressa sur sa selle, prêt à chasser l'intrus qui risquait d'effrayer les vaches. Mais il se détendit, lorsque le cavalier et sa monture décrivirent un grand cercle pour l'approcher par le côté.

– Pouvez-vous me dire où je trouverai M. Calder? interrogea le nouveau venu en s'approchant.

Sa voix avait mué, mais il était très jeune, encore loin d'être un homme.

– C'est à lui que tu parles, répondit Benteen en ralentissant.

Il laissa l'Espagnol continuer sa route, tandis que le jeune homme venait se placer à côté de lui.

Comme son puissant cheval marchait au pas, Benteen eut tout le loisir d'examiner le cavalier. Sans chapeau, il était grand et maigre, avec une masse de cheveux châtain foncé qui frisaient sur sa nuque. Benteen lui donnait environ quinze ans.

– J'ai entendu dire que vous conduisiez un troupeau dans le Nord. (Le gamin étudia les animaux en marche, d'un œil qui se voulait connaisseur.) On dirait qu'ils voyagent bien.

– Ouais.

S'étant absenté du pays pour longtemps, Benteen ne connaissait pas la famille du garçon; il y avait un tas de nouveaux fermiers installés dans le coin.

– Ça pourrait arriver que... vous auriez pas besoin d'un conducteur de bestiaux supplémentaire?

La demande avait été lancée avec désinvolture, mais le regard pressant du gamin le trahissait.

– C'est possible, admit Benteen. Comment t'appelles-tu?

– Joe. Joe Dollide. J'ai été élevé au milieu des animaux. Je sais tout sur eux. Je travaille dur. Vous pouvez demander à n'importe qui. Et j'apprends vite.

– Ta famille a une ferme dans les environs?

– Oui, m'sieur.

– Et tu veux devenir cow-boy?

– J'aimerais être un bon cow-boy, s'écria l'adolescent, je connais bien les vaches et les chevaux. Je suis pas mauvais cavalier et j'ai un bon coup de fusil. Je vais à la chasse depuis l'âge de sept ans.

– Il me semble que ton père pourrait avoir besoin d'un costaud comme toi, à la maison.

– J'ai déjà six frères et sœurs, et ils sont assez grands pour aider. En plus, le moment est venu pour moi de faire mon chemin tout seul dans la vie.

– Quel âge as-tu?

– Dix-sept ans, dit-il d'une traite.

Les yeux sombres de Benteen brillèrent d'amusement, mais il ne fit point part de ses doutes. Il usa d'une tactique plus subtile :

– Je me souviens de la première fois que j'ai travaillé pour un patron. Bien sûr, je n'avais que quinze ans! (Il fixa Joe.) C'était quelque chose de me faire payer un boulot que mon père me faisait exécuter pour rien! Au fait, quel âge m'as-tu dit que tu avais?

Le garçon se mordit la lèvre et reconnut :

– Seize ans en avril.

– C'est assez vieux pour recevoir un salaire, tu ne crois pas? demanda Benteen en souriant.

– Oui, m'sieur, dit le jeune homme avec une grimace joyeuse. Ça veut dire que vous m'embauchez?

Benteen ne dit ni oui ni non :

– J'ai besoin de quelqu'un de confiance.

– Vous pouvez compter sur moi. Je ferai tout ce qu'on me commandera.

– Et si ce n'est pas facile?

– Le travail n'est jamais facile, mais je peux tout faire, se vanta Joe Dollide.

– As-tu une selle?

Le regard perçant de Calder avait remarqué la croupe nue du cheval.

– Non, mais je pourrai m'en acheter une avec ma première paie.

– Je crois que tu en auras besoin d'une en attendant, répliqua sèchement Benteen. Ce n'est pas facile de tirer sur une corde avec un taureau de huit cents livres à l'autre bout...

– J'y arriverai, insista le petit, qui semblait décidé à ne pas laisser passer l'occasion.

– Tu feras un essai pendant quelques jours. Si tu t'en sors bien, je te signerai un contrat pour toute la durée du rassemblement. Cela te paraît-il convenable, Joe Dollide?

– Vous pensez!

– Si je te garde, tu seras payé trente dollars le mois, nourriture comprise. Toutefois, tu ne saurais être un bon cow-boy sans selle. En attendant que tu achètes la tienne, je ferai bien de voir si je t'en trouve une.

Benteen se souvenait qu'il en restait une vieille à l'écurie. Ce serait mieux que rien.

– Rentre chez toi, poursuivit Benteen, et ramasse tes affaires. Je t'attends demain matin à l'aube.

Joe Dollide tendit la main à Calder pour conclure le pacte. Benteen la serra en souriant. Le jeune Joe était assoiffé d'aventures. Il manquait d'expérience; toutefois, il y avait en lui quelque chose que Benteen aimait bien.

Dollide fit mine de s'éloigner, puis parut se rappeler un détail. Il rapprocha son cheval de celui de son futur patron.

– Je voulais vous dire... J'ai été triste en apprenant la nouvelle... Votre père, m'sieur Calder...

Benteen plissa les paupières.

– Mon père? Que veux-tu dire?

Parfois, Benteen avait une telle façon de dévisager les gens qu'elle leur faisait souhaiter de se trouver n'importe où, sauf devant lui. C'était exactement ce que Joe éprouvait.

– Juste que... Sa mort... Ça a été si rapide...

Le garçon haussa les épaules, mal à l'aise.

Benteen n'en laissa rien paraître, mais son sang s'était glacé. Sa poitrine était si oppressée qu'il avait du mal à respirer. Dans une sorte de brouillard, il entendit Dollide ajouter :

– Je serai là demain matin au lever du jour, m'sieur.

Benteen approuva à la façon d'un automate.

Pendant quelques minutes, il lutta contre la froide réalité. Il y avait une erreur! Le gamin n'avait pas voulu parler de son père! Toute la personne de Benteen se révoltait contre cette nouvelle. Soudain, l'incertitude devint intolérable. Benteen obligea son cheval à faire demi-tour et prit le petit galop en direction de Jessie Trumbo. Comme il tirait un peu trop fort sur le mors, l'animal ombrageux se mit à caracoler.

– Je vais au C-Bar, annonça-t-il à Jessie sans autre explication. Tu es responsable jusqu'à mon retour.

– Pour sûr.

Jessie jeta sur son patron un regard aigu. Il y aurait toujours des ennuis dans ce pays. Son instinct l'avertissait d'un danger.

Poussé par la perspective d'une pénible tâche, Benteen aiguillonna son cheval pour lui faire prendre le galop.

Lorsque le ranch C-Bar surgit devant lui, sa gorge se serra. Il avait un sombre pressentiment qui se confirma lorsqu'il remarqua un cheval rouan dans le corral. Il portait la marque du Ten Bar.

Comme il s'apprêtait à regarder de plus près, la porte d'entrée s'ouvrit et un homme surgit, le fusil à la main. Benteen tira sur les rênes et affronta l'intrus.

– Tu viens de franchir une propriété privée, Benteen Calder.

La voix de l'homme était forte et claire.

– Depuis quand cet endroit appartient-il au Ten Bar? demanda Benteen sur un ton agressif.

Il croyait avoir rencontré tous les hommes de Judd Boston, mais ce barbu lui était inconnu.

– Depuis que M. Boston l'a décidé! (La gueule sombre du canon était braquée sur Calder.) J'ai ordre de tirer sur ceux qui violent la propriété, poursuivit le barbu.

– Encore des ordres de Boston? (Benteen avait perdu toute prudence. Il s'avança froidement vers le fusil.) Tu sais qui je suis. D'ailleurs, tu m'attendais.

– Je suis là pour te recevoir, Calder. Maintenant, ce ranch fait partie du Ten Bar. M. Boston pensait qu'il fallait t'en persuader.

– Et comment a-t-il « persuadé » mon père? demanda Benteen en montrant le fusil. Avec ça?

– Peux pas dire. (L'homme bougea imperceptiblement la tête sans cesser de le fixer.) Assez de parlotes. Je suis pas payé pour discuter. Décampe, Calder!

Benteen éprouva un violent désir de se jeter sur cet homme et de lui enfoncer le canon de son fusil dans la gorge. Il n'appréciait pas d'être sous la menace d'une arme. Mais il aurait été stupide d'esquisser un geste, dans cette situation. Benteen se sentit humilié dans son orgueil lorsqu'il fit faire demi-tour à son cheval et traversa la cour. Trop de questions restaient sans réponse.

Il prit le chemin de Fort Worth.

5

Le troupeau de Benteen n'était pas le seul à faire halte à Fort Worth en ce début de printemps. La ville regorgeait de cow-boys bruyants, venus s'équiper avant de partir pour la piste du nord.

Le cœur lourd de rage contenue, Benteen s'arrêta devant la maison des Pearce. Il descendit de cheval, attacha les rênes au poteau et s'avança vers le porche. Ses pas résonnèrent sur le plancher. Il frappa deux coups à la porte. Lorna ouvrit. Benteen la salua d'un regard hostile.

Elle sursauta en le reconnaissant, puis devint pâle.

– Tu sais, chuchota-t-elle.

– Oui : mon père est mort, répondit Benteen d'une voix sans timbre.

Lorna approuva d'un signe de tête. Elle remua les lèvres, mais aucun son n'en sortit. Benteen gardait les yeux fixés sur le seuil de la porte. Les poings serrés, il s'efforçait d'accepter la réalité des mots. Mais, au fond de lui, il se révoltait.

– Quand?

– Une semaine après ton départ sur la piste.

Benteen ferma les yeux un instant. Il entendit le bruissement de la longue jupe de Lorna et se raidit en sentant la main de la jeune fille lui effleurer le bras, en un geste de tendresse. Brusquement, il se dégagea.

– Entre, proposa-t-elle.

Il l'écarta avec rudesse et pénétra dans la maison, poussé par une force incontrôlable. Il entendit du bruit dans la salle à manger, se tourna et aperçut la mère de Lorna. Elle lui adressa un regard éloquent.

– Entrez dans la cuisine, Benteen. Venez boire un café.

Elle l'avait invité avec calme, comme si sa visite était tout à fait ordinaire. Benteen la suivit, tel un automate, dans la pièce fraîche et bien récurée. L'œil éteint, il la regarda prendre le pot en métal, remplir une tasse et la poser sur la table.

– Je suppose que vous n'avez pas mangé, reprit-elle.

Benteen eut un geste vague pour signifier que cela n'avait aucune importance.

– Comment est-ce arrivé? s'enquit-il sans faire le moindre mouvement pour s'asseoir et boire le café.

Derrière lui, il entendit les pas de Lorna; il était incapable de s'intéresser à elle. Peut-être parce que son cœur ne ressentait plus rien en ce moment.

– Le docteur a dit que c'était le cœur.

– Où était-il quand ça lui est arrivé?

– Dans le magasin de mon mari. M. Calder était venu en ville faire des courses.

– Votre mari se trouvait-il avec mon père lorsqu'il est mort?

Son intuition disait à Benteen que Judd Boston avait dû jouer un rôle dans le décès de Seth Calder, et il était déterminé à découvrir lequel.

– Non. Pas exactement. Votre père venait de remettre une longue liste de fournitures à mon époux. Celui-ci avait remarqué que Seth Calder ne se sentait pas bien et lui avait proposé de se reposer dans son bureau, derrière la boutique, en attendant la commande.

– Etait-il seul?

– Oui. Il avait pris un cigare en demandant à mon mari de l'ajouter sur la note. Arthur a affirmé que Seth Calder était dans le bureau depuis quelques minutes lorsqu'il a entendu le bruit d'une chute. Lorsqu'il s'est précipité pour voir ce qui s'était passé, votre père gisait par terre, tout près du bureau. Arthur a immédiatement appelé un docteur, mais il était trop tard.

– Mon père a-t-il parlé de Judd Boston? demanda Benteen avec une expression à faire froid dans le dos.

Cette question embarrassa Clara Pearce.

– Non..., hésita-t-elle. Je crois que mon époux a fait une réflexion sur les importantes munitions que Seth Calder achetait. Il aurait même plaisanté en lui demandant s'il avait l'intention de déclencher une guerre. Seth Calder aurait répondu : « Une petite guerre. » Plus tard, nous avons appris que Judd Boston avait fait opérer une saisie sur le ranch Calder, sous prétexte qu'il ne lui avait pas payé ses dettes.

Benteen détourna le visage et lança un juron entre ses dents. Il avait toujours su que son père aurait une fin tragique.

– Je vous en prie, Benteen, asseyez-vous et buvez votre café. Il est en train de refroidir. Et je suis sûre que vous mourez de faim. Laissez-moi vous préparer quelque chose.

– Non.

Benteen serra les lèvres d'impatience. Il était irrité par ces femmes qui croyaient qu'un repas pouvait résoudre les problèmes et apporter une consolation. Tremblant de colère, il abandonna la cuisine et les attentions féminines. Il n'avait que faire d'une main apaisante pour adoucir son chagrin. La colère poussait en lui et il voulait la cultiver. Il passa devant Lorna sans la voir et se réfugia dans le salon.

Lorna s'attendait à ce que Benteen soit bouleversé, mais pas de cette manière. Elle n'aurait pas été choquée s'il avait pleuré, elle aurait préféré qu'il manifestât de l'émotion plutôt que cette colère froide. Elle était blessée d'avoir été repoussée. Ils allaient se marier, elle allait devenir sa femme, son devoir était de rester à ses côtés dans des moments comme celui-ci.

– Pourquoi est-il ainsi, maman? demanda-t-elle d'une voix blanche. Benteen ne m'a même pas vue, et il s'est montré grossier à ton égard.

– Tu te souviens du chien que tu avais, petite fille? Un jour, un cheval lui avait donné un coup de sabot et, lorsque tu avais voulu le caresser, il t'avait mordue.

– Essaies-tu de m'expliquer que Benteen est comme un animal blessé?

– J'essaie seulement de te dire que sa douleur est très profonde. Les hommes croient devoir cacher leurs émotions : ils redoutent que nous les aimions moins si nous les savons vulnérables. Benteen ne veut pas le reconnaître, mais il a besoin de toi.

Lorna hésita et, bouleversée, finit par accepter de prendre le risque d'être repoussée une deuxième fois.

En entrant dans le salon, elle fut frappée par l'air soudain vieilli de Benteen. Son visage tanné était hagard, ses traits tirés. Il accusait un âge qui n'avait rien à voir avec les années, et qui était le reflet de sa peine.

Lorna se sentait à la fois innocente et naïve. Quelle idiote elle avait été de penser qu'elle trouverait des paroles réconfortantes! Benteen connaissait la vie beaucoup mieux qu'elle-même. Et elle, que savait-elle de la mort?

Benteen tenait à la main son chapeau poussiéreux et en triturait le rebord maculé. Il s'en débarrassa pour saisir un portrait abandonné sur la pile des affaires ayant appartenu à son père et que la famille Pearce avait récupérées après les obsèques.

Lorna traversa la pièce et se plaça derrière lui, levant les yeux sur ses larges épaules qui tendaient son blouson.

– Nous avons essayé de te joindre lorsque ton père est mort..., commença-t-elle. (Elle s'interrompit en voyant le regard tranchant de Benteen.) M. Boston a envoyé deux hommes à ta recherche, mais ils ne t'ont pas trouvé.

– Ils n'ont pas dû se donner trop de mal, ironisa Benteen en fixant la photographie.

Lorna regarda à son tour le portrait. Dans sa position, elle le distinguait mal.

– C'est ta mère, n'est-ce pas? Elle était très belle.

Elle avait entendu des voisins le dire. Elle ne se rappelait plus qui : tant de gens étaient venus aux obsèques de Seth Calder...

– Oui.

La réponse avait été plutôt cinglante.

Lorna avait du mal à se mettre à la place de Benteen, à imaginer ce qu'aurait été sa vie sans une mère. Et ensuite, perdant un père. Ses parents l'aimaient tendrement, elle ne pouvait concevoir l'existence sans eux.

– Ta mère est morte lorsque tu étais enfant?

Elle espérait qu'en parlant de sa mère, Benteen oublierait momentanément le chagrin causé par la disparition de son père, ce chagrin qu'il gardait enfoui au plus profond de lui.

Lorsque Benteen pivota sur ses talons pour la regarder, Lorna fut frappée par la haine qui assombrissait ses yeux.

– Elle n'est pas morte. Elle nous a quittés pour un homme.

Ses lèvres étaient retroussées comme celles d'un animal prêt à mordre.

– Je l'ignorais.

Lorna recula, effrayée. Mais elle comprit que le regard haineux de Benteen s'adressait au portrait.

– Papa attendait toujours qu'elle revienne, continua-t-il sur un ton monocorde, dépourvu d'émotion. Il n'a plus jamais entendu parler d'elle, mais il a continué à attendre. Maintenant, il n'attendra plus.

La main gantée qui tenait le cadre trembla légèrement.

Un petit feu brûlait dans la cheminée pour adoucir la morsure du froid printanier. Sans prévenir, Benteen y lança la photographie. Le verre vola en éclats, le portrait s'écrasa contre les chenets. Lorna, bien que choquée sur le moment, saisit le tisonnier et parvint à récupérer la photo avant qu'elle ne brûle.

Benteen avait compris l'intention de la jeune fille; il lui saisit le poignet et le lui serra jusqu'à lui faire mal.

– Laisse-la brûler, Lorna!

Lorna, les yeux pleins de larmes, ne comprenait pas cette réaction. Pour la première fois de sa vie elle défiait l'autorité d'un homme.

– Je ne te laisserai pas mettre le feu au portrait de ta mère, malgré tout ce qu'elle a pu faire!

– C'est le portrait de *ma* mère, aboya Benteen, c'est tout ce qu'il mérite.

– Non, tu ne feras pas ça!

Lorna prit le tisonnier et écarta du feu le cadre de bois. Elle frémissait de colère. Un moment, elle crut que Benteen allait la frapper, et sa main trembla. Mais elle poursuivit ses efforts désespérés pour sauver le portrait. Elle ne sentait plus le sang au bout de ses doigts lorsque Benteen desserra enfin son étreinte. Il lâcha d'une voix âpre :

– Elle mérite de brûler en enfer! Fais ce que tu veux de ce portrait mais je ne veux plus jamais le revoir!

Lorna sentit ses genoux fléchir lorsque Benteen s'éloigna à grandes enjambées. La porte d'entrée claqua : il était parti. La jeune fille s'agenouilla devant le feu.

– Que s'est-il passé?

Lorna jeta un coup d'œil par-dessus son épaule. Sa mère se tenait devant la porte, l'air inquiet. Lorna ne répondit pas. L'amertume et la colère que Benteen avait fait naître en elle étaient des sentiments trop intimes pour les partager, même avec une mère.

Lorna posa le tisonnier par terre et ramassa précautionneusement le portrait. Le cadre en bois était carbonisé sur les côtés et l'image roussie. Mais la jeune femme blonde aux yeux noirs continuait à sourire, intacte. Lorna souffla sur la fine poussière grise qui obscurcissait le visage et se releva. Elle ne ressentait plus la moindre faiblesse.

– Voudrais-tu mettre ce portrait dans un tiroir de ma commode? demanda-t-elle à sa mère. Je le garde pour Benteen.

– Oui, ma chérie.

Mme Pearce fronça les sourcils en remarquant

les traces de brûlé. Elle jeta un regard scrutateur sur sa fille. Celle-ci était devenue une femme, et elle allait partir.

– Je vais rejoindre Benteen, reprit Lorna en marchant vers la porte.

En sortant de la maison, elle l'aperçut en train de détacher son cheval. Elle serra son châle sur sa poitrine et dévala l'escalier. Benteen ne daigna pas lui accorder un regard. Elle savait qu'il partirait si elle ne l'arrêtait pas. Après la nouvelle de la mort de son père, elle ne voulait pas qu'ils se quittent sur une dispute.

– Voudrais-tu m'aider à atteler le *buggy*, Benteen? J'aimerais t'accompagner au cimetière pour te montrer la tombe de ton père.

Quand Benteen baissa enfin les yeux sur elle, ils ne reflétaient plus aucune lueur de colère. Lorna respira. Mais il avait gardé une expression dure.

– Oui, dit-il.

Benteen conduisit son cheval vers un petit hangar, derrière la maison, où les Pearce rangeaient leur attelage. Lorna le suivit. Elle l'observa qui attelait le cheval à la petite voiture, puis fixait le harnais. Le fait d'occuper ses mains semblait relâcher sa tension. Peu à peu, ses mouvements devenaient plus lents, plus naturels.

Il aida Lorna à monter dans le *buggy* et à s'installer sur le siège; il la traitait avec distance. Elle se poussa pour lui faire de la place, espérant qu'il s'assiérait à côté d'elle, mais il lui donna les rênes de l'attelage et enfourcha son cheval.

Il escorta la voiture à travers les rues de la ville jusqu'au petit cimetière. Arrivé là, il sauta à terre, attacha sa monture au *buggy* et prit Lorna dans ses bras pour l'aider à descendre.

– Sa tombe se trouve sous ce grand chêne, indiqua la jeune fille.

– Oui, fit-il du bout des lèvres.

Un instant, elle crut qu'il allait refuser de l'accompagner. Mais il lui passa sa main gantée de cuir autour de la taille. Ensemble, ils gravirent l'allée qui traversait le cimetière, dépassèrent des tombes et des monuments funéraires, avant de parvenir au grand arbre qui dominait le parterre. Le vent, en soufflant sur les tas de feuilles mortes, émettait une plainte que rendait plus poignante la simple croix de bois sur le monticule de terre.

Benteen lâcha la taille de Lorna et ôta son chapeau. Le vent ébouriffait ses cheveux noirs. Il lut ces simples lettres : « Seth Calder repose en paix. »

– Beaucoup de voisins et d'amis ont assisté à l'enterrement, dit Lorna.

Le jeune homme lui lança un regard perçant.

– Boston est-il venu?

– Non, mais le soir même il est passé à la maison présenter ses condoléances. Il était bouleversé à l'idée que la saisie ait pu précipiter la mort de ton père.

– J'imagine qu'il devait être bouleversé!

Lorna ne releva pas le sarcasme et regarda au loin. La réaction de Benteen l'irritait : elle la trouvait injuste.

Lorsque les jeunes gens eurent regagné le *buggy*, Benteen se retourna pour adresser un dernier regard au cimetière.

– Ici est enterrée la dernière raison que j'avais de rester au Texas. C'est la dernière fois qu'un Calder reposera dans cette terre.

Ce serment avait quelque chose de morbide qui fit frissonner Lorna. Il y avait une partie de Benteen qu'elle ne comprenait pas. Elle passa les bras autour de sa taille et se blottit contre lui, pressant sa joue sur sa large poitrine pour cacher son visage.

– Ne parle pas ainsi, Benteen.

Il l'étreignit plus fort, puis glissa les mains sous

ses cheveux et, lui prenant la nuque, l'obligea à lever la tête.

– Marions-nous vite, dit-il. Je veux que nous partions dès que j'aurai les vivres et les chevaux nécessaires pour la piste.

– Pourquoi es-tu si pressé?

– Tu es l'unique belle chose que j'aie trouvée au Texas, murmura-t-il.

L'espace d'un instant, son masque avait glissé, révélant sa peine et son amertume.

De nouveau, il la serra contre lui. Il se pencha sur elle et lui prit les lèvres avec passion. Elle glissa les bras autour de sa taille et se laissa envelopper par la chaleur de son corps viril. Benteen sentait palpiter la vie chez la jeune fille blottie contre lui. Dans cet espace de mort, il avait besoin de la source de vie qu'elle lui offrait.

Il relâcha son étreinte, Lorna fut déconcertée : elle ne souhaitait pas qu'il se sépare d'elle. Soudain, elle sentit une main effleurer sa poitrine et lui emprisonner un sein. Une vague de désir monta en elle.

Elle était sur le point de céder lorsqu'elle se rendit compte que son désir, surtout dans un tel lieu, était coupable. Elle tenta alors de se dégager des bras de son fiancé, mais elle n'en eut pas la force. Elle avait le souffle court, comme si elle venait de courir, et ses joues étaient cramoisies. Elle releva la tête et chercha les yeux de Benteen, redoutant d'y lire une condamnation pour l'avoir pratiquement invité à la traiter comme une femme de saloon mais, dans ses yeux, elle ne découvrit que du chagrin. Il regarda sa main sur le sein ferme et l'enleva lentement.

– Je n'aurais pas dû te laisser faire, chuchota Lorna, anxieuse. Tu dois sans doute croire que...

– Que je veux être enfoui au fond de ton corps. (Il s'aperçut soudain de la signification de sa phrase et eut un sourire triste.) Bon sang, Lorna, il faut nous marier bientôt. J'ai besoin de toi.

– Moi aussi, j'ai besoin de toi, murmura-t-elle.

6

Sur les pistes, le cuisinier était l'homme le plus important après le « patron ». Outre la préparation des repas et le devoir de garder le café chaud tout au long de la journée, il soignait hommes et chevaux, arrachait une dent à l'occasion et coupait les cheveux. Le cuisinier pouvait rendre la vie agréable ou la transformer en un véritable enfer.

Benteen avait choisi un vieux loup de mer qui prétendait avoir été le cuisinier privé d'un amiral. Il y avait longtemps que tout le monde avait oublié son nom – y compris lui-même – depuis le jour où, un cow-boy ayant affirmé que son café avait un goût de rouille, le cuisinier lui avait jeté le pot de café à la tête. De ce jour, un surnom lui était resté : Rusty.

Rusty, donc, et Benteen s'étaient donné rendez-vous en ville pour équiper le chariot-cuisine qui deviendrait le domaine du cuistot au cours des mois à venir.

Après avoir présenté le cuisinier à Arthur Pearce, Benteen expliqua au père de Lorna :

– Rusty sera mon cuisinier sur les pistes. Il va vous passer une commande, je reviendrai payer la note.

La meilleure façon de se mettre Rusty à dos était de lui dire de combien de kilos de farine, de mélasse, ou encore de litres de vinaigre on avait besoin. Benteen lui laissait donc l'entière responsabilité des achats.

– Benteen, dit M. Pearce, ma fille m'a laissé un message au cas où je vous verrais : elle voudrait vous parler.

– Un certain Davies a un chariot à vendre, rétorqua Benteen. Je vais d'abord essayer de le voir. Ensuite, je passerai chez vous.

– Ma fille ne sera pas à la maison cet après-midi. Elle doit se rendre avec ma femme chez la modiste pour essayer le voile de mariée. Après... elles risquent de s'arrêter à l'église pour s'entretenir avec le pasteur.

Les yeux de Benteen brillèrent de malice.

– Que dois-je faire? Courir à travers toute la ville à leur recherche?

Il quitta peu après le magasin afin de retrouver l'homme qui voulait vendre son chariot : il lui serait utile pour transporter ses affaires, et, de plus, Lorna pourrait y trouver un peu d'intimité et de confort. Benteen ne tenait pas à ce qu'elle vive à la dure comme les cow-boys. Après le chariot, il achèterait une vingtaine de chevaux. Il projetait aussi de vendre quelques taureaux à Dodge City, car il aurait besoin d'argent pour payer les meneurs, dès qu'ils seraient arrivés au Montana. A propos du Montana, Benteen se demandait comment Barnie aurait passé l'hiver...

Benteen traversa la rue dans un nuage de poussière soulevée par les sabots des chevaux et les roues des attelages. L'écurie de louage était juste là. Le martèlement d'une enclume s'ajoutait au vacarme de la rue. Benteen aperçut le boiteux en train de ferrer un cheval. Il s'avança vers lui.

– Salut, Stoney!

– Salut, Benteen. C'est triste pour ton père. J'ai entendu dire que tu te tirais bientôt?

– Dans trois jours.

– Tout de suite après la noce, pas vrai? (Les yeux du bonhomme s'animèrent d'une petite lueur lubrique.) J'espère que tu seras en bonne condition pour enfourcher ton cheval!

Benteen se contenta de sourire, sans relever l'allusion.

– On m'a dit qu'un certain Davies avait un chariot à vendre.

– Exact, approuva Stoney.

Il tira un coup sec sur la tête du cheval qui tentait de se dérober au fer rouge.

– Où est-il?

– Derrière, dans la remise. Davies l'a entreposé ici, il espère bien le vendre, il a besoin d'argent.

Benteen allait traverser le corral en direction de la remise quand il crut entendre crier son nom, mais sans en être sûr, à cause du tintamarre de la rue.

– Eh! Calder!

Un fourgon s'approchait de l'écurie. Un homme et une femme étaient assis sur le siège avant. Benteen revint sur ses pas et reconnut Ely Stanton. Ely arrêta les chevaux juste devant le poste de louage.

– Salut, Ely, fit Benteen en portant la main à son chapeau en signe de respect pour la femme.

– Je suis venu en ville pour te voir, déclara Ely, grimaçant un joyeux salut.

Benteen ne se souvenait pas de l'avoir vu sourire.

– Voici Mary, ma femme, poursuivit Stanton. Je crois que tu ne l'as jamais rencontrée. C'est M. Calder, ma chérie.

C'était une femme plutôt modeste, mais du genre à porter la culotte dans un ménage. Il y avait en elle quelque chose de solide que Benteen appréciait malgré tout.

– Stanton m'a beaucoup parlé de vous. Si la moitié de ce qu'il prétend est vrai, vous êtes un sacré bonhomme!

Ely jeta un regard impatient à son épouse pour la faire taire. Benteen s'amusa de cette hardiesse.

– Je venais t'apprendre que Mary et moi avions décidé de t'accompagner, annonça Ely.

Il s'était exprimé avec une certaine emphase pour affirmer en quelque sorte sa position de chef de famille.

– Mais seulement jusqu'à Dodge City, précisa Mary. De là, on partira pour l'Iowa. J'ai de la famille là-bas.

– Ely m'en a soufflé un mot, assura Benteen.

Il détestait l'idée de voir un cow-boy de la valeur d'Ely transformé en fermier. Pourtant, cela ne le concernait point.

– Bon. On reviendra après-demain, déclara Stanton.

Cette fois-ci, sa femme n'intervint pas.

– Benteen!

Ayant reconnu la voix de Lorna, il se retourna. Un sourire éclaira son visage rude lorsqu'il aperçut la jeune fille au milieu de la rue. Elle était accompagnée de sa mère; toutes deux attendaient qu'un attelage soit passé. Benteen eut la vision tentatrice d'une cheville bien tournée au moment où Lorna souleva sa jupe en reculant devant une deuxième voiture. Il émit un grognement sourd à la pensée de devoir attendre encore deux jours avant que Lorna ne lui appartienne.

– Hello!

Malgré son air de grande dame, les yeux bruns de Lorna brillaient d'un plaisir contenu.

– Papa nous a dit que tu serais par ici.

– Je suis venu voir un chariot à vendre. Nous en aurons besoin pour transporter vos précieux effets, mademoiselle, dit Benteen sur un ton moqueur, faisant allusion au linge brodé et aux articles de ménage que Lorna avait accumulés pour leur future maison.

Lorna éclata de rire.
– J'espère qu'il sera grand, ce chariot!
– Lorna, fit-il en la prenant par le coude, j'aimerais que tu fasses la connaissance d'Ely Stanton et de son épouse, Mary. Ils doivent faire une partie du voyage avec nous. (Il se tourna vers le couple.) Ma fiancée, Lorna, et sa mère, Mme Clara Pearce.

Benteen ne remarqua pas combien Mary Stanton avait eu l'air impressionnée durant ces échanges de politesses.

– Vous ne m'aviez pas précisé, s'étonna Mme Pearce, qu'un autre couple devait vous accompagner.

– Cela s'est décidé tout récemment, reconnut Benteen, mais j'ai pensé que Lorna apprécierait la compagnie d'une femme.

Mme Pearce avait beau faire confiance à son futur gendre, elle s'était inquiétée de savoir sa fille seule au milieu d'un campement d'hommes : de surcroît, les cow-boys avaient la réputation de chahuter et de boire.

Lorna adressa un sourire aimable à la femme assise dans le chariot.

– J'espère que nous ferons plus ample connaissance. (Elle marqua une pause.) Puis-je vous appeler Mary?

– Je vous en prie, chuchota Mme Stanton.

Entre ses cils, elle jaugeait la jeune fille : sa peau claire qui avait dû être protégée contre les rayons du soleil, ses gants blancs...

Fille de fermier, Mary Stanton connaissait le labeur. Elle n'avait pas l'habitude de baisser la tête devant les hommes, mais il y avait certaines femmes qui lui faisaient prendre conscience de son manque d'éducation. Lorna en faisait partie. Les sentiments de Mary étaient ambigus : d'un côté elle méprisait chez la jeune fille son ignorance des difficultés de la vie, de l'autre elle enviait sa manière élégante de s'exprimer.

– Ton père m'a dit que tu voulais me parler, Lorna?

– Oui. Le révérend Matthews désire nous recevoir demain matin à l'église, annonça Lorna. Je crois qu'il veut nous faire un sermon sur le caractère sacré du mariage et les devoirs des époux.

– Est-ce vraiment nécessaire?

Benteen poussa un soupir excédé. Il avait tant d'autres choses à faire avant son départ...

– Chase Benteen Calder, tu dois venir, s'emporta Lorna. Le révérend est presque convaincu que j'épouse un païen. Si tu n'es pas là demain, il est capable de refuser de nous marier.

– C'est bon, dit Benteen avec un sourire narquois.

– Rendez-vous demain à l'église, à 10 heures précises.

Lorna posa sa main gantée sur le bras de son futur époux en un geste possessif. On aurait dit qu'elle voulait montrer son attachement en public.

– Maintenant, reprit-elle, maman et moi nous devons vous quitter. Nous avons une foule de courses à faire avant le mariage. (Elle s'adressa plus particulièrement au couple assis dans le chariot.) Ce fut un plaisir de faire votre connaissance. Nous nous reverrons bientôt, Mary.

En voyant Lorna s'éloigner avec sa mère, Benteen dut lutter contre son désir ardent de la garder près de lui. Il était avide de la posséder, corps et âme. Le besoin de l'avoir à ses côtés devenait plus aigu à mesure que la date du mariage approchait.

– Ta promise est une bien jolie fille, déclara Ely Stanton sur un ton d'admiration respectueuse.

Il ne remarqua pas l'expression jalouse qui traversa le visage de sa femme.

Benteen cessa à regret de suivre des yeux la silhouette de Lorna et le balancement provocant de sa jupe longue. Le compliment de Stanton le remplissait d'orgueil.

– Oui, elle est très belle, avoua-t-il.

– Est-ce qu'elle le restera quand elle aura subi le soleil et le vent? protesta vivement Mary Stanton. Pardonnez-moi, monsieur Calder, mais je crois que vous ignorez combien le voyage va être difficile pour quelqu'un comme votre fiancée. Elle est habituée aux... aux jolies choses.

– Lorna est forte, protesta Benteen, vexé.

– C'est pas ce que Mary voulait dire, intervint Ely.

Il lui donna un coup de coude pour qu'elle reste tranquille. Mary serra les lèvres, irritée contre les hommes qui croyaient tout savoir.

– Bien. Maintenant, je vais voir le chariot, dit Benteen. Nous nous revoyons dans deux jours.

Après avoir pris congé du couple, il se dirigea enfin vers la remise.

Chez la modiste, Lorna se regardait dans un miroir. Elle tourna légèrement la tête pour mieux admirer le voile en dentelle et les bouquets de perles qui dissimulaient les peignes retenant ses cheveux. Elle adorait le contraste du blanc lumineux sur le brun soyeux de sa chevelure.

– Sue Ellen, je ne trouve pas les mots, tellement c'est beau, murmura-t-elle à son amie. Je devrais enlever ce voile avant qu'il arrive un malheur, mais... franchement, je ne peux pas.

– Imagine un peu l'effet qu'il va faire avec ta robe de mariée, s'extasia la fille de la modiste.

Elle enviait la beauté naturelle de Lorna. Celle-ci se tourna brusquement vers son amie :

– Rends-toi compte, Sue Ellen! Dans deux jours, je serai Mme Chase Benteen Calder!

– N'es-tu pas... nerveuse? (Chaque fois qu'elle songeait à Benteen comme mari, Sue Ellen frissonnait d'inquiétude : la façon dont il regardait Lorna était tout simplement scandaleuse.) Je veux dire... au sujet de la nuit de noces... et tout...

Lorna fixa un point au loin pour éviter le regard inquisiteur de la jeune fille.

– Oui, un peu, reconnut-elle, le rose aux joues.

Elle avait essayé de ne pas penser au mariage, car elle ne trouvait pas convenable de laisser son imagination vagabonder. Son éducation ne lui avait pas appris à considérer la passion comme une vertu.

– Crois-tu?... J'ai entendu dire que c'est douloureux pour une femme la première fois. (Sue Ellen avait baissé le ton. Elle jeta un coup d'œil anxieux vers l'arrière-boutique, où sa mère et Mme Pearce prenaient le thé.) Ça me paraît dégradant... d'abandonner son corps... à un homme... Qu'en penses-tu?

– Ce n'est peut-être pas si terrible, hasarda Lorna.

– J'ai aussi entendu dire, continua Sue Ellen, que l'on peut penser à autre chose pendant... que...

– Vraiment? s'étonna Lorna en riant pour chasser son malaise grandissant.

Par bonheur, la cloche de la boutique tinta, signalant l'arrivée de trois clientes. Leur tenue voyante révélait sur-le-champ le genre de femmes qu'elles étaient. La première réaction de Lorna fut : une jeune fille convenable ne devait pas sembler connaître ces « belles de nuit ». Lorna savait, par Sue Ellen, qu'elles fréquentaient la modiste, toujours à l'affût des dernières créations de chapeaux.

– Je ferais mieux d'aller chercher maman, chuchota Sue Ellen. Lorna, tu peux aller dans l'arrière-boutique et attendre qu'elles soient parties.

– Non, ne t'inquiète pas.

Lorna se retourna vers le miroir et fit mine d'arranger son voile en dentelle.

Le comportement de son amie l'amusait plutôt. Sue Ellen agissait comme si elle avait été souillée par les trois jeunes femmes qui se trouvaient dans la même pièce qu'elle. Lorna, elle, même si elle refusait de l'admettre, éprouvait quelque curiosité à l'égard de ces créatures que fuyaient les gens respectables.

Dans la glace, elle vit une femme aux cheveux roux intercepter Sue Ellen avant qu'elle ne s'échappe :

– Excusez-moi, mademoiselle. Je passais voir si le chapeau que j'ai commandé était arrivé.

La dame avait une intonation faussement distinguée. Sue Ellen rougit jusqu'à la racine des cheveux.

– Je vais chercher maman.

Elle s'écarta vivement de la femme rousse. Dès qu'elle eut disparu, Lorna entendit les deux autres prostituées éclater de rire.

– Mon Dieu, Pearl, déclara l'une d'elles, tu as embarrassé cette jeune fille!

– C'est son imagination qui l'a embarrassée, rétorqua la dénommée Pearl.

Lorna se demanda si cette femme ne disait pas vrai. Elle n'eut pas le loisir de s'attarder sur cette pensée : son regard fut attiré par la brune qui s'avançait pour regarder les chapeaux exposés près d'elle.

– Pearl, Jenny, venez voir!

Entourée par les trois « belles », Lorna fit semblant d'être absorbée par son voile. Elle ne voulait pas avoir l'air de s'intéresser à elles. Cependant, celle qui s'appelait Pearl s'adressa directement à elle.

– Quel beau voile! s'exclama-t-elle, en s'approchant pour admirer la dentelle.

– Merci, répondit Lorna sur un ton de froide politesse.

– Vous allez vous marier? devina Pearl alors que ses deux compagnes venaient de la rejoindre.

– Oui, reconnut Lorna en surprenant une lueur d'envie dans ses yeux.

La jeune fille ressentait une légère pitié : aucun homme honnête n'épouserait des créatures de cette condition.

– Vous ferez une bien jolie mariée, déclara encore Pearl. N'est-ce pas, les filles?

– C'est vrai, approuva la brune.

La troisième, qui s'appelait Jenny et qui n'était guère plus vieille que Lorna, malgré le fard et le rouge à lèvres, demanda :

– Qui est l'heureux homme? Peut-être le connaissons-nous?

Lorna faillit ne pas répondre, puis changea d'avis.

– Benteen Calder.

Une partie d'elle-même lui conseillait de ne pas parler à des personnes aussi peu recommandables.

– Benteen Calder, répéta la brune avec un clin d'œil à Pearl. J'ai dû le rencontrer.

Lorna tressaillit, mais Pearl s'empressa de corriger la maladresse de son amie :

– T'inquiète pas, ma chérie, elle veut seulement dire qu'elle l'a croisé au saloon. Il devait y boire une bière. Des filles comme nous, ça n'oublie pas un type comme Benteen Calder!

C'était là un compliment, mais Lorna ne put s'empêcher de se demander si les prostituées *connaissaient* vraiment son fiancé.

– Laisse-moi te donner un conseil, ma chérie, poursuivit Pearl. Si tu ne veux pas que ton homme fasse des frasques, il te faudra être plus passionnée que lui... au lit.

Le sang se retira du visage de Lorna.

– Si les épouses suivaient cette règle, reprit la brune, nous n'aurions pas beaucoup d'hommes mariés comme clients.

– Mademoiselle Rogers! s'écria la mère de Sue Ellen, très choquée.

Celle-ci avait brusquement mis fin à la conversation. Mais le pire, songea Lorna, était qu'elle en avait sûrement surpris les derniers mots. Les filles de joie ne parurent pas intimidées par le regard outré que leur jeta la modiste.

– Ne gaspillez pas votre salive à me faire la morale, madame, lança Pearl. (Elle s'éloigna de Lorna abasourdie.) Je n'étais pas en train de corrompre cette charmante enfant. Au contraire, je voulais lui épargner des chagrins d'amour dans l'avenir. A propos, chère madame, mon chapeau est-il arrivé?

– Non, pas encore.

– Nous repasserons dans quelques jours.

Les trois filles quittèrent dignement la boutique.

Après avoir réprimandé sa fille pour avoir abandonné Lorna, la modiste s'excusa auprès de Mme Pearce, descendue avec elle :

– Je suis désolée, Clara. Je n'aurais peut-être pas dû permettre à ces créatures de fréquenter mon magasin. Malheureusement, le commerce...

– Vous n'êtes pas responsable, Liza, protesta la mère de Lorna, magnanime. Je connais ma fille, je sais qu'elle n'aura prêté aucune attention à ces propos. Maintenant, ma chérie, enlève ton voile, nous devons nous rendre à l'église.

La conversation ayant glissé sur un autre sujet, Lorna crut qu'on en avait terminé avec les prostituées. Cependant, dès qu'elle eut quitté la boutique, Clara Pearce s'adressa une nouvelle fois à sa fille :

– Il y a parfois des situations qui incitent un homme à rechercher la compagnie de... ces femmes, pour répondre à ses besoins.

– Quel genre de situation?

– Lorsqu'une épouse ne peut remplir ses devoirs conjugaux, parce qu'elle est malade ou... si elle ne veut plus d'enfant.

– Alors, toi et papa..., commença Lorna.

– C'est cela, reconnut Mme Pearce. Ton père a bien compris que c'était le seul moyen.

– Et il n'a pas été malheureux? questionna Lorna en songeant à ce que lui avait dit la prostituée.

– Non. Mais ne t'inquiète pas, conseilla la mère avec un sourire. Tu découvriras ces choses toute seule. Un jour toi aussi tu les rediras à ta fille.

– Oui, un jour, répéta Lorna, songeuse.

7

Le chariot était en meilleur état que Benteen ne l'espérait. Il conclut donc l'affaire avec le fermier Davies. Il y attela deux chevaux et, en fin d'après-midi, se rendit chez Lorna afin qu'elle y mette ses affaires. Comme elle ignorait comment répartir le poids à l'intérieur, Benteen resta pour l'aider.

Lorna s'embarrassait de tant de choses inutiles! Benteen détestait jouer les censeurs, mais il dut intervenir : il ramassa deux tiges pleines d'épines, enveloppées dans un linge humide.

– Je ne te croirai pas si tu prétends que c'est lourd et encombrant, décréta Lorna.

Mains sur les hanches, elle défiait son futur époux.

– Mais de quoi s'agit-il? interrogea Benteen.

– Ce sont des boutures de rosiers, expliqua la jeune fille. Je les planterai devant notre future maison.

– Lorna, voyons, elles mourront avant. Tu perds ton temps, je t'assure.

– Tu as refusé que j'emporte le chiffonnier de ma grand-mère et la table en chêne que mon oncle a faite pour nous. Je veux prendre quelque chose qui me rappellera mon chez-moi. Et en l'occurrence ce seront ces boutures de rosiers. Cela m'est égal si tu crois qu'elles mourront.

Benteen poussa un soupir à fendre l'âme.

– Emporte-les donc, puisque tu y tiens tant. Où les mettrons-nous? Sous le siège?

– Oui, je les y glisserai facilement.

Benteen les enfouit sous le siège du chariot. Là, elles seraient à l'ombre et ne risqueraient point qu'on les écrase.

– J'espère que c'est tout.

– C'est tout, en dehors de mes effets personnels, répliqua Lorna.

– Désolé. Je sais que tu laisses beaucoup de choses derrière toi. Mais les chevaux ont déjà tellement à tirer!

– Je sais.

Elle baissa la tête et se détourna. Benteen aperçut une larme qui brillait dans ses yeux. Il lui prit le menton et obligea la jeune fille à le regarder en face.

– Pourquoi ces larmes?

– C'est facile pour toi de faire tes bagages et de partir : tu ne renonces à rien!

– Tu ne vas tout de même pas déjà avoir le mal du pays, protesta Benteen. Nous ne sommes pas encore partis.

– Ne plaisante pas.

Il cacha son irritation et prit Lorna par la taille pour l'embrasser sur le front.

– Je te fais une promesse, ma chérie : tu aimeras notre maison du Montana autant que celle de tes parents.

Elle ravala ses larmes et se dégagea de l'étreinte de son fiancé, ne voulant pas qu'il la prenne pour une enfant. Ensemble, ils devraient affronter l'avenir. Quant à elle, il ne fallait pas qu'elle continue à regretter le lieu de son enfance. Mais ce n'était pas facile. Elle essuya furtivement ses joues humides.

– N'oublie pas, Benteen : demain, nous avons rendez-vous à l'église, à 10 heures.

– J'y serai.

Le lendemain matin, Mme Pearce accompagna sa fille à l'église. Pendant que les fiancés s'entretenaient avec le révérend, elle jeta un dernier coup d'œil sur la décoration de la chapelle. Elle n'avait pas lésiné pour le mariage de sa fille, son unique enfant. Elle avait été tellement occupée ces jours derniers qu'elle n'avait pas encore eu le temps de penser au jour où Lorna la quitterait. Puis Clara Pearce fit le tour de l'église et rejoignit Lorna et Benteen dans la sacristie.

– Nous partons, maman, annonça Lorna. Benteen a des courses à faire, mais avant, il veut nous déposer à la maison.

– Je suis prête, répondit Clara Pearce. Je voudrais m'arrêter au magasin, j'ai deux mots à dire à ton père. Je ne serai pas longue.

Durant la période du départ pour les pistes, Mme Pearce n'aimait pas sortir dans la rue sans être accompagnée, surtout dans le quartier commerçant où se réunissaient beaucoup de cowboys.

– J'ai tout mon temps, répondit poliment Benteen.

Les rues étaient pleines de cow-boys sur le point de partir pour le « rassemblement ». Presque tous remarquèrent la très jolie femme assise dans le *buggy* à la droite de Benteen Calder. De son côté, il entendait leurs commentaires, mais comme ils n'étaient pas irrespectueux, il n'éprouva pas la nécessité de « défendre l'honneur de sa belle ».

Il stoppa le *buggy* devant le magasin des Pearce et passa les rênes à Lorna pendant qu'il aidait Mme Pearce à descendre.

– Je ne serai pas longue, répéta cette dernière.

Il contourna la petite voiture et s'approcha du siège de Lorna.

– C'est demain le grand jour! Crois-tu que ta mère y soit préparée?

– Je l'espère, affirma-t-elle avec un pauvre sourire. Elle n'a pas arrêté de courir, ces jours derniers. On dirait que c'est elle qui se marie!

Il régnait une grande activité dans la rue. Benteen avait appris la vigilance, il interceptait le moindre mouvement, repérait les visages. C'est ainsi qu'il aperçut Judd Boston bien avant que celui-ci l'eût remarqué. Il se dirigeait vers sa banque.

L'homme ne manifesta aucune surprise lorsqu'il vit enfin Calder près du *buggy*. Crânement, il changea de direction pour venir lui parler.

– Bonjour, Benteen. Mademoiselle Pearce!

Il s'était découvert avec politesse devant Lorna.

– Monsieur Boston, dit Benteen avec un salut imperceptible de la tête.

– Calder, je n'ai pas encore eu l'occasion de vous présenter mes condoléances pour la mort de votre père, quoique vous doutiez, je pense, de ma sincérité.

– Puisque vous le reconnaissez vous-même, je n'ai rien à ajouter.

– Votre réaction ne me surprend aucunement, poursuivit le banquier. Je m'attendais à ce que vous passiez à la banque, afin que nous puissions nous expliquer sur les circonstances du décès de M. Calder.

– Pourquoi? N'était-ce pas évident? Vous avez acculé mon père à la mort en lui confisquant son bétail et ses biens. Les dés étaient pipés, mais il refusait de le voir.

– Je suis heureux que vous l'ayez constaté, Benteen.

Boston eut le sourire suffisant de celui qui se croit en présence d'un inférieur.

– Je me contente de demander un nouveau jeu, avant de m'asseoir à la table d'un forban, rétorqua Benteen.

Boston parut ulcéré, mais il se contrôla immédiatement.

– Si j'ai bien compris, vous partez pour le nord avec votre troupeau?

– C'est exact.

– Quelle entreprise! (Boston s'interrompit pour regarder Lorna.) Surtout quand on a une fiancée. Je crois que le mariage est pour demain?

– Oui.

– Quel dommage d'abandonner une si jolie épouse, le lendemain de la noce! insista Boston en louchant vers Lorna.

– Lorna m'accompagne sur la piste, déclara froidement Benteen. Nous allons nous établir dans le Montana.

– J'ai entendu des bruits qui couraient à ce sujet, mais je ne les avais pas pris au sérieux. Alors, vous quittez le Texas pour de bon?

– Je n'ai plus rien au Texas, répondit Benteen en pensant à son père. Monsieur Boston, vous avez « eu » Seth Calder, mais je vous préviens : si lui n'a pas voulu s'abaisser à votre niveau, moi, je n'hésiterai pas à vous faire un mauvais coup. Si j'ai un conseil à vous donner, ne vous trouvez plus sur mon chemin.

– Votre hostilité n'est pas fondée, Benteen, reprit Boston avec calme. Je n'avais rien contre votre père.

– Je vous crois! Mais je vous préviens encore une fois : ne vous trouvez plus sur mon chemin.

Boston eut un rire étouffé, comme s'il trouvait absurdes les soupçons de Calder, et prit congé :

– Maintenant, je vous prie de m'excuser. J'ai un rendez-vous. Meilleurs vœux de bonheur à tous les deux.

La dernière phrase s'adressait plus particulièrement à Lorna. On aurait dit que le banquier voulait s'attirer les grâces de la jeune femme et modifier la triste opinion que son mari avait de lui.

– Tu n'as pas été très courtois, Benteen.

– Ce genre de type ne mérite pas la moindre courtoisie, répliqua-t-il violemment.

Ce soir-là, Judd Boston fit un détour avant de regagner son ranch du Ten Bar : il se rendit au pâturage où était rassemblé le troupeau qui lui appartenait et qui, lui aussi, emprunterait la piste du nord dans deux jours.

Un cow-boy aperçut le *buggy* et son escorte qui traversaient la prairie, et passa l'information à Bull Giles : le patron se pointait. Bull Giles s'avança à sa rencontre. Le bonhomme portait bien son surnom : il avait un cou de taureau et le visage aplati comme s'il avait reçu un coup de poing.

Il aimait mieux donner des ordres qu'en recevoir : c'est pourquoi il conduisait les troupeaux sur les pistes, ce qui mettait nécessairement une distance entre lui et son patron.

Le contremaître, Loman Janes, chevauchait à droite du *buggy*. Bull Giles, qui n'aimait pas cet homme, s'adressa directement à Boston :

– Quelque chose ne va pas, monsieur Boston?
– Benteen Calder va démarrer avec son troupeau dans quelques jours.
– Ça veut dire que nous allons bouffer sa poussière jusqu'à Dodge City! déclara Bull. Rassurez-vous, je sais comment guider les vaches sur les pistes.
– Tu ferais bien. Calder raconte qu'il part pour le Montana. Je veux savoir s'il y va vraiment.
– C'est vrai, affirma Bull Giles. Barnie Moore l'attend dans une concession, elle est même déjà clôturée.
– Je connais la chanson, dit Boston avec impatience, excédé par le ton assuré de cet homme. Je veux être sûr, pour Calder.
– Vous êtes déjà allé dans ce pays? demanda Giles sur un ton de défi. Moi, j'y ai chassé le buffle il y a quelques années. De l'herbe... rien que de l'herbe. Pourquoi Calder resterait-il ici, à se quereller avec vous pour un lopin de terre? Il peut acquérir un domaine auprès duquel le Ten Bar paraîtra misérable.
– Une fois arrivé à Dodge City, je veux savoir ce que Calder a l'intention de faire, répéta Judd Boston.
Avec son fouet, il cingla l'attelage du *buggy*, qui démarra en trombe.

8

La cérémonie nuptiale fut très rapide. En s'engageant dans la nef au bras de son père, un instant Lorna songea à s'enfuir... Puis elle vit Benteen qui l'attendait près de l'autel, si beau dans son costume de drap noir. Il lui apparut si confiant, si sûr de lui, que la jeune mariée se reprocha son doute.

Elle s'attendait à un changement profond de son être à l'instant où le prêtre déclarerait que Benteen Calder et Lorna Pearce étaient devenus mari et femme. Mais l'épouse resta identique à la fiancée. Lorna rougit lorsque, après la bénédiction, Benteen déposa un chaste baiser sur ses lèvres. Maintenant, il était son époux, ce qui lui donnait des droits. Avec son bras autour de sa taille, sa main qui l'effleurait sans cesse, comment aurait-elle pu l'ignorer?

A la cérémonie succéda un souper chez les Pearce. Benteen n'avait pas de famille, et les parents de Lorna n'avaient invité que quelques cousins éloignés.

Par bonheur, des amis chaleureux remplacèrent avantageusement les proches. Mme Pearce ne servit pas d'alcool, mais quelqu'un en avait apporté, et l'on buvait dans le jardin. De temps en temps, on remarquait une ombre qui se glissait dehors pour avaler une « petite goutte ». La conversation et les rires s'intensifiaient à chaque rasade.

– Je crois que c'est enfin le moment de nous éclipser, souffla Benteen à l'oreille de Lorna.

– Nous pourrions peut-être attendre un peu.

La jeune femme ne tenait pas à quitter cette soirée, elle voulait en savourer chaque instant. Jamais plus elle ne serait une mariée. De plus, elle appréhendait de se retrouver seule avec Benteen...

– Non. Laissons tes parents s'occuper des invités.

Une femme ne devait pas s'opposer à la décision de son mari : Lorna renonça à discuter. Toutefois, les jeunes époux ne purent s'échapper tranquillement. A l'instant où les invités comprirent qu'ils cherchaient à partir, ils leur déversèrent une pluie de riz accompagnée des traditionnelles plaisanteries grivoises.

Comme les mariés n'avaient pas de maison à eux, Benteen avait retenu une chambre dans l'un des meilleurs hôtels de Fort Worth. Il posa par terre le sac des effets personnels de Lorna et se retourna pour la regarder. Elle hésitait sur le seuil de la porte.

– Dois-je te porter? demanda-t-il avec un sourire.

Les yeux sombres de Benteen, brillants de désir, ébranlèrent les nerfs, déjà à fleur de peau, de Lorna. Elle se précipita dans la chambre avant que son mari ait esquissé un geste. Benteen ferma la porte. Elle sursauta en entendant la clef tourner dans la serrure.

Elle balaya du regard le mobilier, s'avança vers la commode, peut-être parce qu'elle se trouvait à l'autre bout de la chambre, et posa sa main gantée sur la surface de chêne.

– C'est un meuble solide, dit-elle.

– Le lit aussi est solide.

Lorna devint écarlate. Rien de ce qu'elle avait appris à la pension de jeunes filles ne concernait la nuit de noces. Elle savait tout faire : mettre une table, confectionner un bouquet, broder, mais elle ignorait comment se comporter le soir de son mariage.

– Désolé, Lorna, je ne voulais pas t'embarrasser.

Benteen s'était excusé mais une note d'amusement persistait dans sa voix...

– Je ne sais que faire, avoua Lorna en baissant la tête. Il faut que tu me dises... Dois-je aller dans la salle de bains, pour commencer? Ou...

Elle leva des yeux hésitants. Benteen s'approcha d'elle et lui prit le menton.

– J'ai attendu longtemps, Lorna, trop longtemps pour que nous nous amusions avec des bagatelles.

Lorna ne put répondre, tant le cœur lui battait. Elle aussi avait attendu cette nuit. Elle ne l'avait pas redoutée – en fille inconvenante, songea-t-elle tout à coup. Elle ne craignait pas Benteen. Si elle avait peur, c'était de son désir de découvrir l'amour.

Quelque chose frémit au plus profond de la jeune fille, lorsque Benteen se pencha sur elle et l'embrassa. Elle se figea un moment quand la bouche de son mari se posa sur la sienne et bougea doucement, jusqu'à ce que ses lèvres serrées s'entrouvrent.

Il la prit par la main et la guida vers le lit, sans jamais détacher son regard du sien. Il lui enleva son gant et lui saisit l'autre main; il contrôlait parfaitement ses gestes. Il rabattit le couvre-lit.

Elle fut frappée par la force tranquille qu'il dégageait. Un instant, son assurance la gagna. Mais dès que les grandes mains de Benteen touchèrent le premier bouton de sa robe, cette sensation disparut. Elle leva les yeux sur le col amidonné de sa chemise blanche, qui se détachait sur son cou puissant et bronzé.

Ses sens étaient comme électrisés, mais elle resta immobile pendant que son époux dégrafait sa robe de mariée. A chaque respiration, elle sentait ses joues, rasées de frais, exhalant un parfum de vétiver. Elle ferma les yeux.

Un par un, ses jupons furent enlevés et jetés sur une chaise, par-dessus la robe de mariée. Lorna se retrouva en chemisette et avec ses bas. Elle ne bougeait toujours pas mais souleva les paupières pour observer son époux avec une curiosité inquiète. Celui-ci ôta son veston noir et déboutonna le col amidonné de sa chemise. L'estomac de Lorna se serra lorsqu'elle aperçut son torse nu, recouvert d'un duvet sombre et frisé. Elle était choquée malgré elle, car elle désirait voir ce corps mince et musclé, qui jusqu'ici ne s'était que pressé contre elle. L'inconvenance de ce désir la fit se détourner;

ainsi, elle ne verrait pas son mari dévêtu. Son estomac était serré au point de devenir presque douloureux.

Une lampe brûlait près du lit, répandant une faible lumière dans la chambre. Soudain, Lorna désira l'obscurité.

– Ne pourrions-nous pas éteindre?

Le ton de sa voix révélait son émoi.

– Mais nous ne nous verrions plus, protesta Benteen. (En silence il se plaça derrière son épouse.) Et je veux voir ma femme.

Le souffle manqua à la jeune épouse en sentant Benteen lui embrasser la nuque puis la gorge, là où une veine battait. Ses genoux se dérobèrent lorsqu'il dénoua le cordon de sa chemisette. Il la lui passa par-dessus la tête et la jeta sur le plancher. Il se baissa. Lorna respirait à peine. Il commença à faire descendre ses bas, les roulant doucement le long de la cuisse et du mollet, avant de les enlever. Elle essaya de cacher ses tressaillements. Bientôt, elle fut complètement nue. Elle ferma les yeux.

– Regarde-moi, Lorna.

Sa voix puissante lui fit ouvrir les yeux. Elle fixa un point sur le mur, fuyant son visage.

Une main puissante lui enserra le poignet, la poussa doucement vers le lit. Submergée par une vague de pudeur, elle tenta de résister.

– Ma chemise de nuit, chuchota-t-elle.

– Tu n'en as pas besoin, protesta Benteen, la voix rauque. Les chemises de nuit sont faites pour dormir. Et tu ne vas pas dormir avant longtemps. Avant très longtemps.

Elle poussa un cri tremblant et se laissa entraîner. Le matelas moelleux accueillit ses reins frémissants. Elle redoutait que Benteen ne découvre l'immensité de son désir... et de sa peur.

La tête appuyée sur l'oreiller garni de duvet, Lorna avait parfaitement conscience de la raideur de son corps et de ses bras. Son mari était couché à côté d'elle, tourné vers elle. Sa respiration s'était accélérée. Le désir contenu dans ses yeux était si violent qu'elle en fut ébranlée. Il caressa du regard sa poitrine ferme, son ventre plat, et la ligne délicate où ses cuisses se rejoignaient. Lorna ne put réprimer un frisson. Elle referma les yeux.

– Ce n'est pas mal de me regarder, ma chérie, je suis ton mari.

Il se rapprocha et enleva l'oreiller de sous sa tête. Son torse effleura les seins nus de la jeune femme. Un picotement sur sa peau l'incita à ouvrir les yeux. Le visage de Benteen était tout proche; elle distinguait les pores de sa peau et la fine cicatrice blanche sur sa tempe.

– Je serai aussi doux que possible. Tu n'as pas à avoir peur.

Elle approuva de la tête, en silence. Son regard glissa sur les lèvres viriles, attendant qu'elles prennent sa bouche. Son cœur battait à se rompre.

A nouveau il l'embrassa, sans hâte mais sensuellement. Il taquina ses lèvres, provoquant une réponse. La bouche de Lorna était pleine de son goût à lui.

Sa main remonta sur la poitrine, tiède sur la chair nue. Elle sentit ses seins se gonfler, anticipant la caresse. Un corps solide d'homme se pressait contre elle, mais, n'osant pas encore le toucher, elle glissa sa main sous le matelas.

Lorsque enfin la bouche de Benteen lui brûla la gorge, Lorna tourna la tête et se mordit les lèvres pour étouffer un gémissement de plaisir. Un feu explosa dans son corps quand Benteen lui mordilla le bout du sein, le titillant de sa langue. Elle sentit un cri monter dans sa gorge et pressa son poing sur ses lèvres pour le réprimer. Mais elle retira sa main : Benteen l'obligeait à le regarder.

– Ne te retiens pas, Lorna. Laisse-moi t'écouter.

– Je ne peux pas, murmura-t-elle avec un gémissement qui contredisait sa réponse.

Elle leva la tête, mendiant un baiser, ayant oublié cette peur qu'on la touche, et glissa ses doigts dans les épais cheveux de son époux. Une sorte d'instinct primitif avait balayé sa pudeur. Lorna s'abandonna aux sensations qui lui tendaient les reins. Ses hanches s'arquèrent, recherchant la caresse. Elle ne se sentait plus obligée de serrer les jambes; le doux espace entre elles se trouva comblé... Un plaisir fou s'engouffra en elle, la menant à une sorte de frénésie. Elle entendit Benteen murmurer, très loin :

– Jouis, mon amour.

Elle se tordit, en proie aux sensations violentes qui déferlaient en elle.

Il s'écoula plusieurs minutes avant qu'elle ne rouvre les yeux. Elle gisait, pantelante et épuisée, mais éblouie. Benteen souriait au-dessus de son visage, tout en la caressant. Elle ne savait pas très bien ce qui lui était arrivé, mais lui, il semblait avoir compris. Il recommença de l'embrasser.

Elle croyait ne plus pouvoir rien éprouver, mais, lorsque Benteen lui effleura la gorge de ses lèvres, puis les seins, l'excitation recommença.

Cette fois, il lui écarta les cuisses avec son genou et s'allongea sur elle. Elle avait vaguement conscience que le moment de l'union était arrivé. Instinctivement, Lorna baissa les yeux vers le ventre de son mari. Un frisson d'inquiétude la parcourut, suivi d'un mouvement de panique : elle était trop étroite pour recevoir... D'ailleurs, le premier essai l'avait démontré.

– Non. Je t'en prie.

Elle repoussa Benteen, essayant de ne plus le garder sur elle.

– Tout ira bien, Lorna.

Il essayait de l'apaiser, mais elle se sentait incapable, maintenant, de se dominer. Il la tenait serrée sous lui.

– Non!

Les joues cramoisies, elle tenta de lui expliquer ce qui, pour elle, était évident.

Il lui prit les lèvres, étouffant toute protestation. Lorsqu'il la pénétra, elle eut l'impression qu'une lame de poignard la déchirait. La douleur diminua progressivement, au rythme de ses hanches. Très vite, la sensation désagréable disparut, pour faire place à un plaisir grandissant. Il augmenta à une allure folle, conduisant Lorna à une explosion des sens, une apothéose. Benteen fut secoué de violents frissons... Enfin, il s'abandonna, haletant.

Au bout de quelques instants, il roula sur le matelas et ouvrit les yeux pour regarder sa femme. Il glissa une main sur la poitrine durcie et la referma sur un sein. La jeune femme, gênée, tira le drap pour cacher sa nudité.

Il lui dit avec un sourire :

– Nous sommes mariés, Lorna. Tu ne dois pas avoir honte.

– Je sais.

Il était terriblement difficile de rompre avec des habitudes de pudeur.

– Comment te sens-tu, ma chérie? (Il caressa son ventre encore frémissant.) Tu as aimé, n'est-ce pas?

C'était là une constatation plus qu'une question. Lorna s'en inquiéta : il avait découvert qu'elle aimait faire l'amour. Elle ne voulait pas qu'il la prenne pour une putain.

– Non, mentit-elle.

– Comment? (Il se souleva sur un coude et scruta le visage de la jeune femme, d'un œil inquisiteur.) Je n'ai pas eu cette impression. Si cela t'a déplu, pourquoi avoir été si... passionnée, si... ardente?

– Tu es mon mari, expliqua Lorna. Je ne peux te contester les droits du mariage.

Il lui prit le menton et l'obligea à le regarder dans les yeux.

– Je t'ai vue la première fois. Tu es beaucoup trop candide pour simuler le plaisir.

Elle se tourna, rouge de confusion, et tenta de se dérober. Benteen la cloua sur le matelas.

– Mais non. Je ne savais pas... comment arrêter.

– Pourquoi le voulais-tu? demanda-t-il, incrédule.

– Parce que..., hésita-t-elle, je ne veux pas que tu me croies... frivole.

– Mon Dieu! Qui a pu te mettre une pareille idée en tête?

– Moi-même, répliqua Lorna, prudente et peu sûre d'elle.

– Je te savais jeune, mais... La passion est naturelle entre un homme et une femme. Ce n'est pas mal d'aimer le sexe.

Elle détourna les yeux en entendant ce mot cru. Benteen lui renversa la tête en arrière pour la dévisager.

– Alors, dis que tu as aimé faire l'amour avec ton mari.

– Je... j'ai aimé... faire l'amour avec mon mari.

Elle avait hésité, puis débité la phrase d'une traite.

– Peut-être, quand je t'aurai fait l'amour une centaine de fois, tu t'exprimeras avec passion et non avec cet air coupable.

– Je t'aime, Benteen.

– Et tu as intérêt à n'aimer personne d'autre, déclara-t-il sur un ton faussement menaçant. (Il se pencha par-dessus sa femme pour éteindre la lampe à pétrole et la caressa au passage.) Tu m'appartiens, dit-il encore. La femme a été créée pour le plaisir de l'homme.

Quelque chose, dans cette remarque, rappela à Lorna la mise en garde de la galante Pearl.

– Benteen, appela-t-elle, en caressant le duvet sombre de son torse, as-tu fait l'amour avec beaucoup de femmes?

– Quoi? fit-il d'une voix amusée, une enquête sur mon sordide passé? J'ai connu des femmes, oui.

– Quelle sorte de femmes? Etaient-elles respectables?

– Moi, je les respectais, en tout cas. C'est tout ce que tu as besoin de savoir.

– Mais...

– Plus de questions, maintenant. (Il posa une main sur la bouche de sa jeune femme.) Demain nous aurons une longue journée. Il est temps de dormir.

Lorna sut qu'elle avait beaucoup à apprendre.

9

Les premières lueurs de l'aube filtraient à travers les plantes poussiéreuses qui ornaient la fenêtre de l'hôtel. La rue débordait déjà d'activité. Benteen était allongé dans le lit, admirant Lorna endormie. Le drap rabattu sur ses genoux découvrait sa taille et ses cuisses fermes. Jusqu'à cette nuit, il n'avait pas mesuré l'intensité de la passion contenue dans ce beau corps mince. Elle ne l'avait pas choqué, bien au contraire : ravi était le mot qui convenait pour décrire son état.

Son regard caressa le ventre plat et les hanches. Bon Dieu! Cette femme lui avait pris toute sa sève. Le souvenir de la nuit le fit se tendre de désir. Lorna souriait encore, comblée. Elle bougea légèrement dans son sommeil et se tourna vers lui.

Il était temps de se lever, mais il ne voulait pas l'éveiller. Il voulait la regarder, étudier les parties de son corps qui lui avaient échappé pendant l'amour.

Elle battit des paupières et ouvrit lentement les yeux. Benteen lut le trouble dans son regard : elle se demandait où elle pouvait bien être. Elle découvrit son mari à son côté et se souvint.

– Bonjour, madame Calder.

Elle fut envahie par un accès de pudeur au moment où elle s'aperçut qu'elle était découverte. Elle remonta brusquement le drap.

– Bonjour, répondit-elle d'une voix rauque de sommeil.

– Saviez-vous que vous ronfliez? la taquina Benteen.

– Ce n'est pas vrai!

Il se pencha pour l'embrasser sur les lèvres. La manière dont elle répondit à son baiser risquant de lui faire oublier l'heure, il se retira à contrecœur. Pourtant le désir qui brillait dans les yeux de sa jeune épouse mettait sa volonté à rude épreuve.

– Il faut nous lever. Nous partons.

Il sortit du lit. Lorna se cala la tête dans l'oreiller pour mieux le voir. Elle était un peu déçue qu'il ne veuille pas lui faire l'amour. Son premier réflexe fut de se détourner, mais la curiosité fut la plus forte. Elle se sentit un peu coupable de regarder son dos musclé et ses hanches étroites.

Benteen s'habilla, non pas avec son costume de marié, mais avec de bons vêtements de travail. Il se retourna en glissant sa chemise dans son pantalon de serge.

– Debout, Lorna!

C'était plus une invitation qu'un ordre.

– Ne pouvons-nous pas rester un jour de plus? demanda-t-elle.

Il s'avança vers le lit et, se penchant, posa ses mains sur les hanches de sa femme.

– Si nous pouvions attendre, je serais couché avec toi.

On aurait dit qu'il la fouillait du regard à travers le drap, ce qui ranima la passion de Lorna.

– Le bétail ne peut paître un jour de plus sur cette terre, il lui faut de l'herbe. Nous devons partir.

– Juste un jour..., reprit-elle.

– Non.

La réponse était catégorique. Elle fut suivie d'un geste tout aussi éloquent : Benteen glissa les mains sous les épaules de Lorna et la tira hors du lit.

– Tout est prêt et mes gars ont reçu l'ordre de faire démarrer les bêtes avant midi.

Lorna se tint devant Benteen, nue. Il lui caressa distraitement la taille.

– Je pars dès que je serai lavé et rasé. Si tu veux venir avec moi, je te conseille de te dépêcher. Tu ferais bien de t'habiller.

Lorna comprit alors combien la vision d'une femme pouvait émouvoir un homme. Elle n'eut pas le temps d'approfondir cette réflexion : il lui fallait se vêtir et faire ses paquets.

Après un déjeuner succinct dans la salle à manger de l'hôtel, les époux se rendirent chez les Pearce pour leur dire adieu. Cette formalité irritait Benteen, mais Lorna aurait refusé de s'en aller sans avoir embrassé ses parents.

Comme les adieux menaçaient de s'éterniser, Benteen se sentit obligé d'intervenir en saisissant sa femme par le coude.

– Lorna, il nous faut partir.

– Un instant, implora-t-elle, en larmes.

– Non.

Benteen n'avait pas nuancé sa réponse, malgré le chagrin de Lorna.

Quand elle comprit que sa prière ne l'ébranlerait point, elle se jeta dans les bras de sa mère, qui la serra tendrement contre elle. Mme Pearce pleurait. Jamais Benteen ne l'avait vue aussi bouleversée. Arthur Pearce, lui aussi, avait les yeux humides lorsqu'il s'avança vers son gendre pour lui prendre une main entre les siennes.

– Prenez bien soin de ma petite fille, supplia-t-il avec un sourire forcé.

– Je vous le promets, monsieur, répondit Benteen en faisant semblant de ne pas remarquer sa voix rauque.

– Oh! papa, s'écria Lorna en venant se pendre au cou de son père.

Arthur Pearce enfouit son visage dans les cheveux bruns de sa fille et l'étreignit avec émotion.

– Tu vas me manquer, papa, sanglota-t-elle.

Benteen comprenait qu'il ne serait pas facile de mettre un terme à ces effusions, mais il s'avança tout de même.

– C'est le moment, Lorna.

– Je...

Les mots s'étranglèrent dans sa gorge. Elle s'enfuit vers le chariot, une main sur la bouche pour étouffer ses sanglots.

Un peu brusquement, Benteen l'aida à monter sur le siège avant et s'installa à côté d'elle. Son air malheureux, son visage mouillé de larmes lui faisaient de la peine.

– Au revoir!

– Au revoir!

– N'oublie pas d'écrire!

– Vous me manquerez!

– Au revoir!

Cette fois, Benteen n'essaya pas de distinguer les voix. Il fouetta les chevaux. Le tintamarre des chaînes, le piétinement des sabots et le fracas des roues du chariot couvrirent les adieux. A ses côtés, Lorna agitait frénétiquement la main. Elle se retourna pour ne pas perdre ses parents de vue tandis que le fourgon descendait la rue. Elle pleurait toujours, et Benteen gardait les lèvres serrées, en silence, frustré de ne rien pouvoir faire ou dire.

En sortant de la ville, Lorna cessa de sangloter, mais les larmes continuaient à couler sur ses joues. Benteen jeta un regard de côté sur son petit visage pâli. D'une main, il dénoua son propre foulard et le lui tendit. Elle le prit et essuya ses joues mouillées.

– Je ne peux pas me retenir, s'excusa-t-elle.

– Je sais. (A tort ou à raison, elle lui donnait le sentiment de se conduire comme un vaurien qui l'aurait enlevée à la tendresse de ses parents. Cela l'ulcérait; elle était sa femme. C'était à lui qu'elle appartenait, non plus à eux.) Ce n'est pas en pleurant que tu te sentiras mieux.

Il se maudissait de ne pas savoir la réconforter. Pourtant, il passa son bras autour de ses épaules, mais elle se dégagea.

– Tu ne peux pas comprendre, fit-elle, les yeux à nouveau pleins de larmes. Je ne les reverrai peut-être jamais.

Comme elle avait sans doute raison, Benteen n'essaya pas de discuter. Mais le regard de Lorna l'implorait : elle attendait qu'il éloigne ses craintes.

– C'est vrai, n'est-ce pas? souffla-t-elle.

– Je ne sais pas, Lorna.

Il voulait se montrer honnête. Il crut qu'elle allait éclater en sanglots, mais elle n'en fit rien. Les larmes continuaient à ruisseler sur ses joues. C'était encore plus difficile à supporter.

Tout était prêt pour prendre la piste lorsque les jeunes mariés arrivèrent au campement à 8 heures – trois heures après le lever du soleil. Ely Stanton avait déjà attelé les chevaux au chariot-cuisine. Les cow-boys étaient en selle, attendant l'ordre de démarrer. Benteen arrêta son attelage et mit le frein. Il jeta un coup d'œil vers Lorna et remarqua les traces de larmes sur son visage. Il poussa un soupir et sauta à terre.

Jessie Trumbo s'approcha à cheval.

– Patron, quand vous voudrez.

Benteen fit un signe de tête approbateur et, sans regarder Lorna, s'approcha du chariot d'Ely Stanton. Il porta la main à son chapeau pour saluer sa femme assise sur le siège avant. Un bonnet dissimulait ses cheveux. Elle fixa carrément le patron dans les yeux.

– Je vous serais reconnaissant, madame Stanton, si vous pouviez conduire mon attelage ce matin. Ma femme apprécierait grandement votre compagnie.

– Bien sûr, monsieur Calder, accepta Mary en lissant sa longue jupe de calicot.

Elle sauta à bas du siège. Benteen s'approcha ensuite du chariot-cuisine dans lequel Jessie s'entretenait avec Rusty.

– Dis à Joe Dollide de conduire le chariot de Stanton ce matin.

Les deux hommes avaient remarqué le petit visage défait de la jeune mariée, mais n'avaient fait aucune réflexion. Jessie approuva de la tête et galopa pour aller chercher le jeune cow-boy, pendant que Mary Stanton grimpait à côté de Lorna. Aussitôt, elle nota son air malheureux et en éprouva soudain une immense pitié.

– Votre mari pense que vous avez besoin de compagnie ce matin, expliqua-t-elle avec un gentil sourire.

Lorna baissa la tête sans répondre; elle triturait le foulard roulé en boule sur sa cuisse. Devant elle, Mary aperçut l'irascible cuisinier qui se préparait à partir. Elle prit les rênes. Le chariot-cuisine devait ouvrir la route en cette première matinée.

Mary jeta un œil critique sur la capote de Lorna qui lui pendait dans le dos, retenue par des cordons.

– Vous feriez bien de vous couvrir la tête, lui conseilla-t-elle. Autrement le soleil abîmera votre jolie peau.

Dans son état, Lorna ne se préoccupait pas du soleil, mais elle obéit.

Dès que le chariot-cuisine s'ébranla, Mary tira sur les rênes, et Lorna s'agrippa au dossier du siège pour ne pas être projetée en avant. Elle entrevit Benteen qui donnait l'ordre de faire avancer le troupeau.

– C'est dur, la première fois qu'on quitte la maison, remarqua Mary. On sait jamais si on reverra sa famille.

– Oui, approuva Lorna en se tournant vers cette femme qui avait seulement quelques années de plus qu'elle. Y a-t-il longtemps que vous n'avez pas vu vos parents?

– Oui, répondit Mary. Maman est morte l'an dernier. J'espère aller sur sa tombe dès que j'arriverai en Iowa.

Cette réponse ne fit que renforcer les craintes de Lorna. Toutefois, ces paroles étaient plus supportable venant de Mary que de Benteen.

– Le lot de la femme, dans ce monde, c'est la solitude, ajouta Mary. Vous le découvrirez vite, mais vous trouverez le moyen de vous en accommoder.

– Je n'en suis pas si sûre, murmura Lorna.

– Maintenant, vous pensez à ce que vous laissez derrière, mais, dès que vous aurez une maison à vous, des enfants à élever, vous regarderez devant. Le chagrin passe. C'est ainsi.

– Je suppose.

Mais les événements étaient trop récents, bien trop récents pour que Lorna les accepte avec philosophie. De plus, il lui était difficile de réfléchir avec les vaches qui meuglaient et le vacarme du chariot. Le bruit des roues martelait ses oreilles, et elle rebondissait sur son siège chaque fois que l'on passait dans une ornière.

Tout à son chagrin, Lorna ne remarqua pas que la prairie avait revêtu sa robe de printemps. La terre était recouverte d'herbe et les arbres étaient gonflés de bourgeons. Des fleurs des champs tapissaient les collines : des campanules bleues et mauves, des moutardes jaunes, des fleurs rouge orangé éclaboussaient la terre.

C'est une saison qui excite les sens, songea Benteen de son côté. Il en ressentait l'appel. Du point le plus élevé de la butte, il surveillait la progression du troupeau de *long horns*. Le taureau meneur, Capitaine, s'était placé en tête. Les bêtes conserveraient la même place durant tout le rassemblement.

L'Espagnol et Jessie Trumbo occupaient les postes de guides; évoluant de chaque côté du troupeau, ils le menaient dans la bonne direction. C'était une position délicate, exigeant de l'expérience.

Les chariots de tête plongèrent derrière un plissement de terrain. Benteen suivit des yeux celui qui transportait Lorna jusqu'à ce qu'il disparaisse. Il espérait avoir bien agi en confiant sa femme à Mary Stanton.

A cause du départ tardif, Benteen laissa le troupeau se diriger vers le nord une heure de plus que de coutume, jusqu'à ce que le soleil soit au zénith. A midi, le bétail s'arrêta pour paître. L'endroit avait été choisi à l'avance, et le chariot-cuisine attendait les cow-boys pour les ravitailler. Ils se relayaient pour manger afin que les bêtes soient gardées en permanence.

Benteen s'approcha, avec son assiette, de l'endroit où Lorna était assise. Elle ne pleurait plus, mais semblait indifférente à ce qui l'entourait. Il s'accroupit à côté d'elle et rejeta son chapeau sur la nuque.

– Que dirais-tu de manger quelque chose?

– Je n'ai pas faim, répondit-elle sans le regarder.

– Comme tu voudras. (Il s'assit sur les talons et commença à manger. Puis regardant les fleurs des champs et le vert que le printemps faisait exploser partout :) Quelle belle journée!

Elle sortit le foulard de sa jupe et le lui tendit.

– Mary et toi, ça va?

Il glissa le foulard dans la poche de sa chemise.

– Oui.

– Je peux lui demander de monter avec toi cet après-midi, proposa-t-il.

– Je suis capable de conduire l'attelage, rétorqua Lorna.

Il posa son assiette par terre, incapable d'avaler un morceau, avec une tension pareille.

– Lorna, je suis désolé pour tes parents. Je sais que tu es malheureuse mais je ne peux rien faire.

– Tu ne *veux* rien faire.

Lorna se leva et gagna le chariot des Stanton.

Benteen ramassa son assiette et se remit à manger, mais la nourriture avait un goût amer. Le premier jour après le mariage se transformait en enfer, Benteen aurait préféré se damner plutôt que de faire de nouvelles excuses à sa femme.

Lorsque les *long horns* avaient assez mangé d'herbe, ils s'allongeaient pour ruminer. C'était le signal qu'il fallait reprendre la piste : il était facile de conduire le troupeau l'après-midi, car il avait hâte d'arriver pour boire. Après plusieurs heures de marche, alors qu'on approchait de la pause du soir, l'Espagnol rejoignit Benteen.

– Il y a un fermier qui a posé un fil de fer barbelé pour empêcher les vaches de passer. Elles ont arraché un pieu, mais le fil a résisté.

– Coupez-le, ordonna Benteen.

– Le fermier va pas apprécier, dit l'Espagnol en regardant son patron avec des yeux noirs étonnés.

– Personne n'empêchera de boire un troupeau assoiffé. Abaissons le fil, dit Benteen.

Benteen et l'Espagnol abaissèrent le barbelé; le bétail put accéder au point d'eau. Tout commença à se gâter quand le fil de fer s'enroula autour des sabots et des cornes. Benteen se maudit intérieurement en constatant ce qui se passait.

– La débandade! hurla-t-il.

Il en avait reconnu les signes avertisseurs au moment où Capitaine, devenu fou, avait pris sa course, entraînant derrière lui les bêtes affolées. La terre résonnait sous le bruit de tonnerre des sabots. La première chose à éviter était que les animaux se jettent sur les chariots. Aidé de Jonesy monté sur un cheval rapide, Benteen dépassa les bêtes de tête et les obligea à ralentir. Les vaches commencèrent à tourner lentement, décrivant un grand cercle. Au moment où elles semblaient se calmer, arrivèrent des chiens en aboyant. Le troupeau recommença à montrer des signes de nervosité.

Benteen aperçut des fermiers qui accouraient vers le point d'eau. Il serra les lèvres, en proie à la colère.

– Jessie! Shorty!

Il fit signe aux deux hommes de s'approcher, puis s'avança avec eux vers les fermiers.

Soudain, il saisit son fusil et tira sur le chien qui conduisait la meute. Le bruit de la poudre risquait d'effrayer les vaches, mais moins que les aboiements. Derrière Benteen, Shorty et Jessie déchargèrent leurs fusils dans la meute, qui eut vite fait de rebrousser chemin.

A cheval, Benteen affronta les fermiers.

– Vous nous avez tué un chien, cria l'un d'eux.

– Pourquoi avez-vous posé ce fil barbelé? demanda Benteen en ignorant la protestation.

– Cette eau nous appartient, lança un deuxième fermier.

– Allez au diable! Les troupeaux se sont toujours abreuvés ici depuis que le premier meneur a emprunté la piste du nord.

– Il faut nous dédommager, pour le fil abîmé et pour chaque taureau qui a bu, ajouta un troisième homme.

– Je ne paierai pas pour faire soigner mes bêtes! hurla Benteen. N'y comptez pas!

Les fermiers discutèrent entre eux puis s'en allèrent. Bientôt ils furent hors de vue. Au moment où il glissa son fusil dans la gaine attachée à sa selle, il entendit Shorty jurer :

– Foutus fermiers!

– Retournons voir le bétail, ordonna Benteen.

Il aiguillonna sa monture vers le troupeau qui continuait de piétiner le sol avec nervosité.

Pendant ce temps, Lorna, qui avait conduit le chariot toute seule, souffrait le martyre. Depuis midi, elle n'avait pu se soulager. Elle descendit de son siège et jeta un regard anxieux alentour. A l'arrêt de midi, elle avait trouvé un bouquet d'arbres pour se cacher, mais ici il n'y avait que de l'herbe de tous côtés.

– Je vous dételle les chevaux, madame Calder, cria une voix juvénile.

Lorna se retourna en sursaut et vit un garçon brun près de l'attelage. Elle reconnut le jeune homme qui avait conduit le chariot de Mary le matin. Elle ne devait guère avoir que deux ans de plus que lui. Lorna se sentit très jeune à ce moment-là. Seulement, elle était mariée.

– Merci, dit-elle avec un sourire hésitant.

La démarche raide, elle continua vers le chariot des Stanton. Lorsqu'elle vit le bouvier aider Mary à ôter le harnais, elle se sentit moins maladroite.

– Mary!

La petite femme potelée vint à sa rencontre en souriant, mais elle avait toujours le même regard aigu.

– Comment ça va?

– Bien.

Si elle n'avait pas eu un besoin si pressant, Lorna aurait volontiers bavardé avec elle. Au lieu de cela, elle baissa le ton pour que les trois hommes qui se trouvaient dans le campement ne l'entendent pas.

– Où peut-on se soulager?

Il y eut un moment de silence. Lorna parcourut de nouveau la prairie du regard. Elle croyait s'être abaissée en abordant une question intime, mais elle ne pouvait faire autrement.

– Il suffit de s'éloigner un peu, répondit enfin Mary.

– C'est tellement dégagé, tout le monde peut nous voir.

– Lorna, il y a des moments où il faut avoir de la pudeur et des moments où il ne faut pas en avoir, fit doucement Mary. (Elle désigna un endroit au loin.) Derrière cette petite butte.

Etant donné les circonstances, Lorna fit ce qu'on lui avait conseillé : elle feignit de flâner vers la colline. Personne ne parut la remarquer. Elle se baissa, essayant de se faire toute petite. Sa longue jupe et ses jupons lui assuraient une protection...

Soudain, elle entendit quelqu'un marcher dans l'herbe, juste derrière elle. Elle risqua un œil pardessus son épaule et reconnut le cuisinier. Apparemmment, le bonhomme n'avait rien vu et s'avançait en scrutant le ciel.

Lorna se releva, lissa sa jupe et fit mine de retourner au camp. Cramoisie, elle glissa un regard en direction de Rusty, espérant qu'il ne l'avait pas vue. Mais il n'en était rien.

– J'étais allée voir les fleurs des champs, lança-t-elle pour justifier sa présence.

Le bonhomme cligna des yeux.

– Bon sang! j'ai eu la même idée.

Lorna souhaita que la terre l'engloutisse : elle n'avait pas trompé le rusé bonhomme.

A son retour au campement, les cow-boys ne la remarquèrent pas, mais c'était comme si des centaines d'yeux étaient braqués sur elle.

10

Lorna partagea un seau d'eau avec Mary pour se laver le visage et les mains. Un bain était hors de question. Le cuisinier, revenu de sa « promenade » dans la nature, était en train d'ajouter des branches mortes au feu déjà pétillant. Le bouvier avait ramassé du bois sur la piste tout au long de la journée et l'avait serré dans une sorte de hamac, tendu sous le chariot-cuisine. Le café dans le pot en fer bouillait depuis une bonne demi-heure, selon l'habitude.

– Nous devrions nous proposer pour aider à préparer le souper, dit Mary avec une grimace.

– Pourquoi pas? s'étonna Lorna qui ne souhaitait pas particulièrement rencontrer le cuisinier, mais ne comprenait pas pourquoi il refuserait d'être aidé.

– Ely prétend que les « cuistots » préservent

jalousement leur fonction. Ils n'aiment pas qu'on leur donne des avis sur la façon de préparer les repas, expliqua Mary.

Avec Mary comme soutien moral, Lorna s'avança vers le chariot-cuisine. Satisfait que son feu brûle bien, Rusty était retourné à son installation extérieure. Il avait sorti une pâte aigrie d'un tonnelet et lui ajoutait de la farine, du sel et de l'eau pour qu'elle fermente.

– Est-ce que nous pouvons faire quelque chose pour vous aider? demanda Mary.

– Non, répondit le cuisinier, sans même se retourner.

Un grondement s'éleva au loin, qui se transforma en un bruit de tonnerre.

– Qu'est-ce que c'est? interrogea Lorna en se tournant vers l'origine du vacarme.

– La débandade, dit Rusty en s'interrompant dans sa besogne pour lever les yeux.

A trois cents mètres, Lorna distingua le bétail, comme fou, en train de galoper. Elle avait entendu de sombres récits de troupeaux en débandade et de cow-boys piétinés. Son cœur se serra dans sa poitrine à la vue des cavaliers qui chevauchaient, le flanc de leur monture serré contre celui des vaches affolées. Benteen devait être au cœur de l'action, mais la poussière et les corps des bêtes agglutinées empêchaient Lorna de le repérer. La peur la paralysait, elle gardait les pieds cloués au sol et les yeux rivés à la scène.

Rusty avait repris son travail tout en observant attentivement ce qui se passait. Dès qu'il vit le bétail tourner lentement en cercle, il hocha la tête pour signifier son approbation.

– Ils les ont eus, annonça-t-il. Maintenant, ça va commencer, les beuglements.

Ce ne fut qu'en entendant les vaches mugir, que Lorna se rendit compte qu'elles étaient restées muettes pendant la débandade. A présent, le vacarme était terrifiant. Cavaliers et troupeau se confondaient dans la poussière. Impossible d'apercevoir Benteen. Tout à coup, on entendit des chiens aboyer. Lorna le crut, en tout cas. Elle sursauta; des coups de feu avaient suivi. Elle regarda le cuisinier, inquiète.

– Des fusils?

Rusty approuva de la tête.

– Sûrement que Benteen est tombé sur les types qui ont installé le barbelé. Il doit s'expliquer avec eux.

Les coups de feu cessèrent presque tout de suite. Mais Lorna savait qu'elle ne vivrait pas tant qu'elle n'aurait pas revu son mari sain et sauf. Elle continuait de scruter le lointain, essayant de distinguer un cavalier à cheval dans la masse du troupeau.

– Voilà Ely, soupira Mary près d'elle.

Lorna n'avait pas songé que son amie vivait la même inquiétude qu'elle. Elle lui serra le bras pour lui exprimer sa joie qu'Ely Stanton soit indemne.

– Où est donc Benteen? murmura-t-elle.

Il lui sembla qu'une éternité s'était écoulée avant qu'elle ne le reconnaisse parmi d'autres cow-boys, autour du troupeau. Les jambes de Lorna se mirent à trembler. Elle manqua défaillir de soulagement.

Le cuisinier jeta un coup d'œil à la dérobée sur les deux jeunes femmes.

– Vous devriez plutôt vous asseoir et boire du café.

– Merci, dit Mary. Je crois que nous en avons besoin.

Le café était tellement fort et noir que Lorna sursauta à la première gorgée.

– Ely dit toujours que mon café est léger, dit Mary avec un petit rire.

Lorna dénoua les cordons de sa capote. Ces émotions l'avaient vidée. Au moins le breuvage lui redonnerait-il du tonus, en dépit de son goût exécrable.

Benteen resta avec le troupeau jusqu'à ce qu'il ait fini de boire, puis le laissa paître dans la prairie. Il revint au camp et descendit de cheval devant le chariot-cuisine. Rusty lui offrit une timbale de café : il savait que c'était la première chose dont le patron aurait besoin.

– Quelqu'un de blessé?

– Non.

– Tout ce remue-ménage a inquiété votre dame, déclara Rusty l'air de rien.

Il remarqua que Benteen regardait le chariot. Lorna se tenait à l'arrière et fixait son mari sans trop savoir que faire. Celui-ci posa sa timbale et contourna le feu allumé. Lorna l'examina des pieds à la tête pour s'assurer qu'il n'était pas blessé.

– Tu vas bien? demanda-t-elle.

– Pas une égratignure.

Il ébaucha un sourire en constatant le souci qu'elle s'était fait.

Lorna se précipita vers lui, lui entoura la taille de ses bras, et le serra contre elle. Sa présence était plus rassurante que des mots. Elle avoua pourtant :

– J'étais si inquiète...

Il posa une main sur ses cheveux châtains.

– Cela fait partie du travail. Il en est sorti quelque chose de bien, en tout cas.

– Quoi?

– Tu n'es plus en colère.

Lorna se détacha de lui.

– Je n'étais pas fâchée. (Elle n'essaierait pas de lui expliquer combien elle avait été blessée par son incompréhension.) Nous avons entendu des coups de feu, dit-elle.

– Des fermiers ont lancé leurs chiens sur le

troupeau, expliqua Benteen en haussant les épaules pour minimiser l'incident.

– Ce sont ceux qui avaient clôturé le point d'eau?

– C'est ce qu'ils ont prétendu.

– J'imagine qu'ils étaient en colère. N'était-ce pas mal de couper le fil? Je veux dire qu'on ne doit pas porter atteinte à la propriété d'autrui.

– Aucun homme n'a le droit d'empêcher du bétail assoiffé de boire.

Les yeux de Benteen se rétrécirent. Lorna sentit que sa question lui avait déplu.

– Pourquoi ne pas avoir demandé l'autorisation, au lieu de couper toi-même le barbelé?

– Pendant que je l'aurais demandée, qu'aurais-je été censé faire avec plus de deux mille vaches mourant de soif? Elles auraient foncé dans le fil pour s'approcher de l'eau et se seraient blessées. (Lorna remarqua que le regard de Benteen s'était durci.) Ici, ce n'est pas Fort Worth. La vie est différente.

Derrière les époux, Rusty frappa sur une casserole.

– A table! Sinon, je balance tout.

– Tu n'as pas faim? demanda Benteen.

– Si.

Il la prit par le bras.

– Viens, je vais te présenter à mes hommes. La plupart te connaissent, mais pas tous.

Pendant que les cow-boys faisaient la queue pour que Rusty remplisse leur assiette, Benteen les nomma un par un. Shorty Niles fit des compliments excessifs à la jeune épouse, qui la firent rire. Les plus timides devinrent cramoisis, mais tous manifestèrent, malgré tout, le plus grand respect à la femme du patron.

Le repas se déroula sans cérémonie. Les hommes étaient assis par terre, avec leur chapeau sur la tête.

Ils engloutissaient la nourriture comme s'ils ne devaient plus manger les jours suivants. Lorna aurait eu du mal à jouer les grandes dames, assise en tailleur avec sa jupe étalée autour d'elle, son assiette de ragoût à la main.

– Ce ragoût n'est pas banal, dit-elle au cuisinier en guise de compliment. Qu'est-ce que c'est?

Les conversations s'interrompirent un moment. Rusty regarda son patron. Les cow-boys avaient reçu l'ordre de ne pas dire de gros mots devant les femmes.

– Ça s'appelle... « le rata du coquin », finit par dire Rusty.

Quelques cow-boys ricanèrent. Lorna n'avait pas compris la plaisanterie. Elle interrogea Benteen du regard. Celui-ci se contenta de sourire sans répondre.

– C'est fait avec du bœuf, n'est-ce pas? hasarda Lorna.

– Ouais, madame. Avec le foie, le cœur et la langue. Mais le plat tient son goût de la tripe.

– La tripe? répéta Lorna en reposant sa fourchette dans l'assiette.

– Une partie des intestins chez la vache. Comme il y reste toujours un peu d'herbe, c'est comme si on mangeait des légumes.

– Oh! s'écria Lorna en fixant son écuelle.

Elle n'aurait jamais dû se renseigner. Elle ne pouvait avaler un morceau de plus. Et cette nourriture qu'elle avait déjà dans l'estomac, elle n'était pas sûre de la garder... Elle se tourna vers Mary, mais celle-ci ne semblait pas avoir entendu. Comme si Lorna n'en avait pas assez supporté aujourd'hui! C'en était trop. Elle posa son assiette par terre et bondit sur ses pieds.

– Excusez-moi, marmonna-t-elle, consciente du regard de Benteen.

Elle rassembla ses jupes et s'enfuit chercher

refuge dans le chariot. Là, elle s'effondra sur le matelas et éclata en sanglots.

Le visage ridé de Rusty prit un air coupable.

– Désolé, Benteen, j'ai oublié : il y a certains mots qui froissent la sensibilité délicate des dames.

Les cow-boys avaient chuchoté après le départ précipité de Lorna. Benteen, sachant qu'ils guettaient sa réaction, était fâché que sa femme l'ait placé dans cette situation. Il se força à sourire.

– T'en fais pas, Rusty. Il faudra qu'elle apprenne à accepter beaucoup de choses.

Il posa sa gamelle, se leva et traversa le campement sans se presser. Il souleva la bâche du chariot et baissa la tête pour entrer. Les sanglots de Lorna lui parvenaient de l'intérieur. Il s'efforça de dominer son irritation lorsque son épouse leva la tête vers lui. Elle se détourna aussitôt.

– Que se passe-t-il cette fois, Lorna?

Comme le toit du fourgon était trop bas pour qu'un homme y tienne debout, Benteen s'assit sur la litière. Immédiatement, Lorna se redressa et s'assit à son tour. Elle replia les jambes sous sa jupe pour éviter tout contact avec son mari.

– De la tripe, lança-t-elle sur un ton profondément choqué. Tu croyais vraiment que j'allais manger de la tripe?

– Tu aimais le ragoût avant de savoir ce qu'il y avait dedans.

– Il n'y a pas que cela, protesta Lorna en essuyant ses larmes.

– Quoi encore?

– Tout. Tu ne m'as pas dit ce que je devrais endurer.

– Tu savais que ce voyage serait pénible.

Les sourcils froncés de Benteen s'étaient rejoints en une ligne brune.

– C'est dur, reprit Lorna : être pleine de bleus à force d'être cahotée dans le chariot, rester couverte de poussière et de crasse parce qu'il n'y a pas d'eau pour se laver. Et puis le reste...

– J'étais loin de penser que la piste serait éprouvante pour toi, reconnut Benteen. Je comprends que certaines situations peuvent être... embarrassantes. Mais il faudra t'y faire.

– C'est facile à dire.

– Non. Ce n'est pas « facile ». Ce n'est pas facile d'être ici avec toi. Mes hommes t'ont vue te réfugier dans le chariot pour pleurer. Tu pleurais en arrivant ce matin, ce soir tu pleures encore. Que crois-tu qu'ils pensent?

Lorna jeta un coup d'œil gêné vers le campement : elle comprit tout à coup que les cow-boys savaient que Benteen était ici.

– Je n'y avais pas pensé, admit-elle.

– J'imagine qu'ils ont la même opinion que moi, poursuivit Benteen. Au lieu d'épouser une femme, j'ai pris une enfant gâtée.

Sans prévenir, Lorna gifla Benteen avec une telle violence que sa tête pivota. Quelques instants plus tard, la jeune femme, stupéfaite de sa force, le fixait, terrorisée. Il tourna lentement la tête pour la regarder. Personne n'avait jamais porté la main sur lui, mais Lorna était une femme – et son épouse, de surcroît. Une fois de plus, il se domina.

– Bon Dieu! jura-t-il entre ses dents. Je ne te comprends pas.

– Tu m'as poussée à bout.

– Il va falloir que tu grandisses. Et moi, je n'ai pas le temps de te tenir par la main, déclara-t-il sèchement.

– Je n'en ai pas besoin, je ne suis pas une enfant. Je suis loin de savoir tout ce que tu sais, mais je ne suis pas une enfant!

– Ce voyage sera dur. Je ne veux pas te mentir en te racontant que tout va s'arranger. Aujourd'hui n'est qu'un échantillon. Tu as le choix : tu peux pleurer pour n'importe quoi et te désoler, ou bien accepter les choses comme nous tous. Mary Stanton n'est pas dans son chariot en train de pleurer, elle. Et pourtant, elle connaît les mêmes difficultés que toi.

Ce n'était pas là une comparaison tout à fait honnête, Benteen le savait. Mary Stanton n'abandonnait pas une vie douillette comme celle de Lorna. Il avait pris la jeune femme en exemple dans le seul but de provoquer Lorna.

– Alors, que comptes-tu faire? reprit-il. Rester ici à pleurer sur ton sort? Ou bien te joindre à nous, autour du feu?

– Je viens, déclara Lorna avec une lueur de colère dans ses yeux sombres.

– Bien, approuva Benteen en lui tendant la main.

A contrecœur, elle se laissa attirer contre lui. Elle lui en voulait pour sa brusquerie et son manque de compréhension. De son côté, Benteen ne savait pas si son changement d'attitude était fait pour lui plaire ou pour lui donner du dépit. Il y avait du feu en cette femme.

Le geste qu'elle fit pour quitter la litière la rapprocha de son époux. Il mit une main sur sa nuque, lui interdisant tout mouvement, et la sentit se raidir. Faisant fi de son attitude distante, il posa sa bouche sur les lèvres serrées de la jeune femme. Il ne supportait pas qu'elle lui résiste. Mais sa soumission était frustrante pour lui qui avait connu sa passion. Il entreprit de l'embrasser et lui mordilla la lèvre inférieure. Peu à peu, la bouche de Lorna se gonfla, tendue vers lui, offerte. Le désir assombrissait ses prunelles et rosissait ses joues.

– Voilà comme une épouse doit se conduire, murmura Benteen avec reconnaissance. Ni larmes ni bouderie.

Le visage de Lorna prit une expression indéfinissable. Elle jeta un regard songeur sur son mari.

– Sortons, dit celui-ci, avant que l'on se demande ce que nous fabriquons.

Cette proposition eut l'effet escompté; Lorna renonça à la question qu'elle s'apprêtait à poser. Elle suivit Benteen.

Malgré la bonne volonté des cow-boys, qui firent semblant de ne rien remarquer, il ne fut pas facile à Lorna de regagner le campement. On avait fini de manger, les assiettes sales étaient empilées avec les couteaux et les fourchettes dans la bassine. Sans expliquer ses intentions à Benteen, Lorna s'approcha du chariot-cuisine, où Rusty était en train de mettre des haricots à tremper.

– Je vais faire la vaisselle, annonça-t-elle. (En voyant le cuisinier secouer la tête, elle continua avec le plus d'aplomb possible :) Je sais que vous n'aimez pas qu'on vous aide à la cuisine, mais j'ai du mal à imaginer un homme insistant pour laver la vaisselle.

– C'est le bouvier qui s'en charge d'habitude, expliqua Rusty, et il sera pas mécontent de perdre son boulot!

– Merci, monsieur Rusty, dit Lorna en retroussant ses manches.

Benteen avait affirmé que tout le monde la considérait comme une enfant gâtée. Eh bien, elle leur montrerait qu'elle ne craignait pas de s'atteler aux tâches subalternes. Elle avait l'intention de s'imposer.

Les cow-boys remarquèrent ses nouvelles fonctions d'aide-cuisinier en venant chercher leur literie devant le chariot. Benteen le nota également, mais avec un plaisir modéré. Il voulait bien que sa femme soit acceptée par ses hommes, mais à condition qu'elle garde ses distances.

Après avoir assigné à chacun d'eux son poste de

garde pour la nuit, il sella son cheval pour aller jeter un dernier œil sur le troupeau. Il se rendit au chariot-cuisine, où Lorna récurait les assiettes. Elle lui jeta un regard de défi.

– Je vais voir les bêtes, dit-il.

Elle fit oui de la tête, tout en rinçant une gamelle. Le regard de Benteen croisa celui de Rusty.

En s'approchant du troupeau, Benteen reconnut Garvey qui chantonnait une vieille complainte :

Le matin je me lève avant l'aube,
et je dors avant que la lune brille.

Benteen savait que Garvey allait chanter tous les couplets. Il fit l'inspection du troupeau et retourna au campement. Au sud, il vit la lueur d'un autre feu et se rappela que Bob Vernon lui avait dit que le troupeau du Ten Bar les suivait.

Benteen attacha son cheval à un piquet et ramena sa selle au milieu du campement. Lorna était assise devant le feu, à fixer les flammes. Sachant que la nuit serait courte et le lendemain fort long, les cow-boys s'étaient couchés. Ils dormaient à la dure, le chapeau sur le visage. Bob Vernon, le vétéran, lisait pour la cinquième fois un vieil exemplaire de Platon aux pages cornées.

Le jeune Joe Dollide était assis à côté de Lorna. Il était encore trop frais sur les pistes pour savoir qu'il ne fallait jamais laisser passer le sommeil : parfois, lorsque le troupeau part en débandade, un cow-boy peut rester en selle plusieurs jours sans dormir.

– J'ai l'intention d'avoir mon ranch à moi, se vantait Joe auprès de Lorna lorsque Benteen arriva. J'ai déjà choisi ma marque...

– Et une fille bien à toi, termina Benteen pour bien montrer que Lorna était sa propriété privée.

– Monsieur Calder..., fit le jeune homme en se levant promptement.

– Merci de tenir compagnie à ma femme, déclara Benteen avec une emphase destinée à affirmer ses prérogatives de mari.

– Oui, m'sieur. (Joe Dollide s'inclina maladroitement devant Lorna.) Bonne nuit, m'dame.

Avant qu'il parte, Benteen lui demanda :

– Demain je veux que tu ailles regarder s'il y a un cheval paisible qu'une dame pourrait monter en amazone. Si tu en trouves un, amène-le-moi, il sera pour mon épouse.

– Oui, m'sieur.

Joe rejeta les épaules en arrière, fier d'être investi d'une telle responsabilité. Pendant qu'il fouillait dans l'ombre à la recherche de sa couverture, Benteen attrapa le pot de café près du feu.

– Si on te trouve une monture paisible, Lorna, tu ne souffriras plus d'être constamment cahotée dans le chariot. (Il remplit une timbale qui se trouvait également devant le feu.) Tu veux du café?

– Non, merci, répondit-elle en secouant la tête. (La lumière des flammes embellissait ses traits réguliers.) Je me demande comment tu fais pour avaler une pareille mixture.

– Ça fait du bien, dit Benteen avec un sourire.

Il s'accroupit à côté de Lorna. Sa grimace de dégoût l'amusait. Il but une gorgée et parcourut le campement du regard.

– Où est donc Mary?

– Elle et son mari se sont retirés pour la nuit.

Benteen observa le chariot des Stanton sans rien dire, laissant le silence s'installer entre lui et Lorna. Dans une lointaine prairie, un coyote hurla sur une note plaintive et tremblante. Lorna se pelotonna devant l'âtre, recherchant la chaleur du feu. Elle avait serré son châle sur ses épaules pour se protéger de la fraîcheur de la nuit. Son visage exprimait à la fois la force et la fragilité. Au bout de quelques instants, elle se leva en rajustant de nouveau son châle. Sa longue jupe bruissait dans l'herbe lorsqu'elle marcha vers le fourgon.

Benteen resta seul devant le feu, à songer au long voyage qu'il devait accomplir et au troupeau qui l'attendait dans le Montana. Cette perspective le rendait fou; l'herbe épaisse, le ciel à perte de vue... Il abandonnait le Texas derrière lui. Les causes perdues avaient été le lot de son père, encore prisonnier de l'ancien code chevaleresque du Sud. Mais lui, Benteen, était différent; rien ne se mettrait sur son chemin.

– Doux Jésus! jura Shorty Niles, quelque part dans les paquetages.

Benteen fut tiré de ses réflexions par une lumière qui zébrait la nuit. Sa première pensée fut qu'il s'agissait d'un éclair, puis il découvrit Rusty qui regardait vers son chariot. Benteen aperçut alors une silhouette de femme qui se découpait derrière la bâche, éclairée par la lueur d'une lanterne. Elle leva les bras pour enlever un vêtement. La forme du corps se modifia, révélant une poitrine ronde. Cette vision remplit Benteen d'un désir intense, mais il n'était pas le seul à... voir. Il posa son gobelet de café par terre et marcha à grandes enjambées vers le fourgon, vibrant de colère. Il tira la bâche d'un coup sec et se précipita d'un seul mouvement près de la couchette. Surprise, Lorna se retourna, à moitié dévêtue.

– Eteins la lanterne, gronda-t-il à voix basse.

Il le fit lui-même.

– Mais je n'y vois plus, protesta-t-elle en clignant des paupières avec innocence.

– Tu te déshabilleras dans le noir. Avec cette lumière, tu te donnes en spectacle à tout le campement.

L'accusation de Benteen fut suivie d'un silence, puis Lorna chuchota, embarrassée :

– Je l'ignorais.

– Maintenant, tu sais.

Benteen s'apprêtait à repartir, toujours en proie à la colère, mais il marqua une pause... Il devait absolument éviter de s'emporter.

– Ce n'est rien, Lorna, dit-il. Seulement, fais attention!

Il ressortit du chariot et attacha la bâche. Il parcourut du regard le cercle formé par le campement; les cow-boys dormaient, tournés dans la direction opposée.

Il retourna près du feu et ramassa son gobelet de café pour le ramener à la cuisine. Il trouva là Rusty qui remontait son réveil afin de se lever avant tout le monde. Ainsi, les cow-boys pourraient déjeuner aux premières lueurs du jour.

– Réveille-moi avant les autres, demain matin, ordonna Benteen.

– D'accord, patron.

Il sortit du campement pour fumer une cigarette. Mais quand il en eut savouré la moitié, il l'éteignit sous le talon. Dans mille kilomètres, lorsque sa provision de tabac aurait diminué, il regretterait de l'avoir gaspillé. Pour le moment, il avait d'autres soucis...

Son chariot était sombre et silencieux lorsqu'il y retourna. Il entra et se déshabilla. En se guidant à tâtons vers la couchette, sa main rencontra le corps de Lorna sous la couverture, tout près du bord. Lorsqu'il se glissa à son côté, il sentit qu'elle se poussait contre la paroi du chariot, en prenant bien soin de l'éviter. Il resta quelques minutes allongé sur le dos, à fixer le toit bâché, puis tendit le bras et toucha celui de sa femme.

– Lorna, murmura-t-il d'un ton suppliant, pour qu'elle se mette contre lui.

– Non, dit-elle en se raidissant, ils nous entendraient.

Benteen se tourna sur le côté et, prenant sa femme par les épaules, la pressa sur la paillasse. Elle le repoussa. Dans la pénombre, il distinguait nettement ses traits.

– Ils se doutent bien que nous allons faire l'amour, qu'ils nous entendent ou non, raisonna-t-il en glissant une main sous ses reins.

– Non, je ne veux pas.

Elle tourna la tête pour échapper à son baiser et il se retrouva le nez sur son sein. La petite veine de son cou battait follement, lui assurant qu'elle mentait.

– Nous allons vivre sur les pistes pendant six mois, Lorna, et il y a beaucoup de nuits en six mois.

Il lui caressa tout le corps et en saisit les rondeurs, malgré l'obstacle de la chemise de nuit. Elle ne se défendit plus.

– Il n'est pas question que je ne te fasse pas l'amour jusqu'à la fin de la piste. Et je ne me soucie pas qu'on nous entende.

– Moi, si, chuchota-t-elle.

– Alors nous ferions mieux d'apprendre à nous aimer en silence. Après cette nuit, accepterais-tu de rester longtemps sans...

– Non, gémit-elle sans lui laisser achever sa phrase.

Une seconde plus tard, la chemise de nuit volait aux pieds de la jeune femme. Lorsque Benteen voulut caresser son corps nu, il découvrit qu'elle portait d'autres sous-vêtements.

– Est-ce que tu as l'habitude d'aller au lit avec tant d'affaires? bougonna-t-il en dénouant les cordons. Voudrais-tu ôter ce fatras?

– Pas si fort, chuchota-t-elle.

– Enlève tout, souffla-t-il contre ses lèvres.

– Oui.
– Tu es brûlante.
– Toi aussi.
Lorsqu'il se coucha sur elle, Lorna poussa un cri étouffé.
– Nous devions faire doucement, lui rappela Benteen.

11

Ils étaient sur la piste depuis trois semaines et n'avaient pas encore quitté le Texas. Les jours se ressemblaient à travers l'immense et ondoyante prairie. Seul le temps apportait quelque changement. Le plus souvent, il était clair et chaud, avec un soleil qui dardait ses rayons dans un ciel sans nuages. Lorsque le vent soufflait, il n'apportait aucun bien-être; au contraire, il cinglait le visage de Lorna, lui brûlant les joues et couvrant ses vêtements de poussière.
La première fois que des nuages gris obscurcirent le ciel, la jeune femme crut que la pluie serait une bénédiction, mais elle apprit bientôt que non. Durant quatre jours, un crachin lugubre alterna avec une pluie diluvienne qui saturait tout. Lorna mangeait et chevauchait dans des habits humides qui la faisaient frissonner. Elle voyait peu Benteen, toujours levé et en selle avant qu'elle s'éveille. Quelquefois, elle passait une journée entière sans l'apercevoir. La nuit, elle dormait déjà lorsqu'il se couchait. Elle avait confié à Mary que son mari lui manquait. Rusty avait entendu. L'acariâtre cuisinier permettait aux jeunes femmes de lui donner un coup de main, mais pas pour la cuisine. Rusty donc, avait fourni une explication à Lorna :

– C'est lui le patron. Son boulot, c'est de se lever le premier pour distribuer les tâches. Un patron, ça fait quatre fois la distance parcourue par un troupeau.

Benteen étant absent la plus grande partie de la journée, Lorna se demandait si elle aurait supporté la solitude sans la présence de Mary Stanton. En très peu de temps, les deux femmes étaient devenues des amies intimes. Pour Lorna, Mary était une grande sœur avec qui elle discutait librement. Toutes les questions que Lorna ne posait pas à son mari, de peur de paraître trop ignorante, Mary en connaissait la réponse. C'était un être direct et ouvert, pour qui aucun sujet n'était tabou.

Montés sur des chevaux frais, trois hommes sortirent du camp pour aller remplacer les cow-boys de garde la nuit. Lorna entendit le martèlement des sabots d'un animal au petit trot. Il poussa un hennissement au moment où son cavalier tira sur les rênes pour l'immobiliser.

– Que fais-tu, Lorna?

C'était la voix de Benteen. Lorna se retourna et nota la manière dont son mari l'observait, un bras appuyé au pommeau de la selle, sans se soucier des mouvements de tête du cheval.

– J'arrose mes boutures de rosier, répondit Lorna. (Elle lui montra les tiges vertes.) Tu vois comme elles se portent bien. Toi qui prétendais qu'elles mourraient!

– J'ai demandé à Dollide de seller ton cheval. Je te propose de m'accompagner cet après-midi.

C'était là une invitation inattendue qui enchantait Lorna. Mais, d'humeur provocante, elle pencha la tête de côté pour simuler la surprise.

– Voudrais-tu insinuer que tu vas me consacrer une partie de ton temps? Il est si rare que je te voie plus d'un quart d'heure!

Il plissa les paupières mais réussit à sourire.

– Tu deviens sacrément effrontée, tu ne trouves pas?

– Je ne comprends pas pourquoi tu parles ainsi, déclara-t-elle avec une fausse innocence.

Elle éclata de rire.

– Je vais manger un morceau; à tout à l'heure.

Une petite lueur s'alluma dans les yeux de Lorna dès que Benteen fut parti en direction de la cuisine. Elle se précipita chez Mary pour lui annoncer la grande nouvelle. Après que Mary lui eut exprimé sa joie de la voir si heureuse, Lorna posa une question :

– Es-tu certaine de ne pas vouloir que je demande à Benteen un cheval pour toi?

– Oui, j'en suis sûre. Je ne sais monter qu'à califourchon. C'était parfait quand j'étais fille de ferme, mais ça ne convient plus à une femme mariée.

– Mais je pourrais t'apprendre à monter en amazone, rétorqua Lorna sur un ton persuasif.

C'était une offre tentante, car Mary rêvait de ressembler à une dame. Mais elle refusa précisément pour cette raison : elle ne voulait pas admettre qu'elle enviait son amie.

– Non, merci. J'ai déjà assez de bleus et de bosses, à force d'être cahotée sur mon siège. Je n'ai pas besoin en plus de tomber de cheval.

Lorna s'en alla en soupirant. Même si elle avait réussi à convaincre Mary, comme il n'y avait qu'une selle, les amies auraient dû monter séparément, ce qui n'était pas du tout amusant.

Hormis les cas où elle accompagnait Benteen dans l'une de ses incursions en tête du troupeau, les promenades équestres de Lorna se limitaient à suivre le chariot. La jeune femme montait un cheval crème, une bête douce et paisible mais débordante de vie. Elle semblait plus surprise que gênée par la jupe et les jupons de sa cavalière qui lui bruissaient aux oreilles. Lorna l'avait baptisée Sandman (1) à cause de sa couleur et de sa douceur.

Tandis que Sandman trottait au côté du rouan de Benteen, Lorna remarqua que la prairie avait fait place à un terrain accidenté. Il marquait la frontière entre la Rivière Rouge et le Texas. Cette terre sauvage effraya Lorna qui ne s'était jamais éloignée de Fort Worth, sa ville natale.

Les époux atteignirent la Rivière Rouge, ainsi nommée à cause de ses eaux argileuses. Benteen s'arrêta sur un tertre dominant le fleuve et étudia son cours, comme un général scrute un champ de bataille avant de déclencher les hostilités.

– Quelque chose ne va pas? s'inquiéta Lorna.

Elle ignorait que la traversée d'un cours d'eau était terriblement dangereuse pour un troupeau. Jusque-là, on n'avait franchi que des ruisseaux. Benteen ne jugea pas utile d'éclairer sa femme.

Son regard glissa sur la rivière jusqu'à la rive opposée.

– Une fois que nous aurons traversé, le Texas sera derrière nous, dit-il simplement.

Le plaisir qui perçait dans sa voix dégrisa Lorna : elle ne partageait pas le besoin de Benteen de couper toute attache avec son pays. C'était si difficile de passer les jours sans se plaindre, de montrer qu'elle était résolue à s'adapter! Elle essayait bien de se persuader que tout serait merveilleux lorsqu'elle arriverait dans le Montana : elle aurait une vraie maison et non plus ce chariot bâché. Mais quand ce jour béni arriverait-il?

– Attends-moi, ordonna Benteen. Je vais voir ça de plus près.

Lorna empêcha son cheval de trotter derrière le rouan et suivit des yeux son époux qui descendait

(1) Homme de sable.

vers la rivière. Celui-ci ne cessait de penser au troupeau et à la piste. Même quand il emmenait sa femme, comme cet après-midi, on aurait dit qu'il le faisait par devoir. Comme quand elle était petite et que son père la gardait au magasin à condition qu'elle promette de rester assise et de ne pas le gêner. Benteen semblait n'accorder d'attention à sa femme que la nuit, et encore; il l'avait fait rarement ces derniers temps. Avec agacement, elle songea qu'il gardait sa force et son énergie pour la piste.

Benteen avait réussi à faire traverser la rivière à la nage à son cheval, puis à regagner la rive d'où il était parti. Aussitôt après son retour, Lorna entendit un bruit de galop. Elle se retourna mais ne reconnut pas le solide gaillard qui approchait sur son étalon. Elle était plus curieuse qu'inquiète : après tout, Benteen se trouvait à portée de voix.

L'étranger s'arrêta à quelques mètres et ôta son chapeau avec une respectueuse galanterie. Il était tout en carrure et en bras. Lorna inclina la tête, approuvant sa politesse en silence.

– Bonjour, madame Calder, dit l'inconnu. (Le fait qu'il sache son nom surprit Lorna. Il lui sourit avec hardiesse.) Nous ne nous sommes jamais rencontrés mais, comme on vous a souvent décrite, je vous ai reconnue tout de suite.

– C'est vous qui avez donc l'avantage, monsieur.

– Je m'appelle Giles, mes amis m'ont surnommé Bull. Je conduis un troupeau, quelques kilomètres plus bas sur la piste.

– Ravie de faire votre connaissance, monsieur Giles. C'est vous qui menez les vaches de M. Boston, peut-être?

– C'est à peu près ça, m'dame, répondit-il sur un ton d'admiration. Non seulement vous montez une jolie bête, mais encore vous avez un bel esprit.

Personne – pas même son mari – n'avait complimenté Lorna pour son intelligence. Depuis qu'elle était mariée, elle se sentait ignorante et naïve, et brusquement cet homme lui donnait la sensation d'être vive et habile.

– Vous êtes très aimable, monsieur Giles, dit-elle, rayonnante.

– Comment pourrais-je me comporter en compagnie d'une aussi belle femme?

La galanterie de l'homme contrastait avec sa corpulence. C'est peut-être ce qui le fait paraître si sincère, pensa Lorna.

Un bruit de trot signala l'arrivée de Benteen. Bull Giles regarda dans sa direction et remit son chapeau. Le sourire s'effaça de ses lèvres et il arbora l'expression qu'ont parfois les hommes quand ils se rencontrent. Benteen immobilisa son cheval entre celui de Lorna et celui de l'envoyé du Ten Bar.

– Salut, Giles, fit-il avec un bref salut de la tête.

– Comment est la rivière?

– Plus tranquille sur l'autre rive.

Benteen était mouillé et des gouttelettes d'eau brillaient sur la robe de son cheval.

– Quand avez-vous l'intention de traverser? demanda le colosse.

– Demain matin.

– N'attendez pas la journée, autrement je serais obligé de vous pousser pour faire traverser mes vaches.

– Je ne me laisserai pas écarter si facilement, répliqua Benteen.

Apparemment, l'échange paraissait impersonnel, sans éclat, mais Lorna percevait une sorte de courant souterrain qui passait entre les deux hommes.

– Au fait, poursuivit Giles, j'ai entendu dire que vous montiez dans le Montana. J'ai bien l'intention de revoir ce pays dès que j'aurai livré les bêtes de Judd Boston à Dodge City.

L'homme avait fixé Lorna en parlant. Celle-ci

rougit légèrement en sentant le regard aigu de son époux sur elle.

– Vous connaissez *ma* femme? demanda Benteen sur un ton exagérément possessif.

– Oui, je me suis présenté moi-même, reconnut Giles, j'espère que vous vous occupez d'elle, parce que je connais des gars qui aimeraient bien s'en charger.

– Vous parlez de vous? lança Benteen sur un ton accusateur.

– Une brute comme moi! ricana Giles.

– Vous vous sous-estimez, monsieur Giles, protesta Lorna.

– Maintenant, soyez gentille de m'excuser, madame Calder, je dois vous quitter.

Décidément, des manières aussi irréprochables semblaient étranges de la part d'un homme au physique si grossier. L'attention de Giles se reporta sur Calder.

– Je crois que je vais jeter un œil sur la rivière.

Il obligea son cheval à reculer de quelques pas, puis le dirigea vers le gué. Dès qu'il fut parti, Benteen s'adressa à Lorna :

– Que lui disais-tu avant que j'arrive?

– Rien d'important. (Elle fronça les sourcils.) Pourquoi?

– Tu as dû dire ou faire quelque chose. Un type comme Giles ne lorgne pas une femme mariée s'il n'a aucune raison de croire qu'il lui plaît. (Les yeux de Benteen se rétrécirent.) Tu semblais plutôt satisfaite quand je vous ai rejoints tout à l'heure.

– Giles venait de me faire un compliment, et j'ai rarement l'occasion d'en entendre, répliqua Lorna, excédée.

– Au cas où tu l'aurais oublié, j'ai été très occupé ces derniers temps.

– Comment? Tu veux parler de la piste? Pourtant, monsieur Giles travaille sur une piste, lui aussi, et cela ne l'empêche pas d'être courtois.

– Ça fait probablement trois semaines qu'il n'a pas vu de femme.

– La différence, c'est que toi tu me vois tous les jours, continua Lorna sur un ton cinglant. Au moins, M. Giles sait dire aux femmes les mots qui leur donnent confiance en elles. Toi, tu ne sais que me montrer ma stupidité et mon ignorance.

Sur ces paroles, Lorna donna un coup de rênes à son cheval crème. Elle reprit seule le chemin qu'elle et Benteen avaient emprunté quelques minutes plus tôt pour se rendre au bord de la rivière.

Cette nuit-là, Benteen fut de garde auprès du troupeau. Lorna ne lui avait pas adressé la parole à son retour au campement, mais il aurait préféré se damner plutôt que de faire le premier pas. Au matin, pourtant, il se reprocha son mouvement d'humeur.

Les chariots traversèrent d'abord la Rivière Rouge. Ensuite vint le tour du troupeau. Benteen agita son chapeau pour donner le signal du départ. Les cavaliers de tête le transmirent à ceux du milieu, et ainsi de suite.

Capitaine, le taureau meneur, se fraya un passage parmi les bêtes et prit la tête. Le troupeau se déroula alors en un ruban multicolore. Les cow-boys laissèrent les bêtes s'avancer vers la rivière. Dès que le meneur et les vaches qui le suivaient de près pénétrèrent dans l'eau, les cow-boys serrèrent les rangs et poussèrent le reste du troupeau sur les arrières, pour l'obliger à entrer dans la rivière. A droite, Jessie Trumbo lança son cheval à la nage devant Capitaine, lui montrant le chemin.

– Allons, Capitaine, suis-moi! Viens donc, tu es le capitaine!

Les *long horns* en train de nager offraient un

étrange spectacle : les eaux boueuses cachaient leurs corps, ne révélant que leurs têtes armées de longues cornes. Les mâles de tête atteignirent la rive opposée au moment où Jonesy et Andy Young entraient dans la rivière, à cheval, afin d'encadrer les bêtes qui nageaient. Sur la rive, Benteen s'était placé sur un promontoire pour surveiller les opérations, à l'affût de tout ce qui pouvait compromettre la traversée.

Tout se passa parfaitement jusqu'au moment où les choses se gâtèrent au milieu du fleuve. Benteen ignorait pourquoi, mais les vaches commencèrent à tourner en cercle. Elles tentaient de regagner la rive qu'elles venaient de quitter alors que les bêtes de queue les poussaient. Il fallait rapidement intervenir, sans quoi les bêtes du milieu risqueraient de se noyer.

Jonesy, ayant repéré le danger, obligea son cheval à nager vers l'énorme masse mouvante. Il criait et aiguillonnait le troupeau pour qu'il retourne vers la rive nord. Benteen éperonna sa monture en direction de la rivière. Andy Young, lui, fonça vers l'endroit où il y avait le plus de pagaille. Un taureau, pris de panique, chargea son cheval. Le cavalier fut désarçonné.

– Andy est tombé! hurla Jonesy.

Benteen vit le chapeau du cow-boy flotter à la surface de l'eau, puis sa tête émergea un instant. L'Espagnol, qui se trouvait déjà sur la rive nord, souleva une gerbe d'eau avec son cheval en se jetant à son tour dans la rivière pour venir en aide aux cow-boys en difficulté. Jessie, de son côté, s'occupa de faire sortir de l'eau la partie du troupeau qui avait traversé, mais il prit le temps de lancer une corde à Andy. Pendant ce temps, Benteen s'efforçait toujours de briser le cercle des animaux affolés. Ce n'était pas le moment de penser au danger : seul le troupeau comptait et il fallait le sauver.

Enfin, le cheval de Benteen se hissa péniblement sur la rive opposée. Il se mit à trembler et à hennir.

Le souffle court, Benteen n'avait qu'une obsession : faire traverser les dernières vaches. Quand tout fut terminé, Shorty Niles s'avança vers son patron, le visage défait.

– Les imbéciles! Les foutus imbéciles!

Il avait juré, mais sur un ton accablé. Benteen regarda l'endroit où il avait vu Andy disparaître. Le cheval du jeune cow-boy avait regagné la berge et se secouait comme un chien mouillé.

Aucune trace de Jonesy ni d'Andy Young.

Benteen prit une profonde inspiration et garda l'air dans ses poumons, puis, fermant les yeux, il expira lentement.

On ne se mit à la recherche des corps des disparus que lorsque le troupeau eut été rassemblé à cinq cents mètres de la berge. En amont, on les aperçut enfin qui flottaient. Il avait fallu payer un lourd tribut pour passer le gué : deux cavaliers morts et soixante-dix têtes de bétail perdues.

On enroula les deux cadavres dans des toiles bâchées et on les transporta dans un endroit escarpé, surplombant la rivière, afin de les enterrer. Le service funèbre fut solennel, mais extrêmement bref, par nécessité.

Lorna regarda fixement les visages impassibles des hommes, debout devant les tombes, leur chapeau à la main. Ely Stanton avait fabriqué deux croix rustiques avec des branches, mais aucun nom n'y fut écrit.

Etant le « patron », Benteen dut prononcer l'éloge funèbre, qui se limita à quelques mots :

– Ce furent des hommes vaillants, tu le sais,

Seigneur. Donne-leur de bons chevaux à monter et un ciel pur. Amen.

– Amen, répéta Lorna.

Mais elle fut la seule.

Elle avait les yeux brillants de larmes, la présence de la mort la terrifiait. Elle ne connaissait pas vraiment Jonesy ni Andy Young, mais tous deux étaient vivants au repas de midi. Ils lui avaient apporté leur assiette pour qu'elle la lave. Maintenant, ils étaient morts. Et elle semblait la seule à avoir de la peine.

Elle suivit des yeux les cow-boys qui s'en allaient vers leurs chevaux.

– Mais ne sont-ils pas touchés? murmura-t-elle.

Elle avait parlé assez fort pour que Rusty l'entende. Il lui répondit :

– Ils ont l'habitude de serrer la main à la mort. Ils ne laissent pas voir ce qu'ils ressentent lorsqu'un des leurs retourne à son Créateur. Ils savent mourir, mais surtout, ils savent ce que c'est que vivre.

Rusty s'éloigna à son tour, sans attendre de vérifier si Lorna avait compris son explication. Mary se recueillit un instant devant les tombes, puis jeta un bouquet de fleurs des champs sur chacune.

Les fleurs mourraient, les éléments déchaînés et les animaux errants de cette contrée sauvage arracheraient les croix; l'herbe recouvrirait bientôt les sépultures.

Lorna courut vers son chariot, ignorant que Benteen y était déjà. Résolument, il s'avança vers sa femme, s'attendant à un éclat. Elle avait les yeux pleins de larmes, mais la détermination se lisait sur ses traits tirés.

– Lorna!

– Ne t'inquiète pas, je ne vais pas pleurer comme une enfant.

Elle monta dans le fourgon et commença à chercher quelque chose avec fébrilité.

– Que veux-tu faire? demanda Benteen en fronçant les sourcils.

– Planter deux rosiers de ma mère sur les tombes. Comme cela, il restera une trace.

L'éclat des yeux sombres de la jeune femme ôta à Benteen toute envie de faire une objection. En réalité, ce geste le touchait.

– Dépêche-toi, ordonna-t-il, la voix rauque : il faut partir.

12

Après avoir quitté le Texas et traversé la Rivière Rouge, troupeau et cavaliers entamèrent un difficile périple à travers le territoire indien. Le pays compris entre la Rivière Rouge et le Cimarron était réputé, jadis, pour être infesté de « renégats » et d'Indiens qui s'attaquaient aux troupeaux. Depuis, les risques d'attaque avaient considérablement diminué, mais les cow-boys surveillaient attentivement la piste. Avec la mort d'Andy et de Jonesy, le rassemblement manquait de bras, et il fallait se partager ce surcroît de travail.

Lorna se trouvait donc chez les Indiens depuis une semaine. Elle lavait les assiettes du déjeuner. La vie à la dure commençait à laisser des traces : la jeune femme avait maigri et ses joues avaient perdu la rondeur de l'enfance. En dépit de la capote qu'elle portait presque tout le jour, sa peau n'avait plus sa blancheur laiteuse. Brûlée par le soleil et par le vent, elle avait pris une teinte dorée. Ses mains s'étaient gercées et crevassées à force d'être en contact avec l'eau alcaline. Parfois, en se regardant dans la petite glace accrochée dans le chariot, elle se demandait si sa mère la reconnaîtrait.

C'était une faible consolation de constater que les robes de Mary lui étaient trop grandes à la taille, à elle aussi. Pourtant, Lorna avait remarqué que son amie semblait mieux supporter qu'elle les rigueurs de la route.

Lorna poussa un soupir, se pencha sur la bassine, lava une autre assiette et la tendit à Mary pour qu'elle l'essuie.

Soudain, elle eut la vague impression qu'on la regardait. Elle leva les yeux. Son sang se glaça d'effroi. Un Indien à demi nu se tenait devant le chariot-cuisine. Il avait le visage et le torse barbouillés de peinture. Lorna laissa tomber l'assiette dans l'eau de la vaisselle et poussa un hurlement.

Benteen venait juste de laisser l'Espagnol quand il entendit un cri aigu au campement. Il saisit son fusil et partit au galop, enfonçant ses éperons dans les flancs de sa monture. C'était la voix de Lorna, il en était certain, sans trop savoir pourquoi. Des chevaux fonçaient derrière lui. Il jeta un rapide coup d'œil par-dessus son épaule, pour vérifier que c'étaient bien l'Espagnol et Shorty Niles qui venaient en renfort : nul n'aurait été plus sûr, en cas de bagarre.

Les craintes de Benteen se confirmèrent dès qu'il aperçut six Indiens montés sur des poneys entre le troupeau et les chariots. Tous tenaient des fusils, et deux d'entre eux avaient même des fusils à répétition de l'armée américaine.

Benteen ralentit en s'approchant d'eux, sentant leurs yeux brillants braqués sur lui. Il les dépassa et continua vers le campement, ignorant combien d'Indiens il allait encore trouver, et se sachant pris entre deux groupes.

Pendant ce temps, son cri d'effroi avait fait retrouver ses esprits à Lorna. D'ailleurs le Peau-Rouge n'avait fait aucun geste menaçant. Lorna se tenait immobile à côté de Mary, dévisageant le premier vrai « sauvage » qu'elle eût jamais vu. Elle s'aperçut qu'il était vieux et que ses rares cheveux étaient gris. Il n'avait que la peau sur les os. En définitive, il était beaucoup moins effrayant qu'elle ne s'y attendait. Elle regarda un peu plus loin et découvrit deux autres Indiens à cheval.

Le vieil Indien commença à parler. Lorna ne comprit pas un traître mot de ce qu'il disait, mais ce devait être important si elle en jugeait d'après les gestes de ses mains fines. Il les porta à la bouche. Lorna se tourna vers Rusty, qui venait de sortir du chariot.

– Vous comprenez ce qu'il dit, monsieur Rusty?

– C'est du petit nègre, mais d'après ses grimaces, je jurerais qu'il a faim.

Lorna se précipita dans la cuisine et revint quelques instants plus tard avec trois assiettes de haricots. Les deux autres Indiens abandonnèrent leurs montures et s'avancèrent. Tous trois se jetèrent ensemble sur les haricots. Elle était en train de se demander si la situation était dangereuse lorsqu'elle entendit un bruit de sabots. Benteen arrivait au galop, suivi de l'Espagnol et de Shorty. Il sauta à bas de sa selle avant même que son cheval ne se soit immobilisé. Il eut vite fait de comprendre la scène : les assiettes vides, les trois Indiens qui s'étaient retournés pour lui faire face. Il n'avait plus qu'à s'en remettre à Shorty pour garder l'œil sur les Peaux-Rouges embusqués entre le campement et le troupeau. Lui, il allait s'occuper de Lorna.

– On dirait qu'ils ont faim, Benteen, fit Rusty.

L'Espagnol se plaça à droite de son patron, calme mais aux aguets.

– C'est quoi, d'après toi? s'enquit Benteen. Kiowa? Osage? Tu parles leur dialecte?

Benteen s'avança lentement, tous ses muscles tendus. L'Espagnol le suivit.

– Moitié comanches, moitié cheyennes. Ils parlent peut-être espagnol.

– Essaie donc.

L'Espagnol salua le vieil Indien dans sa langue et en reçut une réponse. Il traduisit à Benteen :

– Le vieux, c'est Elan Tacheté. Il prétend que tu ne devrais pas traverser son territoire.

Il y eut un silence. Le vieil Indien recommença à parler, et l'Espagnol traduisit de nouveau :

– Il dit que tu dois payer de cent têtes de bétail, autrement... il ne te laisse pas passer.

– Réponds-lui que son prix est trop élevé. (Benteen avait conclu des marchés avec les Indiens, auparavant.) Dis-lui que je lui donnerai dix vaches pour mon droit de passage.

Il y eut un échange interminable entre le vieux chef et l'Espagnol pour essayer de se mettre d'accord. Ce dernier déclara enfin :

– Il veut vingt taureaux, pas un de moins.

– Rusty, qu'est-ce que tu as dans ton chariot? demanda Benteen sans cesser de regarder l'Indien aux cheveux gris. Des provisions que tu pourrais sacrifier?

– Des bananes. Ces diables rouges en raffolent.

Rusty rentra dans sa cuisine et fouilla pour trouver les fruits.

– Etale-les par terre, ordonna Benteen au cuisinier lorsqu'il réapparut avec les bananes. Toi, l'Espagnol, dis au chef qu'en plus des bananes, je lui donne cinq taureaux et du tabac. Et dis-lui aussi... (Il fouilla dans la poche de sa chemise et en sortit un petit carnet et un crayon.)... qu'un énorme troupeau nous suit, à une journée de marche. En leur présentant ce papier, on lui paiera vingt taureaux.

Benteen mouilla la pointe du crayon avec sa langue et rédigea cette courte note :

« *Payer vingt taureaux à cet Indien comme droit de passage sur son territoire.*

« *Judd Boston.* »

C'était une très mauvaise plaisanterie, mais pour Benteen c'était une manière de se venger de Bull Giles. Il arracha la page et la tendit à l'Espagnol, qui grimaça de plaisir. Le cow-boy donna le message à Elan Tacheté et le lui traduisit. L'Indien réfléchit un instant, puis émit une proposition qui fit s'écarquiller les yeux de l'Espagnol.

– En attendant le gros troupeau, il dit qu'il prendra dix vaches et la jeune dame pour les garder.

Lorna ouvrit la bouche, terrorisée. Benteen, lui, ne cilla même pas.

– Dis-lui que la squaw ne vaut rien, elle se plaint tout le temps.

– Benteen Calder..., souffla Lorna, outrée.

– Tais-toi, Lorna, tiens-toi en dehors des tractations. Et toi, l'Espagnol, répète à Elan Tacheté ce que j'ai dit.

Le cow-boy s'exécuta, puis écouta la réponse du vieux chef. Il ne put s'empêcher de sourire.

– L'Indien dit qu'il te débarrassera de la mauvaise squaw.

Benteen hésita.

– Elan Tacheté peut prendre la squaw qui se plaint tout le temps, mais...

– Benteen Calder, que dis-tu là? fit Lorna, à la fois furieuse et effrayée. Comment oses-tu?

Benteen éleva la voix pour couvrir celle de sa femme :

– Mais... dis-lui qu'elle a eu la vérole.

Dès que l'Espagnol eut traduit cette déclaration, le vieil Indien s'éloigna précipitamment. Il marmonna quelque chose à ses compagnons, qui reculèrent à leur tour. Lorna était trop courroucée pour se sentir soulagée.

– Rusty, dit encore Benteen, ajoute deux sacs de tabac aux bananes. Et toi, l'Espagnol, retire du troupeau les deux taureaux infirmes et les trois qui essaient toujours de se sauver.

– Bien, patron.

Dès qu'ils furent en possession de leur « butin », Elan Tacheté et ses deux compagnons enfourchèrent leurs montures et attendirent l'Espagnol. Benteen resta au campement, pendant que Shorty et l'Espagnol accompagnaient les Indiens au troupeau. Benteen regarda enfin Lorna et Mary.

– Ça va, toutes les deux?

– Très bien, répondit Mary. Ils ne nous ont pas touchées, ils voulaient simplement manger.

– Etais-tu vraiment inquiet, Benteen? (Maintenant que tout était terminé, Lorna se mit à trembler. Sa colère envers Benteen n'avait pas diminué, malgré l'issue favorable.) Tu m'aurais livrée à ce sauvage!

Elle savait bien que Benteen n'y avait pas songé un quart de seconde, mais elle trouvait qu'il avait pris des risques avec sa vie.

– Tu le sais mieux que moi, Lorna, fit-il sèchement. Si cette aventure venait à se reproduire, je te demande de rester tranquille et de me laisser agir. Je sais ce que je fais. Tu ne comprends rien à la manière de penser des Indiens.

– Le bétail, toujours le bétail! s'écria Lorna. C'est tout ce qui compte pour toi! Tu ne te soucies pas de moi ni de personne! Seulement de conduire ces maudites bêtes dans le Montana!

– Ces « maudites » bêtes représentent *notre* avenir. En effet, je ne m'occupe que d'elles! Toi et les autres, vous êtes capables de veiller sur vous-mêmes; vous n'êtes pas un troupeau d'animaux stupides. Vous réfléchissez, vous avez une intelligence!

Benteen tourna les talons et monta en selle.

Des larmes brûlantes emplirent les yeux de la jeune femme.

– Je ne te demande même pas où tu vas, dit-elle avec colère, tu vas retrouver ton troupeau.

Benteen lui jeta un regard glacial et décrivit un demi-cercle à cheval avant de partir au galop. Les épaules de Lorna s'affaissèrent. Non, elle ne pleurerait pas. Elle implora Mary du regard, quémandant son soutien.

– Tu n'es pas juste, Lorna, dit celle-ci. Ton mari s'inquiète pour toi.

– Non, répliqua Lorna, il s'en moque. Rien que ces vaches, ces fichues vaches!

Lorna aurait aimé pouvoir s'effondrer sur sa couchette et pleurer à loisir, mais c'était exactement ce que Benteen attendait d'elle. Aussi s'avança-t-elle, le dos raide, vers le chariot-cuisine.

– Laissez-moi faire un peu de ménage, déclara-t-elle.

Derrière elle, Rusty et Mary échangèrent des regards complices. Il ne fallait jamais intervenir dans une dispute entre un mari et sa femme, même avec les meilleures intentions du monde.

Benteen revint au campement à midi. Joe Dollide le suivait en tirant par le licol le cheval crème de Lorna. Cette dernière n'était pas d'humeur à aller se promener, mais, apparemment, elle n'avait pas le choix. Joe attacha l'animal à l'arrière du chariot, et Lorna regarda Benteen serrer la sangle de sa selle.

– Je n'ai pas du tout envie de monter à cheval avec toi, lança-t-elle au moment où son époux levait les yeux.

– Viens, je te fais la courte échelle.

Benteen patientait à côté de l'animal, attendant qu'elle veuille bien s'approcher. Elle s'avança en faisant la moue. Profitant d'un moment où le cheval se tenait tranquille, Benteen croisa les doigts de façon à faire une sorte de marchepied. Lorna y posa un talon et pesa de tout son poids pour se hisser en selle. Benteen attendit qu'elle soit installée en amazone et qu'elle ait étalé sa jupe avant d'enfourcher lui-même son rouan.

– Prête?

Il regarda sa femme avec un visage volontairement dénué d'expression. Celle-ci fit un petit signe de tête. Benteen éperonna son cheval. Les époux longèrent un moment le troupeau, puis le dépassèrent. Benteen prit la direction de l'est. Lorna le suivit. Ni le mari ni la femme n'avaient essayé de rompre le silence qui les séparait.

Au bout de quelques kilomètres, Benteen s'immobilisa devant un bois de chênes et sauta à terre. Lorna, ne comprenant pas pourquoi il s'était arrêté là, ne bougea pas jusqu'à ce qu'il l'aide à descendre de cheval. A l'ombre des arbres, elle défit les cordons de sa capote et la laissa retomber dans son dos.

– J'imagine que tu as de bonnes raisons de faire halte dans cet endroit, lança-t-elle en manière de provocation.

Elle jeta un coup d'œil alentour. Si son époux avait l'intention de lui faire la cour, elle ne lui faciliterait pas la tâche.

– As-tu déjà tiré? demanda Benteen. Avec un fusil ou un pistolet?

Lorna écarquilla les yeux. Elle les ouvrit plus grands encore au moment où il sortit son revolver de l'étui attaché à son ceinturon. Il commença à retirer les balles; le bruit métallique résonna affreusement aux oreilles de Lorna.

– As-tu déjà tiré? répéta Benteen.

– Non.

Son père ne l'avait jamais autorisée à toucher les armes qu'il vendait au magasin.

Il lui expliqua le fonctionnement du chargeur, le mécanisme de la chambre et de la gâchette. Lorna avait du mal à suivre ses explications : elle ne voyait pas pourquoi elle aurait besoin de se servir d'une arme. Plutôt, elle ne *voulait* rien savoir.

– Tiens, dit Benteen en lui tendant le pistolet. Sens le contact du métal.

Elle se cacha les mains derrière le dos.

– Non.

– Prends-le, il n'est pas chargé.

Une vague d'angoisse déferla sur Lorna.

– Que se passe-t-il? demanda-t-elle. Depuis que nous avons quitté Fort Worth, je te vois te transformer à vue d'œil. Avant, tu me faisais la cour, tu étais toujours poli et attentionné. Tu élevais rarement la voix. Maintenant tu cries toujours après moi, pour rien. Tu deviens de plus en plus intransigeant. Qu'est-il advenu de l'homme que j'ai connu à Fort Worth, de l'homme que j'ai épousé? Je suis sûre que celui-là n'aurait pas insisté pour m'apprendre à tirer.

– Il y a une grande différence entre Fort Worth et ici. Il n'y a pas de shérif sur la piste qui puisse intervenir en cas d'ennui. Il n'y a ni rues ni routes, ici. Tu ne dois dépendre de personne, si ce n'est de toi. Ce pays élimine impitoyablement le faible et le lâche. Il faut être dur pour survivre. Je ne suis pas vraiment différent, Lorna. L'homme que tu connaissais à Fort Worth était l'homme de la ville.

Une fois de plus, Lorna n'avait pas compris ce que disait son mari. Pourtant, depuis un mois qu'elle vivait sur la piste, il y avait une foule de choses qu'elle acceptait et qu'elle aurait refusées auparavant.

– Peut-être est-ce seulement toi qui as changé,

Benteen? Regarde-moi, je porte cette robe depuis une éternité sans jamais avoir pu la laver. Je n'ai pas pris un seul bain. Regarde mes mains, mon visage. Mes cheveux sont collés de poussière et de saleté.

Elle leva les yeux vers lui, épouvantée par le changement qui s'était opéré en elle.

– Je sais, Lorna, dit Benteen un peu sèchement. La vie est suffisamment dure ici sans que nous ayons par-dessus le marché des problèmes entre nous.

Les époux se regardèrent un moment en silence, puis Lorna poussa un gémissement et se jeta dans les bras de Benteen. Elle lui offrit son visage pour qu'il l'embrasse, enlaça le corps solide et viril. Benteen tenait toujours le pistolet à la main. Leurs lèvres se joignirent en un baiser possessif, comme s'ils cherchaient à étreindre quelque chose qu'ils auraient perdu. Quand leurs lèvres se quittèrent, Lorna continua de presser sa joue contre la pommette rude de Benteen.

– Parfois, j'ai peur, reconnut-elle dans un souffle.

– Rien ne peut te faire peur, à moins que tu ne le veuilles, rétorqua-t-il. (Il l'obligea à lever la tête et à le regarder en face. Puis, posant les mains sur les épaules de la jeune femme :) Il est temps que tu apprennes à tirer.

Le cœur gros, Lorna s'arracha à son étreinte et prit le revolver de Benteen. Il était bien lourd. Les explications de Benteen lui semblèrent fort simples, mais lorsque Lorna appuya sur la détente et que le coup de feu partit, l'arme faillit lui échapper de la main. Instinctivement elle ferma les yeux.

– Tu as arraché une feuille au sommet de l'arbre, annonça Benteen. Recommence et, cette fois, regarde le tronc, en pointant ton doigt là où tu vises.

– Je ne comprends pas à quoi ça sert, protesta Lorna, désireuse de mettre fin à la leçon. Je n'aurai jamais à tirer.

– Je l'espère. Recommence.

Elle fit un nouvel essai, puis un autre, et un autre encore, sans succès.

– Combien reste-t-il de balles? demanda Benteen.

Elle s'arrêta pour compter combien de fois elle avait tiré.

– Une seule.

– Il faut toujours garder une balle dans le chargeur. Ne tire jamais la dernière, conseilla Benteen avec gravité. (Il était d'un tel sérieux que Lorna se sentit plus mal à l'aise que pendant toute la durée de l'exercice.) Garde-la pour toi.

– Comme cela, je ne tomberai pas vivante entre les mains des Indiens?

Toutes les femmes connaissaient des histoires de jeunes filles qui s'étaient suicidées plutôt que de se laisser capturer par les Peaux-Rouges.

Le calme régna sur le campement cette nuit-là. La plupart des cow-boys gisaient sur le sol, exténués, la tête appuyée sur leur selle, la cigarette roulant entre leurs lèvres. Woolie jouait de l'harmonica, Joe Dollide était accroupi, tout ouïe, face à deux hommes qui racontaient des histoires. Lorna était assise auprès de Mary. Les deux femmes cousaient. Ely venait de partir pour effectuer la première garde de nuit. Benteen était allé faire un dernier tour dans le campement pour vérifier que tout était tranquille. A la lumière du feu, les aiguilles à coudre lançaient des éclairs métalliques. Lorna recousait un bouton sur une chemise de son époux. Elle avait déjà fait à Mary le compte rendu de sa première leçon de tir, et lui répétait le conseil de Benteen : il faut toujours garder la dernière balle. Cela parut amuser Mary.

– Pourquoi souris-tu? demanda Lorna en fronçant les sourcils.

– Je me souviens d'une histoire que l'on m'a racontée. (Mary interrompit son raccommodage.) Une jeune femme de l'Est venait juste de rejoindre son mari, qui avait acheté une ferme dans le Kansas. J'imagine qu'on lui avait dit toutes sortes d'horreurs sur les Indiens avant son départ. (Mary haussa les épaules et reprit sa couture.) Elle était au Kansas depuis une quinzaine de jours. Un matin, son mari partit aux champs et la laissa seule à la maison.

« Elle entendit quelqu'un s'approcher à cheval, regarda par la fenêtre et aperçut deux Indiens. Certaine d'être violée et kidnappée, elle courut vers la malle dans laquelle son époux rangeait ses armes et se tira une balle dans le cœur.

– Et les Indiens? souffla Lorna.

– Ironie du sort, c'étaient des amis du mari venus lui rendre visite, conclut Mary avec un sourire triste.

13

Jour après jour, la prairie ondulait devant les cavaliers et les chariots. L'herbe desséchée par le soleil avait pris une teinte d'or brun, piétinée par des milliers de sabots soulevant des nuages de poussière. On entendait seulement le vacarme des fourgons, le craquement des jointures de chariots, le martèlement des sabots et le bruit plus assourdi des cornes qui s'entrechoquaient. Tout ce tintamarre émoussait les sens et abrutissait l'esprit.

C'était une saison d'orages qui mettaient longtemps à se préparer et éclataient tout d'un coup, en grondements de tonnerre, d'éclairs et de pluie. Par deux fois, le bétail avait pris la débandade, et il avait fallu partir à la recherche des bêtes égarées. On avait perdu trois jours.

Benteen, qui chevauchait en tête du convoi, aperçut une jeune antilope mâle. Il était suffisamment éloigné du troupeau pour ne pas l'effrayer en tirant. Après un régime de fraises sauvages et de bacon, un peu de viande serait la bienvenue au campement! Benteen abattit l'antilope d'une seule balle.

Les hommes avaient beau être entourés de tonnes et de tonnes de viande, ils ne tuaient pas le bétail, d'abord parce que l'animal pourrirait avant qu'on ait fini de le manger, et puis parce que les vaches représentaient une valeur certaine sur les marchés et dans les élevages.

Après avoir attaché l'antilope à sa selle, Benteen poursuivit sa route jusqu'au Cimarron. Sur la rive opposée commençait le territoire du Kansas. Il remarqua un crâne de buffle planté sur un piquet : il indiquait le raccourci conduisant à Dodge City. Mais le raccourci était une piste complètement sèche, et donc meurtrière. Il fallait parcourir des centaines de kilomètres dans une contrée sans eau. A un rythme normal, il faudrait huit jours pour couvrir le territoire. Mais en huit jours, le bétail déshydraté mourrait, ou presque. Cela voulait dire que le convoi devrait avancer deux fois plus vite. On ferait donc halte à Cimarron, afin de se reposer deux jours, et les bêtes repartiraient désaltérées.

Pendant ces deux jours, Lorna se crut au paradis. Elle avait du temps pour laver son linge : il y avait de l'eau en abondance. Elle l'étala dans la prairie, après avoir mis des cailloux dessus, pour le faire sécher. Avec Mary, elle se baigna dans la rivière, l'une faisant le guet pendant que l'autre se lavait. Et tous les cow-boys profitèrent des bienfaits de l'eau.

Avant de repartir, on remplit tous les récipients que l'on put trouver. Malgré cette précaution, il était improbable que l'on puisse tenir pendant des centaines de kilomètres. L'eau devrait être rationnée. Benteen avait donné des ordres : seul Rusty aurait le droit de toucher au tonneau arrimé au chariot-cuisine.

Lorna croyait que son expérience récente de la piste l'aurait préparée à affronter toutes les épreuves. Cependant, elle n'avait jamais connu la soif. A la fin du premier jour, la cadence de la marche avait déjà sapé toutes ses forces. Le deuxième jour, elle apprit à sucer des cailloux pour faire affluer la salive dans sa bouche. La nuit, le bétail assoiffé beugla, et elle ne put dormir.

Le troisième jour, la chaleur était étouffante. Plusieurs bêtes devinrent aveugles par déshydratation. La révolte grondait dans les rangs des *long horns*, pourtant entraînés aux pistes. Les animaux savaient que l'eau se trouvait dans le Cimarron, derrière eux, et tentaient de rebrousser chemin.

Le quatrième jour, quand le convoi fit halte à midi, Lorna était trop affaiblie pour descendre du chariot. Lorsque après bien des efforts, elle mit enfin pied à terre, elle chancela et dut s'agripper à la roue. Ses vêtements humides de sueur lui collaient à la peau. La poussière, au contact de la transpiration, formait des petites rigoles de boue sur son visage.

Rusty apporta une tasse d'eau à la jeune femme. Elle lui sourit et chuchota un faible merci.

La barbe du cuisinier avait poussé et formait de petits paquets de longs poils gris de poussière.

– Vous avez l'air épuisée. Il faut prendre du sel.

– Je veux bien, répondit Lorna d'une voix que la soif avait rendue rauque.

Elle avala quelques gorgées. Le bien-être apporté par l'eau la stupéfia. Lorna se sentit plus solide sur ses jambes en marchant sur l'herbe desséchée en direction du chariot-cuisine. Tout en léchant du sel, elle songeait que le Cimarron ressemblait à un rêve lointain. Pourquoi était-on obligés de traverser cet enfer? La réponse était la suivante : Benteen et son désir forcené de mener le bétail, sans tenir compte du prix qu'il fallait payer.

Tout à coup, Lorna s'aperçut que Mary ne l'avait pas rejointe. Elle regarda vers le chariot des Stanton et aperçut son amie couchée sous l'abri précaire qu'offrait la bâche du toit. On aurait dit que quelque chose n'allait pas. Lorna obligea son corps brûlant et épuisé à s'approcher. Ce ne fut que lorsqu'elle fut tout près qu'elle s'aperçut que Mary sanglotait.

Cela n'était pas possible! Mary était la plus forte, Lorna croyait que rien ne pouvait lui arracher des larmes.

Lorna tomba à genoux aux côtés de son amie et posa une main timide sur son épaule.

– Que se passe-t-il, Mary?

Mary secoua la tête, incapable de parler. Lorna se sentait perdue. Elle baissa les yeux sur la tasse qu'elle tenait toujours à la main.

– Bois un peu. Tu verras, tu te sentiras mieux.

Mary secoua à nouveau la tête pour dire non. Lorna voulut la forcer et pressa la tasse contre ses lèvres. Un peu d'eau se répandit sur la robe de Mary. Le cœur de Lorna se serra. Elle avait gaspillé quelques gouttes du précieux liquide.

– Bois, insista-t-elle.

Mary réussit à avaler deux gorgées avant de détourner la tête. Les hoquets avaient cessé, mais sa respiration restait laborieuse. Ses lèvres étaient desséchées et craquelées, comme celles de Lorna.

– Pourquoi pleurais-tu, Mary? Tu t'es disputée avec Ely?

– Non, fit Mary en reniflant.

Elle n'en dit pas davantage. Lorna vint à son secours :

– A quoi pensais-tu?

Le menton tremblant, Mary leva la tête pour regarder son amie.

– Oh! Lorna. (Sa voix s'étrangla.) Les poules de la basse-cour vivent mieux que nous!

Lorna, déjà épuisée par la canicule et la soif, avait les nerfs à fleur de peau. La remarque de Mary la fit d'abord sourire, puis rire. Et à la fin, elle éclata de rire. C'était tellement vrai : le plus petit animal de ferme avait une existence plus confortable! Bientôt, Mary imita son amie. Les deux femmes riaient et pleuraient en même temps de leur misère commune. Elles s'effondrèrent contre le chariot, incapables de se tenir debout.

Rusty les observait d'un œil anxieux, persuadé que la soif et la chaleur les avaient rendues folles. Mais leur décharge émotionnelle cessa progressivement. Lorna, adossée à la roue, regarda son amie.

– Mary, je voudrais tant que tu ne me quittes pas à Dodge City! Quand je pense à la distance qu'il faut encore parcourir jusqu'au Montana! Je me demande si ce sera supportable sans toi.

– Ça le sera, insista Mary, mais il y avait de la nostalgie dans ses yeux.

– Pourquoi Ely et toi ne viendriez-vous pas avec nous dans le Montana? proposa Lorna avec empressement. Vous pourriez vous installer sur un terrain proche du nôtre. Et nous nous verrions de temps en temps.

– Nous avons décidé d'aller dans l'Iowa, et...

Lorna sentit que la résolution de Mary vacillait.

– Tu pourrais y réfléchir, dis?
– J'y réfléchirai, mais je ne te promets rien.
– Trinquons à ce projet!

Lorna leva la tasse pour porter un toast, but une gorgée d'eau et en offrit à Mary. Celle-ci y trempa les lèvres, puis avala quelques gorgées.

– J'ai presque tout bu. (Le remords se lisait sur son visage.) Je te donnerai de la mienne.

– Non, dit Lorna. (Elle jeta un coup d'œil sur l'eau qui restait au fond de la tasse.) Il y en a assez pour mes boutures de rosiers. Je ne veux pas qu'elles meurent.

Lorna s'agrippa à la roue du chariot pour se relever. Malgré la chaleur, la fatigue et la soif, elle se sentait infiniment mieux. Elle s'étonnait constamment d'avoir une telle force : la force de résister, celle d'aller de l'avant, et même la force d'éclater de rire. Elle se dirigea vers le chariot dans lequel elle avait caché les boutures sous le siège.

En revenant au campement, Benteen aperçut Mary assise à l'ombre dans son chariot. Mais aucune trace de Lorna. Il descendit de cheval, se versa une tasse de café tiède.

– Ça ne va pas? demanda-t-il avec un air de sollicitude inquiète.

– Ça va mieux, grâce à votre femme. (Mary sourit tristement. Elle m'a réconfortée. Je m'étais trompée sur elle.

– Que voulez-vous dire?

– Je vous avais affirmé que, comme elle avait l'habitude des jolies choses, elle ne tiendrait pas le coup. Et vous m'avez répondu : elle est forte. Eh bien, elle est forte, plus forte que moi.

Benteen leva un sourcil sceptique et examina la femme rondelette.

– Je n'irais pas aussi loin...

– Si, elle m'a donné son eau, insista Mary, et quand je lui ai proposé la mienne en échange, elle a refusé. Vous imaginez? (Soudain elle eut une expression inquiète.) Vous feriez bien de vérifier qu'elle boit. Elle économise sa ration pour les rosiers de sa mère.

– Quoi? s'écria Benteen en jetant un regard mauvais vers le chariot.

Il ne pouvait voir que la tête de Lorna, son corps étant caché par la bâche du chariot.

– Attrapez, dit-il en lançant à Mary sa tasse de café vide qui serait tombée par terre si la jeune femme l'avait manquée.

Benteen contourna le siège et découvrit sa femme en train d'humecter soigneusement les boutures. Il devint ivre de colère lorsqu'elle leva les yeux sur lui. Elle avait des cernes profonds et les lèvres fendillées.

– Malheureuse, imbécile! hurla-t-il. (Il saisit les boutures avant qu'elle ait eu le temps de réagir.) Qu'es-tu en train de faire?

Il maudit la stupeur qu'il lisait dans les yeux noisette.

– Je donnais juste un tout petit peu d'eau à mes rosiers, avoua Lorna. Ça n'est pas si grave, Benteen.

– Partout, des hommes et des animaux assoiffés, et toi, tu arroses des plants! Aurais-tu perdu la tête?

La sévérité de ses traits était encore accentuée par une barbe de quatre jours. Benteen serrait les dents. Ses pupilles étaient devenues presque noires sous l'effet de la colère. Lorna l'avait vu hors de lui auparavant, mais jamais à ce point.

– Je ne pouvais pas laisser les rosiers mourir, intercéda-t-elle sur un ton pitoyable.

– Ta vie et ta mort dépendent peut-être de ce peu d'eau, et tu la gaspilles!

– Je n'y avais pas réfléchi, souffla Lorna.

– Tu ne réfléchis jamais!

Il jeta les plants aussi loin qu'il le put. Lorna s'agrippa à son bras, mais il était trop tard.

– Mes rosiers! Tu n'avais pas le droit! hurla-t-elle, les yeux pleins de larmes.

Benteen, sans aucun remords, avait gardé un visage insensible, glacé.

Ramassant sa jupe, elle se précipita vers l'endroit où Benteen avait lancé les plants. Elle trébucha, empêtrée dans le tissu et gênée par le sol irrégulier. Sa vision brouillée par les larmes l'empêchait de distinguer l'herbe. Lorsqu'elle atteignit l'endroit où elle pensait que les plants étaient tombés, elle haletait. Aussitôt, elle se mit à chercher fébrilement.

– Oublie ces rosiers et n'attends pas de t'évanouir sous le soleil, conseilla Benteen en la rejoignant.

– Non. Je ne partirai pas tant que je n'aurai pas retrouvé mes boutures. (La colère avait séché ses larmes et lui brûlait les yeux.) Les chariots n'ont qu'à partir sans moi! dit-elle encore.

– Idiote!

– Oui ! Tu me dis toujours que je suis stupide et bête, tu me traites de gamine. Mais je me moque éperdument de ce que tu penses! C'étaient *mes* rosiers et *mon* eau! Tu n'as pas le droit de me dire ce que j'avais à en faire.

– Je n'ai pas l'intention de discuter avec toi. Reviens au campement. C'est fini.

Il lui saisit le bras, et elle ne se débattit pas. Elle reconnaissait sa supériorité physique, mais il y avait une bataille qu'elle pouvait gagner : celle des mots.

– Je ne viendrai pas avec toi. (Ses forces l'abandonnaient, sa nuque était moite de transpiration.) Je ne suis pas une bête que l'on mène, moi.

– Mes bêtes sont plus raisonnables que toi.

Il la poussa violemment par les épaules.

– Et que sais-tu de moi? cria Lorna, pantelante.

M'as-tu jamais demandé ce que je pensais? Je ne voulais pas venir dans le Montana, le savais-tu? Evidemment, tu ne t'es jamais soucié de mon opinion. (Elle regarda la mâchoire crispée de son époux.) Je vous déteste, Benteen Calder.

– Tu deviens cinglée.

– Je te hais, je maudis le jour où je t'ai épousé!

Les narines de Benteen frémirent. Le coup avait porté. Il la plaqua violemment contre lui. La fureur avait encore assombri ses yeux noirs.

– Nous sommes mariés.

– Je ne te suivrai pas dans le Montana. A Dodge City, je partirai avec Mary.

Elle sentit la fureur monter en lui, lui nouer les muscles comme un ressort.

– Essaie, et je viendrai te chercher! Tu es à moi, jamais je ne te laisserai partir.

– Je me sauverai, continua Lorna, qui sentait l'avantage qu'elle prenait sur son mari.

Cette dernière provocation déchaîna sa violence. Il passa une main sous la capote de sa femme et lui empoigna les cheveux. Son chignon se défit, sa chevelure se déroula.

Elle eut un frisson d'inquiétude.

– Bon Dieu, tu vas voir, dit-il en l'embrassant de force.

Elle voulut échapper à son étreinte, prise de panique, mais ses bras la serraient comme un étau. Sa lèvre se mit à saigner sous la violence du baiser, les joues mal rasées de Benteen écorchaient sa peau tendre. Il allait la faire payer pour l'avoir menacé de le quitter. Dans la mémoire de Benteen s'était ranimé le souvenir cuisant d'une mère qui l'avait abandonné, et d'un père qui avait enduré des années de calvaire.

Les gémissements de sa femme n'atteignaient pas les brumes de son esprit exalté. Il ne savait plus ce qu'il faisait au moment où il la renversa sur le sol, releva sa jupe et déchira sa culotte. Il ne sentit pas le sang sur ses lèvres ni les larmes sur ses joues.

Il était devenu un mâle en train de soumettre une femelle.

Une fois l'acte consommé, Lorna resta allongée sous lui, toute molle. Le brouillard qui avait obscurci l'esprit de Benteen commençait à se dissiper. Il baissa les yeux sur le pauvre visage qui s'était détourné de lui, sur les joues humides de larmes, les lèvres tachées de sang. Lorna était secouée de sanglots silencieux.

Ce qu'il venait de faire rendit Benteen malade de honte. Une violente nausée lui monta à la gorge, lui faisant venir les larmes aux yeux. Il ne s'était jamais senti aussi malheureux.

– Lorna...

Il avança timidement une main vers la joue de sa femme.

– Non!

Elle s'écarta et ferma les yeux.

Si elle lui avait enfoncé un poignard dans le cœur, la douleur n'aurait pas été plus forte. Il arrangea sa jupe avec une douceur qui contrastait avec la violence avec laquelle il venait de la posséder. Elle restait toujours étendue sur l'herbe, inerte.

– Mon Dieu, pardonne-moi. (Ces mots étaient à peine audibles, mais Benteen ne s'adressait pas à Lorna, sachant qu'elle ne pouvait lui pardonner.) Lorna...

D'une voix brisée, elle lui adressa une requête qu'il ne pouvait accepter.

– Laisse-moi seule ici.

– Non. Je ne te laisserai pas, répondit-il d'une voix radoucie, et je ne te reprocherai pas de me haïr.

Elle ouvrit des yeux remplis de larmes, mais il fut incapable de croiser son regard.

– Je suis devenu fou en pensant que tu allais me quitter. Cela ne se reproduira plus jamais.

Lorna frissonna. Ce viol lui répugnait, mais elle n'aurait pu dire qu'elle éprouvait de la haine envers son mari. Bien sûr, elle n'aurait pu dire non plus qu'elle continuait de l'aimer. Tout était trop récent pour qu'elle évalue la blessure que son cœur avait subie.

Une seule fois, elle avait vu Benteen sur le point de s'abandonner à la même rage folle. Elle avait même cru qu'il allait la frapper. C'était le jour où elle avait sauvé le portrait de sa mère des flammes : une mère qui l'avait abandonné, comme Lorna avait menacé de le faire...

La jeune femme était confrontée au fait qu'elle était en partie responsable de ce qui s'était passé. Elle avait proféré des menaces sous l'effet de la colère; en réalité, elle ne les aurait pas mises à exécution. Elle avait trouvé un moyen de blesser son mari, sans penser aux conséquences. Tout comme Benteen, elle découvrait qu'on ne pouvait parler impunément.

Elle s'assit et lui tourna le dos pour essuyer ses larmes. Il attendait en silence, sans un geste pour l'aider à se relever. Ses cheveux s'étaient défaits et lui retombaient dans le dos.

– Je vais t'aider à chercher les rosiers, commença Benteen.

– Non, je n'en veux plus, ils me rappelleraient ce qui s'est passé ici.

– Demain, nous irons à Dodge City acheter des provisions.

– J'ai besoin de quelques babioles, répondit Lorna. (Soudain elle s'avisa qu'elle n'avait pas réaffirmé son intention de partir.) Mary me manquera, ajouta-t-elle pour bien montrer qu'elle restait.

La poitrine de Benteen se souleva, il poussa un profond soupir.

– Je sais, fut tout ce qu'il répondit.

C'était un premier pas, un tout petit pas. Un début.

14

Dodge City était une ruche bourdonnante. Les rues non pavées du centre ville étaient martelées par les sabots des chevaux, soulevant des nuages de poussière qui recouvraient tout. Les trottoirs de bois étaient foulés par les cow-boys qui sortaient du saloon en titubant pour se rendre dans les salles de jeux. Parfois ils s'attroupaient aux coins des rues et criaient des obscénités aux gens qui passaient.

Quand Lorna entra dans la ville, assise sur le siège du chariot conduit par Benteen, elle se trouva immédiatement plongée au milieu de cette épouvantable confusion. Des chiens se lancèrent à la poursuite des chevaux en aboyant. Tout ce vacarme était effrayant après le calme de la prairie.

– Que c'est bruyant! dit la jeune femme en voyant deux cavaliers dépasser en trombe le fourgon.

La nuit avait atténué la tension qui régnait entre les époux, bien que la situation ne fût pas redevenue tout à fait normale. Tous deux se comportaient avec prudence.

– Quel vacarme, en effet! reconnut Benteen en glissant un regard vers son épouse. Nous allons descendre au *Dodge Hotel*, je crois qu'un bon bain sera le bienvenu, ainsi qu'un vrai lit.

– Ce sera merveilleux, répondit Lorna.

Elle comprit que Benteen voulait profiter du confort qui lui avait manqué jusque-là.

Le vestibule de l'hôtel était plein d'hommes riches : commerçants du Nord, éleveurs et acheteurs de bétail. Ce beau monde côtoyait des cow-boys couverts de poussière, récemment arrivés des pistes. L'entrée d'une femme ne passa pas inaperçue, ce qui rendit Lorna encore plus consciente de sa triste apparence. Elle baissa la tête, pour que l'on ne remarque pas son teint, qui avait subi l'affront du soleil, et cacha ses mains crevassées dans les plis de sa jupe.

Elle resta tout près de Benteen quand il signa le registre, essayant de se faire toute petite.

– Nous sommes heureux de vous revoir, monsieur Calder, déclara l'employé de la réception. Je crois que vous pourrez occuper votre chambre habituelle...

– Il m'en faudrait une plus grande cette fois, interrompit Benteen, avec un cabinet de toilette pour ma femme.

L'employé regarda Lorna puis le registre.

– Parfait, monsieur. Nous avons justement une grande chambre.

Il tendit la clé au groom et lui chuchota des instructions.

– Nous voudrions aussi prendre un bain, dit Benteen. (Il désigna au garçon la petite malle contenant les effets de Lorna.) Pourriez-vous conduire mon épouse jusqu'à sa chambre?

Le visage de Lorna se troubla, mais elle hésita à lui demander pourquoi il ne restait pas.

– Je dois amener le chariot à l'écurie de louage et vérifier l'attelage, expliqua-t-il sur un ton plutôt réservé. Je reviens dans un moment.

– Si vous voulez me suivre, madame, dit le garçon.

Lorna ne pria donc pas Benteen de l'accompagner jusqu'à la chambre, bien qu'elle eût fortement souhaité sa protection en traversant le vestibule plein d'hommes.

Elle garda modestement les yeux fixés au sol et

marcha derrière le groom. En montant les marches de l'escalier, elle entendit un froufrou de soie. Elle leva les yeux, quasiment certaine de rencontrer une « belle de nuit ». La ville en regorgeait, de toute évidence.

Contre toute attente, la femme qui se tenait sur le palier n'appartenait pas à cette très ancienne profession. Sa longue robe de soie bleue décolletée et à manches courtes était coupée à la dernière mode. Ses cheveux d'un blond pâle étaient relevés sur la tête d'élégante façon. Ses bijoux de prix, sa silhouette fine confirmèrent à Lorna qu'elle avait affaire à une lady.

Quand Lorna s'approcha, elle parlait à un homme également bien habillé. Pourtant, de près, Lorna remarqua qu'elle n'était pas aussi jeune qu'on l'aurait cru tout d'abord. Mais elle avait une peau si lisse et si parfaite qu'il était difficile de lui donner un âge. Elle pouvait avoir la quarantaine.

Il était grossier de dévisager les gens. Aussi Lorna s'efforça-t-elle de regarder ailleurs, lorsqu'elle croisa la dame, à la suite du garçon. Mais l'accent étranger de l'inconnue piqua sa curiosité. Lorna ralentit pour écouter, sans faire attention au groom qui la précédait.

– Votre invitation est très courtoise, monsieur, mais j'ai cru comprendre que le comte avait accepté la loge du maire, disait la dame.

Un comte. Le maire. Une loge. Il s'agissait de quelqu'un d'important. Lorna se retourna pour admirer l'élégante inconnue. Elle lui semblait étrangement familière.

– Madame Calder! appela le groom.

La femme la regarda à son tour. Lorna détourna promptement la tête, ne voulant pas avoir l'air indiscrète. Elle se hâta vers la porte où l'attendait le garçon. Après avoir déposé la mallette dans la chambre, il lui tendit la clé. Lorna la prit avec réticence, espérant qu'il ne remarquerait pas la rudesse de ses mains. Avant d'entrer, elle jeta un dernier coup d'œil vers l'escalier. L'homme élégant prenait congé de l'inconnue en lui faisant un baise-main.

Lady Elaine, épouse du comte de Crawford, ébaucha un sourire de ses lèvres minces, et ses yeux noirs brillèrent de curiosité. Elle avait réussi à dissimuler le choc ressenti en entendant le nom de Calder. Ce n'était pas un nom très répandu.

Le garçon s'approcha d'elle avec un sourire d'écolier stupide.

– Bonjour, Votre... (Il hésita, ne sachant quel titre lui donner.)... Votre Grandeur.

– Bonjour. (Dieu, qu'elle aimait la manière rampante de ces rustauds pour gagner ses bonnes grâces!) Accordez-moi un instant, jeune homme.

– Oui, m'dame... Votre Grandeur, corrigea-t-il en rougissant.

– La jeune femme que vous avez appelée Mme Calder... Mon mari avait fait la connaissance, au cours de son récent voyage en Amérique, d'un dénommé Calder. Je me demandais s'il serait parent avec elle, par hasard.

– J'en doute. Le mari de cette dame descend régulièrement à l'hôtel. Il conduit les troupeaux, deux fois par an, dans le Wyoming.

Lady Elaine sursauta imperceptiblement.

– Comment s'appelle-t-il?

– Je crois qu'il se nomme... Benteen Calder.

– Vous aviez raison. (Lady Crawford eut une moue de regret.) Malheureusement, mon époux ne connaît pas ce monsieur. Merci, jeune homme.

– Le plaisir était pour moi, m'dame... Votre Seigneurie.

Le garçon fit une courbette maladroite. Après son départ, lady Elaine resta un moment à fixer le vestibule. Après tant d'années... Qui aurait pu croire qu'elle serait bouleversée à ce point...?

– Elaine, ma douce, viens-tu?

D'un mouvement gracieux, lady Crawford baissa les yeux vers son mari qui l'attendait un peu plus bas dans l'escalier. Elle l'examina sans complaisance : il avait pris du ventre, et la ligne de ses cheveux avait reculé, dégageant son front trop grand. Sa moustache et ses favoris accentuaient encore ses bajoues et son menton fuyant. Cet homme ne lui avait jamais fait battre le cœur, mais il lui avait offert tout ce qu'elle pouvait désirer.

– Oui, j'arrive, Conrad.

Il y avait plus de deux heures que Lorna s'était enfermée dans sa chambre d'hôtel. Elle avait eu le temps de prendre un bain et de se laver les cheveux. Elle aurait bien aimé avoir un déshabillé pour cacher sa chemisette et ses jupons. La dame qu'elle avait croisée devait en avoir des douzaines en soie et en satin! Lorna préféra attendre d'avoir les cheveux secs pour mettre sa robe propre.

Benteen ne l'avait pas encore rejointe. Elle se demanda ce qu'il pouvait faire, en passant le peigne dans sa chevelure humide. Son esprit revint à l'inconnue, qui l'obsédait; qui était-elle, d'où venait-elle? A son accent, on aurait pu penser que c'était une étrangère.

On frappa un coup discret à la porte. Lorna se redressa et posa son peigne.

– Qui est là?

– C'est moi, Benteen.

Elle traversa la pièce pour tourner la clé et ouvrit en se cachant derrière la porte.

Elle referma à clé. En s'avançant, elle remarqua que son mari l'examinait attentivement. Son regard s'était attardé sur ses épaules nues, glissant jusqu'à ses chevilles fines. Lorna retint son souffle, sans se rendre compte que sa chemisette se tendait, soulignant la rondeur de ses seins. Soudain, elle se sentit mal à l'aise : Benteen allait-il encore abuser d'elle ?

Un muscle tressaillit sur la mâchoire de son époux.

– Je pensais que tu serais prête.

Il était évident qu'il avait tardé à venir pour lui laisser le temps de se baigner et de s'habiller. Elle n'avait pas de mal à imaginer pourquoi...

– Je n'ai pas les cheveux secs, expliqua-t-elle en montrant le peigne.

Elle alla se placer devant le miroir et passa le peigne dans la masse sombre de sa chevelure pour en séparer les mèches humides. Dans la glace, elle voyait Benteen : ses beaux traits rudes et ses cheveux épais qui bouclaient sur la nuque. Tout à coup, elle remarqua qu'il portait une chemise propre et un pantalon neuf. Le soleil qui entrait par la fenêtre mettait comme du feu sur sa tête.

– Tu t'es baigné, constata-t-elle.

– Oui. Aux bains-douches du saloon. J'ai pensé que je gagnerais du temps, plutôt que de t'attendre.

Instinctivement, elle huma l'air imprégné de vétiver. Benteen s'était aussi rasé.

– En suivant le groom jusqu'à la chambre, j'ai croisé une dame dans l'escalier. Elle portait une robe merveilleuse, je suis sûre que c'est quelqu'un d'important. En plus, elle avait un accent étranger.

– Il y a de nombreux immigrants au Kansas, expliqua Benteen.

Son regard s'attarda sur sa femme; ses rondeurs exerçaient sur lui une attraction magnétique. Elle s'était remise à se coiffer. Il suivit des yeux la ligne du dos et celle de la taille qui était si fine que ses mains pouvaient en faire le tour.

– Il y a beaucoup d'hommes élégants, ici, remarqua Lorna.

– Ne t'y fie pas : ma mère est partie avec un type de ce genre, que sa famille payait pour rester à l'étranger. Les titres ne signifient rien du tout, ne te laisse pas impressionner.

En entendant cette réponse bourrue, Lorna fit semblant de s'absorber dans sa toilette, avec l'impression que son mari essayait de la culpabiliser pour s'être abandonnée à la fascination d'une belle inconnue. Les dents du peigne s'accrochèrent à un nœud.

– Aïe! cria-t-elle.

– Je vais t'aider, proposa Benteen.

Elle hésita un instant à l'idée de l'avoir tout près d'elle, puis lui tendit le peigne. Elle était toujours devant le miroir, les mains posées sur la table de toilette.

Les doigts de Benteen, glissant sous sa chevelure humide, lui firent battre le cœur. Après avoir défait le nœud avec précaution il passa le peigne, lentement, dans les longs cheveux. Lorna ne put s'empêcher de fermer les yeux. Lorsque son époux pencha la tête vers elle, elle le remarqua à peine.

– Tes cheveux sentent bon, murmura-t-il. (Il cessa de la coiffer et posa sa main calleuse sur son épaule nue.) Tu sens bon, répéta-t-il.

Il commença à la caresser, Lorna se raidit. Elle serra de toutes ses forces le bord de la coiffeuse. Benteen sentit son refus silencieux et retira vivement sa main. Elle lui prit le peigne et recommença à se coiffer, le souffle court.

– Merci, fit-elle maladroitement.

Elle jeta un coup d'œil dans la glace. Elle vit un nerf qui tressaillait près de la bouche de Benteen.

– Je ne suis pas un moine, Lorna. Je ne sais pas

combien de temps je pourrai m'interdire de te toucher.

Elle se retourna lentement pour lui faire face, parfaitement consciente de la réalité qu'il venait d'évoquer. En outre, elle avait choisi de rester avec lui.

– Je t'ai dit, au cours de notre nuit de noces, que je n'avais pas le droit de t'interdire les privilèges du lit conjugal : cela est toujours valable.

Elle essaya de se donner du courage pour affronter la suite. Benteen la fixa, les yeux à demi fermés.

– Bon Dieu, Lorna, pourquoi ne me traites-tu pas de brute, plutôt que de te montrer si humblement soumise?

– Parce que je sais que tu dis vrai. (Elle avait l'intelligence de comprendre les désirs de son époux, même si elle n'était pas sûre de pouvoir y répondre.) Je sais que les hommes ont des besoins, et...

– Et toi? demanda-t-il sur un ton de défi.

– Peut-être, si...

Elle allait dire : « si tu n'avais pas abusé de moi », mais elle ne termina pas sa phrase, persuadée que Benteen le ferait à sa place.

Il s'avança et lui prit le menton pour l'obliger à lever la tête. La panique lui fit battre le cœur, mais elle essaya de se calmer et de tourner un regard serein vers son mari.

– Nous ferions mieux de voir comment tu te comportes, déclara celui-ci.

Avec une lenteur délibérée, il se pencha vers elle, guettant ses réactions. A l'intérieur d'elle-même, Lorna se sentait crispée, mais elle parvint à ne pas le laisser paraître. Lorsqu'une bouche ferme se posa sur ses lèvres, elle ne la repoussa pas. Elle bougea doucement; le baiser était tiède et rassurant.

Le corps de Benteen ne touchait pas le sien, mais

elle en sentait la chaleur rayonnante. Si tout se passait de cette façon, elle le supporterait. La main de Benteen glissa sur sa nuque, en suivit la courbe, s'arrêta sur son sein. Elle commença à éprouver une certaine tension. Dès que les lèvres de son mari essayèrent d'entrouvrir les siennes, elle bascula dans un cauchemar : elle se souvenait d'avoir été prise de force. Elle tenta bien d'écarter l'obsédante image, mais en vain.

Benteen sentit le changement. Il cessa de l'embrasser et recula pour la regarder.

– Tu n'es pas très bonne pour simuler, Lorna.

Il savait que s'il l'avait laissée faire semblant de vouloir faire l'amour, elle ne l'en aurait que plus méprisé ensuite.

– Benteen, j'ai essayé...

– Si ça ne vient pas naturellement, je ne veux pas, déclara-t-il un peu brusquement. Sois honnête envers tes sentiments, même si c'est de la haine que tu éprouves.

– Je ne te hais pas.

En fait, Lorna ne savait plus ce qu'elle ressentait.

– Je me tiendrai loin de toi pendant un moment, tu n'auras qu'à me dire si tu veux de moi pour époux.

Intérieurement, il pria Dieu de lui donner la force d'attendre le jour où elle le rappellerait, en espérant que ce jour ne serait pas trop lointain. Il s'éloigna de sa femme et, s'approchant de la fenêtre, jeta un coup d'œil dans la rue. Sans même regarder, il avait senti qu'elle n'avait pas bougé.

– Tes cheveux sont assez secs, maintenant, tu ferais mieux de t'habiller.

– Oui, fit-elle avec un mouvement de la tête.

Quelle idiote elle avait été de feindre d'éprouver du plaisir! Elle avait accepté les avances de son époux pour expier sa faute : c'était en le poussant à bout qu'elle l'avait conduit à la forcer. Elle ne pouvait invoquer son ignorance : elle avait déjà vu combien Benteen pouvait devenir violent la fois où elle avait sauvé le portrait de sa mère.

La générosité de Lorna n'allait pas cependant jusqu'à lui reconnaître le droit de pouvoir abuser d'elle. Simplement, elle se reconnaissait en partie responsable, mais en partie seulement.

Les époux passèrent l'après-midi dans les magasins. Lorna n'avait qu'un ou deux achats à faire, mais elle arpenta les boutiques avec un œil critique, comparant tous les prix avec ceux de son père à Fort Worth. Benteen prit tout son temps pour faire les courses et reconstituer le stock des provisions.

Le soir, ils dînèrent au restaurant. C'était une aubaine pour Lorna de s'asseoir à une vraie table. La cuisine de Rusty était passable, mais le menu unique de la piste commençait à lui peser. Les plats du restaurant ne lui en parurent que meilleurs.

Benteen prêtait une oreille attentive aux bavardages de sa femme, tout en restant distant. Autour d'eux, on ne parlait que viande, prix et marché.

– As-tu déjà tué quelqu'un, mon chéri? demanda soudainement Lorna.

Une petite lueur s'alluma dans les yeux de Benteen comme au temps où il la courtisait.

– Personne qui ne méritait de l'être, plaisanta-t-il.

Pourtant, ces temps derniers, il aurait eu des raisons de prendre son fusil, avec les Indiens et les voleurs de bétail. En fait, il s'estimait heureux d'être encore en vie, alors que d'autres...

– Je parie que tu n'as jamais tué personne, insista Lorna avec un regard de doute.

Benteen balaya sa remarque d'un haussement d'épaules.

Après le dîner, ils quittèrent la salle du restaurant. Lorna serra son châle sur ses épaules.

– J'ai trop mangé, soupira-t-elle. Si nous allions nous promener avant de regagner notre chambre?

Les rues de Dodge City n'étaient pas un endroit pour une femme désireuse de faire une promenade nocturne, et encore moins pour l'épouse de Benteen. Il secoua la tête.

– Non, mais nous pouvons faire quelques pas si tu en as envie.

– Non.

Elle voulait se promener et non pas « prendre l'air ». Benteen saisit courtoisement sa femme par le coude et la conduisit jusqu'à leur chambre. Il ouvrit la porte, s'effaça pour la laisser entrer mais ne la suivit pas.

– Deux de mes gars viennent en ville cette nuit, je veux être sûr qu'il ne leur arrivera pas d'ennuis. Enferme-toi à clé. J'en demanderai une autre au veilleur, en rentrant.

Lorna n'aurait su dire pourquoi, mais elle était soulagée que son mari ne se couche pas tout de suite avec elle. En prenant congé pour la soirée, il les délivrait tous deux d'une tension.

– Parfait, approuva-t-elle.

– Dors bien, répondit-il.

Après avoir fermé, elle enleva la clé de la serrure. Dans le corridor, Benteen écouta le bruit de la clé et éprouva un violent désir de lancer un coup de pied dans la porte. Au lieu de cela, il fouilla dans sa poche et en sortit son nécessaire de fumeur. Sa main tremblait en roulant une cigarette. Il fit tomber du tabac par terre.

Après être restée un long moment éveillée, Lorna finit par sombrer dans un profond sommeil. Elle n'entendit pas Benteen rentrer, aux premières lueurs du jour. A moitié ivre, il regarda le visage endormi de sa femme.

– Ne me quitte pas, supplia-t-il d'une voix pâteuse.

Il se déshabilla dans le noir et se glissa dans le lit. Il s'endormit presque tout de suite, les effets de l'alcool ayant étouffé en lui tout désir.

Quand Lorna s'éveilla le lendemain, Benteen était déjà parti. Un creux sur l'oreiller attestait qu'il avait passé la nuit à côté d'elle. Elle se leva et s'habilla en toute hâte, ne sachant quand il reviendrait.

Alors qu'elle glissait la dernière mèche de cheveux dans son chignon, on frappa à la porte. Elle s'avança et remarqua la clé sur la serrure.

– Benteen? questionna-t-elle.

– Oui.

Elle ouvrit la porte. Le regard de Benteen tomba sur sa robe, puis remonta vers son visage.

– Je pensais que tu serais réveillée.

– Je suis debout depuis quelques instants à peine, avoua Lorna. Il est tard?

– Un peu plus de 9 heures.

Elle trouva incroyable d'avoir dormi si longtemps. Son épuisement physique et nerveux en était sans doute la cause.

– Es-tu prête à venir prendre le petit déjeuner?

– Oui. Je suppose que tu as déjà mangé?

– Oui, mais je vais boire un café en ta compagnie. Ensuite j'irai voir le troupeau : un acheteur doit me prendre trois cents mâles.

Lorna se reprocha d'avoir cru que son époux resterait avec elle une partie de la journée. Le bétail, toujours le bétail! Elle était certaine que s'il lui fallait choisir entre sa femme et le troupeau, il choisirait le troupeau.

– Ça va, Lorna?

– Bien sûr, répondit-elle sur un ton sarcastique qu'il ne remarqua même pas.

L'acheteur s'arrêta devant la table des Calder pour savoir quand Benteen serait prêt. Lorna le sentit si nerveux qu'elle lui proposa de ne pas attendre, lui assurant qu'elle se débrouillerait toute seule. Elle s'irrita qu'il accepte sans protester.

Elle n'avait pas l'habitude de ne rien faire, et ne savait trop comment s'occuper. Après le petit déjeuner, elle resta un moment dans sa chambre, mais elle se sentit trop à l'étroit et sortit pour faire quelques pas avant le repas de midi.

La salle était pleine lorsqu'elle y entra. Comme elle ne trouvait pas de place pour s'asseoir, elle s'apprêta à sortir pour ne pas attirer l'attention sur le fait qu'elle n'était pas accompagnée. Au moment où elle faisait demi-tour, elle se heurta à un homme qui entrait.

– Monsieur Giles! s'exclama-t-elle, surprise de retrouver un visage familier parmi tous ces inconnus.

– Madame Calder!

Il ôta son chapeau et s'inclina pour la saluer.

– J'étais certain de tomber sur vous et sur votre époux, ici. Cet hôtel est le lieu de rencontre de tout Dodge City.

– J'imagine que vous avez livré votre troupeau sans problème.

– Il se trouve à trois kilomètres de la ville, il s'engraisse d'herbe.

Beaucoup de gens auraient pu être impressionnés par l'apparence plutôt rude de son compagnon, mais Lorna se sentait en totale sécurité avec lui. Il s'intéressait à elle en tant que femme, tout en lui manifestant le plus grand respect, et elle savait qu'il ne lui ferait aucune avance sans y être invité.

– Avez-vous déjeuné, madame Calder? s'enquit-il.

– Non, reconnut-elle, mais les tables sont prises.

– Quelqu'un s'en va, justement.

Il désigna d'un mouvement de la tête une table que deux hommes s'apprêtaient à quitter.

– Je serais très honoré si vous vous joigniez à moi pour le repas. Attendez-vous votre époux?

– Il est parti avec un acheteur à qui il devait vendre des taureaux. Je ne sais quand il reviendra.

Manger seule n'était pas réjouissant pour une jeune femme qui était restée livrée à elle-même toute la matinée.

– Je serais très heureuse de déjeuner avec vous, monsieur Giles.

15

Déjeuner avec Giles était une expérience étonnante. Cette énorme masse de muscles cachait un homme à l'intelligence aiguë et à l'esprit mordant. Il avait une manière particulière de se moquer des gens qui, tout autour de lui, étaient engagés dans des conversations interminables sur les bestiaux. A plusieurs reprises, ses réflexions percutantes firent éclater Lorna de rire.

Quand Bull Giles lui proposa de prolonger le repas par un café, elle songea à refuser : Benteen n'apprécierait pas du tout qu'elle passe du bon temps avec cet homme. A cette occasion elle prit conscience à quel point il était possessif.

Quant à elle, qui adorait la compagnie de Bull, innocemment elle ne voyait pas pourquoi elle s'en serait privée. La petite graine de rébellion qui germait en Lorna n'avait pas été complètement extirpée. Devrait-elle toujours agir pour plaire aux autres? Elle pouvait certainement bavarder avec quelqu'un qui lui plaisait, uniquement parce qu'elle l'avait décidé. De plus, elle et Giles n'étaient pas seuls, mais dans une salle de restaurant comble.

Un serveur s'arrêta devant la table pour remplir les tasses de café. Lorna porta délicatement la fine porcelaine à ses lèvres et souffla sur le café pour le refroidir. Par-dessus le bord de la tasse, elle nota le regard pensif de son chevalier servant.

A un moment, Lorna voulut s'assurer que Giles désirait sa compagnie, contrairement à Benteen qui plaçait le bétail au-dessus de tout :

– Je vous retiens sans doute loin de votre travail. Je suis sûre que vous avez envie de montrer votre troupeau aux acheteurs.

– Il n'y a rien que je ne désire autant que la compagnie d'une jolie femme, affirma Bull avec sa galanterie habituelle.

– Pourquoi les hommes se montrent-ils si courtois, mais seulement avant de se marier? s'étonna Lorna. (Elle avait voulu faire une allusion plaisante, mais elle s'aperçut que ce faisant elle avait révélé combien le mariage l'avait déçue. Elle tenta alors de déguiser sa pensée par une remarque dépréciative sur son propre sexe :) Je suppose que toutes les femmes sont ainsi... (Elle but une nouvelle gorgée de café, posa la tasse et en suivit distraitement le bord avec son index. Puis, jugeant qu'elle était en train d'accorder trop d'intérêt à un simple objet, elle changea de sujet :) N'est-ce pas étrange, comme tout a davantage de goût : la nourriture, le café, dès qu'on ne mange plus dans une assiette en fer et qu'on ne boit plus dans une timbale.

C'était là une réflexion qu'elle pouvait faire à Bull, mais qu'elle ne se serait jamais permise avec Benteen.

– Sur des nappes et avec des assiettes, continua Giles avec un sourire complice.

– Deux jours ainsi (Lorna laissa son regard errer

dans la pièce, à la recherche de tous les signes du luxe), et je serai pourrie.

– Vous méritez d'être « pourrie », assura Giles. La piste n'est pas un endroit pour une dame telle que vous.

– Ce n'est certainement pas une façon commode de voyager, mais tout ira bien dès que nous serons dans le Montana.

Elle avait parlé sans conviction, en fixant le dos de sa cuillère en argent qui brillait sur le blanc de la nappe.

Le silence s'installa un moment. Bull le rompit de sa voix tranquille :

– Vous ne devriez pas aller dans le Montana, madame Calder, ce n'est pas un endroit pour vous.

Le regard de Lorna rencontra celui de Bull; cet homme avait beaucoup trop de sensibilité. Elle sourit, mais d'un sourire un peu distant, car elle ne souhaitait pas dévoiler ses pensées intimes.

– Mon mari se rend dans le Montana. Je vais là où il va, monsieur.

– Bien sûr.

Mais la réponse de l'homme laissait percer un doute. Cela avait été une erreur de s'attarder à boire un café. Lorna lui fit comprendre avec subtilité que le moment était venu de prendre congé. Elle se leva, et Bull n'essaya pas de la retenir. Il se leva à son tour pour l'accompagner.

– Aimeriez-vous faire des emplettes? demanda-t-il au moment où elle s'arrêtait dans le vestibule pour le remercier du repas. Je serais ravi de vous accompagner.

– Non, merci, Benteen m'a déjà emmenée faire mes courses, hier. J'ai été ravie de déjeuner avec vous, monsieur Giles. Je suis sûre que vous avez un tas de choses à faire, maintenant.

– Eh bien, je vous laisse. (Sa charpente massive

s'inclina vers Lorna.) Puis-je vous dire que jamais repas ne m'a paru plus délicieux? Je vous remercie, madame Calder. Peut-être nous reverrons-nous bientôt.

Elle inclina légèrement la tête pour approuver le compliment mais s'abstint de répondre. Son chapeau à la main, Giles sortit dans la rue. Lorna le suivit des yeux et s'attarda quelques minutes dans le vestibule. Elle appréhendait de retourner dans la salle à manger pour attendre le retour de Benteen.

Un murmure s'éleva dans la pièce; des têtes se tournèrent vers l'escalier. Curieuse, Lorna pivota sur ses talons et la vit, *elle*, l'inconnue entre deux âges qu'elle avait croisée la veille. Elle portait un ensemble de voyage couleur sable et un chapeau qui projetait de l'ombre sur son visage. Elle descendait les marches avec une lenteur et une grâce royales, peu soucieuse du remous qu'elle provoquait. Lorna remarqua sa façon de ne pas regarder directement les gens.

La dame s'avança vers l'endroit où se trouvait Lorna. Mais c'était impossible, elle ne pouvait pas venir vers elle!

– On dirait que nous sommes les seules femmes, ici, remarqua l'étrangère en désignant l'assistance exclusivement masculine.

– Je suis sûre que pas un seul homme ne me remarque, répliqua Lorna avec sincérité.

La dame eut un petit rire de gorge.

– Vous me flattez!

– C'est la vérité, assura Lorna.

Elle aurait été bien incapable de rivaliser avec l'allure, les vêtements et le maintien de l'étrangère. C'était la quintessence de la beauté et de la sophistication.

– Laissez-moi me présenter moi-même : Elaine Dunshill, épouse du comte de Crawford.

Lorna ne s'était pas trompée en lui attribuant un titre de noblesse.

– Je suis très flattée de faire votre connaissance, Votre Grâce. (Elle fit une petite révérence comme on le lui avait enseigné à l'école.) Je suis Lorna Calder.

– Du Texas...

C'était plus une constatation qu'une supposition.

– En effet, confirma Lorna avec surprise. Comment l'avez-vous deviné?

– A votre accent traînant, expliqua lady Elaine. D'ailleurs, presque tout le monde, à Dodge City, vient du Texas.

Lorna s'arma de courage et demanda à son tour :

– Et vous, d'où venez-vous?

– D'Angleterre. Mon époux et moi voyageons en Amérique. Bientôt, nous allons partir pour San Francisco.

– J'ai entendu dire que c'était une ville étonnante, dit Lorna.

– Oui, répondit la dame avec indifférence. (Elle surveillait la porte.) J'attends mon époux, qui doit amener notre cabriolet. Il veut sortir pour voir quelques troupeaux, il rêve de devenir un jour propriétaire d'un vaste ranch dans l'Ouest. Attendriez-vous votre mari, vous aussi?

– Oui. Il a accompagné, ce matin, un acheteur de bétail pour lui montrer quelques taureaux qu'il veut vendre.

– Votre mari et vous-même êtes à Dodge City pour vendre du bétail?

– Oui, mais nous ne faisons que passer. Nous allons dans le Montana. Mon époux y possède déjà des terres. C'est là que nous bâtirons notre maison.

– Alors, vous abandonnez le Texas? (La dame

anglaise semblait intéressée par cette nouvelle.) Avez-vous encore de la famille au Texas?

– Le père de Benteen, mon mari, est mort peu avant notre départ. Et mes parents y vivent encore.

– Comme c'est triste pour votre mari! murmura lady Elaine.

Elle baissa ses paupières aux longs cils pour cacher son émotion d'apprendre la mort de Seth Calder. Et pourtant, trop d'années avaient passé pour qu'elle éprouvât autre chose que du soulagement. Sa vue perçante nota les mains gercées et rougies de la jeune Mme Calder. Elaine fut submergée par une vague de pitié, peut-être parce qu'elle se rappelait les débuts de sa vie de femme mariée.

– Je ne voudrais pas vous offenser, madame Calder, mais pendant le peu de temps que j'ai vécu dans l'Ouest, j'ai remarqué combien le climat abîmait la peau d'une femme.

Lorna, écarlate, essaya de cacher ses mains dans les plis de sa robe. Elle était consciente du contraste entre son hâle et la carnation crémeuse de lady Elaine.

– J'ai une lotion que mon pharmacien prépare tout spécialement pour moi. J'aimerais que ma domestique vous en apporte un flacon dans votre chambre. C'est une merveille, je vous assure.

– C'est très généreux à vous, murmura Lorna.

– Les femmes doivent s'entraider, dit lady Elaine avec un petit sourire. Je vous enverrai ma domestique avec un peu de ma lotion. (La porte de la rue s'ouvrit, et un homme très élégant entra.) Mon mari m'attend avec le cabriolet. Je dois m'en aller. Ce fut un plaisir de bavarder avec vous, madame Calder.

– Bon après-midi, Votre Grâce, dit Lorna en faisant une nouvelle révérence.

La dame y répondit par un joli mouvement de tête et se glissa dans la petite voiture attelée.

Lorna s'attendait à ce que le mari de la comtesse soit un très bel homme, dans la pleine force de l'âge. Mais celui que lady Elaine avait accueilli était beaucoup plus âgé qu'elle et nullement séduisant. Sans ses beaux habits, il eût paru lourd et ordinaire. Il avait brisé le rêve de Lorna : lady Elaine n'avait pas épousé un Prince Charmant!

Elle était si absorbée par le couple qu'elle ne remarqua pas Benteen qui entrait dans l'hôtel. Il croisa la comtesse et lui adressa un regard distrait, en passant. Un instant plus tard, il découvrit sa femme dans le vestibule. Tout d'abord, il crut que son expression ravie s'adressait à lui, et il pressa le pas, mais cette expression s'évanouit dès que Lorna l'aperçut.

Il y avait dans les relations de Benteen avec son épouse de nombreux petits détails qui semblaient lui échapper. Comme cette manière de se tendre vers lui, dès qu'il la touchait, le plaisir qui brillait dans ses yeux, lorsqu'il la regardait, la façon dont elle l'observait.

Pour lui, Lorna n'était pas la douce épouse aimante qu'il souhaitait. Souvent, elle était trop agressive, encline à lui déplaire et trop critique. Il reprochait à Mary Stanton l'influence qu'elle avait sur sa femme. Les qualités qu'il découvrait en elle l'agaçaient, et pourtant, bizarrement, il admirait sa nature passionnée, sa force de caractère, et son orgueil indomptable. Lorsqu'elle le mettait en colère, il avait envie de la « briser », comme la fois où il avait abusé d'elle. Malgré tout, il avait le sentiment désagréable que s'il réussissait à la faire fléchir, il cesserait de l'aimer. C'était là une contradiction qu'il ne comprenait pas.

Eh bien, il s'efforcerait de moins l'aimer : ainsi il ne souffrirait pas trop si elle le quittait. S'il ne pouvait la retenir, il voulait être capable de lui tourner le dos et de la chasser de son esprit, ce que son père n'avait pu faire.

– Qui était cette jeune personne? demanda Conrad Dunshill à son épouse.

Habituellement, elle ne s'intéressait guère aux personnes de son sexe. Aussi avait-il été étonné de la trouver en conversation avec une jeune femme, d'une classe inférieure, de surcroît.

– Vraiment, je ne sais pas, mentit lady Elaine pour bien faire ressortir que l'identité de cette fille n'avait aucune importance.

L'attention de son mari fut attirée par l'arrivée de l'homme qui devait les conduire auprès des troupeaux de *long horns.* Lady Elaine glissa un regard furtif vers le vestibule. Benteen venait d'y entrer et se penchait vers Lorna. Personne dans l'hôtel n'aurait pu imaginer que ce grand cow-boy, dont les traits taillés à la serpe rappelaient ceux de son père Seth Calder, n'était autre que le fils de lady Elaine. Ce fils qu'elle avait abandonné il y avait si longtemps, à une époque où elle était Madeleine, l'épouse de Seth. Celle qui était devenue maintenant une « lady » ne se sentait nullement coupable. Un enfant aurait, jadis, tout compliqué dans sa vie. En outre, Seth Calder était en adoration devant son garçon. Benteen avait été une sorte d'ancre pour son père, il l'avait retenu au pays.

Madeleine – ou plutôt lady Elaine – était convaincue que certaines femmes étaient faites pour devenir mères, et d'autres non. Elle appartenait à la deuxième catégorie. Aucun souvenir associé à Benteen ne lui était agréable. La grossesse avait été horrible et avait failli abîmer, à tout jamais, sa silhouette. Pendant les interminables et douloureuses heures du travail, elle avait maudit Seth Calder pour avoir engendré cet enfant en son sein. Quand finalement elle avait expulsé la « chose », elle avait tellement souffert qu'elle n'avait ressenti que la joie d'en être débarrassée. Elle n'avait pas éprouvé le besoin de voir le nouveau-né ni de le toucher. Elle lui avait donné le sein avec dégoût. Très vite, elle avait laissé Seth Calder s'occuper du bébé.

Elle ne rêvait que toilettes, bijoux, et d'une fortune qu'elle pourrait dépenser selon son bon plaisir.

Un beau jour, Conrad était venu près de chez elle faire boire son cheval. Madeleine avait trouvé en lui l'homme qui lui offrirait toutes les richesses. C'est alors que Madeleine Calder était devenue Elaine Dunshill, comtesse de Crawford. Elle avait réussi à convaincre son nouvel époux que c'était lui qui l'avait incitée à quitter mari et enfant. Par la suite, elle avait tout fait pour ne pas avoir d'héritier, laissant aux autres branches Dunshill de Crawford le soin de perpétuer la lignée. En vingt ans de mariage, Elaine avait beaucoup appris et elle avait amassé une véritable fortune personnelle.

Aujourd'hui, c'était pour elle une révélation subite d'apprendre que l'homme qui se trouvait à l'autre bout de la pièce était son fils. Il était très viril. Plus elle le regardait, et plus il lui semblait remarquable : impitoyable, têtu, ambitieux et avec la volonté de réussir. Elle reconnaissait en lui ses propres qualités. Quelle équipe nous aurions formée ensemble! songea-t-elle en soupirant.

– Ça m'a pris plus de temps que je ne pensais, dit Benteen. Ne t'es-tu pas ennuyée, ma chérie?

– Je bavardais à l'instant avec la dame dont je t'ai parlé, répondit Lorna. Son mari est anglais, un comte. Tu les as croisés en entrant.

Benteen se retourna discrètement pour regarder la petite personne élégante qui sortait de l'hôtel au bras d'un gentilhomme.

– Pourquoi s'est-elle adressée à toi? s'enquit-il.
– J'imagine que c'est parce que je suis la seule femme dans l'hôtel, répondit Lorna, mais sans en être très sûre elle-même. Cette comtesse est très gentille, elle m'enverra sa domestique avec un flacon de lotion pour soigner ma peau.
– Nous n'avons pas besoin de sa charité, déclara sèchement Benteen.
– Ce n'est pas de la charité! C'est comme lorsque Mary me prête son fil pour repriser tes chemises. Les femmes doivent s'entraider!
Benteen avait bien envie d'obliger son épouse à refuser, mais il s'était promis de ne plus la contrarier.
– Au fait, as-tu vu Mary au campement? reprit-elle. Elle et Ely doivent s'en aller d'ici deux jours. Ils sont toujours là, j'espère?
– Oui. Ely est en train de réparer leur chariot.
– Je pensais bien que Mary ne partirait pas sans m'avoir dit au revoir. C'est comme si je la connaissais depuis toujours, ajouta Lorna sur un ton rêveur. La vie paraît faite d'adieux. C'est dur à accepter, mais je ne reverrai probablement jamais plus mon amie.
Benteen changea de sujet. La réflexion de Lorna le rendait un peu coupable.
– J'ai vendu le bétail, dit-il.
Lorna s'aperçut qu'elle ne s'était même pas informée de l'issue du marché de ce matin.
– J'espère que tu en as tiré une grosse somme.
C'était un commentaire de pure forme, plus dicté par le devoir que par la curiosité.
– Dix-huit dollars par tête, c'est beaucoup. As-tu déjeuné, ma chérie?
– Oui. Toutes les tables étaient occupées. M. Giles m'a invitée à partager la sienne.
– Giles? Bull Giles?
– Oui. Il était ici, à Dodge City.

– Je suis ton mari, j'ai le droit de te faire remarquer que tu n'as rien à faire avec ce type, décréta Benteen avec colère.

– Tu n'as aucune raison de me faire des reproches, se révolta Lorna. De plus, nous partons demain matin. M. Giles fait partie des gens que je ne reverrai plus.

– C'est la deuxième fois que tu dis cela. Est-ce pour cette raison que tu l'autorises à t'approcher?

Benteen devenait trop dur. C'était vraiment déprimant, à la fin! Lorna répliqua, sur un ton découragé :

– J'ai grandi, Benteen. Maintenant, je peux quitter les gens sans pleurer toute la journée...

Le soir, après le dîner, Lorna se retira dans sa chambre d'hôtel. A nouveau, Benteen s'excusa de la quitter. Trop énervée pour pouvoir s'endormir, la jeune femme lut le journal que Benteen lui avait acheté la veille.

Elle sursauta en entendant frapper à la porte. Il semblait peu probable que son mari rentre si tôt. De plus, il avait sa clé. Lorna jeta un coup d'œil sur la petite malle, près du lit, où se trouvait le pistolet que Benteen lui avait donné.

– Qui est-ce? demanda-t-elle en s'approchant de la mallette.

– La domestique de lady Crawford. Elle envoie la lotion pour Madame.

Lorna s'avança pour déverrouiller la porte. La servante attendait dans le couloir, portant une robe noire, un tablier blanc amidonné et une coiffe en dentelle. Elle jeta un regard critique sur Lorna.

– La lotion, madame.

Elle lui tendit le flacon, l'air désapprobateur.

– Voudriez-vous exprimer ma gratitude à Sa Grâce et lui transmettre mes respects? dit Lorna sur un ton courtois.

Elle serra très fort la petite fiole dans sa main, chérissant déjà l'idée que son contenu lui donnerait une peau aussi lisse que celle de la belle dame.

La femme de chambre sembla surprise que Lorna Calder s'exprime avec autant de civilité.

– Je n'y manquerai pas, madame.

Elle fit une courbette et s'enfuit dans un bruissement de tissu empesé.

La lotion répondait à l'attente de Lorna. Elle sentit la différence à l'instant où elle l'appliqua sur sa peau et sur ses mains. Si elle prenait soin d'en user avec parcimonie, elle durerait longtemps. Elle était impatiente d'en offrir à Mary, mais sa joie disparut en pensant à son amie : Benteen avait confirmé qu'Ely s'apprêtait à partir. Avec la tension qui régnait dans leur couple, le voyage dans le Montana serait long et pénible.

Comme la veille, Lorna dormait lorsque Benteen rentra avant l'aube. Elle ne l'entendit pas se déshabiller dans le noir et se glisser dans les draps, en prenant soin de ne pas la toucher.

Le soleil dardait ses premiers rayons à travers la fenêtre, que déjà Benteen se tenait habillé près du lit.

– Réveille-toi, Lorna, ordonna-t-il brusquement.

Elle remua et roula vers lui en clignant des paupières. Durant quelques secondes, il y eut une lueur de tendresse dans ses yeux, puis celle-ci disparut.

– Il faut partir? devina-t-elle.

Il hocha la tête, affirmatif.

– J'amène le chariot le temps que tu t'habilles. Nous nous retrouverons en bas.

– Entendu, soupira-t-elle, mais il avait déjà franchi le seuil de la porte.

Le lourd fourgon bâché roulant à grand fracas dans le camp, au petit matin, constituait un spectacle familier pour Lorna. Deux cow-boys accroupis devant le feu réchauffaient leur timbale de café. A l'écart du chariot des Stanton, Mary lavait du linge. C'était elle qui assurait les fonctions de blanchisseur normalement dévolues au cuisinier.

Dès que le fourgon s'arrêta, Ely posa le harnais qu'il était en train de réparer et s'approcha pour donner un coup de main à Benteen. Celui-ci sauta à bas de son siège.

– Je m' disais que t'aimerais savoir, Benteen. Moi et Mary... On a discuté... On voudrait bien venir avec vous dans le Montana. Peut-être que j'achèterai un bout de terrain et qu' j'élèverai quelques vaches. J' pourrai peut-êt' travailler pour toi.

– Tu tombes bien, j'aurai besoin de cavaliers, répondit simplement Benteen Calder.

Lorna avait tout entendu et fixait, médusée, les deux hommes. Comment pouvaient-ils traiter d'un sujet aussi important avec un tel détachement? Elle ramassa ses jupes et se précipita vers le chariot des Stanton. Mary avait essoré une chemise et l'étalait sur l'herbe pour qu'elle sèche.

– C'est vrai? Vous nous accompagnez?

Mary se retourna avec un large sourire et dit, par manière de plaisanterie :

– C'est vrai? Vous nous accompagnez?

Mais Lorna était bien incapable d'adopter le flegme de son amie. Elle éclata d'un rire joyeux et serra Mary contre elle.

– Je n'arrive pas à le croire, s'écria-t-elle. J'espérais tant que tu viendrais! Pourquoi as-tu changé d'avis?

Mary continuait de sourire, mais son regard était devenu grave.

– Il y a plusieurs raisons à cela, reconnut-elle. J'ai

fini par comprendre qu'Ely ne serait jamais heureux de devenir un fermier. J'avais essayé de transformer un cow-boy en cultivateur! Mais le travail, pour un homme, c'est toute sa fierté. Si vous le lui enlevez, ce n'est plus un homme.

– Je ne savais pas que tu avais ces idées dans la tête, s'étonna Lorna.

– Mais il y a autre chose, poursuivit Mary. Je n'avais jamais eu de véritable amie, avant toi, Lorna. Je crois que c'est la vraie raison qui me fait rester.

Les deux jeunes femmes étaient au bord des larmes.

16

A la sortie de Dodge City, la piste obliquait vers le nord, coupant à travers le Kansas, puis descendait vers la voie ferrée, au sud des collines du Nebraska. A partir de là, elle s'enfonçait dans le territoire cheyenne jusqu'au Wyoming.

Le troupeau de deux mille *long horns*, allégé des trois cents taureaux vendus une semaine plus tôt à Dodge City, suivait paisiblement, et l'équipe de Calder n'avait aucun mal à le guider.

Benteen s'avança en éclaireur afin de choisir un endroit pour établir le camp de nuit. C'était l'après-midi d'une accablante journée de juillet. La prairie monotone était pareille à elle-même : désespérément plate. On avait parcouru des centaines de kilomètres sans rencontrer un seul arbre. Derrière Benteen, le bétail soulevait un nuage de poussière, jusqu'à l'horizon.

Sur la gauche, il entendit un roulement lointain de chariot. Il regarda en direction du bruit : une paire de mules tirait un haut chariot bâché. Soucieux de ne plus avoir d'ennuis avec des fermiers, Benteen tira sur les rênes de sa monture et fonça vers lui avant qu'il s'approche du troupeau. L'homme arrêta ses mules en voyant Calder se diriger vers lui. Le soleil implacable du Kansas avait rougi son visage. Il avait les yeux enfoncés et tristes d'un homme résigné à lutter contre la nature.

– Chaude journée, pas vrai? remarqua Benteen avec désinvolture.

Il ôta son chapeau et s'essuya le front avec la manche de sa chemise.

– Toujours comme ça. A vous, ce troupeau?

L'homme s'était exprimé brièvement, comme s'il était trop épuisé pour prononcer une phrase complète.

– En effet, il est à moi. Je suis Calder. Benteen Calder.

– Trouverez un endroit en dehors de la piste. (Le fermier fit un geste par-dessus son épaule.) De l'eau et de l'herbe. Parfait pour passer la nuit. Ma bourgeoise et moi on a besoin de charbon pour l'hiver.

La bouse de vache et de buffle était souvent appelée « charbon de prairie », car elle servait de combustible, une fois sèche.

– Je vais y jeter un coup d'œil, annonça Benteen.

Tel un vétéran de la piste qu'elle était devenue, Lorna guida son attelage derrière le chariot-cuisine et gagna l'endroit choisi par Benteen pour y passer la nuit. On plaça les chariots entre le troupeau et la ferme, qui se trouvait à quelques centaines de mètres.

Le convoi passa devant la maison. C'était la première fois que Lorna voyait une hutte en gazon, bien qu'elle en eût déjà entendu parler. Elle regarda avec curiosité l'étrange construction faite de touffes d'herbe alternant avec des couches de terre. La porte et les fenêtres étaient en bois et le toit en branches, avec de la boue séchée et des piquets.

Une fermière se tenait sur le seuil de cette cabane primitive, s'essuyant les mains à son long tablier. Lorna agita le bras pour la saluer. Soudain, la femme se précipita en courant vers le chariot.

– Arrêtez! s'écria-t-elle. Arrêtez! Je vous en prie!

Elle paraissait si désespérée que Lorna crut qu'elle implorait de l'aide. Elle tira sur les rênes et l'attelage s'immobilisa. Des larmes coulaient sur les joues de la fermière lorsqu'elle s'approcha. Lorna sauta à bas de son siège.

– Que se passe-t-il? Quelque chose de grave? demanda-t-elle avec inquiétude.

L'étrangère se couvrit la bouche d'une main.

– Merci, sanglota-t-elle en tendant le bras vers Lorna comme pour la toucher. Je suis désolée, hoqueta-t-elle entre deux sanglots. Il y a si longtemps que... je n'ai pas vu de femme blanche!

Lorna en eut froid dans le dos. Mon Dieu! A quelle vie cette malheureuse était-elle réduite pour éclater en larmes à la vue d'une étrangère?

– Vous devez sans doute me croire folle. (Elle joignit les mains et les croisa sur sa poitrine dans un geste de prière.) Mais je ne pouvais pas vous laisser passer sans... vous parler. Alfred ne m'a pas dit qu'il y avait des dames dans le convoi. (Elle jeta un regard sur Mary, qui était accourue.) Alfred, c'est mon mari, le fermier. J'ai cru avoir une hallucination quand vous m'avez dit bonjour. Cette solitude a fini par me rendre folle.

– Vous n'avez pas d'hallucination, dit Lorna d'un ton rassurant, bien qu'elle-même fût effrayée. Voici Mary Stanton, et moi, je suis Lorna Calder.

– Je m'appelle Emma Jenkins. (Elle porta la

main à ses cheveux échappés de son chignon mal coiffé.) Mon Dieu, de quoi ai-je l'air?

Lorna comprit qu'Emma Jenkins avait renoncé depuis longtemps à prendre soin de son apparence. Les cernes sombres sur son visage maigre l'avaient probablement découragée. Lorna se jura au fond d'elle-même qu'elle ne se laisserait jamais aller.

Benteen arriva à cheval pour savoir ce qui retardait les deux chariots. Sa monture s'arrêta à quelques pas des jeunes femmes et se mit à caracoler.

– Que se passe-t-il?

Au lieu de répondre à la question, Lorna fit les présentations :

– Madame Jenkins, j'aimerais vous présenter mon mari, Benteen Calder.

– Enchanté de faire votre connaissance, madame Jenkins, dit Benteen en touchant le bord de son chapeau.

La malheureuse était si émue par cette rencontre que ses réactions en étaient exacerbées. Elle s'exclama, prise de remords :

– Je suis désolée d'avoir retenu votre femme, monsieur Calder! Je savais que vous faisiez halte pour la nuit, sur nos terres...

– Je suis très heureuse que vous nous ayez arrêtés, l'interrompit Lorna, cela nous aura donné l'occasion de vous remercier pour votre hospitalité.

– Voudriez-vous...? commença Emma en s'adressant à Lorna. (Elle se tourna vers Benteen.) Accepteriez-vous tous les deux de dîner avec nous? Et vous aussi, madame Stanton, ainsi que votre époux? Ce serait tellement merveilleux d'avoir de la compagnie... Des personnes à qui parler... ce soir. Oh! venez, je vous en prie!

– Nous sommes très flattés, assura Lorna.

La solitude d'Emma Jenkins l'aurait fait pleurer de chagrin. Mary, plus consciente de la charge que pouvaient représenter quatre bouches supplémentaires, protesta gentiment :

– Nous ne voudrions pas vous donner du travail. Peut-être pourrions-nous venir vous rendre visite après le dîner?

– Je vous supplie de venir, insista Emma Jenkins. Nous avons un vieux coq méchant qui attaque ma petite fille toutes les fois qu'elle sort. Il y a longtemps que nous aurions dû lui tordre le cou!

– Si vous êtes sûre...

– Je le suis, répondit la femme, ravie.

Les épais murs de terre de la cabane en gazon gardaient l'intérieur frais, même par les journées les plus chaudes. L'air humide sentait le renfermé comme dans une cave. Il y avait, sur le plancher sale, un tapis usé jusqu'à la corde. Un patchwork multicolore recouvrait le lit de bois placé dans un coin. On avait tendu de la toile aux fenêtres en guise de rideaux, et une grande malle de voyage avait été transformée en lit d'enfant. Une deuxième malle faisait office de table, flanquée de chaises. Deux caisses servaient de sièges occasionnels.

Malgré les petites touches apportées à la cabane pour lui donner l'air d'une maison, Lorna la trouva lugubre. Des taches sur le tapis indiquaient que le toit était endommagé. Pourtant, sur la table, trônait un splendide service en porcelaine de Chine bleue, seul signe de luxe dans ce cadre sordide.

Emma Jenkins avait mis sa plus belle robe en grossier tissu bleu et relevé ses cheveux en un chignon bien tiré. Sa fille aînée, cachée derrière elle, suçait son pouce en observant les étrangers avec appréhension.

– Veux-tu dire bonjour à ces messieurs dames, Elisabeth? demanda Emma en cajolant son bébé de deux ans cramponné à ses jupes.

La petite Elisabeth se cacha le visage.

– Excusez-la, dit sa mère : elle n'a jamais vu personne en dehors d'Alfred et de moi.

– A cet âge, les enfants ont peur des étrangers, dit Mary, se voulant rassurante.

– Votre service en porcelaine est magnifique, enchaîna Lorna.

– Merci, répondit Emma avec un sourire lumineux. Nous l'avons ramené de l'Ohio, et une seule assiette s'est cassée pendant le transport.

– Ma bourgeoise en a pleuré toute une semaine, ajouta Alfred Jenkins, revigoré par la compagnie.

– Asseyez-vous, je vous en prie, proposa Emma.

Alfred insista pour que Lorna et Mary prennent les chaises. Ely et Benteen s'assirent sur les caisses. Quant à Alfred et à Emma, ils se serrèrent sur la malle. En plus du coq, Emma avait préparé des pommes de terre, du pain et de la semoule de maïs. Avant de commencer le repas, Alfred baissa la tête et rendit grâce :

– Mon Dieu, tu as permis que nos récoltes soient détruites par la grêle, mais tu nous as donné du combustible pour l'hiver et des amis à notre table. Nous te remercions. Amen.

Lorna se sentit humble en entendant ces mots simples. Elle remarqua que leurs hôtes se servaient peu, de façon que les invités aient leurs assiettes pleines. Il faut dire qu'Emma était beaucoup trop émue pour manger, et elle ne cessait de poser des questions. Alfred, lui, était curieux de ce qui se passait dans le monde.

A la fin du dîner, les hommes sortirent fumer un cigare. Emma poussa des cris horrifiés quand Lorna et Mary lui proposèrent de laver la vaisselle. Elles étaient ses invitées, elle n'accepterait pas de les faire travailler. Elle empila avec précaution le service en porcelaine dans une cuvette et affirma qu'elle s'en occuperait plus tard.

Il faisait nuit lorsque Benteen rentra dans la

cabane en gazon pour annoncer qu'il fallait rejoindre le campement. Emma, toujours aussi émue, serra ses nouveaux amis sur son cœur et les remercia de leur visite. En s'éloignant au côté de Benteen, Lorna jeta un coup d'œil par-dessus son épaule. Emma se tenait sur le seuil comme la première fois... Lorna agita le bras en guise d'adieu.

Cette fois, ce fut Alfred Jenkins qui courut après elle. Il s'approcha et dit à voix basse, afin de ne pas être entendu de sa femme :

– Je voulais juste vous remercier pour... ma bourgeoise. Elle avait pas ri depuis bien longtemps. Vous lui avez rendu un sacré service. Merci, c'est tout ce que je peux dire.

Soudain il parut confus d'avoir tant parlé et, revenant sur ses pas, rejoignit sa femme sur le seuil de la porte.

– Ne pourrions-nous pas faire quelque chose pour ces gens, mon chéri? demanda Lorna.

Benteen réfléchit un moment avant de répondre :

– Nous verrons ça demain matin.

De retour au campement, Lorna se retira dans le chariot. Cette entrevue l'avait épuisée. Pourtant, des idées lui trottaient dans la tête : avant tout, elle ne se laisserait pas détruire par ce pays comme Emma. Elle coucha seule. Depuis qu'on avait quitté Dodge City, Benteen dormait à la belle étoile avec les cow-boys. Ce changement n'était pas passé inaperçu, mais personne n'avait fait de commentaire.

En descendant du chariot le lendemain matin, le premier regard de Lorna fut pour la cabane en gazon. L'aube projetait une lumière rouge orangé sur le toit couvert de boue et de branchages. Lorna jeta un regard de défi à la grande plaine solitaire, puis se dirigea d'un pas dansant vers le chariot-cuisine pour prendre son petit déjeuner.

– Qu'est-ce qu'il a, le petit? demandait Shorty Niles à Rusty au moment où elle arrivait.

Les deux hommes jetèrent un coup d'œil à la dérobée en direction de Joe Dollide, assis tout seul dans un coin, la mine renfrognée. Il agitait son genou sur lequel tanguait une assiette que... visiblement il n'avait pas touchée.

– Ça me dépasse! s'écria Rusty en haussant les épaules. (Son visage exprimait la plus vive contrariété.) Hier soir, je lui ai proposé de moudre le café, et il a refusé!

En principe, il y avait toujours des volontaires pour ce petit travail, car en récompense, ils recevaient du sucre candi. Il fallait que quelque chose aille mal pour que Joe ait laissé passer sa chance.

Lorna sentit approcher Benteen et se retourna. Il tenait une timbale à la main. Il y eut un moment pénible lorsqu'elle rencontra son regard sombre, inquisiteur. Il baissa les yeux, avala une gorgée de café, et la tension disparut.

– Comment te sens-tu ce matin? s'enquit Lorna.

– Aussi bien que possible, étant donné les circonstances.

Le ton était sec, mais ne contenait aucune trace de plainte ou de réprobation. Lorna sentit le désir de son mari et ce qu'il signifiait. Pourtant Benteen ne s'attendait pas à ce que sa femme lui réponde, car il s'adressa tout de suite à Shorty :

– Dès que tu auras mangé, je veux que tu ailles au troupeau. L'Espagnol m'a dit que deux vaches avaient vêlé dans la nuit. Apporte les veaux à la famille Jenkins.

– Bien, patron, approuva Shorty en prenant son assiette.

– La vache de Jenkins a assez de lait pour nourrir deux petits, expliqua Benteen à Lorna. Cet hiver les fermiers auront de la viande à débiter.

– Et de la nourriture et du combustible, souligna la jeune femme avec un sourire. Merci, Benteen.

– Ne me remercie pas, remercie plutôt les vaches. (Le coin de ses yeux se marqua de petites ridules creusées par le soleil. Benteen jeta la mouture de café, tombée au fond de sa timbale vide, et effleura Lorna du regard.) Je vais jeter un coup d'œil sur le troupeau. A plus tard.

Tandis qu'il marchait vers les chevaux sellés, attachés au piquet, Lorna l'observa d'un air perplexe. Le cuisinier, qui avait lu dans les pensées de la jeune femme, déclara d'un air important :

– Y a des patrons qui connaissent bien les bêtes mais rien sur les gars qui s'en occupent. Benteen, lui, sait mener ses hommes. (Il coula un regard de biais à Lorna.) Les femmes, c'est autre chose. C'est pas si facile à mener...

– Peut-être parce que nous nous y refusons, hasarda-t-elle.

– Peut-être, accorda Rusty avec un hochement de tête. A propos, il y a un joli parterre de fleurs des champs dans le petit ravin, derrière le chariot-cuisine.

Un sourire se dessina sur les lèvres de Lorna.

– Merci, monsieur Rusty.

Depuis leur première rencontre dans la nature, Rusty faisait souvent allusion aux fleurs sauvages que Lorna était allée admirer. Désormais, c'était devenu une plaisanterie entre eux. Quelques semaines plus tôt, qui aurait dit que Lorna serait capable de rire à propos de sujets aussi intimes?

Lorsque Shorty Niles et Joe Dollide arrivèrent à la ferme avec les veaux sur leurs selles, Lorna tendit l'oreille. Elle sourit en entendant Alfred Jenkins appeler sa femme. Sa voix parvint jusqu'au campement :

– Emma! Emma! Viens vite!

Lorna sut que dans la bénédiction du soir Alfred adresserait ses remerciements pour sa bonne fortune. Et elle en fut heureuse.

La canicule de ce début de juillet se maintenait après trois jours de marche dans une contrée sans arbres. L'Espagnol, qui était le seul à ne pas souffrir de la chaleur, plaisantait avec les autres cow-boys en affirmant qu'il avait le sang à peine tiède. Des éclairs déchirèrent le ciel trois nuits durant.

Benteen dormait d'un sommeil léger, près du chariot, lorsque quelqu'un l'éveilla et lui annonça à voix basse que son tour de garde était arrivé. Il existait une règle tacite : on ne devait pas réveiller un homme en le touchant ou le secouant. Autrement, on risquait de se retrouver avec un fusil pointé sur soi.

Benteen repoussa le chapeau qui lui couvrait le visage et distingua la silhouette de Shorty qui se découpait au pied de son sac de couchage. Le feu de camp était éteint, mais, dans le ciel couvert, des éclairs illuminaient par intermittence ce monde d'ombres. Benteen se dressa sur ses pieds.

– Vous auriez mieux fait de ne pas garder votre revolver, chuchota Niles.

Les cow-boys qui veillaient la nuit prétendaient que le métal attirait la foudre. Aussi, par les nuits d'orage, se défaisaient-ils de leurs couteaux, de leurs éperons et même de leurs fusils.

– Appelle l'Espagnol, ordonna Benteen. Dollide est trop jeune pour affronter tout seul la tempête si elle éclate.

Shorty approuva d'un mouvement de la tête. Benteen s'approcha de son cheval, un animal gris baptisé Souris. Il était attaché au chariot et déjà sellé.

– J'espère que tu connais quelques cantiques, Shorty.

Les trois cavaliers arrivèrent devant le troupeau.

Tout était silencieux, trop silencieux. Benteen obligea son cheval gris à s'arrêter, à deux reprises, pour écouter. L'atmosphère était lourde. Des éclairs illuminaient les vaches, et l'on pouvait constater qu'elles étaient bien couchées. Au loin, on entendait gronder le tonnerre, et le bruit se rapprochait.

– Capitaine est debout, déclara l'Espagnol. Il doit pas aimer cette nuit, lui non plus.

– Qui aimerait une nuit pareille, répliqua Benteen en pressant son cheval pour le faire avancer.

Le mâle meneur n'était pas enclin à s'effrayer, c'était un bon chef de troupeau. Au moment où Benteen l'aperçut, il reniflait l'air avec inquiétude. Un deuxième taureau se dressa, immobile et attentif. Puis deux, puis trois. Bientôt, le troupeau tout entier se releva.

Le ciel était d'un noir d'encre, déchiré par des traînées de feu. L'air était devenu irrespirable. Tout à coup, une faible lueur apparut à l'extrémité de chaque corne. C'était un étrange spectacle que cette phosphorescence. Le folklore la désignait de différents noms. Benteen, lui, la connaissait sous celui de « feu Saint-Elme ».

Entre deux éclairs, on ne distinguait rien d'autre que ce mystérieux phénomène de milliers de cornes incandescentes.

Soudain, un zigzag bleuté fendit les nues, éblouissant Benteen. Le sol résonna d'un bruit d'enfer sous une nouvelle déflagration. Mais cette fois c'était le troupeau qui partait en débandade. On aurait dit qu'il était devenu fou.

Le cheval gris de Calder bondit en avant et se lança à la poursuite des bêtes affolées. Le ciel s'ouvrit, déversant des trombes d'eau. Impossible de repérer l'Espagnol et Dollide dans cet enfer.

Benteen, ne pouvant distinguer où il allait, en était réduit à faire confiance à sa monture qui poursuivait le bétail pris de panique.

Hésitant dans l'obscurité, aveuglé par la pluie battante, il réussit enfin à distinguer le troupeau. Les lueurs semblaient danser d'une corne à l'autre; la chaleur dégagée par la masse des corps lui brûlait le visage.

Le tonnerre et les éclairs avaient redoublé de violence. Le petit cheval gris galopait ventre à terre dans la prairie et luttait de vitesse avec les bêtes de tête. Il fallait les rattraper et les obliger à ralentir. Le reste du troupeau suivrait...

Après plusieurs heures, l'orage se calma. Les cow-boys qui avaient rejoint Benteen pour lui venir en aide constatèrent que les *long horns* avaient galopé pendant plus de dix kilomètres. Il manquait trois hommes : l'Espagnol, Dollide et Woolie Willis. Ils avaient pu être séparés du troupeau pour de multiples raisons. Personne ne se hasarda à s'interroger sur leur sort.

La pluie cessa un peu avant l'aube. Les nuages se dispersèrent, faisant place aux étoiles. Dans le camp, à la première lueur du jour, Rusty attela les chevaux au chariot-cuisine et donna un coup de main à Lorna et à Mary. Dans la prairie, à l'instant où la lumière du matin éclaira le ciel, les cow-boys partirent à la recherche du bétail égaré. Les *long horns* avaient foulé l'herbe sur une large bande et retourné la terre.

Quand le convoi rejoignit le troupeau, Jessie et Ely avaient récupéré l'essentiel des bêtes. Rusty détacha les chevaux.

– Les femmes! Vous allez me donner un coup de main! Les gars sont épuisés. Ils ont besoin de boire un bon café et de manger chaud.

– Je vais faire du feu, proposa Lorna en descendant de son siège.

– Il y a du bois sec et des brindilles dans la réserve.

Le café était en train de bouillir lorsque les cow-boys approchèrent du nouveau campement. Lorna vit de la vapeur s'élever des croupes humides des chevaux. Un cavalier éperonna sa monture pour arriver avant les autres. Vince Garvey sauta à bas de sa selle, titubant de fatigue.

– Ils ramènent Woolie, il a une jambe cassée, annonça-t-il à Rusty.

Il se traîna vers le feu pour se verser une tasse de café.

Lorna vit le soulagement se peindre sur le visage du cuisinier, ce qui ne l'empêcha pas de ronchonner :

– Et comment je vais faire des attelles dans ce foutu pays sans arbres?

– C'est ton affaire, charcutier, déclara Vince en avalant son café.

Son alezan était resté à l'endroit même où il l'avait abandonné; sa tête pendait lamentablement.

– Où sont donc passés l'Espagnol et Dollide? questionna Rusty.

Il s'écoula un long silence avant que Vince ne remplisse une autre timbale de café noir.

– Ils n'auront plus besoin de votre aide.

Lorna n'avait pas remarqué l'absence des deux cow-boys et le sens de la réponse de Vince lui échappa jusqu'à ce qu'elle fût frappée par le visage sombre de Vince.

– Ils sont morts! s'exclama-t-elle d'une voix forte. Que s'est-il passé?

Vince la regarda, puis se tourna vers Rusty sans répondre.

A ce moment, les cow-boys entrèrent dans le campement. Tous étaient à pied, sauf un, Woolie : on avait juché le blessé sur une selle. Il était livide.

Benteen aida ses hommes à le déposer à terre. Son chapeau rejeté en arrière révélait une masse de cheveux blond laineux. Il poussa un grognement de douleur lorsque Rusty essaya d'allonger sa jambe gauche.

– Il me faudrait un peu de ton remède contre les morsures de serpent, Rusty, fit-il en s'efforçant de dominer sa souffrance.

Le cuisinier était le gardien de l'unique bouteille d'alcool emportée sur la piste. Elle était réservée aux morsures de serpent.

– Tu as une jambe cassée et pas une morsure de serpent, ronchonna Rusty. Mais je parie que deux petites gorgées t'aideront à tenir le coup pendant que je réparerai cette patte.

En allant dans le chariot-cuisine chercher le flacon, Rusty interpella les deux femmes. Lorna était encore sous le coup de la nouvelle.

– J'aurai besoin de vous, mesdames, pour tenir Woolie pendant que je raccommoderai sa jambe, annonça Rusty. Il ne se débattra pas trop s'il sait que vous le regardez. Il voudra se montrer brave.

Lorna jeta un regard incertain à Mary.

– Sans doute.

Rusty remplit un gobelet en étain d'eau-de-vie. Il le porta dehors et le tendit à Benteen, agenouillé au chevet du blessé. Puis il retourna vers le chariot pour chercher des bandes de cuir. Benteen soulevait Woolie, pour l'aider à s'asseoir. Il avala une gorgée, toussa, puis finit la timbale.

– Bon Dieu! jura-t-il d'une voix rauque au moment où Benteen le recouchait sur le sol. Vous êtes sûr que cette mixture n'est pas faite pour tuer les serpents?

– L'étiquette le dit peut-être, plaisanta le cuisinier en brisant une planche contre son genou. J'ai jamais bien su lire. (Il fit signe à Mary et à Lorna de s'approcher.) Tenez-lui un bras chacune.

Lorna s'agenouilla, prenant la place de Benteen. Woolie serrait les dents et essayait de sourire en même temps.

– Regardez-moi, les gars, lança-t-il aux autres cow-boys, une dame à chaque bras! J' parie qu'y en a beaucoup qu'aimeraient se trouver à ma place.

Lorna ignorait ce qu'était la souffrance physique. Il lui était donc impossible de ne pas être bouleversée. Elle avait mal pour Woolie.

Aussitôt que l'opération fut terminée, elle s'approcha du feu, sans avoir vraiment envie de café, mais elle s'en emplit tout de même une tasse. Elle s'éloigna du groupe de cow-boys silencieux. Elle n'avait pas l'intention de les espionner, mais, lorsqu'ils recommencèrent à parler entre eux, elle ne put s'empêcher d'écouter.

– Je parie que l'Espagnol n'a jamais su ce qui l'avait terrassé, chuchota Bob Vernon.

– On prétend que les chevaux se dressent sur la tête au moment où l'éclair frappe, observa Vince Garvey.

Lorna sentit son sang se figer. Ainsi, la foudre avait tué l'Espagnol.

– La seule consolation, grogna Shorty, c'est que le Mexicain détestait le froid.

– J'espère qu'on va retrouver quelque chose du petit Joe, pour l'enterrer, s'inquiéta Zeke Taylor en hochant tristement la tête.

– Il a dû être foulé par les sabots des vaches, ajouta Shorty en avalant une gorgée de café comme si c'était de l'alcool.

Lorna sentit monter en elle une nausée. Elle trébucha en se précipitant vers son chariot, s'accrocha au rebord pour ne pas défaillir. Elle posa une main sur sa bouche, ne sachant trop si elle voulait réprimer la nausée ou retenir les sanglots qui lui serraient la gorge. Elle se rappelait le jour où Dollide lui avait confié qu'il désirait s'acheter un ranch et devenir un vrai cow-boy. C'était un simple garçon de ferme qui avait quitté sa maison. Maintenant, il n'y aurait pas même une tombe pour marquer l'endroit où il reposerait.

– Lorna!

C'était Benteen. Elle avala sa salive.

– Je pensais à Joe... Et comme il souhaitait devenir... un cow-boy.

– Bois ton café.

Elle ne se rendit pas compte qu'elle tenait toujours la tasse jusqu'à ce que son mari la force à boire. Elle leva les yeux sur son rude visage dépourvu d'émotion.

– Il était si jeune, Benteen, murmura-t-elle. La mort ne signifie rien pour toi? Et l'Espagnol?

– Tu n'es pas la seule à quitter tes amis, Lorna, répondit Benteen d'une voix morne. Mes adieux à moi sont définitifs.

Lorsqu'il s'éloigna, Lorna se sentit à la fois malheureuse et coupable.

Benteen ne montrait pas son chagrin, car cela ne faisait pas partie de son code de l'honneur.

Les chevaux étant reposés, il n'y avait plus aucune raison de s'attarder. Environ cinq cents bêtes s'étaient égarées au cours de la débandade. Il fallait les retrouver et les ramener dans le troupeau.

On n'avait plus le temps de se reposer ni de pleurer les morts.

17

Le repas de midi se prenait sur le pouce. Un pot de haricots était gardé au chaud ainsi que du café, et les cow-boys venaient se servir à cheval. Ils avalaient une platée de haricots, l'arrosaient avec du café, enfourchaient une monture fraîche et repartaient. Tout cela en un quart d'heure.

Le cow-boy blessé venait de bouger. Il s'était évanoui après l'intervention de Rusty, et on l'avait installé à l'ombre sur sa couverture où il avait dormi toute la matinée et une partie de l'après-midi. Le choc, la fatigue et l'alcool l'avaient assommé.

Mary ajouta quelques biscuits à l'assiette préparée par Lorna, que celle-ci emporta avec une timbale de café vers le chariot. Woolie essaya de s'asseoir en s'appuyant à la roue, mais cet effort le fit transpirer. Une douleur lancinante battait comme un cœur dans sa jambe blessée. Il était pâle sous son hâle et haletait.

– Je pensais que vous auriez faim.

Lorna se baissa pour lui offrir les haricots et le café.

– Merci.

Il prit l'assiette mais ne toucha pas à la nourriture. Il tourna la tête vers le troupeau.

– Que font donc les gars? Je parie que les bêtes sont toujours dispersées.

– Ils en ont déjà retrouvé quelques-unes ce matin, assura Lorna.

Malgré la douleur qui se lisait dans ses yeux, Woolie avança la mâchoire avec détermination, tout en regardant Lorna dans les yeux.

– Pourriez-vous m'aider à monter à cheval? Ils ont besoin de moi.

– Vous n'êtes pas en état de chevaucher avec votre jambe cassée.

– Si vous me mettez en selle, j'y resterai, insista Woolie. Ils manquent de main-d'œuvre, ils prendront n'importe qui.

– Vous ne pourrez jamais galoper à fond de train

à travers la prairie, remarqua Lorna en fronçant les sourcils.

– Peut-être pas, avoua Woolie avec une grimace de douleur. (Il avait essayé de bouger sa jambe.) Mais je suis sûr de pouvoir garder tranquillement le troupeau pendant que Jess et Ely chercheront les vaches égarées. J'ai pas besoin de mes deux jambes pour ça!

Lorna fixait le jeune homme, dubitative. Elle reconnaissait une certaine logique dans ses propos. La première pensée du cow-boy était allée au troupeau et non pas à sa blessure : d'abord et toujours le bétail, exactement comme Benteen. Le bétail était l'avenir de tous.

– Madame Calder, je peux pas rester assis, ils ont besoin de moi, continua Woolie.

– Vous resterez là tant que vous n'aurez pas mangé. (Lorna était impressionnée elle-même par son ton autoritaire.) Vous avez besoin de toutes vos forces.

– Oui, madame.

Il obéit et prit sa fourchette. Lorna retourna au chariot-cuisine et ouvrit le placard dans lequel se trouvaient les bardas.

– Rusty, où sont les habits de Joe Dollide?

Le cuisinier s'avança; ses sourcils froncés lui donnaient l'air méchant.

– Pourquoi vous voulez savoir?

– Montrez-les-moi simplement, répondit-elle avec assurance, sans la moindre envie de révéler ses intentions.

Le cuisinier s'exécuta : il lui tendit un paquet de linge, semblable aux autres.

– Merci.

Lorna s'en alla avant qu'on ne lui pose d'autres questions. En entrant dans le chariot, elle appela Mary.

– Tu pourrais m'aider un instant?

Mary monta par l'arrière du fourgon.

– Qu'y a-t-il? demanda-t-elle.

Lorna déroula la toile et fouilla le contenu du barda.

– Je vais monter à cheval, mais non plus en amazone. J'ai besoin de mettre des vêtements d'homme. Ces jupes et jupons seraient tout juste bons à effrayer le bétail et à déclencher une autre débandade. Joe Dollide a sensiblement la même taille que moi. Je crois que son pantalon m'ira.

Mary se laissa choir sur la banquette du chariot, abasourdie.

– Qu'est-ce que tu racontes?

– Benteen manque d'hommes. Il a besoin de cavaliers pour rechercher les vaches égarées. (Lorna trouva un pantalon et une chemise propres, et les examina d'un œil critique.) Woolie vient de me dire que « n'importe qui » ferait l'affaire. (Elle se planta face à Mary et tint le pantalon devant elle.) Qu'en penses-tu?

– Lorna! Une femme en pantalon? s'exclama Mary, sûre que son amie avait perdu la tête.

– Il sera trop long, mais on peut rouler le bas, décida Lorna en ignorant la remarque de Mary.

Le pantalon lui moulait un peu trop les hanches, et les emmanchures de la chemise lui retombaient sur les bras. Elle se sentait bizarre dans ces vêtements, comme si elle n'était pas vraiment habillée.

– Eh bien? demanda-t-elle à Mary.

– Lorna, on voit toutes tes formes, c'est scandaleux!

– Alors, je ne rentrerai pas la chemise dans la taille, répondit-elle en faisant semblant de trouver cette tenue parfaitement naturelle et commode.

– Tu vas vraiment sortir comme ça? s'écria Mary.

– Oui.

– Et où vas-tu trouver une selle?
– La selle de Jonesy. Elle est au fond du chariot-cuisine.

Elle prit sa capote et noua les cordons sous son menton. Mary éclata de rire.

– Tu as l'air gourde avec ce pantalon et cette capote!

Lorna fit la grimace, puis éclata de rire à son tour. Il y avait une autre solution : ne pas mettre de chapeau du tout, ce qui voulait dire s'exposer au soleil du Kansas. Non, il n'y avait pas le choix.

En descendant du chariot, les jambes libérées de l'habituelle jupe, Lorna découvrit une liberté de mouvement inconnue jusqu'alors. Pour dissimuler sa nervosité, elle se hâta vers le chariot-cuisine, marchant comme si rien n'avait changé dans son habillement. Rusty lui jeta un regard stupéfait et incrédule. C'était la première fois qu'elle le voyait muet.

– Voudriez-vous aller me chercher mon cheval, Rusty? demanda-t-elle d'une traite. Je vais remplacer Trumbo. Comme ça, il pourra partir à la recherche des vaches égarées.

Le cuisinier réussit à opiner de la tête et attrapa une corde accrochée à l'avant du chariot. Ensuite, il partit vers la *remuda,* en se retournant sans cesse pour regarder par-dessus son épaule. Il devait croire que sa vue lui jouait des tours.

Dans la prairie, l'étonnement de Jessie Trumbo fut identique. Lorsque Lorna s'approcha du troupeau pour le remplacer, il fut tout éberlué de voir une femme en pantalon, assise à califourchon sur une selle. Lorna avait découvert que ce n'était pas sorcier de ne pas monter en amazone : c'était tout simplement une question d'équilibre.

Tard dans l'après-midi, Benteen retourna vers le troupeau pour ramener les cinquante bêtes égarées qu'il avait retrouvées. A cheval, il recula pour laisser les vaches s'intégrer dans le troupeau.

Il fit signe à Ely qu'il retournait au campement boire un café. Il voulait entamer les dernières recherches tant qu'il faisait jour. Soudain, du coin de l'œil, il vit un étrange spectacle : un homme avec une capote sur la tête! Pourtant, le cow-boy était trop menu pour être un homme. Un adolescent, peut-être? Benteen ne reconnaissait pas non plus cette manière de monter à cheval. Puis il remarqua qu'il s'agissait de la monture de Lorna. Il éperonna son rouan pour intercepter le frêle cavalier qui contournait le troupeau et, ce faisant, coupa carrément le chemin à Lorna. Celle-ci dut s'arrêter.

Benteen planta son regard sur la chemise que la transpiration collait à la peau de la jeune femme, et il vit aussi le pantalon qui lui moulait les hanches et les cuisses. La colère grondait au fond de lui, mais il était trop abasourdi pour la laisser éclater.

– Que fais-tu ici? Et dans cette tenue?

– J'ai pris la place de Trumbo. Comme cela, il a pu partir à la recherche des bêtes égarées. (Elle avait essayé de rester calme et naturelle, malgré l'incongruité de la situation.) Je sais que tu manques d'hommes, et j'ai pensé que je pourrais t'aider. Ces vaches sont aussi importantes pour mon avenir que pour le tien.

Lorna avait réfléchi à ce qu'elle dirait, tout le long du chemin. Benteen attendit un moment avant de répondre. Il pouvait reprocher à sa femme un seul point : son mépris des conventions. Et encore, il ne pouvait nier le pratique de la chose! Surtout si elle devait l'aider, ce qui lui serait très utile...

– Au campement, tu mettras une robe, déclara-t-il simplement. Je ne veux pas que tu te promènes devant mes hommes comme ça. On voit toutes tes formes.

– C'est promis, dit Lorna en essayant de réprimer un petit sourire de triomphe.

Mais elle déchanta en remarquant l'expression soudain tendue de Benteen. Malgré lui, il la dévorait des yeux. Elle fit semblant de ne pas remarquer son désir. Alors, avec un calme forcé, il fit faire demi-tour à son cheval et s'éloigna.

La nuit, allongée seule sur sa couchette, Lorna était éreintée, mais les pensées tournaient dans sa tête. Benteen dormait par terre devant le chariot. Elle se demanda s'il se sentait aussi abandonné qu'elle. Elle se souvenait de la chaleur de son corps blotti contre elle, son corps si solide.

Il y avait tellement de choses qu'elle ne comprenait pas chez son époux! Peut-être n'avait-elle pas assez d'expérience de la vie. Elle caressa doucement son sein et se rappela la main de Benteen qui en agaçait le bout jusqu'à ce qu'il durcisse. Peu à peu la jeune femme avait perdu sa timidité et s'était abandonnée à l'amour.

Peut-être le mauvais souvenir s'effacerait-il. Elle éprouverait à nouveau du plaisir. Lorna poussa un soupir et tourna la tête, s'efforçant de fermer les yeux. Elle était irritée que Benteen lui laisse le soin de faire le premier pas et de décider du moment où ils redeviendraient mari et femme. Et pourtant, s'il l'avait forcée, elle ne l'aurait pas supporté. Tout cela était très troublant.

Après deux jours qu'ils la virent porter un pantalon et monter en selle à califourchon, les hommes de la piste s'habituèrent et cessèrent de la regarder comme une curiosité.

Il fallut plusieurs jours pour rassembler tout le troupeau. Dix têtes de bétail furent définitivement portées disparues. Le matin du troisième jour, on reprit la piste. Benteen assigna à sa femme une position latérale, pendant que Woolie conduisait leur chariot. C'était un travail difficile et pénible, destiné à évaluer l'endurance de Lorna.

Dix jours plus tard, le convoi atteignait le Nebraska au nord de la rivière Platte. Là, on s'arrêta quelques heures, et Benteen partit en campagne afin de louer deux hommes. Lorna profita de cette halte pour laver ses affaires. Quand elle eut rassemblé ses vêtements, elle fouilla dans le barda de son mari pour récupérer le linge sale. Une pièce de cuivre tomba de la toile de sac. Lorna la ramassa et l'examina avec curiosité. Sur une face était imprimé un portrait de femme. Sur l'autre, on lisait : « Compliments de miss Belle. Dodge City. » C'était bien là une pièce, mais qui n'était point monnaie courante. Et qui était miss Belle?

Piquée par la curiosité, Lorna prit le barda et se dirigea vers le chariot-cuisine. Woolie Willis était allé pêcher à la rivière. Il n'y avait aucune trace de Mary. Seul le cuisinier était là.

– Rusty, avez-vous déjà vu de l'argent comme celui-ci?

Lorna montra la pièce de cuivre dans la paume de sa main.

Rusty lui jeta un regard hargneux.

– Où avez-vous déniché ça?

Quelque chose dans le ton de sa voix lui souffla de se montrer évasive.

– Je l'ai ramassée par terre.

– Un gars a dû la perdre, conclut Rusty.

– Qu'est-ce que c'est? fit Lorna.

– Une monnaie fiduciaire, expliqua le cuisinier en prenant l'air affairé.

– Ça vaut donc un dollar?

– Y a des endroits où on l'accepte comme du vrai argent.

– Qui est cette femme? Miss Belle? C'est son portrait, n'est-ce pas?

– P'têt.
– C'est une sorte de publicité? demanda encore Lorna.
– Ouais, on peut dire ça, reconnut Rusty.
– Quelle sorte de publicité? (La colère commençait à briller dans les yeux de la jeune femme.) On n'explique pas ce qu'elle fait comme métier.
Rusty était devenu cramoisi sous ses favoris blancs.
– Eh bien, je sais pas vraiment.
– Cette femme serait-elle une putain, par hasard?
– Si vous savez, alors pourquoi vous me posez des questions? gronda le petit homme. C'est pas parce que vous portez la culotte que vous devez oublier la décence.
– Je suis une femme mariée. Si ces créatures ne me sont pas familières, je ne peux nier leur existence.
– Entièrement d'accord. Mais il y a pas tellement de femelles dans l'Ouest, et queq'fois un mari, ça se lasse de dormir tout seul.
Cette fois le cuisinier avait touché le point sensible. Les joues de Lorna rougirent à l'idée que Benteen puisse être dans ce cas. Elle pivota sur ses talons et sortit précipitamment. La pièce de cuivre lui brûlait la paume de la main lorsqu'elle courut vers son chariot. Elle la jeta sur la couchette, puis s'assit pour l'examiner à nouveau.
A Dodge City, Benteen avait voulu lui faire l'amour à l'hôtel, après le bain, et elle avait été incapable de répondre à ses avances. Deux nuits consécutives, il l'avait rejointe tard, à l'aube.
Une violente jalousie s'empara de Lorna; elle était bien forcée de conclure que Benteen avait couché avec une prostituée pour assouvir son désir. Il lui avait été infidèle. Elle le tuerait. Les mains trem-

blant de rage, elle sortit son fusil de la malle. Il regretterait le jour où il lui avait appris à tirer!

Dès qu'elle se fut assurée qu'il était chargé, un fait lui revint en mémoire. Une bribe de phrase : « Passionnée au lit... » Elle reposa le fusil sur son genou. C'était ce que lui avait conseillé une fille de joie chez la modiste. La rousse Pearl lui avait dit que si elle voulait garder son mari il lui faudrait se montrer plus « passionnée au lit » que lui.

Si elle voulait que son mariage réussisse – et elle le souhaitait –, il fallait à tout prix qu'elle change. Elle avait pardonné le « viol ». Maintenant, elle devait l'oublier.

Elle reposa le fusil dans la malle, ainsi que la pièce de Dodge City. Elle ramassa les vêtements à laver et quitta le chariot.

Tout au long de la journée, elle eut le temps de mûrir sa décision, et, quand Benteen rentra de la ville, en fin d'après-midi, Lorna était calme. Elle remarqua à peine le paquet qu'il tenait à la main.

– Je t'ai acheté quelque chose, annonça-t-il avec un regard aimable.

Lorna perdit son flegme, ne s'attendant pas à un cadeau. Elle regarda le paquet, puis son époux. La mâchoire de celui-ci se durcit; il interprétait son hésitation comme un refus.

Lorna prit le paquet en murmurant :

– Je ne sais que dire... (Puis elle ajouta :) Qu'est-ce que c'est?

– Ouvre, dit Benteen, tu verras.

C'était un chapeau de cow-boy à bord aplati. Les yeux de Lorna s'agrandirent de joie, puis se levèrent, lumineux, sur Benteen.

– Tu avais l'air godiche avec ta capote, fit-il sur un ton taquin. Les cow-boys portent un chapeau. Tu ferais bien de voir s'il te va.

Elle l'essaya : il était un peu juste, mais elle ne

pourrait que s'en réjouir les jours de grand vent. Elle aurait bien aimé se regarder dans un miroir, mais pour le moment il fallait s'en remettre à l'opinion de Benteen.

– Comment il me va? demanda-t-elle.

– C'est pas terrible avec ta robe, dit-il avec un sourire.

– Je t'ai promis de ne pas porter de pantalon au campement, rétorqua-t-elle en riant. Merci de m'avoir acheté ce chapeau, il me plaît beaucoup.

– Tant mieux.

Il s'en alla.

C'était difficile de lui faire des avances alors qu'il faisait tout pour garder ses distances! Elle comprenait son mari, mais il ne lui facilitait pas les choses. Pourvu qu'elle ait l'audace de passer outre!

Son calme du matin avait disparu. C'était comme si elle attendait encore une fois sa nuit de noces.

Durant tout le dîner, elle eut l'estomac serré. Pendant qu'elle lavait les assiettes, elle vit Benteen s'avancer vers le chariot pour prendre la literie qu'elle avait cachée. Elle tendit la dernière assiette à essuyer à Mary et se frotta les mains à sa jupe. Benteen revenait. Elle sentit son pouls s'affoler, à la fois excitée et inquiète. Une partie d'elle-même doutait.

– Où as-tu rangé ma couverture? demanda Benteen d'une voix si basse que seule sa femme pouvait l'entendre. Impossible de mettre la main dessus.

– Je l'ai mise de côté, répondit-elle d'un ton gêné. Tu n'en as pas besoin.

Elle espérait qu'il comprendrait l'allusion et n'aurait pas besoin de précisions. Elle fit mine de s'éloigner, mais il la retint par le bras.

– Pourquoi n'en aurai-je pas besoin, Lorna?

Il la fouillait du regard, attendant une réponse.

– A quoi te servirait-elle, si tu reviens dormir dans le chariot?

Tremblante, elle s'efforça de sourire.

– Est-ce là que je dormirai? questionna Benteen d'une voix rauque.

– Oui, dit-elle en inspirant profondément, je veux que tu sois mon mari.

Lorna crut un moment qu'il allait la serrer dans ses bras et la prendre sur-le-champ, tant ses yeux brillaient du désir de la posséder. Mais il regarda le soleil se coucher à l'horizon.

Elle ne put réprimer un petit rire nerveux qui s'arrêta net lorsque Benteen se tourna vers elle. Il y eut un moment de malaise.

– Je te ferai une belle nuit, murmura-t-il.

Cette promesse lui fit monter le rose aux joues et cette fois, lorsqu'elle voulut s'éloigner, Benteen la laissa aller. Elle monta dans le chariot pour se préparer avant qu'il la rejoigne.

Elle ôta les épingles qui retenaient son chignon et laissa ses épais cheveux sombres se dérouler. Elle les brossa pour les démêler et les rendre plus brillants. Elle se déshabilla complètement et se passa un tout petit peu de la lotion de lady Crawford, pour rendre son corps plus doux à caresser. Les ombres de la nuit se glissaient dans le chariot lorsque à la fin elle se coucha.

Elle n'eut pas longtemps à attendre. Bientôt Benteen releva la toile et entra. Elle ne le voyait pas dans l'obscurité, mais l'écouta se dévêtir. Lorsqu'il souleva la couverture et s'allongea à côté d'elle, tout son corps tressaillit.

– Cette nuit sera la plus longue de toutes, chuchota-t-il en s'approchant.

Et aussitôt Lorna perdit toute notion du temps. Une bouche chercha la sienne avec fièvre. Elle ferma les yeux et entrouvrit les lèvres pour répondre au baiser. Benteen glissa une main dans l'épaisseur de sa longue chevelure. Il attira sa compagne contre lui.

– Bon Dieu! Tu es nue!

– Oui. Je voulais que ce soit comme pour notre nuit de noces.

La main de l'homme avança doucement vers la taille fine et la courbe des hanches. Lorna tressaillit et poussa un gémissement de plaisir. Benteen accepta l'invitation silencieuse et commença à caresser ses seins ronds. Sa langue était douce sur sa poitrine, traçant de petits cercles sur le mamelon. Elle enfouit les doigts dans ses cheveux et le repoussa pour mettre fin à cet exquis tourment. Son désir d'homme lui donnait le vertige, ses mains et sa bouche lui ravageaient les sens. Elle murmura son nom, encore et encore.

Quand à la fin il répondit à sa demande pressante et s'allongea sur elle, elle se sentit submergée par une vague de panique. Mais sa bouche tiède lui assura qu'elle n'avait pas à avoir peur. Et l'union devint soudain un acte naturel, mutuellement désiré et glorieusement accompli.

Pourtant, quand l'extase fut terminée et que Lorna se retrouva au creux du bras de son époux, essayant de reprendre son souffle, elle sentit qu'il s'était passé quelque chose. Benteen ne s'était pas complètement donné.

– Qu'est-ce qui ne va pas, mon chéri? chuchota-t-elle en lui caressant le torse.

– Rien.

Elle savait qu'il mentait.

– Tu sais, je ne voulais pas te quitter vraiment, expliqua-t-elle. Je voulais juste te blesser parce que tu avais jeté mes rosiers. C'était puéril. J'avais peut-être peur que tu ne me laisses pour une autre femme, ajouta-t-elle pour voir sa réaction.

– Essaie de trouver une meilleure histoire, se moqua-t-il.

– Qu'as-tu fait en ville, à part m'acheter un chapeau? N'as-tu pas été avec une de ces filles qui travaillent dans les dancings?

– Je n'ai été avec aucune fille, s'indigna Benteen en lui caressant la joue avec un doigt.

– Alors, pourquoi m'avoir acheté ce chapeau?

– J'espérais que tu ressemblerais à un garçon, avoua-t-il.

Il effleura ses lèvres puis ses dents. Elle lui mordit le doigt.

– Ça, c'est pour avoir voulu un homme à la place de ta femme, plaisanta-t-elle.

– Je voulais peut-être les deux. (Il avança ses lèvres.) Une épouse et un fils.

– Et si je désire une fille?

– Pourquoi essaies-tu toujours de me contrarier? souffla-t-il... D'abord, nous aurons un fils, ensuite une fille.

– Pourquoi pas le contraire...?

Lorna ne termina pas sa phrase : Benteen lui ferma la bouche par un baiser. Lorsqu'il lui permit enfin de parler, elle était trop sous l'emprise d'un nouveau plaisir pour se souvenir de ce qu'elle voulait dire.

18

Après avoir laissé la piste, le convoi suivit la vallée de la Platte dans le Wyoming, puis pénétra chez les Cheyennes.

C'était là, dans un pays de plaines vierges, le domaine des buffles. Benteen précédait le troupeau, scrutant le terrain à la recherche de pâturages et d'eau.

Derrière lui, les *long horns* avançaient dans cette

immense solitude dépourvue de sentiers. Lorna avait découvert combien il était harassant de conduire le bétail fatigué sans le harceler. La nuit, fourbue, elle se nichait contre Benteen et s'endormait dès qu'elle avait fermé les yeux.

La jambe de Woolie guérissait, ce qui le rendait impatient de remonter en selle. Lorna ne serait pas mécontente d'ôter son chapeau et de laisser le cow-boy retourner à ce travail aussi fastidieux que pénible. Cependant, elle était fière du rôle qu'elle avait joué.

Aucune frontière visible ne séparait le Wyoming du Montana. Un soir, en retournant au campement, Benteen annonça qu'on se trouvait dans le Montana; le lendemain, on traversa la rivière Powder. Deux semaines plus tard, le convoi avait atteint le dernier point de campement. Des larmes de soulagement jaillirent des yeux de Lorna. La piste lui avait paru interminable. On avait voyagé quatre mois qui lui paraissaient des années.

– J'aurais préféré que tu ne nous dises pas que nous étions si près, avoua-t-elle à son mari, plus tard, lorsqu'ils se retrouvèrent au lit.

– Pourquoi?

Il tourna la tête pour la regarder et écarta une mèche folle de son visage.

– Parce que, maintenant, je suis impatiente d'arriver. Je suis lasse de cette vie, reconnut Lorna.

– Encore en train de te plaindre?

Benteen fit claquer sa langue en signe de réprobation amusée.

– En effet.

– Attends seulement d'être arrivée, tu verras que le voyage en valait la peine, promit-il en pressant ses lèvres sur sa tempe.

Le troupeau traversa les fleuves Pumpkin et Tongue, et, pour terminer, le Yellowstone, à la mi-août. Moins d'une semaine plus tard, Benteen mit son cheval au petit trot pour rejoindre Lorna, qui poussait les bêtes sur la gauche. Ses yeux sombres brillaient.

– Tu m'accompagnes en tête?

Maintenant, les bêtes étaient si bien rodées à la piste qu'elles voyageaient rassemblées, sachant le moment où il fallait s'arrêter pour la pause et celui où il fallait repartir.

– Oui.

Lorna flairait quelque chose. Elle savait qu'on n'était pas très loin de la concession de Benteen, mais elle ignorait à quelle distance. Après s'être éloigné du troupeau, le jeune couple galopa à bonne allure. La terre s'étirait en une vaste plaine couverte d'une herbe courte et drue; sa monotonie était rompue par quelques buttes et des crevasses. Un immense ciel bleu la dominait.

Un cavalier surgit sur une crête. C'était le premier être humain que Lorna voyait depuis des semaines, en dehors des gens du convoi. Elle le signala à Benteen, mais celui-ci l'avait déjà aperçu. Sa bouche s'étira en un sourire de satisfaction. Il fit ralentir son cheval et prit le trot.

– C'est Barnie, annonça-t-il.

Lorsque le cow-boy s'avança à leur rencontre, Lorna s'attendait à un accueil délirant. Au lieu de cela, Barnie se borna à constater :

– Je pensais bien, Calder, que c'était la poussière de ton troupeau que j'avais vue. Tu as du papier à cigarettes? Je suis à sec.

Benteen lui tendit un paquet.

– Garde-le.

Barnie secoua sa blague pour en faire tomber un peu de tabac, et, avec adresse, enroula une mince feuille de papier autour. Il la colla d'un coup de langue. Après avoir allumé sa cigarette, il aspira la fumée et la garda un moment pour la savourer en silence.

Benteen attendit que son ami ait rejeté la fumée pour l'interroger :

– Comment ç'a été? Tranquille?

– J'ai eu pas mal de visiteurs, dit Barnie. Tout le monde s'est passé le mot pour l'herbe.

– J'en étais sûr, répondit Benteen sans manifester de surprise.

– Tu auras des gars importants pour voisins. Le Montana commence à devenir surpeuplé.

Tout en parlant, Barnie n'avait cessé de dévisager Lorna. Avec ses longs cheveux relevés sous son chapeau, son ample chemise et son pantalon collant, elle ressemblait à un adolescent. Mais il y avait longtemps qu'elle ne se préoccupait plus de son apparence.

– C'est qui, le gamin? demanda Barnie en désignant Lorna de la tête.

Une lueur amusée éclaira les yeux de Benteen.

– C'est ma femme. Nous manquions de bras, elle a dû nous aider à conduire le troupeau.

Barnie eut du mal à dissimuler sa stupéfaction. Puis il toucha le bord de son chapeau de cowboy.

– Je vous demande pardon, m'dame.

– Aucune importance, monsieur Moore, dit Lorna en souriant.

Il s'éloigna pour fumer tranquillement. Une fois Barnie parti, Benteen glissa un regard oblique vers sa femme.

– Tu ne m'avais pas dit que nous étions si près, remarqua-t-elle. (Elle savait qu'il avait agi délibérément.) A quelle distance?

– A trois kilomètres environ. Serais-tu impatiente d'arriver?

– Tu sais bien que oui, dit-elle avec un sourire.

– Allons-y.

Benteen éperonna sa monture pour lui faire prendre le galop. Lorna le suivit à quelques foulées. Les chevaux arrachèrent des mottes d'herbe sous leurs sabots. Ils eurent vite fait de couvrir les trois kilomètres. Ce voyage se terminerait-il dans l'allégresse? Lorna avait le souffle court, et ses yeux noirs brillaient d'excitation au moment où elle arrêta son cheval à côté de celui de Benteen.

– C'est ici, dit-il.

La fierté faisait vibrer sa voix grave. Il parcourut la terre du regard.

Une hutte s'élevait près de la rivière, entourée d'un petit corral. Lorna s'efforça de ne pas se montrer déçue. Tout ce qu'elle voyait, c'était un rude paysage, si énorme et si vaste qu'elle s'abîmait les yeux à le sonder.

Sous le soleil d'été, la prairie roulait, en vagues irrégulières – une herbe jaune sur des kilomètres et des kilomètres. La plaine était surplombée par un ciel bleu, légèrement brumeux. Au-dessus des coteaux sans arbres, une hutte au sommet aplati pointait sa tête vers l'horizon.

Lorna songea à l'interminable voyage qui l'avait conduite ici, et le prix qu'il avait coûté en larmes et en vies humaines. La jeune femme serra les mâchoires. Elle ne se laisserait pas abattre par cette contrée désolée. Détournant les yeux de toute cette immensité, elle porta son attention sur les solides arbres verts qui poussaient le long des berges. Ils fourniraient du bois pour construire une cabane. Elle ne vivrait pas dans une hutte de gazon comme la femme du Kansas.

Elle suivit Benteen, qui conduisait son cheval hors d'haleine vers la rivière. Son regard satisfait balayait l'horizon avec orgueil.

Sous les cotonniers qui bordaient la rive, il stoppa sa monture et sauta de selle avec aisance. Lorna mit pied à terre à son tour, pour permettre à son cheval de se désaltérer. Elle regarda les naseaux noirs de Sandman et entendit le mors cliqueter contre ses dents lorsqu'il commença à boire dans la rivière glacée.

– Avec toute cette eau, nous approvisionnerons la propriété sur trente kilomètres à la ronde. Aussi loin que tu peux voir, et au-delà encore, Lorna, cette terre nous appartient.

– Tout ça?

Tant d'immensité l'impressionnait.

– Oui, dit-il en la regardant fixement, mais la petite flamme qui brûlait dans ses yeux était pour la terre. Et ce n'est qu'un début. (Il lâcha les rênes de sa monture et s'éloigna de la rivière, puis il se baissa et arracha une poignée d'herbe, qu'il tendit à Lorna.) Voilà l'or de l'éleveur, et l'argent, c'est l'eau. Mais, comme nous sommes venus les premiers, d'autres essaieront de nous évincer. Je ne veux pas être évincé.

– Crois-tu vraiment qu'ils essaieront? s'étonna Lorna.

Elle pencha la tête en arrière pour examiner son mari.

– C'est dans la nature de l'homme de convoiter ce qu'il n'a pas. Appelle cela de l'envie ou de la cupidité. Les grands désirent toujours davantage et les petits souhaitent devenir grands.

– A quelle catégorie appartiens-tu, Benteen?

– A celle des petits qui veulent devenir grands. La compagnie Calder deviendra une entreprise avec laquelle les autres devront compter.

– Mais il n'y a pas de mal à cela. (Lorna fronça les sourcils.) C'est seulement de l'ambition.

Benteen eut un faible sourire, jeta l'herbe qu'il tenait dans sa main gantée de cuir et passa un bras autour des frêles épaules de son épouse.

– L'ambition est une certaine forme de cupidité.

Une frontière fragile sépare l'ambition de la cupidité. L'une est une qualité, l'autre non.

Lorna tourna ses pensées vers un sujet plus optimiste :

– Tu m'as dit avoir choisi l'emplacement de notre future maison, rappela-t-elle. Où est-ce?

– Tu vois la butte un peu plus haut? C'est là que sera notre demeure.

Lorna compléta cette image de rêve :

– Une maison à deux étages, peinte en blanc?

– Oui, avec des colonnes devant, ajouta Benteen pour la taquiner.

– Oui, avec des colonnes devant, répéta-t-elle en approuvant de la tête.

Ce projet lui semblait si grandiose qu'elle se moquait éperdument que son mari la fasse enrager. Il eut un rire qui lui réchauffa le cœur.

Lorsqu'ils eurent atteint le sommet de la butte où s'élèverait leur future habitation, Benteen tourna lentement sur lui-même pour contempler le panorama. Son bras sur l'épaule de Lorna entraîna la jeune femme dans son mouvement. La hauteur leur permettait de dominer le lit de la rivière et l'étendue de la plaine.

– Nous allons être pressés par le temps avec l'arrivée de l'hiver, remarqua Benteen. Le mieux que nous aurons à faire sera de construire une cabane en bois près de la berge. Comme cela, nous aurons de l'eau. Mais nous bâtirons notre maison, Lorna. Peut-être pas cette année, mais bientôt.

– Après avoir vécu presque cinq mois dans un chariot, une cabane sera la bienvenue, avoua la jeune femme.

– Nous aurons beaucoup à faire avant l'arrivée du froid : élever un abri pour les chevaux et un baraquement où mes hommes pourront manger et dormir.

Tandis qu'il formulait ses projets à haute voix,

Lorna se demanda comment il viendrait à bout d'une telle entreprise.

En attendant l'arrivée du troupeau, Benteen ne perdit pas son temps. Il marqua à l'aide de piquets l'emplacement des différentes constructions et les mesura. Pendant ce temps, Lorna s'occupa à ramasser du bois qu'elle empila.

Elle transportait une brassée lorsqu'elle aperçut un cavalier immobile qui examinait le campement rudimentaire. Sa silhouette lui était familière; cependant, elle était sûre que ce n'était pas un cow-boy. Sans le quitter des yeux, elle tourna légèrement la tête vers Benteen et l'appela :

– Quelqu'un approche à cheval. Un étranger, sans doute.

Benteen se redressa et se tourna vers l'inconnu. D'un geste négligent, il releva le rabat en cuir du fourreau de son fusil, et vint se placer près de Lorna.

Lorsque l'homme fut assez près pour que la jeune femme distingue son visage, elle ouvrit la bouche de surprise.

– C'est M. Giles, dit-elle.

Mais Benteen lui aussi l'avait reconnu. La suspicion lui fit plisser les paupières. Giles s'avança.

Après sa rencontre avec Barnie Moore, Lorna se rappela qu'avec ses vêtements d'homme on pouvait se méprendre sur son compte. Aussi, dissimulant un sourire, elle ôta son chapeau et laissa ses cheveux sombres se dérouler sur ses épaules. Les yeux de Bull exprimèrent son amusement, et son regard effleura le pantalon collant qui moulait les jambes fines.

Il salua le premier.

– Je vous avais dit que nous nous reverrions, madame Calder.

– En effet, monsieur Giles, reconnut-elle. Mais je n'avais pas compris que c'était dans le Montana.

– Je vous croyais au Texas. C'est votre concession, pas vrai, Calder?
– Exact, Giles.
Benteen dressa la tête en un geste de défi.
– De l'herbe, de l'eau, assez d'accidents de terrain pour servir d'abri en hiver. Ce n'est pas mal, ajouta Giles.
– C'est ce que j'ai pensé. (Benteen restait distant.) Seriez-vous ici sur l'ordre de Judd Boston? demanda-t-il.
Bull Giles haussa les épaules.
– Il était curieux de connaître votre destination. Je suppose qu'il voulait s'assurer que vous n'étiez plus dans ses pattes.
Benteen restait en alerte devant le représentant du Ten Bar.
– Je lui ai déjà fait part de mes projets. Dès que vous le verrez, vous pourrez lui dire que je n'aime pas que l'on me pose des questions.
– Ça m'étonnerait que Judd Boston vous ait à la bonne lorsqu'il découvrira que vous avez signé à sa place, en m'autorisant à payer vingt têtes de bétail comme droit de passage aux Indiens.
– Il ne fera que me rendre ce qu'il a pris à mon père, répliqua Benteen.
– Voilà des paroles bien dures, constata Bull, l'air songeur.
– Je pourrai les répéter devant Boston.
Bull s'abstint de commentaire et se borna à demander :
– Vous verriez une objection à ce que je mette pied à terre, pour faire boire mon cheval?
Benteen lui offrit l'hospitalité : un jour la situation pouvait se renverser.
– Votre cheval peut boire et brouter. Et je vous autorise à camper ici, cette nuit.
– Venez donc dîner avec nous, monsieur Giles, proposa Lorna.

– J'en serai ravi, merci, madame Calder.

Il ôta son chapeau pour la remercier, puis mena son cheval à l'ombre des cotonniers. Là, il descendit de selle.

– C'est un homme de Boston, Lorna, fit Benteen à voix basse. Ne te montre pas familière avec lui, sinon, bientôt, il te « tapera sur le ventre ».

Elle trouva la critique de son époux injuste et lui adressa un regard hostile.

– Je ne pense pas que monsieur Giles soit l'homme de personne. C'est mal de jeter la pierre à Judd Boston après avoir travaillé pour lui.

Benteen n'apprécia pas la remarque mais ne put trouver d'argument valable. Aussi choisit-il un nouveau sujet sur lequel déverser sa colère.

– Tu mettras une robe aussitôt que le convoi sera là, ordonna-t-il.

Il se retourna pour continuer à poser la clôture.

Lorsque Barnie l'avait vue habillée en homme, Benteen s'était contenté de sourire, se rappela Lorna avec indulgence. Maintenant qu'il s'agissait de Bull Giles, il réagissait jalousement, en essayant de la culpabiliser sur ses vêtements. Et dire que les hommes prétendent que les femmes ne sont pas logiques!

Les chariots arrivèrent au milieu de l'après-midi, précédant le troupeau. Après avoir passé une jupe de calicot bleu, Lorna aida à l'installation du campement. Il faudrait vivre dehors environ deux semaines, le temps que les baraquements soient construits.

Benteen se trouvant dans les parages, Lorna s'efforça de ne pas prêter attention à Bull Giles, mais ses efforts la rendaient plus consciente de la présence de cet homme. Il aida à allumer le feu et ramassa du bois en paiement de l'hospitalité offerte.

Aussitôt que le troupeau fut en vue, Benteen partit à cheval à la rencontre des cavaliers de tête. On conduirait directement les *long horns* à la rivière.

Lorna remarqua alors que l'eau dans le tonneau avait baissé et décrocha le seau suspendu à la paroi du chariot-cuisine.

– Mary! Je descends à la rivière, prévint-elle, pour obéir à la règle qui consistait à toujours préciser où l'on allait, dès que l'on quittait le camp.

L'herbe était haute et drue sous les arbres au bord de la rivière. La longue jupe de la jeune femme bruissait. Elle s'avança vers un petit banc de sable en retrait de la berge. Elle dut soulever sa jupe lorsqu'elle se baissa pour plonger le seau dans l'onde transparente. Un banc de poissons laissa une traînée argentée dans les profondeurs plus obscures. Lorna laissa le seau s'enfoncer au fur et à mesure qu'il se remplissait. En se relevant, de l'eau froide passa par-dessus bord, l'éclaboussant. Des craquements l'avertirent : des pas, derrière elle. Elle se retourna brusquement, répandant un peu plus d'eau.

– Je ne voulais pas vous effrayer, s'excusa Bull Giles.

– Je ne vous avais pas entendu, tout simplement.

Lorna balaya sa frayeur d'un haussement d'épaules.

Le regard de l'homme se posa avec hardiesse sur son buste et sur les plis épais de sa jupe de calicot.

– J'aime bien les robes, mais vous faisiez plus femme dans ce pantalon, déclara franchement Giles.

– Je le portais par nécessité : le bétail a peur de mes jupons.

Elle croyait nécessaire que Giles sache qu'elle ne bravait pas les conventions sans raison.

– Laissez-moi porter ce seau, il est trop lourd pour vous, insista-t-il en le lui prenant des mains.

Lorna accepta, non parce qu'elle n'était pas assez forte pour porter une charge – elle avait charrié de l'eau durant ces longs mois de piste –, mais parce que c'était un geste de gentleman, et elle aimait qu'on la traite comme une « dame ».

– Pensez-vous que vous vous plairez ici? demanda Giles. Il va falloir travailler dur.

– Je sais.

Elle s'avança sur la berge et accepta la main que Giles lui tendait pour l'aider à gravir un talus que l'herbe rendait glissant.

– Une charmante femme comme vous se sentira bien seule, ici.

Cette remarque rappela à Lorna la femme dans la hutte en gazon. Elle leva le menton avec détermination : elle ne se laisserait pas « avoir » par ce pays.

– Je serai probablement trop occupée pour m'en apercevoir, monsieur Giles. Mais, comme vous le dites, il faudra travailler dur.

– Une femme telle que vous ne devrait pas travailler. Vous devriez vivre dans une belle maison avec une domestique pour vous servir. Vous êtes trop délicate pour vous salir les mains.

Elle renversa la tête et éclata de rire.

– Je vous assure, monsieur Giles, que je ne suis ni faible ni délicate. Je monte à cheval aussi bien que la plupart des hommes, et je tire au fusil. Les femmes aiment qu'on les provoque, monsieur Giles, et non pas qu'on les choie. J'aurais cru que vous le saviez.

– Je pourrais peut-être vous laisser porter ce seau, alors, dit-il avec un sourire.

– C'est un peu tard, se moqua Lorna, nous sommes presque arrivés!

En effet, ils étaient à quelques mètres du chariot-cuisine et du tonneau d'eau. Bull souleva le seau et le vida dans le baril.

– Merci de votre aide, monsieur Giles, poursuivit Lorna avec un nouveau sourire.

Il mit un poing sur sa hanche et fit une courbette un peu moqueuse.

– C'était un plaisir, madame Calder.

Il n'était plus nécessaire de rassembler les *long horns* pour la nuit. Cet endroit allait devenir le leur. Benteen et ses hommes se retirèrent dès que le troupeau eut atteint la rivière et le laissèrent boire et s'éparpiller à sa guise.

Pour la *remuda* des chevaux, ce fut une autre affaire. Benteen demanda à un cow-boy de tendre une corde qui leur servirait de corral en attendant.

L'esprit occupé par tout ce qu'il lui fallait régler, Benteen pénétra dans le campement à cheval. Le rire de Lorna attira son attention. Sa mâchoire se durcit lorsqu'il l'aperçut qui remontait de la rivière avec Bull Giles. Benteen ne se laissa pas tromper par l'innocente apparence de la situation : c'était un homme, et il savait ce que ce type avait derrière la tête. Sans qu'on le lui ait dit, Benteen devina que Giles avait vu Lorna se diriger vers le cours d'eau et l'avait suivie. Une froide colère assombrit ses yeux. Sa femme ne se rendait pas compte que Giles s'efforçait de la mettre en confiance. Elle ne voyait pas quelle menace couvait sous ses attentions flatteuses. Benteen la sentait, lui.

Il descendit de cheval et vit le couple se séparer. Dans un silence morne, il dessella sa monture. Il s'approcha ensuite du feu pour boire la traditionnelle tasse de café, tout en prenant soin d'éviter Lorna.

Si elle était du genre à se laisser tourner la tête par un autre homme, il ne voulait plus d'elle. Mais il serra les dents en se disant cela en lui-même.

Autour du feu, cette nuit-là, Barnie Moore fut le point de mire. On l'interrogeait : avait-il plu, et quand? Les rivières avaient-elles débordé?

– Je peux vous dire une chose. (Une cigarette tanguait dangereusement sur sa lèvre inférieure.) Quand la terre est mouillée, c'est de la gadoue!

Les hommes voulaient tout savoir sur l'hiver; s'il était froid et s'il neigeait beaucoup. Quand il commençait et finissait. Et les blizzards? Le bétail avait-il des chances d'y survivre?

Vint ensuite une rapide discussion sur les qualités respectives des différentes races bovines. Benteen écouta avec intérêt. Il avait besoin d'augmenter son troupeau, mais aussi de bêtes qui grandiraient vite, afin de les vendre sur les marchés.

– Barnie, tu pourrais jeter un coup d'œil et chercher une bonne terre, suggéra Ely. Quelque chose de bien que Mary et moi on pourrait cultiver.

– Je peux vous en montrer deux, répondit Barnie. Mais je crois que le meilleur endroit, c'est au nord, au pied d'un massif. Il y a un ruisseau qui y coule. Si vous voulez, on peut y aller à cheval demain pour vous le faire voir.

– Ça serait chouette, dit Ely.

Rusty ajouta une bûche sèche dans le feu, ce qui provoqua des étincelles qui se mêlèrent aux étoiles dans le ciel. Lorna suivait la conversation des cow-boys. Elle s'intéressait davantage à la question depuis qu'elle s'était occupée de mener le troupeau. Quelqu'un avait roulé un tronc d'arbre devant le feu, et elle s'y était assise, la jupe serrée autour de ses jambes pour se protéger de la fraîcheur de la nuit. Elle ne remarqua pas que Bull Giles s'était approché du feu pour emplir sa timbale de café, comme de nombreux cow-boys l'avaient fait avant lui. Elle ne vit pas non plus qu'il se glissait vers le tronc sur lequel elle se trouvait.

– Je suppose que ces discussions au sujet des bestiaux doivent vous assommer, chuchota-t-il.

Elle sursauta, tourna la tête et découvrit Bull Giles derrière elle. Il s'accroupit, et les ombres de la nuit l'engloutirent.

Lorna se souvint du repas qu'ils avaient pris ensemble à Dodge City et de ses plaisanteries sur les marchands de bétail.

– Je suis femme de *rancher,* rappela-t-elle. Les bêtes représentent mon avenir aussi bien que celui de Benteen. Ces discussions ne m'ennuient aucunement. Toute épouse devrait s'intéresser au travail de son mari. Ainsi, elle pourrait s'entretenir intelligemment avec lui.

Tout près du camp, un taureau poussa un curieux beuglement. Lorna tourna la tête pour regarder dans cette direction et reconnut le pelage de Capitaine, le meneur du troupeau. La lumière du feu éclairait ses cornes.

– Il vient sans doute de s'apercevoir qu'il n'y avait personne pour faire la garde de nuit, supposa Zeke.

– Ouais, il s'est sûrement habitué à la compagnie des hommes, et maintenant, il réclame ses amis, ajouta Jessie.

19

Le lendemain, à l'aube, Bull Giles partit à cheval. Tout de suite après le déjeuner, les hommes commencèrent à construire ce qui deviendrait le ranch. On se serait cru dans une ruche bourdonnante; les haches abattaient des branches des cotonniers près de la rivière, les chevaux les tiraient ensuite vers l'endroit où les cow-boys bêchaient la terre avant de l'aplanir. C'était un chaos organisé. Le taureau meneur, Capitaine, surveillait la scène du haut de la butte.

Au bout de deux semaines, des constructions rudimentaires se dressaient. Les branches vertes furent liées avec de l'herbe et de la boue. On construisit les toits à l'aide de branchages et de terre. Zeke Taylor, le plus doué en menuiserie, fabriqua les couchettes, les lits et les tables. Ce mobilier était aussi fruste que les cabanes.

La moitié des hommes s'en allaient lorsque Ely et Mary se retirèrent pour prendre possession de la concession que Barnie leur avait indiquée au nord. Lorna ne s'attrista pas de les voir partir, puisqu'ils seraient voisins, bien qu'éloignés de plusieurs kilomètres.

Le chariot bâché fut en partie démonté et réutilisé pour aménager la cabane. Lorna se servit de la toile blanche pour tendre une cloison qui séparait l'endroit où l'on dormait du reste de la pièce. En installant ses effets personnels dans leur nouvelle « maison », elle refusa de comparer son aspect grossier à la hutte de gazon où vivait la femme du fermier dans le Kansas.

En septembre, Lorna fut certaine d'être enceinte, bien qu'elle n'eût aucune nausée le matin et se portât à merveille. Lorsqu'elle l'annonça à Benteen, il s'empressa de déclarer son orgueil : « Ce sera un garçon! »

Peu après, il partit avec un chariot et une trentaine de chevaux. Rusty, Jessie Trumbo et Bob Vernon restèrent avec Lorna; Benteen ne voulait pas qu'il arrive quoi que ce soit au bébé au cas où la future mère serait cahotée sur les pistes. Quelques jours plus tard, il rapporta des vivres et des mètres de tissu afin que sa femme puisse agrandir sa modeste garde-robe. Il ramena aussi trois cents têtes de bétail.

Dès son retour, il renvoya Trumbo, Rusty et Niles au Texas pour rassembler un nouveau troupeau, qu'ils conduiraient au printemps dans le Montana. Le taureau meneur, Capitaine, trotta derrière le chariot-cuisine, fou de joie de se retrouver sur la piste.

Le premier hiver fut froid. Le vent souffla en rafales et la température chuta au-dessous de zéro. Les premiers flocons de neige tombèrent en octobre.

A Noël, Mary et Ely vinrent réveillonner. Ely lut l'histoire de Bethléem dans la Bible, Woolie joua des cantiques à l'harmonica, et tous chantèrent en chœur.

Quand la délivrance de Lorna approcha, début avril, Mary s'installa dans la cabane pour faire office de sage-femme. Malgré toutes les histoires effrayantes que Lorna avait entendues sur les naissances dans ces contrées reculées, tout se passa bien. Benteen tint dans ses bras le nouveau-né, Webb Matthew Calder, le jour même de sa naissance. Le lendemain il partit avec ses hommes pour le rassemblement de printemps.

Lorsqu'il revint un mois plus tard, il était marqué par la rudesse des longues journées du rassemblement. Dès qu'il aperçut Lorna sur le seuil de la porte, tenant leur fils dans ses bras, cette vision réveilla son désir. Ses cheveux d'un brun soutenu brillaient au soleil, ses lèvres entrouvertes, rouges, contrastaient avec la blancheur de sa peau : Benteen fut réchauffé comme par un feu qui aurait brûlé dans la nuit, ou une fleur printanière apparaissant sous une couche de neige.

Il sauta à bas de sa selle et laissa retomber les rênes. Il s'approcha de sa femme et de son fils, un peu raide. Le parfum des cheveux de Lorna arriva jusqu'à lui. Pourtant, lorsqu'elle parla, elle ne s'adressa pas à son époux, mais au bébé d'un mois, qui avait une touffe de cheveux noirs sur la tête.

– Ne t'avais-je pas dit que papa arrivait aujourd'hui, Webb?

Benteen enlaça la taille de Lorna sous le lourd châle. Il l'attira à lui, se pencha pour l'embrasser.

Il sentit que son bras la serrait trop fort et que ses lèvres étaient trop avides. Il ne voulait pas user de ses droits de mari. Il la relâcha, fit un pas en arrière, conscient de l'émoi qui le parcourait tout entier. Lorna le regardait, perplexe, les lèvres encore entrouvertes, et il baissa les yeux pour vérifier qu'il ne les avait pas meurtries. Peut-être ses pulsions d'homme étaient-elles condamnables...

Il reporta son attention sur son fils, dont il attrapa le petit poing qui battait l'air. Il sourit en essayant de faire saisir son index par les doigts minuscules.

– Comment ça s'est passé? demanda Lorna.

– Bien.

Benteen enleva son fils à sa mère. Le nichant au creux de son bras, il s'avança vers son cheval et saisit les rênes. Puis il mit un pied à l'étrier et monta en selle d'un mouvement souple. Le poids du corps renversé contre la selle, il plaça le bébé devant lui, glissant une main sur son ventre pour le maintenir bien en place.

– Benteen, que fais-tu?

Lorna s'était précipitée.

– Je fais faire à Webb sa première promenade à cheval.

– Mais il n'a même pas un mois, protesta-t-elle.

– Il doit commencer tôt s'il veut devenir comme son vieux père.

Il fit avancer l'animal, conscient que Lorna suivait la scène avec anxiété. Il appuya la tête du nourrisson contre lui et mit sa monture au pas. A trois ans, Benteen avait monté un cheval adulte sans l'aide de personne, c'est ce que son père lui avait dit, en tout cas. Il ne voyait aucun mal à ce que son propre fils commence de très bonne heure.

Aussitôt qu'il eut atteint la remise et fut descendu de selle, les cow-boys se rassemblèrent autour du bébé comme des phalènes autour d'une flamme. Dans leur métier, ils étaient rarement en contact avec des enfants. Lorna s'approcha, amusée de voir ces hommes rudes roucouler et gazouiller devant le petit que Benteen tenait dans ses bras. Woolie prétendit que Webb avait les mains d'un lanceur de lasso de première classe. Bob Vernon affirma que l'enfant avait des yeux intelligents, alors qu'il les gardait fermés!

Lorna reprit son enfant au moment où il commençait à s'agiter. Les cow-boys ôtèrent leur chapeau et lui laissèrent le passage. La naissance d'un garçon l'avait promue du rang de femme à celui de mère. Elle était vénérée comme une madone.

– Il y a du café sur le poêle, dit-elle à Benteen au moment où celui-ci lui remettait son fils dans les bras.

– Je reviens dès que je me serai occupé de mon cheval, promit-il.

Quelque chose en lui le retint à sa tâche plus longtemps qu'il n'aurait dû, comme s'il lui fallait nier ce dont il avait le plus besoin. En ouvrant la porte, Benteen s'efforça d'afficher un air indifférent. La cabane lui parut vide. Il nota du regard le pot sur le poêle en fonte.

– Lorna?

– Je viens dans une minute.

Sa voix lui parvenait de derrière la cloison de toile.

Il s'avança, souleva le drap et vit sa femme assise sur le lit, en train d'allaiter leur fils. Ses yeux s'agrandirent de surprise. Le rouge aux joues, elle voulut interrompre la tétée.

– N'arrête pas, il a encore faim.

Benteen laissa le tissu retomber derrière lui.

– Il est très vorace, parfois, murmura Lorna.

Benteen baissa les yeux sur la mère et l'enfant. La robe de Lorna était déboutonnée, révélant sa poitrine pleine. Les petits poings du nourrisson lui martelaient le sein tandis qu'il suçait goulûment le mamelon.

– Je n'aurais jamais cru pouvoir rester calme pendant qu'un autre mâle se vautrerait sur toi, remarqua Benteen.

Il s'assit sur le lit, à côté de sa femme et de son fils. Sa main caressa la tête du bébé, son doigt effleura la rondeur du sein. Lentement, il déboutonna la robe et l'écarta pour libérer le deuxième sein. Lorna retint son souffle lorsqu'il le prit dans sa main et passa son pouce sur le bout rose-brun.

– J'envie mon fils, en ce moment, reconnut Benteen.

Lorna leva ses yeux sombres vers lui. C'était un commentaire muet mais empreint de passion. Benteen dut lutter contre lui-même pour repousser son désir. Il s'éloigna.

– Je vais me verser une tasse de café.

Trois hommes à cheval étaient postés au sommet d'une colline, à huit cents mètres environ du ranch. Bull Giles repoussa son chapeau en arrière et s'appuya au pommeau de sa selle pour étudier les transformations effectuées depuis la dernière fois qu'il était venu. Il jeta un regard de triomphe à l'homme malingre qui se trouvait entre lui et le troisième cavalier.

– Je vous l'avais dit : Calder s'est réservé personnellement le meilleur terrain.

Il sentit des yeux gris lui jeter un regard froid.

– On dirait, remarqua Loman Janes.

Giles éprouva un mouvement de révolte devant les manières glaciales de l'homme.

– Calder contrôle probablement... douze cents hectares, déjà.

– Celui qui arrive le premier sur le champ de bataille n'y reste pas forcément le dernier, Bull.

– Vous parlez de Benteen Calder et non plus du vieux, rétorqua Giles.

– N'avez-vous pas entendu dire : tel père, tel fils ?

Le contremaître du Ten Bar, sans attendre de réponse, regarda l'autre compère.

– Descendons dire bonjour.

Le troisième était un nommé Trace Reynolds, un sacré bouvier, un excellent homme de piste et le meilleur tireur du Texas.

Bull Giles se redressa sur sa selle, ravi de la proposition de Loman Janes. Lorna Calder avait beau être mariée, il ne pouvait se l'ôter de la tête. Que ce soit mal ou non, il voulait la revoir.

En entendant Lorna sortir de derrière le rideau, Benteen lui tourna le dos et s'avança près du poêle pour se resservir du café. Le bébé poussa un petit cri, auquel sa mère répondit d'une voix rassurante.

Un autre bruit s'éleva : les sabots de trois chevaux qui s'approchaient de la cabane. On frappa à la porte. Benteen pivota sur ses talons et lança à sa femme un regard d'avertissement. Elle s'était agenouillée devant le berceau fabriqué par Zeke.

– Reste dedans, ordonna-t-il en marchant vers le seuil.

Avant de sortir, il prit son fusil. Il ignorait pourquoi il s'armait; par instinct plus que par peur d'être menacé. Dehors, les trois hommes pénétrèrent à cheval dans le corral. Benteen se raidit en reconnaissant l'homme qui s'avançait en tête.

– Vous êtes loin de chez vous, Janes. Vous seriez-vous perdu? remarqua-t-il.

– M. Boston a beaucoup entendu parler de ce pays. Il a jugé bon que j'y jette un coup d'œil, dit Loman Janes.

– Giles a dû faire un rapport à son retour, si j'en juge par votre présence ici.

Benteen fixa l'homme aux larges épaules et le surprit à lorgner vers la cabane, à la recherche de Lorna, sans aucun doute.

Loman ignora l'allusion de Benteen à propos de Giles.

– M. Boston a l'intention d'étendre ses domaines. Cela ne devrait pas vous surprendre, Calder. Vous ne songiez quand même pas à garder toute cette terre pour vous seul?

– Non, admit Benteen. Je pensais avoir des voisins. Il fallait prévoir que les bêtes nuisibles ne resteraient pas longtemps éloignées.

Loman Janes étira ses lèvres en un sourire mauvais.

– Parfois, il faut chasser les serpents avant de s'installer quelque part.

Il prit les rênes de sa monture.

– Nous nous sommes arrêtés pour savoir si nous pouvions camper près de la rivière. Nous avons fait un long voyage.

– Vous pouvez camper ici. Mais que je ne vous voie pas à la maison!

Janes avait conservé son sourire ironique lorsqu'il conduisit lentement son cheval loin de la cabane.

A l'intérieur, le bébé cria. Giles redressa les épaules et fixa Calder dans les yeux.

– Un nouveau-né?

– Mon fils, annonça Benteen en remarquant que les muscles du cou de Giles se durcissaient.

– Votre femme... se porte bien, j'imagine.

– Oui, fit Benteen en continuant de le fixer.

– Félicitations.

Giles suivit le contremaître du Ten Bar. Les trois hommes prirent le trot en direction de la rivière.

En rentrant dans la cabane, Benteen se fit la réflexion qu'il n'avait pas été surpris de voir surgir Loman Janes. Il avait idée qu'un homme de Boston ferait son apparition, après le départ de Giles l'été précédent. Il allait y avoir du grabuge, il valait mieux préparer un plan d'attaque.

Il entra dans la cabane, dégrafa le ceinturon de son revolver et le suspendit à un portemanteau. Lorna nota le regard préoccupé de son époux et cessa de balancer le berceau.

Puis, feignant de ne pas avoir entendu la conversation, elle demanda :

– Qui était-ce?

– Loman Janes, le contremaître de Boston.

Benteen s'approcha de la paroi en toile et la souleva.

Lorna fronça les sourcils en voyant son mari découper un rectangle dans le tissu blanc. Il l'étala sur la table.

– Que fais-tu?

– Une carte.

– Une carte de quoi?

– Du ranch et des environs.

En effet, il n'existait aucune carte du pays. Benteen l'avait exploré aussi loin que possible. Il commença à tracer une esquisse, reportant sur le morceau de tissu les notions qu'il avait dans la tête. Après deux heures de travail et maintes corrections, le dessin avait pris forme. Benteen n'avait pas remarqué que Lorna avait allumé la lampe ni que le repas cuisait sur le poêle.

– Je ne peux pas garder les plats au chaud plus longtemps, dit la jeune femme.

Il était si absorbé par sa tâche qu'il avait oublié la présence de son épouse. Toutefois, il l'entendit, repoussa sa chaise et se passa une main dans les cheveux.

– Je l'ai sacrément fignolée, déclara-t-il avec un soupir.

Il commença à rouler le croquis.

Lorna mit la table pendant que Benteen se lavait les mains.

– Pourquoi as-tu besoin de cette carte?

– Pour l'avenir.

Quels que fussent ses projets, il était évident que Benteen n'avait pas l'intention de les révéler à sa femme. Plus tard dans la soirée, Lorna jeta un coup d'œil sur la carte. Certaines zones étaient tracées en pointillé. Elle comprit qu'il s'agissait des possessions de Barnie et d'Ely.

Le lendemain matin, quand Lorna sortit avec le seau de l'eau de vaisselle et le vida dans l'herbe, près de la rivière, elle entendit des chevaux qui sortaient de sous les arbres, un peu plus bas, et aperçut trois cavaliers.

Dès que Bull Giles remarqua la jeune femme, il eut un moment d'hésitation, puis fit faire demi-tour à sa monture et s'avança pour lui parler. Lorna l'attendit, le considérant comme un ami malgré les hommes qui l'accompagnaient.

– Bonjour, madame Calder.

Il la salua en ôtant son chapeau, mais son regard semblait anxieux.

– Bonjour, monsieur Giles.

– Vous avez l'air en bonne forme. J'ai entendu dire que vous aviez un fils.

– Oui. Webb Matthew Calder.

Son visage de mère s'illumina de fierté et d'amour.

Giles effleura du regard sa mince silhouette. Lorna avait presque retrouvé sa sveltesse de jeune fille.

– On ne dirait pas que vous venez d'avoir un enfant! observa-t-il avec sa franchise d'autrefois.

– Merci.

Elle appréciait le compliment.

Giles aurait eu beaucoup à dire, mais il se contenta de saluer une nouvelle fois avec son chapeau.

– Je ferais mieux de partir, dit-il. Je vous reverrai.

20

Cet été-là, Benteen octroya à Zeke, Bob et Woolie les trois lopins de terre qu'il avait dessinés en pointillé sur la carte. Ils feraient tampon entre le ranch et les autres concessions et le protégeraient. Le terrain n'était pas clôturé, ce qui signifiait que le bétail pouvait s'y éparpiller sans être pour autant dérangé par des bêtes d'autres domaines. En agissant ainsi, Benteen avait une idée derrière la tête...

On s'installait de plus en plus dans le Montana. La semaine précédente Benteen avait aperçu de la poussière soulevée par un troupeau et était descendu vers le sud pour voir si c'était Jessie Trumbo qui revenait du Texas. Mais les bêtes appartenaient à un autre Texan. Les animaux étaient en mauvaise santé. Benteen espéra que celles que ramènerait Jessie Trumbo se porteraient mieux.

Un léger mouvement dans le lit détourna Benteen de ses pensées. A la manière dont respirait Lorna, il sut qu'elle ne dormait pas non plus.

– Tu es bien calme, chuchota-t-il. A quoi songes-tu ? (Il se tourna sur le côté et glissa son bras sous la taille de sa femme pour l'attirer à lui.) Que je rôde trop, à ton goût ?

– Tu es absent la plus grande partie du temps. (Elle passa sa main sur le bras musclé.) Le jour, ce n'est pas dur, il y a tant à faire, mais les nuits commencent à devenir longues. Il me tarde que Webb sache parler! Ainsi, je n'aurai plus à faire la conversation avec les murs ou les arbres. Cette toile tendue ne te rappelle-t-elle pas le chariot ?

– Je crois que si. Peut-être aurons-nous construit la maison l'année prochaine.

– Je l'espère, murmura-t-elle. Le toit fuit chaque fois qu'il pleut. Il y a des insectes et des araignées partout. En me levant l'autre matin, j'en ai trouvé une qui avait tissé sa toile sur le berceau de Webb.

– Je suis allé voir Ely et Mary l'autre jour. Je te l'avais déjà dit, Lorna? (Il savait bien que non. Dernièrement, il avait passé beaucoup de temps à parcourir le pays à cheval, explorant la contrée afin de remplir les espaces blancs de la carte accrochée au mur de la cabane.) Ils descendront nous rendre visite dans une semaine. Mary est impatiente de voir l'enfant qu'elle a aidé à mettre au monde.

Il n'y eut pas de réponse. Lorna se tourna un peu plus vers son mari, et, du bout des doigts, suivit le contour de sa mâchoire. Benteen fronça les sourcils, trouvant ce comportement curieux. Il s'était attendu à ce que Lorna manifeste sa joie.

– N'as-tu pas entendu ce que je disais? Mary va venir.

– Nous allons avoir un autre bébé, Benteen.

Une vague d'orgueil et de joie le submergea. Il posa sa main sur le ventre encore plat où vivait déjà un être qu'ils avaient créé ensemble.

– Ce sera un garçon, déclara-t-il d'une voix enrouée. Je le sens.

– Benteen! Il est trop tôt pour rien sentir! s'exclama Lorna dans un rire.

– Ce sera un garçon quand même, insista-t-il.

Ils avaient fait l'amour un quart d'heure plus tôt, et déjà Benteen recommençait à désirer sa femme. Il l'embrassa, caressa de sa bouche ses lèvres douces qu'il entrouvrit avec sa langue. Puis, baissant la tête pour lui mordiller le bout du sein, il enfouit son visage contre sa poitrine ronde.

Elle l'attira contre elle, s'arquant déjà de désir. Elle était capable de le rendre heureux et d'être heureuse, comme presque chaque nuit. Elle était désireuse de donner et de prendre à la fois. Lorsqu'il s'allongea sur elle, elle lui griffa le dos, en gémissant.

– Sois violent, Benteen, murmura-t-elle.

Il frissonna, la désirant de tout son corps et de toute son âme. Cela créa la beauté et fit jaillir la perfection d'un acte qui aurait pu être animal. L'homme et la femme n'étaient plus deux, mais un seul corps, une seule âme.

Une fois leur tension retombée, ils s'abandonnèrent enfin, comblés.

– Tu as aimé, Benteen? demanda Lorna.

Encore toute chaude, elle était allongée contre son mari.

– Bon Dieu! Quelle sorte de mots y a-t-il pour qualifier...

Il se sentait incapable d'exprimer par des paroles combien Lorna l'avait ému. Il se méfiait aussi du pouvoir qu'elle avait sur lui.

– Tu ne dis plus rien, chuchota-t-elle. Avant, tu parlais après l'amour.

– J'imagine que cela vient du fait que nous sommes un vieux couple maintenant!

– Je ne suis pas vieille, Benteen Calder! répliqua-t-elle vivement. J'ai dix-neuf ans.

– Bientôt vingt, lui rappela-t-il. Tu ferais mieux de fermer les yeux et de dormir.

Dans le silence, il sentit un changement en elle. Elle était immobile, attendant quelque chose de lui, sans qu'il sache quoi. Mais il ne fit rien et elle se tourna sur le côté, loin de lui.

Jessie Trumbo et les gars arrivèrent avec le troupeau de *long horns* au début août, le jour même où Mary et Ely venaient rendre visite aux Calder. Les retrouvailles entre amis et hommes de la piste se transformèrent en une fête qui se prolongea tard dans la nuit. Le taureau Capitaine veillait non loin de là.

– Le monde est en train de perdre la boule, lança Jessie Trumbo. Les gens de l'Est viennent de découvrir qu'il y avait du bétail à l'ouest et veulent faire fortune.

Le bétail nouvellement arrivé était en excellente condition. Benteen sélectionna les bêtes les plus faibles pour les vendre. Une forte demande maintenait les prix élevés.

Mais cette année-là, l'hiver fut rigoureux. Les températures dégringolèrent, et une épaisse neige tomba. A la mi-février, par un jour de blizzard, Arthur William Calder vint au monde, avec l'assistance de Benteen. Très calmement, celui-ci avait plaisanté Lorna en lui assurant qu'il avait délivré des vaches et des juments, et qu'une femme ne devait pas être différente. Dès que le vigoureux bambin eut pris sa première tétée et que Lorna, épuisée, fut tombée dans un profond sommeil, elle ne vit pas son mari se verser d'une main tremblante un verre de whisky et l'avaler d'une traite.

La première fonte des neiges révéla l'étendue des dégâts : les ravins parsemés de cadavres d'animaux. On ne pouvait imputer les pertes au seul hiver, les loups qui hurlaient la nuit s'étaient offert leur tribut.

Plus préoccupant était le bétail volé. Les Indiens sortaient de leurs réserves du Dakota et du Montana, tout à fait à leur guise. Leurs troupeaux de buffles ayant été décimés par les Blancs, ils se sentaient le droit de tuer ou de voler tout le bétail qu'ils trouvaient.

Au total, les pertes de Benteen s'élevaient à un millier de bêtes, mais il en restait encore dix mille valides portant la marque des Trois C sur le flanc.

Ely Stanton vint au ranch pour le rassemblement de printemps. A la pause de midi, il rejoignit Benteen, qui surveillait le travail du matin.

– Mary et moi, on a parlé avant que je vienne, commença le brave homme. On a débuté en même temps que Lorna et toi. On n'avait que trois cents vaches, et maintenant...

– Vous commencez à vous agrandir, termina Calder.

– Non. (Ely secoua la tête.) Quelquefois, un homme doit savoir se regarder franchement. Je connais bien les bêtes et la terre, mais je n'ai pas la trempe pour devenir patron d'un ranch. Mary et moi, on a causé : on voudrait te vendre not' concession... si tu es d'accord. Pour le bétail, tu nous paieras comme tu pourras. Et si tu avais besoin d'un bon contremaître, je suis à ta disposition.

– Tu auras ce boulot, Ely, mais... (Benteen plissa le front, incrédule)... tu pourrais vendre le ranch et le bétail à un autre fermier, et à un bon prix. Tu m'offres pratiquement de me le donner! Tu ne devrais pas.

Le regard paisible de l'homme eut une petite lueur d'amusement.

– Je n'ai pas la tête d'un *boss*.

Et il topa pour conclure le marché.

Le courrier était rare, mais le début de l'été apporta un paquet inattendu de lettres en provenance du Texas. Quelques-unes avaient été envoyées neuf mois auparavant. Lorna en reçut deux de ses parents. Dans la première, ils se réjouissaient de la naissance de leur petit-fils, Webb. La deuxième renfermait des vœux pour Noël. Lorna se demanda s'ils avaient reçu la sienne, annonçant la venue au monde de leur second petit-fils. Elle leur avait décrit le bébé joufflu qui portait le nom de son grand-père.

Son amie Sue Ellen lui avait aussi écrit. Lorna n'avait pu s'empêcher de rire tout haut, à certains passages où elle faisait allusion aux horreurs que Lorna devait endurer dans ce pays sauvage du Montana, persuadée que Lorna avait dû être aux portes de la mort en donnant le jour à Webb. Elle avait joint à sa lettre un article de journal annonçant que le comte de Crawford était décédé avant de regagner l'Angleterre et que sa veuve devait prendre le bateau pour l'Europe. Sue Ellen pensait que Lorna serait sensible à cette « tragédie ».

Lorna se souvint de son court entretien avec lady Crawford et de la gentillesse dont elle avait fait preuve en envoyant sa servante dans sa chambre avec un petit flacon de lotion. Tout cela était loin maintenant, mais la jeune femme avait conservé la fiole en souvenir pour prouver qu'elle avait bien rencontré une véritable « lady ». D'après la date de la lettre de Sue Ellen, le comte était mort depuis bientôt un an et demi.

Il y avait également un mot griffonné à la hâte par Jessie Trumbo. Il attendait la dernière semaine de mars pour quitter le Texas avec un troupeau de trois cents têtes.

Le ranch se remplirait vite.

L'arrivée de troupeaux en provenance du Texas apporta des changements. Les ranchers avaient besoin de provisions et les cow-boys de saloons pour dépenser leurs gages. La petite ville de Miles City s'agrandit.

En septembre, un certain Fat Frank Fitzsimmons entra dans le territoire avec un chariot plein de victuailles et de whisky. En deux semaines, il éleva des bâtiments rudimentaires et ouvrit un commerce. Après deux rasades de whisky, son premier client prédit à Fat Frank qu'il ferait faillite : les gars ne viendraient que tous les trente-six du mois. Sur-le-champ, Frank posa une belle enseigne sur sa façade, portant l'inscription : *Blue Moon* (1). Peu à peu, l'endroit finit par offrir plus de marchandises que Miles City.

Un matin, Benteen partit à cheval pour le magasin de Fat Frank et le saloon afin d'y jeter un coup d'œil. Le bâtiment trapu offrait un étrange spectacle, planté qu'il était au milieu de la plaine sans rien d'autre alentour.

Le bai à la robe brune pointa les oreilles en arrière et poussa un hennissement d'intérêt à la vue

(1) Littéralement : « Lune bleue ». Signifie aussi « tous les trente-six du mois ». *(N.d.T.)*

de deux chevaux attachés à un pieu. Son haleine chaude s'éleva en un nuage blanc.

Instinctivement, Benteen lut les marques sur les selles des animaux, et, lorsqu'il remarqua celle du Ten Bar, son regard se fit plus aigu. Il comprit que le troupeau de Boston arriverait en même temps que celui conduit par Jessie Trumbo. Le Ten Bar s'était établi sur une bonne terre, au nord-est du ranch Calder.

Il descendit de cheval et attacha les rênes au râtelier. D'une démarche lente et assurée, il se dirigea vers la porte en bois brut. Ses éperons résonnaient dans le silence. La porte pivota sur ses gonds de cuir au moment où il entra dans le saloon. Il balaya du regard l'amoncellement de boîtes et de caisses de marchandises.

Du fond de la salle lui parvint un brouhaha : des voix à l'accent traînant du Texas. Sans déboutonner sa veste, Benteen s'avança dans cette direction, juste comme un gros homme se dandinait vers lui pour l'accueillir : c'était le patron.

– Bonjour, monsieur. Bienvenue dans mon modeste établissement. Je m'appelle Fitzsimmons, mais on me surnomme le gros Frank. (Il se tapota le ventre avec satisfaction.) Que puis-je pour vous, en cette belle journée?

– Votre enseigne indique que vous servez du whisky.

– Du vrai whisky, déclara Frank, et non pas ce tord-boyaux que vos amis baptisent whisky. Venez donc au fond du magasin, j'y ai installé un petit bar.

Soufflant sous le poids de son énorme carcasse, Frank montra le chemin. Benteen nota le regard oblique que lui lança le gros patron et décela la ruse sous le masque jovial.

– Vous ne seriez pas Benteen Calder? demanda l'homme.

– En effet.

Benteen ne se soucia pas de savoir comment le gros type l'avait appris. Les saloons étaient des endroits où l'on cancanait ferme.

– J'ai pas mal entendu parler de vous, avoua Frank. Je me demandais quand vous descendriez chez moi. Vous verrez, mes prix sont intéressants, et j'ai tout ce qu'il faut. Si votre dame a besoin de tissu ou de vêtements tout faits, adressez-vous à Frank.

– Je m'en souviendrai, répondit Benteen, sans vouloir se compromettre.

Le fond du bâtiment servait de débit de boissons. Une planche posée sur deux tonneaux faisait office de comptoir. Contre le mur se dressait un poêle ventru qui ressemblait étonnamment au patron : rond, énorme, avec de courtes pattes. Deux mauvaises chaises près du poêle invitaient les clients à se réchauffer. Une petite table flanquée de deux autres sièges était occupée par Loman Janes et Bull Giles. Benteen fit un signe de tête aux deux hommes et s'avança vers le bar de fortune derrière lequel s'était placé le gros Frank. Ce dernier déboucha une bouteille et versa du whisky dans un verre ébréché qu'il poussa vers Benteen.

– Offert par la maison, insista-t-il au moment où Calder plongeait la main dans sa veste pour payer.

– Votre obligé, dit Benteen en avalant une gorgée.

Le liquide lui brûla la gorge comme du feu.

– Je vous avais prévenu que c'était du vrai, rappela Frank.

– En effet, reconnut Calder.

Le verre à la main, il se tourna vers les deux autres clients.

– Vous connaissez monsieur Janes, du Ten Bar? demanda le patron, prêt à faire les présentations.

– Oui.

– Je jurerais que tous les Texans se connaissent! dit-il en riant.

Calder se pencha vers la table.

– Pourquoi le Ten Bar vous envoie-t-il ici, Janes? s'enquit-il avec une curiosité de bon aloi.

Le contremaître aux joues creuses décrivit un cercle sur la table avec son verre.

– Les Indiens ont fait beaucoup de dégâts? se contenta-t-il de demander.

C'était une question d'un éleveur à un autre. Et Benteen la considéra comme telle.

– De pauvres sauvages affamés, ajouta le gros Frank en hochant la tête. La moitié du ravitaillement promis par le gouvernement n'est jamais parvenue dans les réserves. Et un groupe de chasseurs de buffles et de faucons s'est installé au bord du Missouri.

– Ceci explique pourquoi j'ai perdu plus de bétail que l'hiver précédent, ajouta Benteen.

Il fixa l'alcool dans son verre.

Janes but une gorgée de whisky et la garda un moment dans la bouche avant de l'avaler.

– Les Indiens causent assez d'ennuis quand ils sont à jeun. Ivres, c'est encore pire! (Il leva les yeux sur Benteen.) Vous avez eu beaucoup de terre à couvrir cet hiver?

– Ouais.

Benteen attendait une autre réflexion, qui ne vint pas. Alors il s'adressa à Bull Giles :

– Je pensais que vous étiez au Texas, Bull, à rassembler un nouveau troupeau pour le Ten Bar.

– J'ai décidé de rester ici cet hiver. J'en ai assez de la poussière des pistes.

Bull Giles ne restait jamais très longtemps avec un patron. Benteen ne pouvait l'imaginer aux ordres de Boston toute la saison.

– Vous avez l'intention de travailler pour Janes? demanda encore Calder, allant droit au but.

Ce fut Loman Janes qui répondit :

– J'ai appris que les loups étaient mauvais, cet hiver. J'ai demandé à Bull s'il pouvait les abattre.

C'était un projet intelligent : réduire le nombre des prédateurs qui décimaient le bétail. Benteen avait fourni des munitions à ses hommes avec ordre de tirer sur les carnassiers, mais ces loups gris étaient aussi insaisissables que des fantômes. Louer un chasseur n'était pas une mauvaise idée, mais cela coûterait cher : il faudrait le payer trois fois plus qu'un simple cow-boy.

Cette pensée suggéra à Benteen la question suivante :

– Boston est-il au courant de la situation?

Janes se raidit en entendant insinuer qu'il n'avait aucune autorité sans l'accord de Judd Boston.

– Je la lui ai signalée dans mon dernier rapport.

Benteen finit son whisky.

– Dans votre prochain rapport, présentez-lui mes respects.

– Pourquoi ne pas attendre le printemps pour les lui présenter vous-même? proposa Janes avec un sourire froid.

Dissimulant sa surprise, Benteen regarda le contremaître.

– Boston va venir ici? Pourquoi?

– Il doit ouvrir une banque.

Benteen hocha la tête et s'éloigna du bar.

– Merci pour le whisky, dit-il à Frank en guise de salut.

– La prochaine fois, venez avec votre femme, proposa le patron.

Du coin de l'œil, Benteen remarqua que Bull Giles attrapait la bouteille de whisky sur la petite table. Le gaillard convoitait sa femme, mais Benteen se demanda pourquoi il ne rôdait pas autour du ranch.

Il s'éloigna du saloon à cheval. Les sabots de l'animal semblaient scander le nom de Judd Boston à chaque pas. Une banque texane dans le Montana. C'était une brillante opération.

21

L'hiver fut clément. Bientôt le vent sec et chaud des montagnes Rocheuses souffla sur les plaines. Il fit fondre la neige, offrant de l'herbe au bétail.

Il faisait sombre lorsque Benteen rentra au ranch, après avoir ravitaillé Shorty. En approchant de la cabane, il remarqua le ruban de fumée qui ondulait dans la nuit sous le vent. A l'intérieur, Lorna berçait un petit Arthur hurlant. Elle remuait en même temps un pot sur le poêle. Webb, agrippé à la jupe de sa mère, sanglotait. Benteen nota l'air harassé de sa femme et lui sourit en ôtant sa veste.

– Qu'est-ce qui ne va pas, Webb? demanda-t-il en traversant la pièce.

Il retroussa les manches de sa chemise avant de se laver les mains.

Son fils aîné se mit à pleurer de plus belle et tenta d'escalader la jupe maternelle.

– Il veut que je le prenne.

Avec irritation, Lorna éloigna le petit.

Il faisait noir dans la cabane. Benteen parcourut la pièce du regard et remarqua qu'une seule lumière brûlait.

– Pourquoi n'as-tu pas allumé l'autre lampe?

Il versa de l'eau dans une bassine et attrapa la pierre de savon.

– Le pétrole baisse. J'essaie de l'économiser, mon chéri.

– J'aimerais bien voir ce que je mange. Demain, j'irai au magasin du gros Frank pour en racheter.

– Webb, tu vas te brûler si tu restes collé au poêle, gronda la jeune femme. Qui est le gros Frank?

– Il tient un petit magasin à l'est du ranch. (Benteen s'essuya les mains, puis leva les yeux pour regarder ce pleurnicheur de Webb rôder autour du poêle.) Ne peux-tu faire obéir ton fils, Lorna?

– Et tenir Arthur, et faire le repas, tout à la fois! éclata-t-elle. (Elle se leva et planta une cuillère dans le pot.) Je n'ai qu'à laisser brûler le souper.

Elle coucha le petit Arthur dans son berceau, et aussitôt il poussa un cri strident. Elle assit rudement Webb sur une chaise et, à son tour, il se remit à pleurer. Lorna alluma la deuxième lampe et la posa sur la table avec une telle brusquerie que le verre tinta.

– Quelque chose ne va pas, Lorna?

Benteen avait du mal à ne pas sourire devant cette manifestation de mauvaise humeur.

– Tu ne m'as jamais parlé d'un magasin ni à plus forte raison du gros Frank.

– Vraiment? (Il leva un sourcil surpris, haussa les épaules et posa la serviette avec laquelle il venait de s'essuyer les mains.) Cela a dû me sortir de la tête. L'endroit s'est seulement ouvert à l'automne dernier.

– Beaucoup de choses te sont sorties de la tête, ces derniers temps.

Lorna commença à remplir les assiettes et à les disposer sur la table. Webb continuait de pleurer. Elle lui donna une cuillère et l'approcha de la table.

– Tais-toi et mange!

Elle alla prendre Arthur dans son berceau. Benteen s'assit à son tour et attendit que sa femme revienne avec le petit braillard d'un an. La mère et l'enfant se mirent à table.

– Quelles choses me sont sorties de la tête? interrogea-t-il.

– Tout. (Elle enfonça la cuillère dans la bouche d'Arthur.) Je ne suis jamais au courant de rien. Il y a des hommes qui travaillent pour toi, que je n'ai jamais rencontrés. Tu ne m'informes de rien.

– J'ignorais que je devais te présenter tous les nouveaux gars que j'employais. De plus, tu es très occupée avec Webb et Arthur.

– Et ce nouveau taureau de Hereford que tu as acheté en septembre? Barnie m'a dit que tu le gardais pour Ely et Mary. (Elle essaya de retenir sur son genou le petit Arthur, qui cherchait à s'échapper. Puis elle jeta sur Benteen un regard excédé.) Ne pourrais-tu enlever ton chapeau à table?

– Excuse-moi, chérie.

Il l'ôta et l'accrocha au dossier d'une chaise.

Lorna revint au sujet initial :

– Je pensais que tu l'aurais mis avec les vaches.

– Cette bête a trop de valeur pour que je coure le risque qu'elle se fasse tuer en se battant contre un *long horn.* Donc, je l'isole.

Lorna gronda son fils, qui mangeait avec ses doigts :

– Webb, sers-toi de ta fourchette.

– Veux pas!

L'enfant se cacha les mains derrière le dos.

– Que se passe-t-il avec ces gamins? Ne peux-tu les obliger à bien se tenir, Lorna?

Ce fut la goutte d'eau qui fit déborder le vase. Lorna se leva de table et planta Arthur sur les genoux de son père.

– Tiens. Débrouille-toi tout seul! Tu n'as qu'à élever toi-même tes fils.

Avant que Benteen ait eu le temps de se remettre

de cet éclat, Lorna attrapa son châle et sortit en trombe de la cabane. Webb essaya de glisser au bas de sa chaise et hurla :

– Maman!

– Reste où tu es, ordonna Benteen sur un ton sévère.

Webb cessa de crier sur-le-champ. Benteen installa Arthur sur la chaise de Lorna et lui remit la cuillère dans la main.

– Tu es assez grand pour manger tout seul, reprit Benteen. (Il se leva et pointa un index menaçant vers les deux garnements, réduits au silence, qui le fixaient de leurs grands yeux bruns écarquillés.) Mangez, et que personne ne bouge!

A grandes enjambées, il s'avança vers la porte que Lorna venait de claquer. Avant de sortir, il imposa le silence par un dernier regard à ses deux fils pétrifiés. Il referma la porte derrière lui. Dehors, il aperçut sa femme, appuyée contre le mur de la cabane, en train de sangloter. La colère qui s'était emparée de Benteen au moment où elle avait franchi le seuil s'évanouit. Il se plaça derrière elle et la prit par les épaules.

– Bon Dieu! Quelle idée de sortir de cette façon! Où avais-tu l'intention d'aller?

– Peu importe, je ne suis pas partie bien loin, répondit Lorna d'une voix tremblante.

– Tu ferais mieux de rentrer. Il fait frais dehors.

– Non, je ne veux pas rentrer.

– Je crois que tu es atteinte par la fièvre-de-la-cabane, suggéra Benteen.

Elle se retourna brusquement en entendant une petite note moqueuse dans le ton de son mari. Elle l'affronta encore, en une attitude de défi et de colère.

– Cela ne devrait pas te surprendre. Je ne vois rien d'autre que ces quatre murs! Je n'ai personne avec qui causer, à part ces deux gamins qui ne parlent pas encore. Tous les jours, c'est la même chose : la cuisine, le ménage et la couture. Je tire de l'eau, fais la lessive, et empêche les enfants de faire des bêtises. Je m'étais juré de ne pas me laisser avoir par ce pays, je ne voulais pas terminer comme cette femme du Kansas. Je voulais participer à notre avenir, ici.

– C'est ce que tu fais, assura Benteen lorsqu'elle se détourna de lui en se mordant la lèvre inférieure.

Cette réponse ne fit que redoubler la colère de la jeune femme.

– Comment? fit-elle sur un ton rageur. En préparant tes repas, en m'occupant de tes fils et en dormant dans ton lit? Tu peux embaucher du personnel pour cela. C'est tout ce que tu attends d'une épouse!

Les paupières de Benteen se plissèrent de stupéfaction.

– Je ne comprends pas.

– C'est là le problème. Tu me laisses le matin sans jamais me dire où tu vas. Tu reviens à la nuit sans me dire où tu es allé, ni ce que tu as fait. Tu ne me parles pas. Je ne *sais* rien de ce qui se passe!

– Pourquoi aborder cette question maintenant? Pourquoi est-ce que ça devient si important, tout à coup?

– Peut-être parce que j'étais trop occupée quand les enfants étaient tout petits pour m'apercevoir combien j'étais tenue à l'écart, lança la jeune femme. Au cas où tu ne l'aurais pas remarqué, c'est le premier hiver où je ne suis pas enceinte.

– Si cela doit t'empêcher de devenir une mégère, nous pouvons remédier à cette situation, aboya Benteen.

– Je parie que tu aimerais me voir vêler à chaque printemps, comme tes vaches! Ou peut-être désires-tu m'engrosser pour que je ne puisse plus te quitter? (C'était là une accusation bien cruelle, et tout de suite Lorna voulut retirer ses paroles :) Je regrette, Benteen. Ce n'est pas ce que je voulais dire.

Son mari se tenait immobile en face d'elle. Aucune expression n'altérait ses traits rudes.

– Benteen, il faut me croire, continua Lorna. Je t'aime trop pour t'abandonner jamais. Je ne suis pas comme ta mère.

– Les enfants sont seuls, répondit-il simplement. Nous ferions mieux de rentrer et de finir de dîner.

– Non. (Lorna resta là où elle était, scrutant le visage impénétrable de son mari.) Tout ce que je désire, c'est partager ta vie. Et je ne bougerai pas d'ici tant que tu ne m'auras pas dit que tu le désires aussi.

Il la regarda longuement, puis la prit dans ses bras.

– Crois-moi, Lorna : je ne te laisserai aucune chance de me quitter.

Malgré le ton possessif de son époux, ce n'était pas la réponse que Lorna attendait. Elle savait, sans qu'il y eût besoin de le dire avec des mots, que Benteen ne reconnaissait pas son importance. Une partie de lui refusait de l'aimer complètement. Elle n'occupait qu'une certaine place dans sa vie, et non sa vie tout entière. Mais elle ne le laisserait plus se comporter ainsi, même si elle devait se transformer en mégère.

L'hiver clément avait permis la naissance de nombreux veaux au printemps. Cela, ajouté à l'expansion du marché bovin, convainquit Benteen qu'il pouvait commencer à construire la maison. Il loua des hommes pour creuser les fondations et couper du bois de charpente.

La demeure prit forme sous les yeux de Lorna. Elle était plus belle que ce qu'elle avait imaginé dans ses rêves. Benteen consultait sa femme pour les moindres détails : les tentures des murs, le choix du mobilier, les tissus et les tapis. Toutes les commandes furent acheminées par bateau, par train, et par chariot, pour finir. Avec de la chance, le matériel arriverait lorsque la maison serait terminée.

Lorsque Jessie Trumbo revint, à la fin juillet, avec un nouveau troupeau, il eut la vision d'une demeure à deux étages qui dominait la plaine.

Le gros Frank Fitzsimmons souleva le couvercle du bocal et y plongea sa main grassouillette pour en retirer deux sucres d'orge à la menthe poivrée. Il adressa un clin d'œil à Lorna.

– Quel dommage qu'il n'y ait pas deux gentils petits garçons dans mon magasin! Je leur donnerais des bonbons, déclara-t-il en ignorant délibérément les deux enfants qui une seconde plus tôt s'étaient bousculés.

– Je suis gentil, proclama aussitôt Webb.

Le petit Arthur mit un doigt dans sa bouche et regarda le gros homme avec candeur.

– Bien. (Le patron hésita sous le regard anxieux des gamins.) Puisque vous êtes de bons petits...

Il était trop gros pour se baisser : il se pencha pour offrir un sucre d'orge à chaque bambin.

– Que dites-vous à M. Fitzsimmons? souffla Lorna.

– Merci, monsieur, fit Webb en retirant le bâton qu'il avait déjà dans la bouche.

Le petit Arthur ne jugea pas nécessaire d'en faire autant et grommela :

– Méci.

– Très bien, approuva le gros homme avec un sourire radieux. (Il prit un dernier sucre d'orge avant de refermer le bocal.) Je suis encore un petit garçon, moi aussi, avoua-t-il, jovial.

Il se tapota le ventre en riant.

– Il ne faut pas que vous leur donniez des friandises chaque fois qu'ils viennent, protesta gentiment Lorna.

Le patron déclara ouvertement ses intentions :

– Gâter les enfants pour vendre aux parents... c'est le commerce!

– Vous vous êtes agrandi depuis le printemps dernier, remarqua Lorna en regardant autour d'elle les aménagements effectués.

On avait ajouté au magasin une salle qui était devenue le saloon.

– D'après ce que j'ai entendu dire, votre mari et vous avez fait construire aussi?

Le gros Frank commença à emballer les achats de Lorna dans un carton.

– Oui, nous avons bâti une maison, fit-elle fièrement.

– Un château, vous voulez dire, reprit Frank en désapprouvant poliment la modestie de sa cliente. C'est normal que vous et votre époux viviez au large, ajouta-t-il. J'ai aussi entendu dire que M. Calder n'est pas loin de posséder vingt mille vaches dans son ranch!

– Vraiment? chuchota Lorna, surprise par ce chiffre considérable. (Elle ouvrit sa bourse.) Combien vous dois-je?

– Je le mets sur votre compte, madame.

Elle ne savait pas non plus que Benteen avait ouvert un compte au magasin. Encore un détail qu'il avait omis de lui rapporter!

– Bien sûr, approuva-t-elle avec un pâle sourire.

– Je vous apporte tout ça à votre chariot. (Le gros homme souleva le carton en haletant et sortit de derrière le comptoir en se dandinant.) Vous êtes venue avec quelqu'un?

– Oui, Woolie Willis, il est chez le maréchal-ferrant. (Puis s'adressant aux deux garçons qui suçaient leur sucre d'orge :) Venez, les enfants. Nous retournons au chariot.

Celui-ci attendait dehors avec un seul cheval, l'autre se trouvant chez le maréchal-ferrant. Les coups de marteau résonnaient, réguliers, dans cet après-midi d'été.

– Si vous aviez l'amabilité de déposer le carton à l'intérieur, monsieur Fitzsimmons? demanda Lorna. Nous partirons dès que Woolie Willis aura fini.

– Bien sûr, madame Calder.

Tandis que le gros homme soufflait en se dirigeant vers l'arrière du fourgon, Lorna prit Arthur par la main et gagna la forge. Webb se mit à gambader devant sa mère, puis s'immobilisa brusquement.

– Regarde ce chariot, maman!

– C'est une voiture attelée, rectifia Lorna.

C'était un drôle de véhicule entièrement fermé, aux couleurs éclatantes. Lorna n'en avait point vu de pareil depuis le Texas. Sa curiosité fut piquée au vif.

Webb courut vers l'attelage, ce qui donna à sa mère un prétexte pour satisfaire sa curiosité. Elle suivit son fils au lieu de gagner directement l'atelier du maréchal-ferrant. Deux chevaux rouans à la crinière blonde se trouvaient dans le corral contigu à la forge. Ce devait être l'attelage de ce merveilleux cabriolet. Lorna jeta un coup d'œil sur les sièges garnis de cuir rouge. Webb, lui, essaya carrément de l'escalader pour voir à quoi il ressemblait.

– Il ne faut pas toucher ce qui ne t'appartient pas, gronda Lorna en tirant l'enfant, qui était déjà sur le marchepied.

– Je veux voir dedans, protesta-t-il.

Lorna entendit des pas et aperçut une paire de bottes avant de voir un homme apparaître derrière le véhicule. Elle écarquilla les yeux, s'attendant à rencontrer le propriétaire. Au lieu de cela, c'était Bull Giles.

– Monsieur Giles! s'écria-t-elle avec un sourire. C'est bon de vous retrouver.

– Lorna...

Il ôta son chapeau pour la saluer, et son regard s'attarda longuement sur elle. Elle fut un peu ébranlée par ses yeux languissants et la liberté qu'il avait prise en l'appelant par son prénom. Cependant, elle essaya de cacher son soudain embarras.

– Vous venez du Texas avec un nouveau troupeau?

Bull Giles parut se raidir légèrement.

– Non. En fait, je ne suis pas parti l'automne dernier.

– Vous n'êtes pas parti? Il y a si longtemps que je ne vous avais vu. Je supposais...

Lorna ne savait que dire pour continuer.

– J'ai rencontré votre époux l'automne dernier. Ne vous l'a-t-il pas dit?

Il connaissait la réponse avant même d'avoir posé la question.

Lorna tenta faiblement de défendre son mari :

– Il a dû oublier.

– Sans aucun doute, approuva sèchement Giles.

– J'imagine que vous avez travaillé pour un ranch : le Ten Bar?

– En un sens, oui, ils m'ont embauché pour chasser les loups cet hiver. Votre mari était au courant, ajouta-t-il pour bien laisser à entendre que Calder n'ignorait rien de ses activités.

– Je vois, murmura Lorna.

Surprise de rencontrer Bull Giles, elle avait lâché la main de son fils Webb. Celui-ci était retourné vers la voiture, dans laquelle il s'efforçait de grimper.

– Webb! Sors de là! cria sa mère.

– Ne vous inquiétez pas, madame Calder, il ne peut rien faire de mal, affirma Bull.

Lorna saisit Webb par le bras et le fit descendre. Le petit Arthur se mit à pleurer parce qu'il avait laissé tomber son sucre d'orge par terre.

Giles se baissa et ramassa le bâton; il l'essuya, puis le tendit au garçon. Comme Lorna allait protester, il la regarda en souriant.

– Un peu de terre ne lui fera pas de mal.

– Vous avez raison, abdiqua-t-elle en redonnant la main à Arthur.

– Il vous ressemble énormément, remarqua Giles.

Lorsque l'homme cessa de regarder l'enfant et leva les yeux vers sa mère, son regard était empreint de tendresse.

– Pourquoi je peux pas monter dans la voiture, maman? demanda alors Webb.

– Tu peux. (Bull s'approcha de l'enfant.) Je vais te porter.

– Mais... commença Lorna. (Une petite ride se creusa sur son front.) Ce cabriolet appartient-il au Ten Bar?

– Non, fit Bull avec un petit rire. Même Judd Boston ne possède pas un engin pareil.

– Eh bien, à qui appartient-il, alors?

Lorna s'avança vers la voiture, ce qui automatiquement la rapprocha de Bull Giles.

– Je l'ai louée, il y a deux semaines, pour un groupe de nobles anglais. Je leur sers de guide et de garde du corps. Elle est à eux, expliqua-t-il, ses yeux rivés sur le visage de Lorna.

Une petite main saisit la jambe de son pantalon.

– Tu veux monter sur le siège avec ton frère, pas vrai?

Bull avait deviné juste. Arthur hocha vigoureusement la tête.

– Des nobles anglais, répéta Lorna, après que son fils fut dans la voiture. Voulez-vous dire qu'ils ont un titre?

– Oui, chaque fois que l'on s'adresse à eux, on doit ajouter : Votre Seigneurie...

Cela lui paraissait invraisemblable, mais Lorna ne put s'empêcher de lui demander :

– L'un d'eux ne serait pas lady Crawford?

Giles leva les sourcils, surpris.

– Comment la connaissez-vous?

– Je l'ai rencontrée à Dodge City. Elle s'est montrée très aimable. (Lorna passa une main distraite sur sa joue; elle se souvenait du cadeau.) Elle m'a offert une lotion. Et vous dites qu'elle fait partie de ce groupe que vous escortez?

– Elle accompagne une jeune dame, fiancée à un duc.

– Madame Calder, annonça Willis en contournant la voiture avec le deuxième cheval, je suis prêt. Il me faut deux minutes pour atteler. Ensuite, nous pourrons partir.

Tandis que le jeune homme s'en allait vers le chariot, Lorna se tourna vers ses fils, occupés à sauter sur les sièges de cuir.

– Ça suffit, les enfants. Nous partons, maintenant.

– Non, pas encore, maman, protesta Webb en se dérobant.

– Faites ce que votre maman vous dit, ordonna Bull. Venez, je vais vous aider à descendre.

Les enfants n'essayèrent pas de discuter avec l'imposant étranger. Arthur s'avança le premier et se laissa soulever par ses immenses mains. Il poussa un cri de ravissement lorsque Bull le lança en l'air avant de le poser sur le sol.

– Fais-moi pareil, insista Webb quand son tour fut venu de descendre.

Une fois Webb par terre, les deux petits garçons demandèrent en chœur à recommencer. Lorna intervint alors :

– C'est fini, dit-elle en prenant ses enfants par la main. Il se fait tard, et il faut rentrer au ranch pour préparer le dîner de papa.

Les enfants froncèrent le nez et maugréèrent à voix basse, mais personne ne se révolta ouvertement.

– Ce sont de gentils garçons, déclara Bull Giles en ébouriffant les cheveux noirs de Webb.

– Ze t'aime ben, dit Arthur en redressant la tête pour regarder l'étranger.

– Je t'aime bien, moi aussi, répondit Giles sur un ton bourru.

– Vous êtes bon avec les enfants, remarqua Lorna, vous devriez vous marier pour en avoir à vous.

– Ce n'est pas près d'arriver, étant donné que la seule fille que j'aurais envie d'épouser est la femme d'un autre.

Son regard disait clairement qu'il pensait à Lorna.

– Je vous en prie, monsieur Giles, ne dites pas des choses pareilles. Cela rendrait notre amitié impossible.

Il poussa un profond soupir.

– Mes excuses, madame Calder.

Lorna marmonna un « au revoir » gêné et se dirigea à pas lents vers le chariot.

22

Les tentes étaient ramassées comme des champignons géants surgis de la plaine solitaire et désolée. Non loin de la rivière, un troupeau de chevaux broutait sous l'œil vigilant d'un cow-boy. Des mules aux longues oreilles et de puissants alezans côtoyaient des pur-sang luisants. Ils partageaient la même nourriture, sans distinction de rang, ce que les occupants des tentes auraient difficilement accepté dans une autre situation.

– Ne trouvez-vous pas ce voyage exaltant et plein d'aventures? demanda Penelope Dunshill, fille du comte de Crawford, future épouse du duc de Middleton.

Cette ardente petite brune n'était pas vraiment belle, mais sa vivacité la rendait attirante.

– Je veux monter à cheval et galoper éperdument sur cette terre mélancolique, reprit-elle. Allons faire une promenade!

Elaine, comtesse de Crawford, changea son ombrelle d'épaule, afin de protéger du soleil son visage encore lisse.

– Vous vous déshydrateriez par cette chaleur. De plus, George donne un somptueux dîner ce soir. Ainsi, nous pourrons goûter au gibier qu'il a tué ce matin à la chasse. Il serait affreusement déçu si sa future épouse était éreintée. Notre guide a quitté le campement pour faire réparer le cabriolet. Vous pourriez facilement vous perdre sans lui. Il connaît bien le pays. Je vous suggère de vous allonger une heure ou deux, afin de vous reposer.

– Si vous insistez, Elaine...

La jeune fille ponctua sa phrase d'un long soupir qui montrait sa déception.

Lorsque les deux femmes s'arrêtèrent devant la

tente privée de Penelope, une femme de chambre surgit aussitôt. En comptant le guide, les palefreniers, le cuisinier, les servantes et les valets, le personnel s'élevait à douze domestiques au service de six nobles anglais. Et pourtant, ceux-ci se plaignaient d'être mal servis. Cette pensée amusait Elaine.

Elle participait à ce tour de l'Amérique de l'Ouest. La mort de Conrad, son époux, avait diminué le prestige dont elle jouissait dans la société londonienne. Sa silhouette vêtue de noir ne manquait pas de frapper les gens. Elle continuait de porter le deuil, bien que le temps fût révolu. Mais elle n'était qu'une veuve, et on l'avait délaissée du jour où elle avait perdu son influence. Dans sa situation actuelle elle n'avait pas le choix. Elle ne pouvait se résoudre à refuser toute invitation et à se retirer dans un manoir solitaire. C'est pourquoi Elaine avait accepté l'offre du duc de Middleton, futur époux de sa belle-fille, lorsqu'il lui avait annoncé son intention de visiter tous les Etats, y compris le Montana. Elaine avait été séduite par la possibilité de rencontrer son fils Benteen et de savoir ce qu'il était devenu.

Mais ce territoire était si vaste qu'elle se demandait si elle parviendrait à le retrouver.

En approchant de la tente principale, Elaine remarqua un *buggy* et un cheval. Elle reconnut l'attelage de Judd Boston, un ancien banquier devenu propriétaire. Le campement se trouvait sur ses terres. Il rendait à ses hôtes de fréquentes visites. En l'occurrence, c'était lui qui avait recommandé Bull Giles comme guide, après que George eut congédié le leur pour ivresse. Bien qu'ayant peu de contacts personnels avec le banquier, Elaine le soupçonnait d'avoir mis ses terres à leur disposition dans une intention précise.

Des voix lui parvinrent à travers la toile de la

tente. Elaine n'eut aucun scrupule à écouter la conversation.

– Je suis persuadé que ce sera un excellent investissement pour vous.

C'était Judd Boston qui parlait ainsi. Il avait beau se prétendre texan, il n'en avait pas l'accent.

– Notre association sera un immense succès, continua-t-il. Le bétail peut rapporter beaucoup d'argent. Avec votre fortune, mon cher duc, et mes accointances avec le gouvernement, nous réunirons toutes les conditions de réussite.

George déclara sur un ton catégorique :

– Ma future femme est si éprise de ce pays! Elle adorera posséder un ranch portant son nom.

– Un splendide cadeau de mariage, approuva Boston.

Mais Elaine nota une pointe de cynisme dans sa voix. Maintenant, elle comprenait le jeu de Boston : il avait invité les Anglais sur ses terres afin de persuader le duc de Middleton d'investir son immense fortune dans un ranch. Les imbéciles, pensa Elaine, ils ne connaissent pas les difficultés que représente la gestion d'un ranch. Sans parler de la sécheresse, des blizzards...

– C'est du bétail de première qualité, poursuivait Boston. Vous ne trouverez pas mieux dans le Montana. D'ailleurs, j'ai un ami qui s'occupe de la vente des concessions, il vous montrera les parcelles à acheter en temps voulu. (Il y eut un silence, puis Boston reprit :) Bien entendu, ces renseignements doivent rester strictement confidentiels. Je ne voudrais pas que le propriétaire des Trois C ait vent de notre projet.

– Je n'en soufflerai mot, promit George, que ces activités clandestines enthousiasmaient. Joignez-vous à nous au dîner, Boston. Ce Giles que vous nous avez recommandé est un guide fantastique. Ce soir, nous allons nous régaler du gibier que j'ai chassé ce matin grâce à votre homme. J'aimerais que vous partagiez nos trophées et que nous célébrions notre association.

– Ce sera avec plaisir.

– Je suis sûr que vous aimeriez vous rafraîchir et vous reposer avant le dîner.

Un domestique conduisit Boston dans une tente. Après avoir fait sa toilette, il s'allongea sur une couchette pour réfléchir. Mener deux opérations de front avait amenuisé ses ressources. Grâce à une lettre signée par le duc de Middleton, lui accordant un crédit illimité, il aurait tout l'argent nécessaire. Pourtant, le contrat d'association n'intéressait absolument pas Boston. Mais patience! Avec de la patience, il obtiendrait tout ce qu'il voudrait, y compris les concessions de Benteen Calder! Ce naïf était si occupé à construire sa maison qu'il avait omis d'effectuer les démarches nécessaires pour établir ses droits...

Des senteurs aromatiques provenant de la cuisine incitèrent Judd Boston à regarder l'heure à son gousset. Dans quelques minutes, il pourrait se présenter à la tente du duc. Il sortit et flâna parmi les chariots. Le soleil se couchait derrière lui dans sa gloire flamboyante. Il entendit un attelage approcher du campement et, se retournant, vit Bull Giles qui conduisait un couple de rouans. Boston attendit que le cabriolet se soit arrêté et que l'homme soit descendu pour s'avancer à sa rencontre. Deux palefreniers se précipitèrent pour s'occuper des chevaux. Bull Giles inspecta les roues.

– Vous ici? s'étonna-t-il dès que Boston l'eut rejoint.

– Je t'avais dit que je tirerais profit du séjour du duc et de ses amis.

Il brandit un sac contenant des pièces et le mit

dans la main de Giles : le salaire de l'hiver. Celui-ci le soupesa avant de le glisser dans sa poche.

– J'ai travaillé pour ça, précisa Giles.

– Dans notre intérêt mutuel, chuchota Boston en examinant son subalterne durant un long moment. (Habituellement, Boston pouvait lire dans l'esprit de ses hommes. Mais Giles échappait à toute classification.) Tu connais les ressources de ce pays, tu aurais pu agir comme Calder. Aujourd'hui, tu pourrais avoir une belle maison, toi aussi! Tu as les connaissances et les moyens, et tu n'en uses pas. Pourquoi?

Bull haussa les épaules avec indifférence.

– Je reconnais que je n'ai ni votre ambition ni votre avidité.

– Tout homme désire quelque chose. Que veux-tu, Bull?

– Etre tranquille, répondit Giles avec un regard impatient.

– Qu'est-ce qui te retient ici? demanda encore Boston. D'ordinaire, tu ne tiens pas en place. (Soudain, il se souvint d'une réflexion de Loman Janes à laquelle il n'avait pas pris garde sur le moment.) Ce ne serait pas la femme de Calder que tu reluquerais?

Giles attendit un instant avant de lancer comme un défi :

– Que ferais-je de la femme d'un autre homme?

Judd Boston se contenta de sourire, mais ses yeux noirs s'allumèrent d'une lueur malsaine.

– Des accidents arrivent vite. De jeunes épouses peuvent se retrouver veuves... Peut-être pourrais-tu t'arranger pour qu'il arrive un accident à Calder?

– Je ne vous aime pas beaucoup, Boston, bougonna Giles.

– Laisse quelqu'un d'autre faire le boulot, et tu n'auras plus qu'à te glisser dans le lit de Calder. Ce n'est pas un mauvais plan, Bull.

– Je n'ai jamais rien dit de tel.

– Mais tu y as pensé, rétorqua Boston avec un large sourire.

– Vous êtes un salaud, lança Bull en tournant les talons.

Mais cet entretien donna à réfléchir à Judd Boston. Les femmes se comportaient bizarrement avec les hommes, corrompant ceux qui se croyaient honnêtes.

Il serait intéressant de voir ce qui allait arriver.

En entrant dans le campement, Bull Giles bouillait de rage. Il savait que Judd Boston avait des vues sur le ranch Calder. Mais son désir de se servir de lui comme un pion le rendait fou. Il est vrai qu'il avait pensé au sort de Lorna si son mari venait à mourir ou devenait infirme. Mais de là à souhaiter la mort de Calder!

Une femme comme Lorna ne s'intéressait pas à un homme comme lui. Il ralentit le pas : une horrible douleur lui serrait la poitrine à la pensée de voir Lorna lui échapper. Elle était si belle avec ses yeux noirs et ses cheveux aussi lisses et brillants que la robe d'un pur-sang...

Elle le considérait seulement comme un ami.

Il regarda autour de lui pour s'assurer que personne n'avait entendu les propos de Boston. Justement, lady Crawford sortait de sa tente. Immédiatement, il se souvint que Lorna l'avait rencontrée. Il s'avança en ôtant son chapeau.

– Pardonnez-moi, Votre Seigneurie, fit-il en s'inclinant.

– Oui? Qu'y a-t-il?

– Par hasard, ne seriez-vous pas allée à Dodge City, il y a trois ans?

Elle leva un sourcil arrogant.

– En effet, avec mon défunt mari.

– Peut-être vous rappelez-vous avoir parlé à une jeune femme à qui vous avez offert une lotion.

L'intérêt de lady Elaine s'éveilla.

– Exact. Puis-je vous demander comment vous êtes au courant?

– J'ai parlé avec la personne, madame Calder, cet après-midi. Elle vous est reconnaissante de votre gentillesse.

– Madame Calder... Oui, c'était bien son nom, approuva lady Crawford, comme si Giles lui avait remis ce nom en mémoire. Et elle habite ici? Quelle coïncidence!

– Son mari possède plusieurs ranches dans les environs, confirma Bull Giles.

Lady Crawford demeura quelques instants songeuse.

– Peut-être pourrais-je lui rendre visite? Croyez-vous que cela la dérangerait?

– Je suis certain qu'elle sera ravie, Votre Seigneurie.

Il sourit en pensant au plaisir de Lorna si elle la revoyait.

– Ce ne serait pas correct d'arriver sans être annoncée. Pourriez-vous faire un saut à cheval au ranch, et lui demander si je pourrais la voir... demain, par exemple?

– Je serai très heureux de faire cela pour vous, Votre Seigneurie, assura Bull.

– Et je vous demanderai aussi de m'escorter. Je vais m'arranger avec le duc.

– Très bien, Votre Seigneurie.

Bull Giles s'inclina légèrement au moment où elle prit congé.

A cause du bruit provenant de la maison qu'on achevait de construire, Lorna ne remarqua pas le roulement d'un chariot, dehors. Webb se précipita dans la cabane et fonça droit sur sa mère. Lorna enleva le fer à repasser brûlant de dessus le poêle.

– Maman! C'est tante Mary! s'écria l'enfant, hors d'haleine. Elle vient nous voir.

Lorna posa le fer à repasser et se précipita vers la porte. Webb ne s'était pas trompé : Mary et Ely s'avançaient vers la cabane.

– Webb m'a annoncé votre arrivée, déclara Lorna, très surprise. Pourquoi ne pas m'avoir prévenue de votre visite? J'aurais fait un gâteau.

– Nous n'en avons pas eu le temps, dit Mary en regardant Ely.

Le couple arborait un large sourire. Lorna croyait voir de jeunes mariés amoureux.

– Pas eu le temps? répéta-t-elle, étonnée.

Mary regarda son amie avec des yeux pleins de larmes.

– Nous allons avoir un bébé, annonça-t-elle.

– Vous allez avoir...

Lorna était abasourdie et heureuse en même temps.

– Oui. (Le menton de Mary tremblait.) N'est-ce pas merveilleux? Après tout ce temps, nous allons avoir un bébé!

– C'est plus que merveilleux!

Lorna serra son amie dans ses bras. Les deux femmes riaient et pleuraient à la fois.

– Je ne pouvais attendre une minute de plus pour te l'annoncer, dit Mary en reculant pour reprendre haleine. Nous avons tellement attendu!

– Je suis si heureuse pour vous! (Lorna essuya les larmes qui coulaient sur ses joues, puis serra la main d'Ely.) Je suis heureuse pour vous deux...

Elle entendit un bruit de trot et aperçut Benteen qui arrivait à cheval. Elle agita frénétiquement le bras. Benteen remarqua alors Ely et poussa son cheval vers la cabane. Sa femme n'attendit même pas qu'il soit descendu pour lui annoncer l'événement. Après de nouvelles félicitations, Lorna proposa d'entrer pour boire un café. Pendant que les deux hommes discutaient du travail au ranch, Mary se pencha vers son amie et lui chuchota à l'oreille :

– Est-il vrai que Bob Vernon se marie, Lorna?

– Je ne l'ai pas entendu dire. Je proposerai à Benteen de lui laisser notre cabane dès que nous aurons emménagé dans la maison.

Mary s'apprêtait à répondre, mais elle fut interrompue par Webb, qui venait de faire une deuxième irruption dans la cabane.

– Maman, le monsieur est ici, seulement il n'a pas amené son cabiro...

La fin du mot échappa à sa mère. Elle regarda vers la porte, que l'enfant avait laissée ouverte. Benteen s'avançait déjà. Quelque chose, en lui, évoquait un chien prêt à mordre. Cela fit accourir Lorna. Lorsqu'elle atteignit le seuil, Benteen bloquait le passage. Par-dessus l'épaule de son mari, elle aperçut Bull Giles descendant de cheval. Arthur trottina pour accueillir son vieil ami, puis s'arrêta, intimidé, un doigt dans la bouche.

Bull regarda le petit en souriant et lui ébouriffa les cheveux.

– Comment ça va, Artie?

Arthur courut de toute la vitesse de ses petites jambes vers Benteen, mais il riait, nullement effrayé par le grand monsieur. Lorna jeta un coup d'œil sur son mari. Il avançait la mâchoire, en une expression agressive.

– Qu'est-ce qui vous amène ici, Giles? lança Benteen d'un ton de défi, sans s'embarrasser de salutations.

Le regard de Bull effleura Lorna; elle vit un nerf tressaillir sur la mâchoire de son époux.

– J'ai un message pour votre femme, de la part de lady Crawford.

Lorna, à la fois étonnée et ravie, voulut prendre la

parole, mais Benteen ne lui laissa pas le temps d'ouvrir la bouche.

– Qui est lady Crawford? interrogea-t-il.

– Souviens-toi, je t'ai parlé d'elle, expliqua Lorna. (Elle toucha le bras de son mari.) Je l'ai rencontrée à Dodge City, elle m'avait donné un flacon de lotion.

Un tressaillement imperceptible sur le visage de Benteen indiqua qu'il se souvenait.

– Que fait-elle ici?

– Elle est dans un groupe de nobles anglais qui visitent le pays, expliqua encore la jeune femme. M. Giles leur sert de guide. (Elle se tourna vers Bull.) Vous disiez qu'elle vous avait donné un message pour moi? Elle se souvient donc de moi?

– Oui, elle se rappelle vous avoir rencontrée, dit Bull. Elle aimerait vous rendre visite et demande si vous ne voyez pas d'inconvénient à ce qu'elle vienne demain.

– Demain? (Instinctivement, Lorna serra le bras de Benteen.) Dites-lui qu'il n'y a aucun inconvénient, bien au contraire.

– Vers 2 heures, proposa Bull.

– Oui, c'est parfait, assura Lorna, qui avait du mal à croire que cette dame désirait la revoir.

Ce serait la première occasion qu'elle aurait de s'entretenir avec quelqu'un d'autre que Mary et Ely. Elle sentit croître l'excitation en elle et essaya de la dominer. Ce n'était pas parce qu'elle n'avait pas eu de contact avec des gens depuis plusieurs années qu'elle allait se comporter comme la femme du Kansas!

– Alors, je vais lui dire que vous l'attendez demain, approuva Bull en s'en allant.

– N'entrez-vous pas boire un café? proposa Lorna malgré l'attitude inhospitalière de Benteen.

– Non, merci, madame Calder.

Bull Giles retourna vers son cheval, mit un pied à l'étrier et hissa sa puissante carcasse sur la selle. Tandis qu'il s'éloignait de la cabane, Webb s'agrippa à la jupe de sa mère.

– Pourquoi il a pas amené le cabirolet?

– Sans doute parce que c'était plus rapide de venir à cheval, expliqua Lorna, consciente du regard de Benteen braqué sur elle.

– Quand les enfants ont-ils rencontré ce Giles, ma chérie?

La question était venue, rapide comme un boulet de canon.

– Hier, reconnut Lorna. En sortant du magasin de M. Fitzsimmons.

– Tu ne m'en as rien dit, hier soir.

– Cela a dû me sortir de l'esprit, dit Lorna d'une voix ingénue.

Elle se vengeait pour tout ce que son mari avait oublié de lui raconter, à elle.

– Quoi d'autre t'est aussi sorti de l'esprit?

Benteen ne plaisantait pas; en fait, il était furieux. Mais Lorna n'avait pas l'intention de le rendre jaloux; elle eut un soupir las.

– Rien, Benteen. Rien d'autre. (Elle se ressaisit et sourit.) Seras-tu là quand elle viendra? J'aimerais que tu fasses sa connaissance.

Il l'observa un moment, puis suivit du regard le cavalier qui s'éloignait.

– Je serai là demain.

Lorna eut la brusque révélation que Bull Giles accompagnerait lady Crawford. C'était pour cette unique raison que Benteen resterait. Il n'était pas désireux de rencontrer lady Crawford.

– Tu penses que M. Giles sera là? chuchota Lorna pour vérifier qu'elle ne se trompait pas.

Il lui jeta un regard glacial.

– Tu ne le crois pas, toi?

– Je t'ai épousé, Benteen, déclara-t-elle avec une assurance tranquille.

– Alors, je veux m'assurer que *lui* ne l'a pas oublié, répliqua Benteen avec une expression dure.

23

Une grande construction en bois dominait l'étendue de la plaine. Elaine se redressa sur le siège du cabriolet et se pencha par la portière pour l'examiner en détail. La maison avait de belles proportions et proclamait sa souveraineté sur l'étendue infinie de ce pays sauvage.

Lady Crawford interrogea Bull Giles pour qu'il lui confirme la certitude qui déjà lui faisait palpiter le cœur :

– Est-ce là que nous allons?

– Oui, madame, ce sont les Trois C : la Calder Cattle Company (1).

Elaine se renfonça dans son siège et posa une main sur le bord de la voiture pour ne pas perdre l'équilibre. Le cabriolet roulait sur la piste défoncée conduisant au ranch.

Lorna tira sur le décolleté de sa robe afin de cacher une poitrine que la maternité avait arrondie. D'un œil critique, elle se contempla dans le miroir. Indécente ou non, elle porterait cette robe. C'était sa plus belle toilette. Elle se refusait à recevoir son invitée dans ses vêtements de tous les jours. Puis dans la glace, derrière la jeune femme, apparut Benteen qui s'était approché à pas de loup. Les

(1) « Compagnie de bétail Calder. » *(N.d.T.)*

yeux des époux se croisèrent durant quelques secondes, puis Lorna se retourna pour faire face à son mari dont la main descendit lentement sur la courbe de sa gorge.

– Giles appréciera le temps que tu as passé à te faire belle, remarqua-t-il, cynique.

Sa main continua de caresser le sein légèrement découvert.

– Je ne me suis pas préparée pour lui, insista Lorna, avec rudesse, irritée par cette remarque et par la caresse qui émouvait sa chair. De plus, je ne sais si c'est lui qui conduira lady Crawford.

– C'est lui, affirma Benteen. Et il te reluquera.

– Je ne peux l'en empêcher, protesta la jeune femme, tandis que les doigts de Benteen s'étaient glissés sous le tissu de la robe.

– Giles aimerait te faire ce que je te fais en ce moment. (Sa main lui effleura le dos, remonta le long de l'épaule.) Il veut t'enlever à moi. Tu le sais, ça aussi.

Elle lui jeta un regard qui voulait dire non.

– Tu n'as aucune raison de t'inquiéter, mon chéri.

– Tu crois? (Il la pressa contre lui.) Alors, dis-moi que tu n'aimes pas Bull Giles.

– Je l'aime comme un ami, répondit Lorna, refusant de cacher ses véritables sentiments.

– Il se servira de ton amitié contre toi un jour, prévint Benteen. S'il rôde dans les environs, c'est pour toi. Rien ne le retient ici. Tu ne peux lui faire confiance!

– Tu exagères! (Mais un doute se leva en elle.) Ce n'est pas le moment de parler de tout ça, ils vont arriver et...

– *Ils,* l'interrompit Benteen. Tu l'attends donc, lui!

– Benteen, je t'en prie!

Il n'avait aucune raison d'être jaloux, mais elle ne pouvait l'en convaincre.

Il la prit par les épaules pour l'obliger à se tourner vers lui. Son baiser la brûla comme du feu. On aurait dit qu'il voulait poser sa marque sur les lèvres de la jeune femme, comme sur tout ce qui lui appartenait. Lorsqu'il releva la tête, Lorna suffoquait. Elle était tout à la fois furieuse et troublée sensuellement. Cette contradiction se lisait dans ses yeux étincelants et sur ses lèvres meurtries. Elle se retourna pour examiner dans le miroir le désordre de sa toilette.

– Tu n'as pas le temps de t'arranger, dit Benteen. Le cabriolet approchait déjà lorsque je suis arrivé.

Elle pirouetta sur ses talons, furieuse que son mari l'ait dérangée au moment où ses visiteurs arrivaient. Serrant les lèvres, elle repoussa Benteen pour se précipiter vers la porte. Elle entendait le vacarme des roues au-dehors. Le cabriolet s'arrêta juste au moment où elle ouvrait la porte. Une sorte de sixième sens la prévint que Benteen se tenait derrière elle. Elle redressa les épaules et sortit de la cabane pour accueillir son invitée de marque. Les petits garçons se précipitaient déjà.

Lorna nota une tache d'herbe sur la culotte de Webb, ce qui augmenta son irritation.

Bull Giles descendit du siège du conducteur. Son regard se posa tout de suite sur Lorna. Elle en prit conscience, mais se sentit incapable de le croiser, sachant que Benteen les observait avidement tous les deux.

Elle appela Webb et Arthur lorsque Bull ouvrit la portière et elle tendit la main à la noble visiteuse.

Quand lady Crawford descendit, Lorna, une fois de plus, fut frappée par son port royal. Son maintien était encore accentué par sa blouse de soie et sa longue jupe en satin, d'un noir de jais. Elle paraissait plus âgée que la dernière fois, de petites rides soulignaient ses yeux presque noirs, mais, étrangement, elle restait toujours aussi belle.

Tandis que lady Crawford s'avançait avec grâce pour saluer son hôtesse, la bonne éducation de Lorna lui suggéra de faire une révérence. Mais la main de Benteen se posa sur sa taille, interrompant son mouvement. Lorna se raidit légèrement.

– C'est un grand plaisir de vous revoir, Votre Grâce.

Lorna accueillit la dame en lui tendant une main que cette dernière serra à peine.

– Je vous en prie, dispensons-nous de politesses. J'aimerais que vous m'appeliez Elaine. (Son regard se posa sur Benteen.) Est-ce là votre époux?

Lorna fit les présentations. Lady Crawford dévisagea son fils, mais comprit qu'il ne la reconnaissait pas. Il n'y avait là rien de surprenant; il était tout petit lorsqu'elle l'avait quitté. Il ne lui manifesta que peu d'intérêt mais elle perçut une tension dont elle ne comprit pas la raison.

On lui présenta également les deux garçons. Le sang vif des Calder coulait dans leurs veines. Elaine ne se sentit pas très heureuse à l'idée d'avoir des petits-fils. Elle redoutait de vieillir, et les enfants étaient la preuve qu'elle avançait en âge, malgré le miroir trompeur.

– Monsieur Giles, dit-elle en se tournant vers celui-ci, voudriez-vous apporter les présents que j'ai laissés sur le siège? (Puis, s'adressant tout particulièrement à Benteen, elle déclara :) J'ignorais que vous aviez deux enfants, sans quoi je leur aurais apporté des cadeaux, à eux aussi.

– Vous n'auriez pas dû nous offrir quoi que ce soit, protesta Lorna.

– Ma femme a raison. Nous devons refuser, renchérit Benteen avec cette obstination des Calder qu'Elaine connaissait bien.

– Quelle bêtise! Ce sont de modestes présents : un

flacon de lotion pour votre femme et quelques cigares pour vous. Des bagatelles, je vous assure.

Benteen accepta avec réticence, son épouse avec empressement. Mais l'attention d'Elaine fut attirée par les regards noirs empreints de suspicion que Benteen lançait à Giles. Elaine remarqua aussi que Lorna évitait de s'adresser au guide.

– Voudriez-vous entrer dans la cabane? demanda la jeune femme. J'ai préparé du thé et quelques gâteaux.

– J'en serais ravie, répondit Elaine. (Elle s'interrompit pour admirer la majestueuse demeure qui s'élevait au-dessus de la plaine.) Quelle maison imposante! Peut-être pourriez-vous me la faire visiter?

– Les menuisiers y travaillent, mais je serai heureuse de vous la montrer, répondit Lorna avec fierté. En comparaison, la cabane vous paraîtra bien fruste.

– Maman! Est-ce qu'on peut monter dans le cabirolet? supplia Webb, incapable de se contenir un instant de plus.

Lorna tenta de détourner son attention :

– Ne voulez-vous pas entrer, toi et Arthur, et goûter à ces gâteaux que j'ai préparés?

– Je veux m'asseoir dans le cabirolet, s'obstina le gamin.

Comme Lorna hésitait, lady Crawford intercéda.

– Puique le cabriolet a survécu à une journée de voyage dans ce pays sauvage, deux petits garçons ne sauraient l'abîmer!

C'est alors que Bull Giles proposa :

– Je surveillerai les petits, madame Calder : ils ne feront pas de bêtises.

Un silence court mais embarrassé suivit cette proposition. Lorna jeta un coup d'œil gêné vers Benteen, qui n'y répondit pas. La bouche de Lorna tremblait tant elle s'efforçait de sourire.

– C'est très gentil à vous, monsieur Giles, finit-elle par dire.

– Allez, les garçons, allons voir le cabriolet! s'écria le guide.

Les deux petits accoururent vers lui.

Lorna s'était fait du souci à la pensée de devoir s'entretenir avec une personne du rang et de la naissance de lady Crawford. Cependant, la grande dame la mit remarquablement à l'aise pendant le thé. La conversation se poursuivit librement, en dehors du fait que Benteen restait très distant. A la façon dont elle le regardait, Lorna se rendit compte que lady Crawford avait remarqué son mari.

Les voix joyeuses des enfants, leurs éclats de rire parvenaient jusqu'à la cabane, prouvant que Bull les amusait bien. Lorna sentait que Benteen s'en irritait. Peut-être aurait-elle dû refuser que ses fils sortent? Mais Webb avait un tel caractère, depuis quelque temps, qu'elle ne voulait pas risquer qu'il fasse un éclat devant lady Crawford.

Lorsqu'elle eut jugé avoir rempli ses obligations sociales, Elaine proposa de visiter la future demeure. Les deux femmes sortirent, suivies de Benteen. Les petits insistèrent pour les accompagner.

L'intérieur de la maison était encombré de bois de charpente. De grosses poutres gisaient un peu partout. Pour les enfants, cet endroit constituait une immense salle de jeu. Ils se mirent à courir et à pousser des cris, ce qui ajouta encore à la confusion. Malgré tout, Elaine put se faire une idée de l'habitation. Elle avait tout pour être magnifique, selon les canons esthétiques de l'Ouest.

– Ce sera le bureau, ici, expliqua Lorna, tandis que les deux femmes terminaient le tour du rez-de-chaussée, suivies par Benteen, toujours silencieux.

Elles entendirent un bruit de chute derrière elles, puis un hurlement de douleur. Elaine ne réagit pas.

Benteen et Lorna, eux, se précipitèrent vers leur benjamin, qui était tombé et pleurait.

Benteen se baissa pour relever son fils, mais Arthur réclamait sa maman et tendait les mains vers elle. Lorna prit le bambin dans ses bras et le berça pour le réconforter.

– Arthur s'est fait mal? Il saigne? Je peux voir? demanda Webb.

– Il s'est juste écorché les genoux, répondit sa mère. (Puis, jetant un regard d'excuse à lady Crawford :) Pardonnez-moi.

– Eh bien, répondit avec empressement cette dernière, certainement que votre mari me montrera le reste de la maison.

Elle se détourna pour cacher la lueur de contentement qui brillait dans ses yeux. Elle traversa la pièce et se plaça devant la cheminée, écoutant les pas de Lorna et des enfants qui s'éloignaient.

– L'escalier qui monte au premier étage n'est pas terminé, prévint Benteen. Il n'y a plus rien à voir.

Elaine pencha la tête de côté et observa le jeune homme avec un regard oblique.

– Tu ne te souviens pas du tout de moi? murmura-t-elle.

– Je vous demande pardon?

Sa curiosité paraissait forcée. Visiblement, son esprit se trouvait ailleurs.

– Je m'y attendais. Pourtant, ton père gardait un portrait de moi sur la cheminée. Je me demande combien de temps il l'y aura laissé...

Elle regarda à nouveau Benteen. Il avait pâli sous son hâle, et les muscles de son visage s'étaient crispés. Elaine ne fut pas surprise de la haine qui, soudain, flamboya dans ses yeux. Il venait de comprendre.

– Il y est resté jusqu'au jour de sa mort, madame.

Il avait lancé cette réponse d'une voix rauque, mais avait conservé son sang-froid.

– Seth était un romantique incorrigible, déclara Elaine avec un petit rire de gorge. (Elle laissa son regard errer sur la maison inachevée.) Peut-être, s'il m'avait construit une demeure comme celle-ci, ne l'aurais-je pas abandonné! Pourquoi fais-tu bâtir, Benteen? Aurais-tu peur de perdre ta femme?

– J'ignore pourquoi vous êtes ici, madame, mais vous pouvez aller au diable! (Sa voix grave vibrait de colère.) Retournez à vos folies de lords et de ladies. Vous êtes indésirable ici!

– Je ne suis pas venue mendier ton pardon, répliqua Elaine avec une pointe d'amusement dans la voix. Je n'ai jamais regretté de vous avoir abandonnés, toi et ton père. Une fois que j'eus quitté le Texas avec Conrad, je n'ai plus regardé en arrière.

– Croyez-vous que je m'en soucie? Vous êtes sortie de ma vie, et vous n'y entrerez plus.

Les yeux sombres de lady Crawford observaient son fils. Elle resta impassible devant la haine qu'il lui manifestait.

– Tu n'es pas comme ton père, remarqua-t-elle. Je m'en suis aperçue tout de suite, à Dodge City. Tu me ressembles, Benteen, tu es comme moi.

Les traits déformés par la haine, Benteen cracha cette accusation :

– Vous n'êtes qu'une femme adultère, une sale intrigante!

– Et toi, un ambitieux, impitoyable et intelligent. J'ai toutes ces qualités, mon cher. Chez un homme, elles sont admirables, mais si une femme les possède, on la traite de sale intrigante. Je plaide coupable. Eh bien, Benteen, n'es-tu pas curieux de savoir pourquoi je me trouve ici?

– Pas particulièrement.

– Tu veux savoir, mais tu refuses de l'admettre.

Aussi vais-je te le dire. Depuis la mort de mon époux... depuis que je t'ai croisé à Dodge City, l'idée que nous pouvions nous associer n'a cessé de me trotter dans la tête.

– Je n'ai pas besoin d'une partenaire, et, de toute façon, ce n'est pas vous que je choisirais!

– Bien qu'ayant perdu mon influence, je suis extrêmement riche, Benteen. Je doute que cela t'intéresse en ce moment... Mais dès que le choc sera passé... Comment pourrions-nous qualifier cela?... la rencontre avec ta mère... j'aimerais discuter affaires avec toi.

– Je n'ai plus de mère, affirma froidement Benteen. Je vous demande de partir avant que je ne vous jette dehors.

– Je pars, dit lady Crawford avec un sourire glacial. Mais je voudrais encore ajouter quelque chose.

– Alors, dites-le! aboya Benteen.

– Je crois que tu connais un certain Judd Boston.

– Qu'y a-t-il à son sujet? s'enquit Benteen, sur le qui-vive.

– Il a un ami qui travaille dans un bureau immobilier. Il lui a affirmé que tu possédais trois concessions qui ne t'appartenaient pas légalement. M. Boston a l'intention de se les approprier, tout simplement.

– C'est très intéressant, mais ça ne me surprend pas. C'est bien là la façon d'agir de Boston.

Lady Crawford s'approcha de son fils dans un bruissement de satin.

– Mais ces trois concessions sont à toi, Benteen. Je peux t'être très utile de bien des façons. (Elaine sourit, et, tendant le bras, effleura de sa main la joue de son fils.) Je te contacterai dans quelques jours, et nous reparlerons de ma proposition.

Après que lady Crawford eut franchi le seuil,

Benteen resta figé. Cette caresse sur son visage avait provoqué en lui une douleur semblable à une coupure de verre. Un instant, il était redevenu un petit garçon désirant le contact de la main maternelle, le petit garçon qui avait désespérément désiré que la belle dame du portrait revienne.

Lentement, il se dirigea vers le porche où Elaine attendait qu'on l'escorte jusqu'à son cabriolet. Benteen ne la regarda pas, voulant la chasser de son esprit. Elle était trop élégante et trop sophistiquée pour être considérée comme une mère. Plusieurs fois dans sa jeunesse, il avait réfléchi à ce qu'il lui dirait si jamais elle revenait : l'insulter et lui ordonner de sortir de sa vie. Maintenant, sa caresse s'attardait sur sa joue et lui faisait mal. Mais personne ne le voyait. Ses traits rudes étaient habitués à dissimuler ses émotions.

Le ciel s'étalait, énorme morceau bleu couronnant la plaine. Lorsque Benteen et Elaine atteignirent la voiture attelée, Lorna sortait de la cabane avec Webb. Bull Giles suivait, le petit Arthur dans ses bras. En dépit de ses genoux râpés et des traces de larmes sur ses joues, le bambin semblait heureux sur son perchoir.

Lady Crawford remarqua :

– M. Giles semble être comme chez lui, ici. Serait-il un de vos amis ?

– Non, répondit Benteen d'une voix totalement dépourvue de sentiment. C'est l'ami de ma femme, pas le mien.

Elaine examina alors l'épouse de son fils avec plus d'intérêt : Lorna était jeune, attirante et épanouie. Le labeur que ce pays exigeait d'une femme l'avait épargnée, et elle avait gardé une taille svelte malgré la naissance de ses deux enfants. Vêtue avec élégance, elle aurait été étonnante. Ses yeux exprimaient l'intelligence, mais aussi une certaine vulnérabilité. Elaine comprit que Lorna avait gardé une candeur enfantine et qu'il serait facile de la tromper.

– Vous partez? demanda la jeune femme, à la fois surprise et déçue.

Elaine lança un regard de biais vers Benteen.

– Il le faut.

Lorsqu'elle atteignit la portière de l'attelage, Giles s'y trouvait déjà pour l'aider à monter. Lorna s'avança en tenant les garçons par la main pour les empêcher de se mettre sous les roues.

– J'ai été très heureuse de votre visite. Et merci pour les cadeaux!

– Merci à vous, répondit Elaine en regardant Benteen, qui se tenait là, immobile et silencieux. Nous nous reverrons. (Son regard revint à Lorna.) J'ai confiance.

Tandis que le cabriolet s'éloignait de la cabane, Lorna le suivit des yeux quelques instants, puis se tourna vers son mari.

– Pourquoi ne lui as-tu pas dit au revoir?

Il cessa de fixer la voiture qui roulait sur la plaine infinie.

– Je le lui ai déjà dit, affirma-t-il en s'éloignant.

Lorna s'inquiéta de tant de brusquerie :

– Où vas-tu, mon chéri?

Mais Benteen ne répondit pas et s'éloigna à grandes enjambées. Il disparut derrière la grange où s'abritaient les chevaux. Quelques minutes plus tard, Lorna le vit galoper à cheval...

Lorna avait préparé le dîner avant la nuit. Comme Benteen n'était pas rentré, elle avait fait manger les enfants et les avait mis au lit. Elle garda le repas au chaud une heure de plus, puis se servit une assiette. Elle ne comptait plus le nombre de fois où elle était sortie sur le pas de la porte pour scruter la nuit. A la fin elle rangea les plats et se mit en chemise de nuit. Elle s'assit sur le lit, les jambes repliées contre elle, entre ses bras croisés.

Elle se balança doucement, comme pour se réconforter. A travers les fissures des parois de la cabane, lui parvenaient les cris des oiseaux de nuit. Cet endroit solitaire la fit frissonner.

Le martèlement des sabots d'un cheval était difficile à distinguer des battements de son cœur, et pourtant elle reconnut celui de Benteen. Elle sauta hors du lit et se rua, pieds nus, vers la porte. Elle distingua une silhouette de cavalier sur le ciel bleu indigo, avant qu'elle ne soit happée par l'ombre de la remise.

Elle referma la porte et se précipita vers le poêle pour faire réchauffer le repas. Elle entendit des éperons cliqueter. Son anxiété se transforma en irritation au moment où son mari passa la porte.

– Je t'ai attendu pour dîner aussi longtemps que j'ai pu! dit-elle.

Benteen s'immobilisa sur le seuil pour enlever son ceinturon et suspendre son chapeau à la patère. Sans jeter un seul regard à sa femme, il traversa la pièce, en se passant une main dans les cheveux. Il s'avança vers les grossières étagères qui servaient de placard.

– Je n'ai pas faim, annonça-t-il en prenant une bouteille de whisky et un verre.

Le ton de sa voix et le flacon de whisky alertèrent la jeune femme. Il marcha vers la table et en approcha une chaise. Enfin, il déboucha la bouteille et se versa une rasade qu'il avala d'un trait en regardant la carte sur le mur. Lorna n'avait jamais vu son époux ainsi.

– Benteen, qu'est-ce qui ne va pas?

Il croisa à peine son regard.

– Rien. Il est tard. Tu ferais mieux de te coucher.

Il se remplit un deuxième verre.

– Mais...
– Laisse-moi, c'est tout.

Lorna hésita un instant, puis renonça à chercher une explication à cet étrange comportement. Elle débarrassa le couvert. Benteen ne lui répondit pas lorsqu'elle lui souhaita bonne nuit. Elle eut le sentiment qu'il ne l'avait pas entendue.

Elle mit longtemps à s'endormir. La lampe brûlait; répandant sa clarté sur le mur de toile.

En s'éveillant le lendemain matin, Lorna remarqua que l'oreiller à côté d'elle était intact. Elle trouva son mari affalé sur la table, près de la bouteille de whisky vide.

24

Quatre cavaliers entrèrent dans Miles City au petit trot. Benteen se sépara de Woolie, Zeke et Bob Vernon, qui se dirigèrent vers le râtelier, en face du bureau de vente des terrains. Il y avait deux façons d'acquérir un titre de propriété : la première exigeait cinq années de résidence dans l'Etat, la deuxième six mois, plus le paiement comptant du terrain, soit un dollar vingt-cinq l'acre. Woolie, Zeke et Bob allaient acheter les concessions qui posaient problème et les revendraient ensuite à Benteen. C'était un moyen efficace et rapide de contrecarrer les projets de Judd Boston.

Benteen descendit de cheval devant l'agence de presse et attacha sa monture. Deux soldats faisaient leur ronde, mais la rue poussiéreuse était relativement tranquille en cet après-midi d'été. Benteen regarda, en face, la rangée de bâtiments rectangulaires. Sur l'un d'eux, on lisait : « Banque du Montana. » Elle appartenait à Judd Boston. Les éperons de Benteen cliquetèrent lorsqu'il s'avança vers le bureau. En entrant, il sentit une forte odeur d'encre. Un homme moustachu, assis à une table, leva la tête, puis s'avança avec empressement.

– En quoi puis-je vous être utile?

– Je voudrais faire passer une annonce dans votre journal.

L'homme prit un papier et une plume. Ses mains devaient rester tachées d'encre en permanence.

– Dictez-moi ce que vous voulez, j'écrirai pour vous.

– « Moi, Benteen Calder, ici même, informe la population que j'achète la totalité des terres que j'occupe. »

Quand il se tut, la plume continua à courir sur le papier. Puis l'employé lut le texte pour s'assurer qu'il n'avait rien oublié.

En quittant l'officine, Benteen remarqua un homme qui se hâtait vers la banque. Il détacha son cheval et descendit la rue jusqu'au bureau immobilier, où les chevaux des cow-boys des Trois C attendaient à l'abri. Il devait y avoir une discussion houleuse à l'intérieur, à en juger par les éclats de voix qui parvenaient jusqu'à la rue. En effet, Zeke s'apprêtait à empoigner au collet le petit homme qui se tenait derrière le comptoir au moment où Benteen entra.

– Que se passe-t-il? demanda celui-ci d'une voix grave.

Cette question mit fin instantanément à l'algarade.

Derrière le comptoir, l'employé transpirait abondamment. Mal à l'aise, il regardait les trois hommes en colère.

– Ce misérable gratte-papier essaie de gagner du temps, se plaignit Woolie avec un geste menaçant.

– Ouais, renchérit Zeke. Ce fils de pute prétend qu'il trouve pas les actes de propriété.

– Je ne dis pas que je ne les ai pas, protesta l'employé. On dirait qu'ils se sont égarés. Je ne peux pas vous donner l'argent avant de les avoir retrouvés. Si vous reveniez plus tard...

– Le voilà qui recommence, s'emporta Zeke.

– Laissez-nous donc vous aider à chercher, suggéra Bob Vernon.

– Ce sont des documents officiels, je ne peux les laisser consulter sans autorisation.

Un homme apparut alors dans l'embrasure d'une porte, au fond du bureau. Il fit signe à l'employé qu'il voulait lui parler. Il ressemblait au passant que Benteen avait vu se hâter dans la rue, quelques minutes plus tôt.

– Ces actes sont ici, Benteen, assura Woolie, on les cherchera.

– Je ne crois pas que ce soit nécessaire, chuchota Benteen en voyant les deux hommes s'entretenir à voix basse. J'ai le sentiment que tout est arrangé.

En effet, l'employé retourna derrière son comptoir, des papiers à la main.

– Voici les actes. (Il eut un sourire contraint.) Ils étaient mal rangés, tout simplement.

Une fois les actes vérifiés, le paiement fut effectué comptant pour les trois parcelles. Les cow-boys signèrent, rendant Benteen acquéreur légal.

– J'ai été propriétaire cinq minutes, déclara Woolie, ça ne mérite pas de trinquer?

– Pourquoi pas? dit Benteen.

Il fit halte pendant que ses hommes gagnaient la porte et, fixant l'employé :

– Transmettez mes respects à Judd Boston la prochaine fois que vous le verrez.

Le bonhomme devint tout pâle et marmonna une réponse incompréhensible.

Le ranch du Ten Bar dans le Montana n'avait pas le luxe de son pendant texan. Il était construit tout en bois. Assis sur une chaise recouverte de cuir, Judd Boston fumait un des longs cigares offerts par le duc. Loman Janes se servit un whisky, d'un flacon qui était sur la petite table ronde.

– Diable! Comment Calder a-t-il été mis au courant? grogna Boston.

– Etes-vous certain que Giles n'a pas dévoilé vos plans? Il en pince pour la femme de Calder. Peut-être veut-il se faire bien voir d'elle?

– Pour qu'il sache, il aurait fallu que le duc parle. Or George jure qu'il n'a rien dit à personne. Ce type est un imbécile prétentieux, mais certainement pas un menteur. (Boston coinça le cigare entre ses dents et tira une bouffée.) Je ne sais pas comment Calder a eu vent de l'affaire.

– Peut-être feriez-vous bien d'envoyer un câble à Webster. En lui notifiant de ne pas acheter le bétail que vous aviez l'intention de faire venir ici, suggéra encore Janes. Cet endroit ne supportera pas un nombre excédentaire de vaches.

– L'herbe n'est pas un problème, dit Boston, qui avait déjà l'expérience du Texas. C'est l'eau. Mais je n'enverrai pas de télégramme à Webster pour annuler ma commande. Si nous pouvions prendre ces trois concessions à Calder... C'est le dernier homme à qui je souhaite qu'elles appartiennent.

Janes eut un air complice.

– Que nous importe?

– Après ce qui s'est passé avec son père, Calder est capable de... Je suis fatigué des vendettas.

– Vendettas? Jamais entendu parler de ça, dit Janes en fronçant les sourcils.

– C'est un règlement de comptes entre familles. Je pourrais peut-être acheter des droits sur l'eau.

– Calder ne sera pas assez bête pour les céder. (Loman Janes hocha la tête à cette idée.) Il n'a aucune raison de les vendre, vu qu'il a l'utilisation de l'eau.

– Il pourrait avoir besoin d'argent tout à coup, insinua Boston. (Il tapota son cigare pour en faire tomber la cendre.) Un homme ne sait jamais le moment où le ciel va lui tomber sur la tête. Ça arrive, même quand il est le plus lumineux.

Loman Janes se sentit soulagé d'entendre ce discours. Une minute auparavant, il avait douté de Boston. Il ne pouvait respecter un homme qui fuyait l'affrontement. Mais, en fait, Boston se montrait prudent.

Les Trois C étaient trop étendus pour être dirigés du ranch central, déjà baptisé la « Maison » par les cow-boys. Comme le bétail n'avait aucune notion des limites et avait tendance à s'éloigner, des hommes patrouillaient en permanence, formant une sorte de clôture vivante.

Benteen venait de repérer le camp de Shorty Niles. Il chevauchait dans le vent dominant qui soufflait un air chaud et sec du sud-ouest et portait jusqu'à lui l'odeur du feu de camp de Shorty, alors qu'il se trouvait encore à trois kilomètres de là.

Il ne sut pas à quel instant précis il comprit que ce n'étaient pas des cumulus d'orage que le vent poussait dans le ciel. C'était de la fumée. L'herbe sèche de la plaine, devenue comme de l'étoupe, s'était embrasée. Benteen éperonna son cheval, qui partit ventre à terre, droit vers les nuages de fumée noire. La ligne rouge des flammes dévorantes était déjà en vue lorsqu'il aperçut Shorty poussant un troupeau de *long horns* paniqués vers une crête. C'était le seul endroit susceptible de constituer un coupe-feu naturel à des kilomètres à la ronde. L'air saturé de fumée et de cendres était suffocant. Benteen attacha son foulard de cow-boy devant son nez et sa bouche pour se protéger. Le vent semblait s'être accru, l'incendie créant son propre souffle.

Il cria à Shorty :

– La crête n'arrêtera pas le feu! Le vent est trop violent!

Shorty fit un signe d'assentiment et désigna un point sur la droite. Un nuage obscur s'élevait de l'herbe. Soudain, une langue de feu s'élança, dévorant la prairie jaunie.

– On ne s'en sortira jamais sans aide! hurla Benteen.

A deux kilomètres, un amas de rochers stopperait le feu de ce côté. Benteen tira sur les rênes et le cheval s'arrêta net. Son foulard de cow-boy avait glissé sur son menton.

– Voilà Barnie et Ramon! s'écria Shorty en désignant à Benteen l'arrivée au galop de deux cavaliers.

– Tire sur ces deux taureaux qui trottent vers les flammes, ordonna Benteen.

Shorty partit à la poursuite d'un petit groupe de mâles beuglants. Benteen le regarda viser la tête de l'un d'entre eux.

Insensible à la fournaise, il vérifia par-dessus son épaule la progression de la bande d'un rouge incandescent. Une fumée noire cachait presque entièrement le soleil. Benteen galopa vers Shorty pour lui donner un coup de main. Il avait abattu deux mâles. Les deux hommes leur lièrent les pattes et traînèrent la première carcasse sanglante vers le feu. Barnie et Ramon s'occupèrent de la deuxième.

Dès qu'il eut atteint la ligne des flammes, Benteen enfonça ses éperons dans les flancs de son alezan affolé et l'obligea à franchir la barrière rougeoyante. Une fois de l'autre côté, il se plaça parallèlement à Shorty, c'est-à-dire que le brasier se trouva entre les deux hommes. Ils commencèrent à traîner la carcasse sanguinolente sur les flammes pour les étouffer.

La chaleur était si intense que Benteen, couvert de sueur, sentit sa peau sécher instantanément. Il suffoquait dans la fumée, ses poumons cherchaient désespérément de l'air. Mais il ne fallait pas réfléchir : l'incendie devait être éteint.

Benteen et Shorty durent fréquemment changer de côté afin que les chevaux ne souffrent pas trop en restant exposés à la chaleur. Il semblait que cette course infernale ne dût jamais se terminer, et pourtant, les flammes furent maîtrisées.

Benteen dénoua le lasso attaché au pommeau de sa selle et le laissa retomber par terre, derrière les restes carbonisés des taureaux. Les quatre cavaliers se rassemblèrent et laissèrent les chevaux, tout tremblants, récupérer. Leurs visages et leurs vêtements étaient noirs de fumée et de cendres. Benteen but une longue gorgée à sa gourde. L'eau était chaude.

– Combien de bêtes avons-nous perdues? demanda-t-il d'une voix rauque.

Il but une autre gorgée.

– Cinq cents, peut-être davantage, répondit Shorty.

Barnie avait du mal à coller le papier de sa cigarette, tant sa langue était sèche. A la fin, il y renonça et mit la cigarette entre ses lèvres sans se soucier du tabac qui débordait. Il fouilla dans sa poche, puis s'adressa à ses compagnons :

– Quelqu'un a du feu?

– Tu rigoles! s'exclama Shorty. Si tu veux fumer, tu n'as qu'à respirer, crétin!

Benteen était trop las pour rire.

Webb, précédant son père vers la cabane, poussa la porte entrouverte.

– Maman! Maman! Papa rentre à la maison et il est tout noir! Viens voir, vite!

Lorna surgit à l'appel de son fils. Une fine ride de stupéfaction barra son front, elle ouvrit la bouche.

– Il y a eu un incendie de prairie, expliqua Benteen pour justifier son apparence. Nous avons réussi à l'éteindre.

– Tu n'as rien? (Après être restée un instant figée, Lorna frissonna.) On dirait que tu es brûlé.

– Ce n'est que de la fumée et des cendres, ça partira en me lavant.

Heureuse de le savoir indemne, elle fronça les sourcils à la vue des vêtements noircis.

– Je me demande si cette chemise et ce pantalon redeviendront jamais propres. (Elle écarta le petit Webb.) Eloigne-toi de ton père, je ne veux pas que tu te salisses.

Elle ôta le chapeau de son époux, le suspendit à la patère et fit la moue en reniflant une forte odeur de fumée et de cheveux roussis. La cabane empestait. Le petit Arthur jeta un coup d'œil sur son père et poussa un hurlement retentissant, puis il trottina se réfugier dans les jupes de sa mère.

– Je sais qu'il ne lui ressemble pas, mais c'est ton papa, Arthur, dit Lorna pour rassurer le bambin.

– Attends que je me sois lavé, fiston.

Benteen adressa un sourire las à son benjamin, s'approcha de la table de toilette et remplit une bassine d'eau. Il remarqua alors sa femme qui avait pris deux seaux et allait sortir.

– Où vas-tu? demanda-t-il en se tournant à demi.

– Chercher de l'eau pour ton bain. Elle chauffera pendant que nous dînerons. Webb, peux-tu t'occuper de ton petit frère? Je reviens.

Webb prit Arthur de force par la main. Aussitôt, ce dernier protesta violemment.

Le savon sur le visage de Benteen formait des bulles grisâtres. Il dut se laver à deux reprises. Lorsque Lorna revint avec les seaux pleins, Benteen se frottait les yeux. Arthur l'observait, un doigt dans la bouche. Son visage se fendit d'un large sourire.

– Papa! s'écria-t-il en désignant son père de son doigt humide.

– Tu vois bien, dit Benteen en se baissant pour le prendre dans ses bras.

– Ne le touche pas! intervint Lorna, qui préparait la table. Tu vas lui mettre du noir partout.

– Désolé, camarade, s'excusa Benteen.

Il ébouriffa les cheveux d'Arthur, et, le prenant par la main, le conduisit à table. Benteen et les enfants commencèrent à manger sans Lorna. Lorsque celle-ci les rejoignit, la nourriture était presque froide.

– Sais-tu comment s'est déclaré le feu? demanda-t-elle.

– Non. Et nous ne le saurons probablement jamais. Il y a au moins une dizaine de causes possibles.

Lorna commençait à s'interroger, maintenant que Benteen avait repris un aspect plus humain. Elle était terrifiée à la pensée qu'il avait dû lutter contre les flammes.

– C'était grave?

– Assez, répondit-il. Mais nous n'y comprendrons rien tant que nous n'aurons pas pu jeter un coup d'œil sur la zone sinistrée.

– J'ai cru sentir la fumée, poussée par le vent. Etait-ce au sud?

Benteen répondit affirmativement à la question de sa femme. Celle-ci frissonna.

– Le feu aurait pu nous atteindre, conclut-elle.

– C'est fini. Barnie et Shorty sont restés sur les lieux pour empêcher que des étincelles ne raniment l'incendie.

– Arthur et moi, on peut prendre un bain, ce soir? s'enquit Webb.

– Pas ce soir, répondit sa mère. Nous nous contenterons de récurer ton malodorant de père. Et toi, n'oublie pas de manger tes pommes de terre.

Le dîner terminé, Lorna transporta un baquet rectangulaire devant le poêle. Elle le remplit d'eau chaude et, pendant que Benteen ôtait ses vêtements salis, elle coucha les garçons. Quand elle revint, son mari était assis dans le baquet, les jambes fléchies. Terrassé par la fatigue, il avait fermé les yeux.

– Tu ne seras jamais propre de cette manière, se moqua Lorna en s'approchant. Dois-je te laver les oreilles, comme aux garçons?

– Bonne idée, murmura Benteen en ouvrant les yeux.

Il tendit à sa femme la pierre de savon.

– Commençons par la tête, dit celle-ci.

Elle lui saisit la nuque et sentit ses muscles contractés. A contrecœur, Benteen céda à la poussée de la main qui le forçait à mettre la tête sous l'eau. Elle la savonna vigoureusement. Les cheveux étaient crépus à l'extrémité, brûlés par le feu. Lorna frémit en constatant à quel point Benteen avait frôlé les flammes.

Après s'être enlevé le savon des yeux, Benteen reprit sa position initiale dans le baquet.

– Tu veux me torturer, dit-il en riant.

– Je voulais seulement m'assurer que tu étais vivant, déclara-t-elle d'une voix émue.

Elle commença à lui frotter le dos avec un linge. Sa chair était ferme sous sa main de femme, bien que les muscles fussent au repos. Après avoir baigné les enfants, c'était pour Lorna une expérience nouvelle que ce large dos d'homme. Elle comprit combien elle s'était attardée à laver ses épaules en apercevant une lueur amusée dans les yeux sombres de son époux. Elle se ressaisit et lui tendit brusquement le linge savonneux.

– Ne t'arrête pas, protesta Benteen. Je commençais à éprouver du plaisir.

– Tu peux laver le reste, insista-t-elle.

– Ce serait tellement plus agréable si tu le faisais,

répliqua Benteen en appuyant la tête sur le rebord du baquet.

La façon dont son mari la regarda émut Lorna. Elle se sentit un tantinet méchante et commença à savonner le torse musclé, couvert d'un duvet sombre. En jetant un coup d'œil à la dérobée sur son visage, elle se rendit compte qu'il appréciait l'opération.

– Quelqu'un t'aurait-il déjà donné un bain? demanda-t-elle, soudain curieuse.

Benteen se raidit au contact de la main de sa femme.

– Pourquoi me demandes-tu cela?

– Parce que tu ne te comportes pas comme si l'on te baignait pour la première fois. (Elle frotta plus vigoureusement, se sentant un peu jalouse.) Et ce jour à Dodge City, où tu as prétendu avoir pris un bain au saloon? Ne serait-ce pas une de ces « dames » qui t'aurait lavé le dos?

Lorna se souvint à cet instant de la fameuse pièce trouvée dans le nécessaire de Benteen et frotta encore plus fort.

– Aïe! protesta-t-il. (Il lui saisit le poignet. Son regard croisa les yeux sombres de sa femme.) Qui t'a donné cette idée?

Lorna, elle, n'avait pas oublié le prénom gravé sur la pièce :

– Miss Belle, ça te dit quelque chose?

Benteen se renfrogna.

– Rien du tout. Pourquoi?

– Parce que j'ai trouvé un dollar dans ton barda : sur une face il y avait un portrait de femme. Et tu es sorti deux nuits de suite à Dodge City!

– Crois-tu que j'aie passé ces nuits en compagnie d'une femme?

Ses yeux se rétrécirent.

– Qui d'autre t'aurait donné le dollar? fit Lorna sur un ton de provocation.

– Je l'ai sans doute reçu comme monnaie lorsque j'ai payé les boissons au saloon. Aucune femme ne me l'a donné. D'ailleurs, j'étais tellement ivre, et...

– C'est vrai?

Lorna s'était approchée du baquet pour examiner son époux de près. Il eut une expression amère.

– Je ne peux rien prouver.

– Tu désirais me faire l'amour, et moi, je...

Lorna s'interrompit, ne voulant pas évoquer la raison pour laquelle elle avait tant redouté que son mari la touche. C'était le passé.

– Tu aurais pu avoir besoin d'une autre femme pour assouvir tes penchants, acheva-t-elle.

– Peut-être, fit-il d'un air sévère. Mais, depuis la fameuse nuit où j'ai déshabillé mon épouse, je n'ai jamais cherché à me satisfaire avec une autre.

Il y avait dans sa voix une pointe de menace qui contrastait avec ses affirmations.

– Qu'est-ce qui te bouleverse? s'enquit la jeune femme.

D'une main, il lui prit la nuque et posa l'autre sur son dos. Il l'attira contre le baquet.

– Je ne me rassasie pas de toi, dit-il en soufflant ces mots contre sa bouche, faisant naître en elle un désir ardent.

Il la plaqua contre lui, l'obligeant à s'arquer, à cause du baquet qui les séparait. Le besoin de lui appartenir criait en Lorna. Son corps cédait à la volonté de son mari, son pouls battait follement. Soudain, elle sentit sa robe tout humide.

– Tu me mouilles, souffla-t-elle, ne protestant qu'à demi.

– Enlève ta robe!

Il la lui déboutonna dans le dos et la fit glisser sur ses épaules. Aussitôt, ses lèvres se posèrent sur la poitrine ronde.

Les mains tremblantes, Lorna se défit complètement.

Le souffle court, elle rappela à Benteen ce qui pouvait troubler leur intimité :

– Et les enfants?

– Ils dorment.

Il lui donna à peine le temps d'abaisser sa robe au niveau des hanches, et, d'une main impatiente, lui arracha sa chemisette.

– Viens dans le baquet, dit-il, la voix rauque.

– Il n'y a pas de place pour deux. C'est trop petit!

Elle s'efforça de rire, mais sous les caresses elle commença à gémir.

– Entre, et je te montrerai comment c'est possible, moi.

Le lendemain matin, Benteen constata combien le feu avait failli causer des dégâts irréparables. L'incendie aurait pu se propager à tout le ranch si on ne l'avait pas maîtrisé à temps. Heureusement, il n'avait ravagé que la partie sud. Une trentaine de bêtes avaient péri carbonisées, et deux cents vaches de pure race avaient été tellement brûlées qu'il allait falloir les abattre.

– Ça aurait pu être pire, dit Barnie en guise de consolation.

– Oui, admit Benteen sur un ton revêche. Ça aurait pu être pire. (Il grimpa en selle et s'adressa à Shorty :) Rassemble le bétail dans un autre endroit.

– Tu veux que j'établisse un nouveau camp? demanda le cow-boy. Le feu a détruit celui où je me trouvais.

– Non. Nous attendrons l'été pour que l'herbe repousse.

Benteen laissa errer son regard sur l'étendue de la plaine calcinée. Le soleil était bas lorsqu'il ramena son cheval au corral. Il mit pied à terre, l'humeur morose, et dessella sa monture. Tout allait bien jusqu'à ce que sa mère – lady Crawford, rectifia-t-il avec amertume – fasse irruption. Il chassa cette idée : elle ne pouvait être blâmée de ce que Judd Boston ait tenté de s'approprier les concessions Calder, ni pour l'incendie de la prairie.

A pas pesants, il traversa la cour en direction de la cabane. Lorsqu'il entra, la table était déjà mise pour le dîner. Lorna était devant le poêle, faisant chauffer le repas. Elle adressa à son époux un sourire par-dessus l'épaule.

– J'ai prévu le dîner juste pour ton retour.

Elle apporta deux assiettes pour les enfants. Son visage rayonnait. Elle manifestait un empressement que Benteen ne lui avait pas connu depuis longtemps. Elle paraissait en effervescence.

Il s'avança vers la bassine pour se laver les mains pendant qu'elle installait les enfants à table.

– Quoi de neuf?

– Rien, répondit-elle. (Puis, se ravisant, elle lança :) Il y a un mot pour toi sur la table.

Benteen secoua les mains et attrapa une serviette. Un petit morceau de papier se trouvait sur la table devant sa chaise.

– De qui est-ce?

– De lady Crawford. M. Giles l'a apporté cet après-midi. (Lorna poursuivit d'une traite :) Je croyais que c'était une simple lettre pour nous remercier de l'avoir reçue et je l'ai ouverte.

Benteen se raidit légèrement et cessa de s'essuyer les mains.

– Que dit-elle?

– Elle est au *Macqueen House* à Miles City. Elle demande si nous pouvons y aller vendredi après-midi.

– C'est tout?

Les paupières mi-closes, il observa sa femme.

– Lis le mot. Il n'y a aucune raison de ne pas accepter son invitation.

Le message contenait ce qu'avait dit Lorna, à cette nuance près qu'il était adressé à Benteen Calder.

Benteen replia la lettre et la glissa dans sa poche.

– Il ne s'agit pas d'une invitation mondaine, Lorna. Cette dame veut discuter affaires avec moi.

– Quelle sorte d'affaires? (Le désarroi obscurcissait les yeux de la jeune femme.) Pourquoi désirerait-elle s'entretenir avec toi?

– Elle m'a avoué vouloir investir son capital dans un ranch.

Benteen bouscula Lorna en s'approchant de la table. Aucune parole ne fut échangée avant que le dîner soit servi.

– Iras-tu la voir? demanda-t-elle enfin.

– Cela dépend, répondit-il en haussant les épaules.

– Je crois que tu devrais, insista Lorna. C'est un honneur qu'elle...

Benteen serra les dents pour s'efforcer de parler avec calme.

– Je ne veux pas discuter davantage. Si je ne suis pas occupé, j'irai. Mais si on a besoin de moi au ranch, lady Crawford s'adressera à quelqu'un d'autre.

En entendant frapper à la porte de sa suite, Elaine se sourit dans le miroir. Elle fit gonfler la collerette de sa robe noire qui dissimulait joliment les rides de son cou et attendit que sa domestique vienne lui annoncer que M. Benteen Calder attendait dans l'antichambre.

– Merci, Hilda. Ce sera tout. Je n'aurai plus besoin de vous cet après-midi.

– Très bien, madame.

La domestique fit une révérence et se retira.

En acceptant de venir, Benteen avait donné son assentiment. Il serait d'accord avec ses plans, Elaine en était certaine. La lettre avait été un test pour savoir s'il ferait l'effort de rencontrer sa mère.

Quand elle entra dans l'antichambre, Benteen se tenait devant la fenêtre, son chapeau à la main. Elle lut la colère et l'impatience dans son attitude. Il regrettait d'être venu. Elle esquissa un sourire, mais, lorsque son fils se retourna, elle arbora une expression tranquille.

– Désires-tu du café?

D'un geste gracieux, elle montra une petite table entre les deux sofas en velours bleu.

– Il y a quelque chose de plus fort dans le cabinet, si tu préfères, reprit-elle.

– Non.

Il dévisagea sa mère de ses yeux sombres, pour mieux la comprendre, la juger, la découvrir. Cette fois, Elaine lui offrit son sourire et lui fit signe de s'asseoir. Elle-même s'installa sur un sofa bas, en prenant soin d'arranger sa jupe.

– Il ne faut pas regretter d'être venu, Benteen, murmura-t-elle. Une nouvelle relation commence entre nous.

– Vous aviez une proposition de travail à me faire, rappela Benteen.

– Oui, de travail, reconnut Elaine. Ah! j'y pense... Tu as régularisé ta situation par rapport aux trois concessions. Félicitations. M. Boston n'est pas content. Il est en train d'acheter un troupeau, et, brusquement, il n'a plus d'endroit où le mettre.

– C'est son problème.

– Ç'aurait pu être le tien. (Elle se versa une tasse de café.) Souhaiterais-tu obtenir un contrat te permettant d'acheter le bétail à un prix défiant tous les taux du marché?

– Un contrat avec qui?

– Je ne peux te répondre, pas encore. Si je te révélais avec qui je suis en rapport, tu pourrais m'évincer de la scène.

– Ma propre mère? se récria-t-il, ironique.

– Oui. Tu pourrais considérer cela comme un acte de vengeance, expliqua Elaine. Au fait, je voulais te dire : ça n'aurait jamais marché entre ton père et moi. Et il m'aurait tuée plutôt que de me laisser son fils. (Elaine s'interrompit un instant avant d'ajouter :) Je crois que tu désirais une explication.

– Et vous n'avez réellement aucun regret? la défia Benteen.

– Des regrets? Non. Mais j'en aurais eu si j'étais restée. Je ne vous aurais jamais pardonné, à toi et à ton père, de me retenir alors que je voulais « devenir quelqu'un ». (Elle avala une gorgée de café en levant délicatement le petit doigt.) Je suis ambitieuse, comme toi, Benteen.

Benteen revint au sujet initial :

– Et ce contrat dont vous me parliez?

– Je peux financer l'achat de nouvelles bêtes.

– Mais encore?

– Et nous partagerions ensuite les profits, moitié moitié.

– Ça paraît convenable. (Il s'appuya contre le dossier du sofa et observa sa mère entre ses paupières mi-closes.) Mais comment savoir si, une fois le marché conclu, vous ne filerez pas avec l'argent?

– Parce que j'ai appris, durant ces années, que l'on peut tromper son mari, son amant, mais qu'on ne peut jamais tromper quelqu'un avec qui l'on traite une affaire.

– Et qu'est-ce qui m'empêchera, moi, d'empocher l'argent?

Sa bouche se durcit en un sourire sardonique.

– Cet absurde code de l'honneur masculin : si

un homme donne sa parole, il ne la reprend pas, affirma lady Crawford avec un air confiant. Mais tu n'as réellement rien à perdre. C'est moi qui produirai le contrat et qui fournirai l'argent pour acheter du bétail supplémentaire. Je ferai de toi un homme riche, Benteen! Marché conclu?

Elle lui tendit la main. Un moment, elle crut avoir demandé trop tôt l'accord de Benteen. Elle posa sa tasse sur la table et plaça sa main sur celle de son fils.

– Marché conclu, approuva enfin Benteen. Mais où serez-vous, tout le temps de cette affaire? Je suppose que vous allez retourner à Londres avec vos amis anglais?

– Non, je ne retournerai pas à Londres. (Cette fois, lorsque Elaine se versa du café, Benteen en accepta une tasse.) Je reste ici, l'aventure ne fait que commencer pour nous.

– Je pensais que vous reviendriez à votre brillante et joyeuse société.

– Le brillant attire les jeunes femmes... comme ton épouse. Lorna doit se sentir très seule dans ce pays. Elle aurait besoin de quelqu'un pour lui tenir compagnie en ton absence. Quand m'as-tu dit que la maison serait terminée?

– Cet hiver, mais nous pourrons sans doute emménager dans une partie cet automne. La cabane commence à être exiguë, avec ces deux garnements qui courent partout.

– La maison semblera vide si ta femme y est toute seule, fit remarquer Elaine. (A ce moment, on frappa à la porte.) J'ai congédié ma domestique pour l'après-midi. Voudrais-tu répondre, Benteen?

Pendant que son fils se dirigeait vers la porte, Elaine avala une petite gorgée de café. Il y eut un grand moment de silence après que Benteen eut ouvert. Elaine regarda par-dessus le dossier du sofa.

– Entrez, monsieur Giles.

Benteen s'effaça pour lui céder le passage. Bull Giles parcourut la pièce du regard, comme s'il cherchait quelqu'un, puis s'arrêta devant le sofa.

– Qu'y a-t-il? souffla lady Crawford.

– Vous m'aviez demandé d'apporter, dès qu'elle arriverait, la réponse au câble que vous avez envoyé.

Il lui tendit un papier.

– Merci, monsieur Giles. (Elaine jeta un coup d'œil sur le télégramme, puis le glissa sous un coussin.) Ce sera tout pour l'instant, ajouta-t-elle.

Giles ôta son chapeau pour saluer et sortit. Benteen referma la porte derrière lui et retourna s'asseoir.

– Je croyais que ce type servait de guide à vos amis anglais.

– Je lui ai demandé de travailler pour moi, répliqua Elaine.

– Pourquoi?

– J'ai besoin de lui. Il n'est pas prudent pour une femme de sortir sans être accompagnée, dans ce pays.

– Giles a travaillé pour Judd Boston.

– Oui, je sais, Benteen.

Lorsque Benteen rentra au ranch, le soir, le clair de lune argentait l'imposante maison. Une lumière brûlait dans la cabane : Lorna attendait son retour. Il ne lui avait pas dit qu'il se rendait chez lady Crawford. A l'aller, il avait failli retourner au ranch une douzaine de fois. Il avait toutes les raisons du monde de faire attendre sa mère à l'hôtel sans se montrer. Même au moment de frapper à la porte, il ne savait pas encore s'il pourrait la revoir. Le doute, le manque de confiance planaient sur lui, et, malgré cela, il avait accepté cette association. Pour l'instant, il ne pouvait avoir que ce type de rapports avec elle, jusqu'à ce qu'il voie plus clair en cette femme.

25

La banque était fermée. Assis à son énorme bureau d'acajou, Judd Boston notait les transactions du jour. Loman Janes arpentait la pièce comme un animal en cage. Boston risqua un coup d'œil sur lui, puis se replongea dans ses paperasses.

Loman finit par rompre le silence :

– Il viendra pas.

– Il viendra, assura Boston sans lever la tête. Par curiosité, juste pour entendre ce que j'ai à lui dire.

– Ça aurait été plus simple si je l'avais amené ici. Ça aurait évité d'attendre.

Boston ne prit pas la peine de répondre. Loman Janes avait beau faire correctement son boulot, il ne pensait qu'avec ses muscles. Il était partisan d'une guerre déclarée pour s'approprier les concessions.

Parfois, le manque d'imagination de son homme de main irritait Boston. En apprenant que le feu de prairie n'avait pas fait les ravages escomptés, Loman avait voulu en allumer un nouveau. La dernière chose que souhaitait le banquier, c'était d'éveiller les soupçons de Calder. Il avait besoin de la terre pour son troupeau, il ne voulait pas d'une guerre.

On frappa à la porte de derrière. Une lueur de triomphe s'alluma dans les yeux de Boston lorsqu'il croisa le regard de Janes.

– Fais entrer Giles, ordonna-t-il... Assieds-toi,

Giles. J'ai terminé dans une minute. Sers-lui un verre, Janes.

Cette mise en scène était voulue, afin de donner à Giles le temps de s'installer confortablement dans le fauteuil de cuir en face du bureau et de boire un verre de whisky.

– Le roi est dans son château en train de compter son argent, récita Giles.

Boston abandonna son livre de comptes et alluma un cigare. Giles s'interrompit pour regarder Janes, mais le sens de ses paroles avait échappé à celui-ci.

– Vous vouliez me voir, Boston? ajouta-t-il enfin.

Le banquier s'appuya au dossier de son fauteuil.

– J'avoue que j'ai été surpris de te voir abandonner la compagnie du duc de Middleton. Mais je devine que tu tenais à rester dans les parages.

– Si c'est tout ce que vous vouliez me dire...

Giles posa son verre de whisky à moitié vide et fit mine de se lever.

– La femme de Calder est toujours un sujet qui te tient à cœur, pas vrai? observa Boston. Reste assis. Il y a quelque chose que je voudrais que tu fasses pour moi.

– J'ai déjà travaillé pour vous, Boston, répondit Giles en se calant sur son siège.

– Oui. Je sais que tu es maintenant employé par lady Crawford. Elle a projeté de rester ici un mois de plus, je crois.

Giles ne voulut se compromettre en aucune façon :

– C'est ce qu'on vous a rapporté, j'imagine.

– Lui aurais-tu présenté Calder?

Les lèvres minces de Giles se déformèrent en une grimace.

– Le duc vous a communiqué le renseignement?

Tout ce que je sais, c'est que lady Crawford a rencontré Mme Calder, autrefois.

Mais Bull ne fit aucune allusion à l'entretien privé qu'elle avait eu avec Benteen à son hôtel.

– A moins que tu ne la quittes pas d'un pouce, je suis sûr que tu as du temps libre, Giles. Le travail que je vais te demander ne te prendra pas plus d'un jour ou deux.

– Quel travail, monsieur Boston?

– Je crois que tu connais un type surnommé le grand Ed Sallie.

Boston se pencha en avant et fit tomber la cendre de son cigare dans un cendrier.

Le front de Bull Giles se plissa. Son regard alla de Boston à Janes, puis revint à Boston.

– Oui, je le connais.

– Je veux que tu contactes ce Sallie et que tu arranges une rencontre entre lui et Loman Janes.

Les yeux de Bull se rétrécirent. Il demanda :

– Pourquoi?

– Ça ne fait pas partie de ton boulot de savoir pourquoi. (Puis, se rendant compte que Giles ne coopérerait pas tant qu'on ne lui aurait pas donné une raison valable, il précisa :) Pour l'instant, il s'agit simplement d'acheter notre homme. D'après ce que je sais, cet Ed Sallie a de l'influence sur les Indiens. Je souhaiterais que Janes persuade ce bandit de les éloigner du Ten Bar.

– C'est tout? s'étonna Giles.

– C'est une mission importante, rétorqua Boston. Peux-tu arranger un rendez-vous?

– Je ne garantis rien. Il y a un moment que je n'ai pas vu le grand Ed. J'essaierai en tout cas, assura Giles. Mais ça ne marchera pas si tous les *ranchers* essaient de corrompre Ed Sallie.

– Calder essaiera sans doute, dit Boston. Ça te pose un problème?

– Non. Pourquoi donc?

Giles releva la tête dans une attitude de défi, pour prouver qu'il ne s'intéressait ni aux Trois C ni à leur propriétaire.

– Giles, ce qui est mauvais pour Benteen Calder risque de tourner à ton avantage, susurra Boston. Vois ce que tu peux faire, et envoie-moi un message.

Etant donné les effluves que dégageait Ed Sallie, il ne devait pas avoir touché une goutte d'eau depuis des années. Le bord affaissé de son chapeau assombrissait ses yeux bleus sans pour autant dissimuler leur éclat rusé. Sa barbe hirsute faisait ressortir une cicatrice qui lui zébrait la joue droite. Il puait la sueur et le whisky.

– Bull m'a dit que vous vouliez me causer, dit-il à Loman Janes.

Lorsqu'il parlait, on voyait ses dents jaunies par le jus de tabac. Il détourna la tête et cracha un jet noirâtre par terre.

– En effet, confirma Janes.

Son regard gris et glacé glissa d'Ed Sallie à la bande de coupe-jarrets qui attendaient à cheval dans un bosquet. Le contremaître de Boston s'adressa à Bull Giles qui l'avait conduit jusqu'ici.

– Ton boulot est fini, tu peux filer, lui dit-il.

Giles haussa les épaules, persuadé que Janes venait de signer son arrêt de mort. Il fit décrire un demi-cercle à sa monture et disparut. Janes attendit que le bruit des sabots décroisse, tout en continuant à se mesurer du regard avec le chef des bandits.

La selle craqua sous le grand Ed Sallie, qui posa ses deux mains sur le pommeau.

– Mes amis pourraient s'énerver à force d'attendre, remarqua-t-il.

– Pourquoi est-ce que je devrais m'inquiéter

d'eux, puisque je t'ai à l'œil? questionna Loman d'une voix suave.

Le grand Ed se mit à ricaner. Une lueur d'admiration brilla dans ses yeux : Loman Janes bluffait. Il aimait bien ça.

– Qu'est-ce que tu veux?

– C'est bientôt la période où les Indiens vont venir acheter leur tord-boyaux, commença Loman.

– C'est pas légal de vendre de l'alcool aux Indiens, répliqua Ed Sallie en dressant toutefois l'oreille.

– Ivre ou pas, un Indien est stupide, répondit Loman. Je veux que tu leur parles des razzias qu'ils opèrent sur les ranches.

– Je suis pas leur ange gardien!

– Mais tu leur vends du whisky et tu es leur ami. Si un ami les prévenait que le bétail portant la marque du Ten Bar ne vaut rien, ils t'écouteraient peut-être...

– Ça se pourrait, fit le grand Ed, songeur.

Il roula une chique de tabac dans sa bouche avant de cracher, sans se soucier de l'air dégoûté de Loman Janes.

– Et si cet ami leur disait encore que le bétail des Trois C a plus de valeur que tous les autres, reprit l'associé de Boston, ils en tiendraient peut-être compte...

– Combien? demanda le bandit.

Loman Janes pivota lentement sur lui-même. Soulevant le rebord de sa sacoche, il sortit une grosse bourse de cuir, la soupesa dans ses mains, fit tinter les pièces, puis la tendit à Ed Sallie.

– Et il y aura un supplément plus tard, si le boulot réussit, précisa-t-il.

– En d'autres termes, vous m'achetez pour que je fasse attaquer le troupeau des Trois C, constata le bandit avec un sourire entendu.

En entendant le grincement des roues du *buggy*, Lorna se lissa les cheveux et courut à la porte de la cabane. Elle jeta un coup d'œil rapide aux deux enfants qui faisaient la sieste, puis sortit. Le *buggy* s'était immobilisé, mais Bull Giles tenait toujours les rênes. Assise sur le siège arrière, lady Crawford se pencha par la portière quand Lorna s'approcha.

– Où puis-je trouver Benteen?

Lorna indiqua la maison d'un signe de tête.

– Il est là-haut, sur la colline.

– Merci.

Elaine se renfonça sur son siège et fit signe à Bull Giles de repartir. Vaguement inquiète, Lorna poussa un soupir.

Elle retourna à pas lents vers la cabane et s'arrêta sur le seuil. Son regard s'éleva vers la butte, où le *buggy* noir venait de stopper devant la maison. Lady Crawford disparut à l'intérieur.

Ce n'était pas le fait d'être exclue de leurs conversations qui tracassait la jeune femme, mais les réticences de Benteen à parler de lady Crawford. Il avait changé, comme s'il était préoccupé. Lorna poussa un nouveau soupir et rentra dans la cabane.

– La maison commence à prendre une jolie tournure, n'est-ce pas? remarqua Elaine en entrant dans le futur bureau. Peut-être ta femme sera-t-elle heureuse dans sa nouvelle résidence!

– Que voulez-vous dire? demanda Benteen sur un ton acide.

– Cela n'a aucune importance. (Elle haussa les épaules comme pour chasser cette remarque et serra le bras de son fils.) De toute façon, ce n'est pas de cela que je suis venue t'entretenir. Quand penses-tu que le bétail sera livré au Canada?

– Jessie devrait être ici la semaine prochaine, précisa Benteen en faisant face à sa mère. D'où vous vient l'idée que Lorna n'est pas heureuse ?

– Appelle cela l'intuition féminine. Nous, les femmes, sentons si une autre femme est malheureuse, dit-elle en regardant Benteen droit dans les yeux. Lorna devait être très jeune quand vous vous êtes mariés ?

– Dix-sept ans, presque dix-huit. Je ne trouve pas que ce soit trop jeune.

Lady Crawford eut un rire sourd.

– Tu avais déjà une certaine expérience des femmes, tu savais ce que tu recherchais chez une épouse. Lorna n'a pas eu cet avantage. Si elle découvre qu'elle a fait une erreur, elle n'aura pas d'autre choix que le mien...

– Elle ne s'est pas trompée en m'épousant.

– Je ne voulais pas dire que c'était son cas... Je parlais en général. A propos, j'aimerais que tu dînes avec moi la semaine prochaine. Je souhaiterais que tu rencontres deux personnes.

– Qui ? Des Canadiens ?

– Non. Des hommes politiques.

– Vous savez vous servir des gens, observa Benteen en plissant les paupières.

– Je considère que c'est un compliment que tu me fais là. (Lady Crawford sourit et reprit le bras de son fils.) Je crois bien que ce bureau est la pièce que je préfère, dit-elle après un court silence.

La cabane embaumait le pain cuit au four. Assise le dos tourné à la fenêtre pour profiter de la lumière du soleil, Lorna taillait une chemise pour Arthur dans une de celles de Benteen.

Son attention fut attirée par un coup frappé à la porte. Elle s'empressa de poser la chemise et d'épousseter la farine sur son tablier de percale.

Mais lorsqu'elle ouvrit, elle vit Bull Giles et non lady Crawford.

– Les garçons sont là? demanda Bull.

C'était devenu une habitude pour lui de s'amuser avec les enfants pendant que lady Crawford rendait visite à Benteen. Lorna sourit en pensant à l'absurdité de la situation : lady Crawford passait plus de temps avec son mari qu'elle-même, et Bull Giles passait plus de temps avec les enfants que leur père.

– Ils font la sieste, expliqua la jeune femme à voix basse.

– Je leur ai apporté des bâtons de menthe poivrée. Vous les leur donnerez avant d'aller au lit, ce soir.

Il les sortit de sa poche et les tendit à Lorna.

– Les garçons en raffolent. Merci, B... (Elle allait l'appeler par son prénom, mais se reprit :) Merci, monsieur Giles.

– J'aimerais que vous m'appeliez Bull. Dites-moi, ça sent le pain chaud?

– Oui, j'ai mis à cuire quelques miches.

– Rien n'est meilleur que du pain qui sort du four!

Lorna rit gentiment, un peu flattée.

– Il sera cuit dans un quart d'heure. Pourquoi ne viendriez-vous pas boire un café?

– J'aimerais beaucoup... si vous pensez que c'est convenable.

Bull attendit sur le seuil, pour lui donner la possibilité de reconsidérer son offre. Lorna jeta un regard en direction de la maison de la colline.

– Bien sûr que c'est convenable.

Elle ouvrit grand la porte et s'effaça pour laisser entrer son invité.

Pendant qu'elle servait le café, Bull s'approcha de la fenêtre et ramassa l'ouvrage qu'elle avait posé sur la chaise.

– Que faites-vous? demanda-t-il.
– Une chemise pour Arthur.
Bull déplia la chemise et l'étala sur la table.
– Que c'est petit! Ma main est trop grande pour la manche! constata-t-il en y glissant péniblement trois doigts.
– Votre main est nettement plus grosse que le bras d'Arthur!
Elle retira la chemise et posa la tasse de café à la place, tandis que Bull déplaçait sa chaise, de façon à s'asseoir parallèlement à la fenêtre et en face de la porte. Il contempla un moment les deux garçonnets endormis sur leur couchette, dans un coin de la cabane.
– Je n'avais jamais été attiré par les gosses, avant. Mais ces deux-là, je les adore, avoua Giles en buvant son café.
– Ils vous aiment beaucoup, eux aussi.
– Webb deviendra un parfait cavalier en grandissant. Il monte pratiquement seul, maintenant.
– Rien de surprenant : il a fait sa première promenade à cheval avec Benteen alors qu'il n'avait qu'un mois! (Lorna sourit en se souvenant de ce jour. Et cette allusion lui suggéra une autre réflexion :) Bien sûr, le ranch donne tellement de travail à mon mari qu'il ne lui reste plus beaucoup de temps pour apprendre l'équitation à son fils. Il s'absente souvent à cause de ses affaires avec... lady Crawford.
– Je sais qu'il a acheté beaucoup de vaches pour honorer le contrat canadien, observa Bull.
Lorna était au courant : Benteen avait acquis du bétail et Jessie Trumbo était monté au Canada pour le vendre. Toutefois, elle n'avait pas fait le rapprochement avec lady Crawford.
– A vrai dire, je suis plutôt surprise que mon mari fréquente assidûment une comtesse. Mais elle et lui sont devenus des amis, je crois.

– C'est normal, répliqua Giles en observant Lorna d'un air pensif. C'est une belle femme. Tout homme bien constitué apprécierait sa compagnie.

– Oui, elle est encore belle, approuva Lorna, puis, se rendant compte que ses paroles avaient un double sens, elle ajouta : Mais elle est beaucoup plus âgée que Benteen.

– Qu'est-ce que ça change? interrogea Bull avec une feinte innocence.

– Cela change quoi?

Lorna n'aimait pas la tournure que prenait la conversation, et pourtant, elle était incapable de l'interrompre ou de l'orienter dans une autre direction.

– Si votre mari était attiré par elle... suggéra Bull.

– Vous voulez dire... comme femme? répondit-elle en fronçant les sourcils.

– Oui, comme femme.

Lorna tenta de rire, mais son rire sonna faux.

– Bull, vous ne voulez pas insinuer qu'entre eux il y a plus que de l'amitié? Ce serait stupide! (Elle se tourna vers le four, mal à l'aise, puis pivota sur ses talons et se trouva face à Bull Giles.) Pourquoi essayez-vous de semer le doute dans mon esprit?

Il soutint le regard de la jeune femme.

– Parce que je les ai vus ensemble et vous pas. J'ai vu comment ils se regardent. Je jurerais sur ma vie qu'ils n'ont pas que des rapports de travail. Il y a quelque chose d'autre, insista-t-il. Je n'aime pas l'idée que quelqu'un vous fasse du mal, c'est tout.

– Je vois, chuchota-t-elle.

Elle n'avait rien trouvé d'autre à dire, tant elle était abasourdie à la pensée que Benteen puisse avoir une aventure avec lady Crawford. Cette éventualité ne l'avait jamais effleurée. Elaine était belle, élégante, sophistiquée, mais elle était nettement plus âgée que Benteen : comment imaginer qu'il pût la désirer? Et pourtant, n'était-ce pas là l'explication de sa réticence à parler de lady Crawford?

Avec des gestes d'automate, elle attrapa un chiffon pour protéger ses mains de la chaleur du four et sortit le pain, sans remarquer de quel air soucieux Bull l'observait.

– Je n'aurais pas dû parler ainsi, soupira-t-il. J'espère que vous ne m'en voudrez pas.

Son expression désolée obligea Lorna à sourire pour le rassurer.

– Jamais, Bull.

De nouveau, elle l'avait appelé par son prénom.

La porte s'ouvrit, et le soleil inonda l'intérieur de la cabane. La haute silhouette de Benteen se découpa dans la lumière.

– Vous avez abandonné le *buggy*, monsieur Giles? Lady Crawford est prête à partir, annonça-t-il, très calme.

Bull avala délibérément une dernière gorgée de café avant de tendre sa tasse à Lorna.

– Merci pour le café, madame Calder.

Il se dirigea sans se presser vers la porte que Benteen tenait grande ouverte. L'air était lourd comme avant un orage. Dès que Bull fut arrivé à son niveau, Benteen ordonna :

– Ne remettez plus jamais les pieds ici!

Bull ne répondit rien. Il se contenta de marquer une pause, puis de sortir. Lorna tremblait de colère, mais elle attendit que son mari ait refermé la porte pour exploser.

– Comment oses-tu donner un ordre pareil? (Elle essayait de ne pas élever le ton à cause des enfants, mais sa voix vibrait de fureur.) Je l'ai invité à boire un café, reprit-elle. Ici, c'est aussi ma maison. J'ai le droit d'inviter qui me plaît!

– Non! aboya Benteen. Et pas lui, en tout cas.

– Pourquoi pas? Parce que c'est un homme? Toi

et lady Crawford, vous passez bien du temps ensemble!

– Bon sang, tu sais bien que ce n'est pas pareil!

– Pourquoi ce qui est convenable pour elle ne l'est-il pas pour moi?

– Parce que je l'ai décrété ainsi.

– J'en ai assez! hurla Lorna. Je n'ai à apprendre de personne comment me comporter avec un ami. Et certainement pas de toi.

– Il se trouve que je suis ton mari, lui rappela-t-il.

– Bizarre que tu t'en souviennes en ce moment précis!

– Que veux-tu insinuer?

Benteen était devenu rouge de colère.

– Que tu te rappelles que tu as une femme quand tu as faim, quand les enfants pleurent, ou que tu as besoin de faire l'amour. Autrement, je pourrais aussi bien être une chaise. Pour l'intérêt que tu m'accordes...

– Voudrais-tu dire que tu n'es pas heureuse?

– Non. Je ne suis pas heureuse. Qui le serait à ma place?

Sans répondre, Benteen sortit en claquant la porte. La première impulsion de sa femme fut de courir derrière lui, mais ce bruit avait éveillé les enfants. Le temps qu'elle les console, Benteen s'éloignait à cheval. Lorna le regarda, une lueur de détermination dans ses prunelles. Elle n'était pas un cow-boy à qui Benteen donnait des ordres, ni une vache marquée des Trois C et qui vêle tous les ans. Elle était sa femme, et, bon sang, il allait s'en apercevoir...

26

Les vaches couchent l'herbe vers l'arrière avec leurs sabots, dans le sens opposé à celui de la marche. Les chevaux couchent l'herbe vers l'avant, dans le sens de la marche. Le cow-boy apprend à lire ces signes très tôt dans sa vie.

Depuis que l'incendie avait noirci la terre et brûlé le campement du sud-ouest, Shorty s'était déplacé vers le ranch central. Il chevauchait en direction du nord-est lorsqu'il coupa la piste d'une vingtaine de bovins, conduits hors du ranch par quatre cavaliers. La piste était fraîche et donc facile à suivre; elle n'avait pas plus d'une heure. Shorty mit son cheval bai au petit trot.

Tout en scrutant la plaine du Montana qui s'étendait devant lui, il suivit la piste. Il regrettait son fusil, qu'il avait laissé dans le baraquement des cow-boys. Mais son revolver était chargé, et il avait des munitions dans sa sacoche. Il n'envisageait pas de se battre contre les Indiens qui avaient dû voler le bétail : ils avaient l'habitude de s'éparpiller à travers les plaines et de se regrouper ensuite. Ils s'enfuyaient comme une bande de coyotes avant de se livrer à de nouveaux pillages.

Le terrain devenait de plus en plus accidenté, la piste contournait une butte. Quand Shorty en eut fait le tour, il se trouva à l'endroit même où les bêtes marquées des Trois C paissaient l'herbe jaunie par le soleil. Le silence était troublé par les hennissements du cheval, le cliquetis des éperons et le craquement de la selle. Mais pas la moindre trace d'Indiens...

Pourtant, en l'espace de quelques secondes, la scène se transforma. L'air résonna de cris aigus. Cinq Indiens avaient surgi de différents endroits.

En saisissant son revolver, Shorty se demanda comment il avait pu manquer leurs traces.

Pas un seul abri. Shorty était pris comme un rat! Et les Indiens avaient des fusils...

Le cow-boy était en mauvaise posture et il le savait. C'était une journée fraîche de septembre, mais la sueur commença à lui dégouliner sur le front. Il esquiva trois balles tirées sur la droite.

Quelque chose lui ébranla le bras. Une seconde plus tard, il sentit comme un violent coup de poing lui labourer le dos. Une étrange raideur lui figea les reins. Sa vue s'obscurcit, il eut du mal à respirer.

Le cheval bai prit le galop. Shorty laissa retomber sa tête sur la nuque de l'animal. Ses yeux voilés distinguèrent vaguement des cavaliers qui le poursuivaient. Il était sûr que l'un d'eux était blanc. La dernière chose dont il se souvint fut d'avoir enroulé les rênes autour de son poignet, en s'étonnant de ne rien sentir.

Lorna toucha le linge étendu sur une corde. Il était frais mais sec. Du coin de l'œil, la jeune femme aperçut un homme à cheval. Elle tourna la tête, croyant que c'était Benteen, et aussitôt, son attention fut attirée par la démarche incertaine de l'animal.

Le cavalier était effondré sur le cou de sa monture. Comprenant qu'il était blessé, elle posa le linge par terre, ramassa ses jupons, courut vers l'écurie pour intercepter le cheval et cria à Rusty de venir à son aide.

Le bai fit un brusque écart lorsque Lorna le saisit par les rênes. Elle lui parla doucement pour l'amadouer et s'approcha de Shorty Niles. Quand elle toucha la manche droite de sa chemise, elle sentit que sa main devenait gluante de sang. Elle passa son bras autour de la taille du cow-boy pour l'extraire de sa selle et découvrit encore plus de sang dans son dos.

Brusquement alarmée, elle se dit que Shorty était peut-être mort. Tremblante, elle chercha son pouls; il battait faiblement. A nouveau, elle essaya de tirer le corps inerte. Des mains se portèrent à son secours : Rusty venait d'arriver.

– Il est vivant, murmura Lorna en essayant de défaire les rênes enroulées autour du poignet de Shorty.

– On l'a truffé de plomb! grogna l'ancien cuisinier, haletant sous le poids du cavalier qu'il descendait de cheval.

Lorna s'approcha vivement pour l'aider.

– Portons-le au baraquement, ordonna Rusty.

Le dortoir des cow-boys était un endroit inconnu pour l'épouse de Benteen, car il était inconcevable qu'une femme s'aventure dans le sanctuaire des cow-boys. Rusty ouvrit la porte d'un coup de pied. Lorna fut assaillie par des odeurs de transpiration, de fumier et d'alcool qui se mêlaient à des relents de tabac froid. La pièce était dégoûtante, dans un désordre incroyable; des vêtements sales jonchaient le sol.

– C'est pire qu'une porcherie, remarqua-t-elle. Portons-le plutôt dans la cabane.

En bougonnant, Rusty remonta le corps inerte sur ses épaules pour y équilibrer le poids au maximum. Dehors, deux hommes arrivaient à cheval : Vince Garvey et Woolie. Ils sautèrent à bas de leur selle et remplacèrent Lorna pour aider à transporter le blessé.

– Qu'est-ce qui s'est passé? s'enquit Vince.

– Il a reçu plusieurs balles. Elle veut qu'on le porte dans la cabane.

Lorna se précipita la première, débarrassa la table. Puis elle fit sortir les enfants, qu'elle confia à Woolie pendant que Rusty étendait Shorty sur la table et commençait à extraire les balles.

Tenant la lanterne pour l'éclairer, épongeant le sang qui coulait, Lorna le seconda de son mieux. En dehors de quelques nausées, lorsque Rusty cautérisa les plaies, elle supporta plutôt bien la vue du sang.

Une fois les blessures pansées, Vince et Woolie transportèrent le blessé sur le lit derrière la cloison de tissu.

Shorty n'avait pas repris connaissance ni fait le moindre mouvement. La pâleur de son visage était accentuée par la blancheur des draps.

– Il faut s'en remettre au bon Dieu, soupira Rusty en regardant son patient.

– Il reste du café sur le poêle, dit la jeune femme machinalement.

Rusty arrosait son café d'une rasade de whisky au moment où Benteen entra.

– Comment va-t-il? demanda-t-il en s'approchant du lit.

– Il respire, répondit Rusty. C'est tout ce que je peux dire. Il a été salement amoché.

– Il n'a pas parlé? Pas un mot au sujet de l'agresseur?

Rusty secoua la tête.

– Pas émis un son.

Benteen contourna le lit et se versa, lui aussi, une tasse de café. Webb s'était glissé en silence dans la cabane, derrière son père. Il se dressa sur la pointe des pieds pour examiner le cow-boy dans le lit de ses parents.

– Maman, Shorty va dormir là? demanda-t-il.

– Oui, jusqu'à ce qu'il aille mieux, répliqua sa mère, consciente du regard aigu que lui lança son époux.

– Mais où papa va dormir? se renfrogna Webb.

– Avec toi et Arthur, répondit-elle en le poussant

doucement par les épaules. Va jouer dehors jusqu'à ce que le dîner soit prêt.

A l'aube, Shorty reprit un peu connaissance. Ses gémissements réveillèrent Lorna, qui somnolait sur une chaise à côté du lit. Elle se pencha pour l'apaiser et humecta ses lèvres desséchées. Benteen s'approcha doucement à son tour.

– Que s'est-il passé, Shorty?

Le cow-boy entrouvrit les paupières.

– Les Indiens... Le bétail volé... Embuscade...

Il avait marmonné des mots dont la plupart étaient incompréhensibles, mais Benteen avait saisi l'essentiel de l'histoire.

– Des Indiens?

Lorna regarda son mari, alarmée.

– Ils ont déjà volé du bétail, mais ils ne se sont jamais attaqués aux hommes, observa-t-elle.

Shorty s'agrippa à la chemise de Benteen. A son expression de souffrance s'ajoutait un air égaré.

– Blanc... les Indiens. (Il ferma les yeux.) Doit avoir...

– Chut! lui enjoignit Lorna, de peur qu'il ne perde des forces en essayant de parler. Tout va bien, Shorty. Reposez-vous.

Shorty hocha imperceptiblement la tête et sembla se détendre. Lorna tira la couverture sur lui puis se tourna vers son mari.

– Que voulait-il dire par « blanc »?

– Je n'en sais rien, bougonna Benteen avec impatience.

Durant cinq jours et cinq nuits, Lorna veilla Shorty qui avait la fièvre et des accès de délire. Parfois, il s'agitait trop, et Benteen devait le tenir immobile pour empêcher que ses blessures ne se rouvrent.

Benteen attendit que le cow-boy aille mieux pour

l'interroger sur le fameux Blanc, mais il n'en sut pas davantage.

– Tout était si sombre, je l'ai à peine aperçu, j'ai cru en tout cas...

Avant de transporter Shorty dans le baraquement, Lorna s'attaqua au ménage de ce capharnaüm. Elle commença par tout enlever, puis lava les murs, le plancher et les charpentes des lits avec une solution de soude. Sans tenir compte des objections des hommes, elle fit bouillir leurs vêtements et les fit sécher au soleil de septembre.

Quand elle eut terminé, le dortoir étincelait de propreté. Lorna avait mal aux bras et au dos, ses mains étaient gercées par la soude, mais elle était fière du résultat. Son plaisir, toutefois, ne fut point partagé par Vince Garvey, qui fit la grimace en y retournant la première fois.

Lorsqu'elle rapporta cet incident à Benteen, celui-ci désapprouva également l'initiative de son épouse.

– Tu ne t'attendais pas à ce qu'il te remercie pour t'être immiscée dans ses affaires?

Lorna comprit qu'elle se battait seule dans un monde d'hommes.

En revenant du Canada où il avait conduit le troupeau, Jessie Trumbo rapporta qu'il avait été harcelé par les Indiens. Après l'accident de Shorty, Benteen ordonna à ses hommes de travailler en équipe et de garder leur fusil avec eux.

Le *buggy* noir ne s'arrêta même pas devant la cabane. Lorna regarda par la fenêtre et le vit foncer directement vers la maison de la butte. Elle serra les lèvres, attrapa son châle noir et le mit sur ses épaules.

En montant les marches du porche de la grande demeure, elle entendit le rire de Benteen, un rire si chaleureux qu'elle en eut des frissons dans le dos. Elle s'approcha du bureau d'où provenait le bruit. La porte était entrouverte, elle put regarder à l'intérieur.

Benteen se tenait tout près de lady Crawford, éblouissante dans sa robe noire, avec ses yeux sombres et ses cheveux d'un blond argenté. Benteen remplissait le verre qu'Elaine tenait à la main. Lorna entendait le murmure de leurs voix mais ne pouvait comprendre ce qu'ils se disaient. Au moment où Benteen se tourna légèrement pour poser la bouteille sur une caisse, lady Crawford lui toucha la joue, l'obligeant à tourner la tête vers elle. Ce geste semblait si naturel et si familier que Lorna étouffa un cri de douleur.

Elle poussa la porte et entra la tête haute, en proie à une colère folle.

– S'agit-il d'une célébration en privé? Peut-on y assister? demanda-t-elle sur un ton provocant.

Benteen ne cacha pas le déplaisir que lui procurait cette intrusion. En revanche, lady Crawford lui sourit, parfaitement à l'aise.

– Joignez-vous à nous, Lorna. Nous allions porter un toast à notre premier succès.

Lorna vola littéralement au côté de Benteen.

– N'est-ce pas du champagne? Magnifique! Je n'en ai jamais goûté! Cela vous dérange? (Elle prit le verre des mains de Benteen, et, sans attendre sa permission, but une gorgée et lui rendit le verre.) Pardonnez-moi de ne pas vous laisser fêter seuls la première livraison de bétail de votre contrat! Allez-vous jeter le verre dans la cheminée après le toast? C'est ce que l'on fait d'habitude, n'est-ce pas?

– Très rarement, répondit lady Crawford en lançant un regard à Benteen par-dessus son propre verre.

– Que voulais-tu, Lorna? s'enquit enfin celui-ci.

– Simplement saluer lady Crawford, répliqua-t-elle avec un sourire faussement radieux. Je ne voudrais pas que vous me trouviez grossière...

– Ma chère, jamais de la vie, assura lady Crawford.

– Cela te dérangerait-il de nous laisser, maintenant, Lorna?

C'était un ordre et non une requête.

Une vague de révolte ébranla Lorna, mais elle était vaincue; il ne lui restait que le sarcasme.

– Je ne voudrais pas m'immiscer dans une discussion d'affaires.

Avec un petit salut orgueilleux de la tête, elle prit congé de la veuve anglaise.

En quittant la pièce, ses yeux brûlaient de larmes rentrées. Elle cligna des paupières, et, manquant la dernière marche, tomba sur les genoux.

– Zut et zut!

Elle avait juré entre ses dents. Empêtrée dans sa longue jupe, elle essaya de se relever.

– Vous êtes-vous fait mal?

Bull Giles avait surgi en face d'elle. Il lui prit le bras.

– Je n'ai rien. J'ai juste trébuché.

Elle garda les yeux baissés lorsqu'il l'aida à se relever.

– Vous tremblez, remarqua-t-il.

Elle s'aperçut alors qu'elle était secouée de rage et de chagrin.

– Je vais bien, vraiment, insista-t-elle.

– Vous feriez mieux d'accepter que je vous ramène à la cabane.

Bull Giles voulut lui enlacer les épaules, pour la soutenir, mais elle posa la main sur son torse puissant et le repoussa.

– Non, sincèrement... (Sa protestation s'évanouit lorsque la jeune femme remarqua la lueur d'adoration qui brûlait dans les yeux de Bull.) Ne me regardez pas ainsi, Bull.

– C'est de voir Benteen avec la lady, pas vrai? devina Bull. Quel imbécile, cet homme! Si jamais vous voulez le quitter, Lorna, vous n'avez qu'un mot à dire. Je vous emmène là où vous voudrez avec les garçons. Je veillerai sur vous, vous le savez.

– Non. Je ne l'abandonnerai jamais.

La grosse main calleuse de Giles lui effleura le visage en une caresse spontanée. Il y eut un faible bruit, mais Lorna n'y prêta aucune attention jusqu'à ce qu'elle entende la voix de Benteen :

– Ote tes pattes de ma femme!

Lorna se retourna brusquement. Benteen les dominait de toute la hauteur de l'escalier. Elle blêmit en voyant la main de son mari sur la crosse de son revolver. Tout à coup, lady Crawford arriva et lui saisit le poignet, l'empêchant de sortir l'arme de son étui.

Le regard fou de Benteen se posa sur Elaine.

– Faites-le sortir d'ici avant que je le tue!

Lorna resta clouée au sol. Lady Crawford descendit l'escalier lentement avec grâce. Lorna gardait les yeux braqués sur Benteen, fascinée par la violence qui émanait de lui.

– Aidez-moi à monter dans le *buggy,* dit calmement lady Crawford à Bull Giles.

Lorna remarqua à peine ses deux fils qui accouraient; ils se mirent à côté d'elle et firent de grands signes à Bull au moment où le *buggy* s'éloignait. Benteen tourna les talons et rentra dans la maison. Lorna fut parcourue d'un immense frisson.

– Qu'est-ce qu'il y a, maman? demanda Webb.

– Rien, mon chéri, affirma sa mère. Retournons à la cabane, tu veux bien?

Au dîner, le silence devint oppressant à force d'être lourd. Benteen avait à peine adressé la parole à ses enfants, et encore moins à sa femme.

Dès que la table fut débarrassée, Benteen y étala

ses papiers et alluma la lampe. Lorna mit les garçons au lit plus tôt que de coutume, et comme ils avaient beaucoup joué, ils s'endormirent rapidement. Il y avait du raccommodage à faire, mais elle ne pouvait imaginer de s'asseoir à côté de Benteen pour profiter de la lumière.

Bien qu'elle fût loin d'avoir sommeil, elle passa derrière le mur de toile et commença à se déshabiller. Au moins, le tissu constituait une barrière entre elle et Benteen.

Une fois sa robe étalée sur le couvercle de la malle, elle fit glisser son long jupon. Le rideau se souleva. La jeune femme se raidit en voyant Benteen, l'air mauvais.

– Que fais-tu ? demanda-t-il.

– Je suis fatiguée, je me couche.

Elle posa son jupon sur sa robe de calicot.

– Pour quoi faire ? Rêver de Giles ? (Il lui serra le coude et la fit tournoyer.) Combien de fois t'a-t-il tenue dans ses bras ?

– Jamais.

– Je suppose que c'était la première fois qu'il te touchait ? railla-t-il.

Il lui caressa la joue, comme Bull.

Elle repoussa cette caresse moqueuse.

– En effet. Mais ne compte pas sur moi pour essayer de t'en convaincre, riposta Lorna.

– Combien de fois est-il venu pendant mon absence ?

Il lui tordit le bras et l'attira contre lui pour la scruter de son regard froid.

– Cette question ne mérite pas de réponse, lança-t-elle en se dégageant de son étreinte douloureuse. Laisse-moi, je veux me coucher.

Soudain, les doigts de Benteen se refermèrent sur l'encolure de sa chemisette. D'un geste brusque, il la déchira. Lorna en eut le souffle coupé. Lorsqu'il prit son corps nu entre ses bras, elle lutta frénétiquement pour se libérer, avec des coups de poing et des coups de pied, mais il ne la retint pas longtemps et la jeta sur le lit.

– N'est-ce pas ce que tu voulais? gronda-t-il.

Hébétée, elle resta un moment allongée à le fixer, sans pouvoir croire qu'il allait abuser d'elle une deuxième fois. Il s'allongea sur elle et pesa de tout son poids pour la plaquer contre le matelas. Lorna se tordit et se débattit, elle le griffa même.

Il lui saisit les mains, puis l'immobilisa en lui maintenant les poignets. Vaincue, elle tourna la tête et ferma les yeux. Elle commença à pleurer en silence, essayant de fermer son esprit à la violence qu'allait subir son corps.

Mais soudain, la main qui la caressait se fit plus légère, la bouche posée au creux de sa gorge se fit plus tendre. Benteen lui prit un sein dans sa paume et commença à l'embrasser. Elle frissonna lorsqu'il en saisit le bout entre ses lèvres et le chatouilla de sa langue. Elle commença à haleter. Benteen se souleva un peu.

– Est-ce qu'il t'a touchée comme ça? murmura-t-il.

– Non, gémit-elle.

– Est-ce qu'il te fait éprouver ce que je te fais éprouver?

– Non, non, insista-t-elle en essayant de se dégager.

– Ce soir, murmura Benteen tout contre sa gorge, je vais te faire tout ce que tu désires, et tu n'auras plus jamais envie de regarder un autre homme.

– Je n'en veux pas d'autre! soupira-t-elle.

Lorsque, à la fin, il se coucha sur elle, il avait vaincu son esprit, sa chair et son âme. Mais il y avait une telle intensité dans cet acte d'amour que Lorna en eut les larmes aux yeux.

27

Le bras de Benteen se resserra autour de la taille de Lorna.

– Tu ne m'abandonneras pas pour t'enfuir avec Bull Giles?

– Si je ne l'ai pas fait plus tôt, ce n'est pas maintenant que je vais m'y résoudre.

Elle laissa ses mains courir sur la poitrine de son mari. Elle le touchait enfin...

– Il te l'a proposé?

– Oui. Mais uniquement à cause de toi. Il croyait que tu me faisais souffrir.

Lorna se souleva pour regarder Benteen en face.

– Souffrir? Qu'est-ce qui lui a mis cette idée en tête? questionna-t-il, renfrogné.

– La manière dont tu te comportes avec lady Crawford. Je l'ai constaté moi-même aujourd'hui.

Il décela une pointe d'accusation dans la voix de Lorna, mais une pointe seulement.

Elle avait peine à croire que son mari puisse avoir une aventure, après la façon dont il venait de lui faire l'amour.

– Tu as vu quoi?

– Comment elle te touchait. C'est exactement comme ça que Bull m'a touché le visage.

La poitrine de Benteen se souleva. Il abandonna son épouse et s'assit sur le bord du lit. Cet éloignement semblait confirmer ce que Lorna se refusait à croire.

– Est... est-elle ta maîtresse, Benteen?

Il eut un rire grave et hocha la tête.

– Non, elle n'est pas ma maîtresse.

Il se passa une main dans les cheveux. Comme il

lui tournait le dos, Lorna ne pouvait voir son visage.

– C'est ma mère, lâcha-t-il dans un souffle.

– Quoi?

Benteen se retourna et répéta :

– C'est ma mère.

Lorna se précipita hors du lit, ôta les vêtements qui se trouvaient sur le couvercle de la malle et le souleva. Elle fouilla dans les affaires, à la recherche du portrait. Elle regarda attentivement la femme blonde aux yeux noirs enfermée dans le cadre. C'était vrai.

Elle se retourna brusquement pour fixer Benteen.

– Pourquoi ne m'as-tu rien dit?

– Parce que... je n'étais pas sûr de vouloir qu'on le sache. Je la haïssais, tu sais à quel point je la haïssais...

Lorna revint vers le lit.

– Et maintenant?

– Maintenant, je ne sais pas ce que j'éprouve, soupira-t-il. C'est une étrangère, une fascinante étrangère.

– Pourquoi est-elle ici? Je veux dire... Elle voulait te revoir, c'est pour ça qu'elle est revenue?

– Elle prétend que je n'ai cessé de la hanter depuis qu'elle m'a aperçu à Dodge City. Elle se demandait si nous pourrions nous retrouver. Elle est ici, et j'imagine que ce qu'elle dit est vrai. (Le regard dans le vague, il fixa un coin de la chambre et reprit :) Quand j'étais petit, mon père me répétait qu'elle reviendrait un jour. Et je rêvais d'elle. Au bout de quelques années, les rêves se sont transformés en cauchemars. Elle était là, me promettait de ne plus jamais me quitter, puis s'évanouissait en riant.

Pour la première fois, Benteen s'ouvrait à sa femme. Et, au plus profond de lui-même, elle découvrait son angoisse et sa solitude. Cet homme qui paraissait si sûr de lui, si fort, avait peur, lui aussi. Lorna monta sur le lit et s'agenouilla.

– Pourquoi ne m'as-tu jamais parlé ainsi, Benteen? Pourquoi as-tu gardé tout ça pour toi? Pensais-tu que j'étais incapable de comprendre ou de compatir?

Il baissa lentement les yeux vers sa femme et eut un pauvre sourire.

– Pourquoi n'étais-tu pas assise ainsi le soir de notre nuit de noces?

Lorna se rendit compte qu'elle était nue, mais elle n'en ressentit aucune honte. Elle regarda une nouvelle fois le portrait qu'elle tenait dans ses mains.

– Qu'est-ce que cela a à voir avec ce que je t'ai demandé? questionna-t-elle.

Le sourire de Benteen s'accentua. Il saisit la photographie et la mit de côté. Puis, prenant sa femme entre ses bras, il l'allongea sur le matelas et s'étendit contre elle pour admirer sa nudité.

– Je croyais avoir épousé une jeune fille bien élevée qui me donnerait tendresse et bonheur. Mais la nuit de notre mariage j'ai découvert qu'elle était passionnée et j'ai été ravi de mon choix. (Ses doigts suivaient le modelé du visage : le nez, les paupières, les pommettes.) Je croyais avoir une femme que je pourrais aimer en toute sécurité, ajouta-t-il.

– Tu n'as rien compris.

Elle chercha du regard les yeux sombres de son époux. La petite cicatrice, au coin de l'œil, formait une marque blanche sur sa peau bronzée.

– Si. Et même avant que tu ne commences à me provoquer, dit Benteen. Tout bonnement, tu n'acceptais rien comme je l'aurais cru. Tu discutais, tu me défiais. Au lieu d'une épouse soumise, j'avais une petite rebelle têtue qui portait la culotte et s'immisçait dans ma vie. Lorna Calder était une enfant terrible que j'étais incapable de maîtriser. Tu peux te montrer exaspérante, tu sais, fit-il en lui effleurant les lèvres.

– Pas autant que toi!

– Tu demandais trop, et ce n'était plus rassurant de t'aimer. Si je t'avais trop donné, que serait-il arrivé? Alors, j'ai essayé de t'enfermer à l'intérieur d'une clôture, mais tu as coupé les fils barbelés.

Benteen Calder posant une clôture? Elle repoussa cette idée absurde : un *rancher* ne pouvait tendre des barbelés.

– La clôture que tu as essayé de poser, mets-la autour de nous, avec nous deux à l'intérieur, et je n'aurai plus aucune raison de l'arracher.

– Tu ne t'enfuiras pas? demanda doucement Benteen.

– Je n'aurais jamais dû te menacer de partir, reconnut Lorna. C'était une folie de gamine. Tout ce que je désirais, c'était que tu m'aimes et que tu me laisses t'aimer. Mais tu ne me disais rien, rien de tes pensées, de tes sentiments ou de tes rêves.

La main de Benteen s'attarda sur les seins de la jeune femme. Elle la prit et en posa la paume sur ses lèvres.

– Je connais ton corps comme le mien, mais tu ne m'as pas laissée connaître ton cœur, ajouta-t-elle.

– Je t'aime, Lorna, déclara Benteen d'une voix rauque. Bon Dieu, que je t'aime!

Lorsqu'il embrassa Lorna, le monde s'illumina. Elle répéta son nom, encore et encore, contre ses lèvres minces. Maintenant, les époux étaient animés par la même volonté et par le même orgueil. Ils étaient tous deux formés par une terre qui ne reconnaissait que la force. Et l'amour les rendrait invincibles.

Elaine étudiait son fils avec un vif intérêt. Elle sentait quelque chose de nouveau en lui : une aisance, une liberté de mouvement. Il lui avait toujours offert l'image d'un homme sûr de lui, mais maintenant il possédait une assurance certaine. Dès qu'il eut fini de s'entretenir avec son contremaître, il le renvoya et s'approcha de la cheminée devant laquelle se tenait sa mère.

L'air préoccupé, il réfléchissait à la discussion qu'il venait d'avoir. Elaine ne feignit pas de n'avoir rien entendu :

– J'ignorais que tu avais des ennuis avec les Indiens; quand ont-ils commencé?

– Ils nous en ont toujours causé, dit Benteen en fronçant les sourcils. Il y a quinze jours, ils ont tiré sur l'un de mes hommes.

– Tu ne m'en avais pas parlé, fit Elaine en levant un sourcil réprobateur, car, de toute évidence, son fils ne lui faisait pas une entière confiance.

– Cela ne vous concernait pas.

– Mais tout ce qui te concerne est important pour moi! insista Elaine. Si tu as subi des pertes...

– Tous les *ranchers* s'attendent à perdre un certain nombre de bêtes. Cela fait partie du boulot.

Mais il se garda de préciser qu'il en avait perdu un nombre élevé, et que la saison débutait.

– Combien de têtes t'ont-ils volées? s'enquit Elaine.

– Je le saurai dès que le rassemblement sera fini, dit-il, bien qu'il fût sûr que le nombre en était important. Nous allons partir dans quelques jours. Lorna et les garçons m'accompagnent.

– Tu emmènes ta femme et tes enfants au rassemblement? Je croyais que tu ne lui faisais pas confiance. Il est vrai que tu dois la surveiller à chaque instant!

Benteen déclara sur un ton neutre :

– Elle sait que vous êtes ma mère.

– Tu le lui as avoué?

Il perçut une note ironique dans la voix d'Elaine.

– Oui, je le lui ai avoué.

– Tu m'en vois ravie! Je sais qu'elle détestait que nous passions du temps ensemble. Je ne veux pas que quoi que ce soit se mette entre nous. J'ai de grands projets pour nous deux.

Il regarda la main délicate et soignée posée sur la sienne. Il aurait voulu répondre à cette marque de tendresse maternelle, mais il était effrayé par son caractère possessif.

– Je vous reconduis à votre *buggy*.

Il lui prit la main et la glissa au creux de son bras.

Lorna laissa retomber son chapeau dans son dos. Son regard embrassa le ciel d'un bleu limpide que le soleil couchant nacrait. La fumée du feu de camp s'élevait dans l'air immobile. Cette scène contenait tant de souvenirs de la piste! Mêmes odeurs, mêmes bruits, mêmes corps fatigués... Des notes discordantes jouées sur un harmonica attirèrent l'attention de la jeune femme vers Woolie, assis en tailleur par terre avec Webb sur ses genoux. Le cow-boy essayait d'apprendre à l'enfant à jouer de l'harmonica. Arthur galopait non loin.

Elle se dirigea vers le chariot-cuisine, où s'activait Rusty.

– Les petits gars prennent du bon temps, remarqua le cuisinier.

– Oui, constata Lorna avec un regard attendri vers ses enfants. Ils s'imaginent que l'on a organisé le rassemblement pour les amuser. (Elle leva les yeux vers le ciel obscurci par des nuages à l'horizon.) J'espère qu'il ne pleuvra pas cette nuit. Les garçons veulent dormir dehors, comme les cow-boys. Ils ont dressé leur petite tente!

– S'il pleut, ils pourront toujours s'abriter dans la cuisine, répondit Rusty. Ils y seront au sec.

– Ne le dites pas à Webb, il voudrait essayer tout de suite! s'écria Lorna.

Puis, apercevant Benteen et Ely Stanton qui s'approchaient, la jeune femme traversa le camp. Les deux hommes s'étaient arrêtés pour discuter. A l'expression de Benteen, Lorna comprit que c'était sérieux.

– Quelque chose ne va pas? demanda-t-elle.

Benteen ouvrit la bouche comme pour la rassurer, puis se ravisa.

– Il manque près de cinq cents bêtes, reconnut-il.

Le nombre épouvanta Lorna. Elle savait que les Indiens avaient volé du bétail, mais à ce point... Elle resta incrédule.

– Je croyais que les Indiens ne volaient que ce dont ils avaient besoin pour manger.

– C'était comme ça autrefois.

– Ce ne sont peut-être pas les Indiens? hasarda Lorna.

– Nous avons relevé des empreintes de mocassins, précisa Ely.

Lorna s'adressa à son époux :

– Tu te rappelles quand Shorty délirait? Il a marmonné des paroles au sujet d'un Blanc.

– Je l'ai interrogé plus tard, dit Benteen. Il croit avoir vu un Blanc à cheval avec les Indiens, mais il n'en est pas certain.

– Et s'il n'avait pas rêvé? rétorqua Lorna.

Ely n'accorda pas beaucoup de crédit à cette idée.

– Quel Blanc se promènerait à cheval avec des Peaux-Rouges?

Après quelques secondes de silence, Benteen déclara, songeur :

– Si, peut-être un.

– Qui? grogna Ely.

– Un chasseur de buffles, un certain Sallie... Bull Giles le connaît bien.

Benteen avait ajouté la dernière remarque d'un air distrait, comme si sa pensée devançait ses paroles.

– Bull le connaît? répéta Lorna.

En effet, Benteen se souvenait d'une scène chez le gros Frank : Bull Giles s'y trouvait en compagnie de Loman Janes, et on avait mentionné le nom d'Ed Sallie. Or Janes était le contremaître du Ten Bar, et le Ten Bar avait besoin d'eau et de terre. Au Texas, Judd Boston avait dépouillé Seth Calder en lui volant du bétail. N'avait-il pas engagé une action similaire, mais plus subtile, contre les Trois C?

Benteen secoua la tête pour chasser cette idée sans doute erronée. Ces cinq cents bêtes volées étaient une perte substantielle mais supportable. En outre, Bull Giles travaillait pour lady Crawford, et l'on pouvait se fier à lui jusqu'à un certain point.

La jeune femme ne se formalisa pas de la discrétion de son mari, ni de son allusion à Bull Giles. La situation avait changé. Lorna savait qu'au moment opportun Benteen lui parlerait. C'était la présence d'Ely qui l'obligeait au silence, pas elle.

Les époux s'approchèrent du feu, où Woolie interprétait un air mélancolique à l'harmonica pour montrer à Webb comment on jouait. Lorsque la dernière note s'évanouit dans le crépuscule, le gamin voulut essayer à son tour. Lorna ne put retenir un sourire : Webb s'efforçait d'imiter Woolie, mais il jouait trop haut ou trop bas, jamais dans le ton. Arthur, qui s'était précipité pour participer aux réjouissances, trébucha sur les jambes étendues d'un cow-boy. Tous portèrent leur attention sur le petit, si bien que personne ne remarqua une subite agitation dans la *remuda*. Lorna et Benteen riaient devant le feu en écoutant les fausses notes de leur fils.

Le *vaquero* Ramon hurla pour alerter le camp.

Benteen entendit un martèlement de sabots et des hennissements affolés. Instinctivement, il rattrapa Lorna qui allait se précipiter vers ses enfants, la poussa loin des chevaux en déroute, agita son chapeau et siffla entre ses dents pour les écarter.

– Les Indiens! s'écria une voix. Ils volent le bétail!

Des coups de feu furent échangés du côté opposé à Benteen. C'était tout près du troupeau, ce qui signifiait que les cow-boys faisaient feu sur les voleurs et étaient visés à leur tour.

Lâcher les chevaux de la *remuda* était une diversion pour créer la panique dans le campement pendant qu'on volait les vaches. Benteen jeta un regard sur Lorna, recroquevillée contre le chariot. Son regard affolé cherchait Webb et Arthur au milieu de toute cette confusion. Benteen adressa une prière silencieuse pour ses fils, mais il savait que ses hommes les auraient mis en sécurité au péril de leur propre vie.

– Ne t'inquiète pas pour les garçons! cria-t-il à sa femme. Reste où tu es. (Il réussit à intercepter un cheval au galop et sauta en selle tout en gardant un œil sur la débandade.) Rattrape les chevaux! hurla-t-il à Vince Garvey.

Il ne fallait pas les laisser se disperser, sans quoi les cow-boys ne pourraient plus se lancer à la poursuite des agresseurs. Benteen rejoignit les cow-boys qui tiraient sur une bande d'Indiens en fuite. Il sentait le poids de son fusil dans sa main. L'air était saturé de poudre.

Benteen tira deux balles, puis rechargea son arme.

– Jetez des selles sur les chevaux!

Il avait hurlé cet ordre à travers tout le campement, mais déjà une demi-douzaine de cow-boys s'étaient exécutés.

Benteen mit son cheval au petit trot et alla interroger Barnie.

– Et les enfants? Ça va?

– Vu Zeke ramasser Webb. Rusty aura récupéré le plus petit, répondit Barnie.

Benteen se maudit d'avoir exposé Lorna et les garçons à un tel danger. Toutefois il lui avait semblé que sa famille se trouverait plus en sécurité en compagnie d'hommes armés que toute seule dans la cabane.

On avait récupéré huit seulement des chevaux enfuis de la *remuda*.

– Où est Webb? demanda-t-il à Zeke, comme celui-ci accourait vers lui.

– Retourné avec sa maman, répondit Zeke.

Benteen parcourut du regard le camp réduit à un fourmillement d'hommes courant en tous sens à pied ou à cheval. Il ressentit le besoin impérieux de s'assurer que sa famille était indemne, mais chaque minute de retard signifiait que le bétail volé serait plus difficile à rattraper. S'il voulait récupérer le troupeau, il fallait se lancer à sa poursuite sur-le-champ, d'autant plus qu'il faisait presque nuit.

Dès que Benteen eut quitté le campement à bride abattue, Lorna se redressa et s'appuya contre le chariot. Partout retentissaient des cris, des coups de feu, des bruits de galop.

Elle s'avança dans ce chaos à la recherche de Webb et d'Arthur, se frayant un passage à travers les chevaux, repoussant une croupe, abaissant une tête. Elle tenta de gagner l'endroit où elle avait vu ses enfants pour la dernière fois. On se précipitait de tous côtés, ce qui la gênait pour avancer. Elle commença à s'affoler, mais s'efforça de lutter contre sa peur.

– Par ici, madame! hurla une voix.

Elle eut à peine le temps de reconnaître un cow-boy qui courait dans sa direction : il lui jeta presque Webb dans les bras. Lorna sentit ses genoux se dérober, plus à cause de l'émotion que du poids de l'enfant de trois ans et demi. Elle l'étreignit, lui passa une main dans les cheveux et sur le visage.

– Tu vas bien?

Sa voix tremblait, bien que la jeune mère s'efforçât de paraître calme. Elle avait une boule dans la gorge et les yeux humides.

– Oui, approuva le gamin. Je n'ai pas eu peur du tout, maman. Et toi?

– Un peu, reconnut-elle en le serrant contre elle avec une fierté toute maternelle. Sais-tu où est ton frère?

Il fit non de la tête.

– J'ai laissé tomber ma corde. Zeke a dit que je la retrouverais plus tard.

– Oui, plus tard, répéta Lorna en regardant autour d'elle. D'abord, nous allons chercher ton frère.

Les chevaux affolés avaient éparpillé les braises du feu, privant le camp de lumière. Lorna regarda par-dessus son épaule et distingua huit cavaliers qui galopaient dans la nuit tombante. Elle comprit que Benteen se trouvait parmi eux, bien qu'elle fût incapable de le distinguer.

Le camp retrouva son calme après leur départ. Les cow-boys restés sur place commencèrent à remettre de l'ordre. En serrant très fort la main de Webb, Lorna s'avança sans savoir par où commencer ses recherches.

Lorsqu'elle aperçut Rusty marchant comme un automate, avec un enfant dans les bras, une seconde vague de soulagement déferla sur la jeune femme. Mais, en s'approchant, elle sentit que quelque chose n'allait pas. Rusty était livide. Ses yeux exprimaient une peine immense. Le cœur de Lorna commença à tambouriner, se mit à cogner plus fort à chaque pas. Son regard se posa sur le petit garçon, immobile dans les bras du vieux cuisinier. Il avait les yeux fermés, semblait endormi, mais il ne suçait pas son pouce. Lorna essaya de sourire. Elle appela l'enfant pour le réveiller.

– Quel malheur... dit Rusty d'une voix tremblante. Une balle perdue... Un ricochet, peut-être...

Une larme perla au coin de ses yeux.

– Non, murmura Lorna en secouant la tête. Il est seulement endor...

Lorsqu'elle prit son fils dans ses bras, elle sentit du sang tiède et visqueux.

Une horrible douleur lui déchira la poitrine. Elle prit le corps inerte de son petit garçon dans ses bras et le pressa contre elle comme pour lui redonner la vie. Incrédule, elle scruta son joli visage pour y déceler quelque signe de vie.

– Non, non... (Elle murmurait sans s'en rendre compte cette protestation éplorée.) Non, non, non...

Elle pressa sa joue contre la petite tête, ferma les yeux et se mit à bercer l'enfant.

– Le bon Dieu, dans le ciel, il est pas juste, déclara Rusty d'une voix épaisse.

– Qu'est-ce qu'il a, Arthur? demanda Webb en tirant sur la jupe de sa mère.

Elle ne l'entendit pas.

Rusty renifla bruyamment et se frotta le nez.

– Viens avec moi, fiston.

Son ton bourru était empreint de bienveillance.

Lorna tomba sur les genoux en sanglotant. Puis elle s'assit par terre, en serrant toujours l'enfant, et continua à le bercer. Elle n'avait nullement conscience des bruits du camp, des cow-boys qui parlaient à voix basse, les yeux brillant de chagrin, ni de l'obscurité qui avait envahi le ciel.

Ce fut Rusty qui dut coucher Webb et répondre à ses questions.

– Pourquoi maman elle tient Arthur dans ses bras et elle pleure?

– Parce qu'il est parti.

– Et je vais partir moi aussi?

– Non, toi tu restes ici pour prendre soin de ta mère.

– Mais où il est parti, Arthur?

– Loin. Très loin. Mais tu le reverras un jour. Dors maintenant.

– Est-ce qu'on cherchera ma corde demain matin?

– Oui. Mais il faut dormir.

Le brave homme resta assis près du lit de l'enfant jusqu'à ce qu'il se fût endormi, puis il se glissa dehors.

Un feu brillait vivement, éclairant la mère qui tenait son fils dans ses bras pour la dernière nuit. Rusty trouva une couverture et la posa sur ses épaules. Elle ne parut pas le remarquer. Rusty se sentit soudain très vieux. Il en avait tellement vu! Il leva les yeux vers le ciel, le ciel infini.

A l'aube, Benteen rentra au camp. On avait fini par récupérer les bêtes volées par les Indiens. Benteen avait laissé ses hommes près du troupeau, au cas où les agresseurs tenteraient une nouvelle offensive. Tout d'abord, le silence inquiétant qui régnait dans le campement le frappa. Mais lorsqu'il aperçut sa femme enveloppée dans une couverture et berçant le petit Arthur, sa fatigue disparut. Il sauta au bas de son cheval sans prendre le soin de l'attacher et marcha vers Lorna. Rusty lui barra le chemin. Il avait la mine défaite et les yeux rouges.

– C'est pas facile à dire... commença le cuisinier. Une balle perdue... (Il regarda en direction de Lorna.) Elle a passé la nuit assise là.

Benteen poussa un grognement de douleur,

écarta Rusty et s'avança vers Lorna à grandes enjambées. Lorsqu'il se tint en face de la forme recroquevillée, il eut du mal à respirer. La vision de son fils sans vie lui brûlait les yeux. Il tituba, miné par une affreuse douleur. Il ouvrit la bouche, mais aucun son n'en sortit. Il se baissa. Il sentait ses bras désespérément vides.

– Tu as le droit de pleurer, chuchota Lorna.

Il posa une main sur ses yeux et serra les dents.

– Je suis impardonnable.

Il se sentait coupable de ne pas avoir su mettre sa famille à l'abri du danger, de ne pas être resté avec son épouse.

– Tu as récupéré le bétail? demanda Lorna.

– Oui.

– Tu devais y aller, Benteen, affirma la jeune femme sur un ton calme. Tu n'aurais rien pu faire ici si tu étais resté. Tu devais y aller.

Quand, à la fin, Benteen put tendre la main, il avait les yeux pleins de larmes. Il regarda sa femme un long moment, puis prit leur fils dans ses bras.

– Je l'emporte maintenant, Lorna.

A contrecœur, elle abandonna l'enfant à Benteen et le regarda l'emmener vers le chariot-cuisine. Elle savait que Benteen avait besoin de dire adieu à Arthur.

28

On utilisa le bois de construction de la maison pour fabriquer le cercueil d'Arthur. Les charpentiers s'en seraient chargés, mais Zeke insista, prétendant que c'était son devoir, car il avait déjà fait le berceau.

On creusa une tombe à l'ombre des cotonniers, près de la rivière où le petit avait joué si souvent. Des cow-boys des Trois C avaient repéré un prêtre itinérant qui tentait de sauver des pécheurs au *Blue Moon*. Ils ne s'étaient pas perdus en longues explications et l'avaient tiré du saloon pour le jucher sur un cheval, en direction des Trois C. Un cow-boy pouvait être mis en terre avec un simple discours à l'intention de son créateur. Mais, pour les hommes du ranch, le petit garçon – le petit garçon de Mme Calder – avait besoin d'un vrai sermon. C'était leur façon à eux de montrer leur respect à leurs maîtres.

Le récit de la tragédie s'était répandu hors des frontières des Trois C. Outre Mary et Ely, un couple de fermiers voisins, Frank Fitzsimmons et lady Crawford s'étaient joints aux parents endeuillés.

C'était un matin froid et vif. Un petit vent faisait bruire les feuilles rousses des cotonniers. L'atmosphère était imprégnée de chagrin et de tendresse pour le petit disparu, mais le vent glacé de la vengeance soufflait aussi sur les fusils attachés aux ceinturons de Benteen et de ses hommes.

Le prêtre, qui le remarqua, termina son sermon par une exhortation au pardon :

– Et faites que Dieu ait pitié des âmes de ceux qui ont perpétré le crime. Amen.

Tout d'abord, Benteen et Lorna s'approchèrent pour lancer une poignée de terre dans la tombe. Ensuite, les cow-boys défilèrent un par un. Lorna avait les yeux brillant de larmes, mais elle se tenait droite. Benteen était à ses côtés. Le prêtre leur offrit ses condoléances. Lorsqu'il eut terminé, Benteen passa son bras autour de la taille de sa femme, et ce geste silencieux lui donna du courage. Mary étreignit son amie en pleurant. Puis lady Crawford s'approcha, le visage dissimulé sous un voile noir. Elle embrassa Lorna, puis s'adressa à son fils :

– Il ne faut pas te venger. (Sa voix était calme, mais le voile cachait l'expression de son visage.) Cela ne te rendra pas ton fils, Benteen.

– Non. Mais...

Même s'il approuvait, cela ne changerait rien à sa décision.

– Tu es fou, poursuivit Elaine. Envoie tes hommes après ces assassins, mais ne risque pas ta vie. Qu'adviendrait-il si tu étais blessé ou tué? Tu dois penser à ta femme, à ton autre fils... et au ranch, au lieu de te conformer à ce stupide code d'honneur viril.

– On ne commande pas ses hommes en se mettant à l'abri, répondit Benteen avec amertume. Et l'on ne reste pas là, à ne rien faire, alors qu'on vole vos bêtes et qu'on tue votre fils.

– Laisse quelqu'un agir à ta place. C'est à la loi de trancher.

– Il n'y a pas de loi, ici. Il n'y a qu'une justice, *la nôtre.*

Lady Crawford intercéda auprès de la jeune femme :

– Lorna...

– Benteen a raison, répondit celle-ci d'une voix incertaine. S'il ne les punit pas, qui le fera?

Lady Crawford s'éloigna à la hâte. Bull Giles apparut alors devant Benteen, les paupières rouges de chagrin. Mais une sombre colère couvait dans ses yeux. Il remua les mâchoires, s'efforçant de trouver les mots qu'il fallait.

– Prêtez-moi un cheval, Calder, dit-il. Je me joindrai à vous.

– Nous n'allons pas poursuivre les Indiens, précisa Benteen, mais Ed Sallie et sa bande.

– Je vous indiquerai où les trouver, rétorqua Bull.

Benteen accepta l'offre de son rival :

– Dites à Barnie de seller un cheval pour vous.

Après le départ de Giles, le couple en deuil se retrouva, seul, devant la tombe à moitié remplie de terre. Benteen se tourna vers Lorna. Elle sentit sa grande main dans son dos et leva la tête. Ses yeux se rivèrent à ceux de son mari, pleins d'amour et de désespoir. Il l'attira contre lui et posa ses lèvres dures sur les siennes. Son baiser était une promesse de renouveau de vie et d'amour éternel, un amour qui durerait aussi longtemps que l'herbe verdirait à chaque printemps. Quand il s'écarta, elle garda les yeux fermés. Des selles craquèrent, des sabots résonnèrent sur la terre. Lorna souleva les paupières pour voir les cow-boys repartir à cheval. Benteen monta en selle à son tour. Elle le suivit des yeux jusqu'à ce qu'elle le perde de vue.

Sur l'invitation de Lorna, le prêtre resta déjeuner, puis il escorta Mary chez elle. Pendant le repas, lady Crawford garda le silence. Rusty et Shorty s'étant chargés de Webb, Lorna resta seule.

Elle avait déjà eu son temps de larmes et de prières, elle avait maintenant besoin d'un exutoire à son chagrin. Elle se mit donc à ranger les affaires d'Arthur au fond de la malle. Tandis qu'elle pliait une chemise, la porte s'ouvrit sur la mère de Benteen.

– Vous avez encouragé votre époux à se venger pour vous enfuir pendant ce temps.

Lorna se tourna lentement, abasourdie par cette accusation.

– Vous vous trompez, madame. Je ne m'en vais pas, et je n'ai jamais eu l'intention de m'en aller. Ce ranch est *ma* maison. Ce n'est pas parce que vous n'appréciez pas ce mode de vie que toutes les femmes éprouvent le même sentiment.

– Vous n'êtes pas heureuse ici. Je m'en suis aperçue. Personne n'aimerait vivre et se battre ainsi, surtout pas une femme.

Les doigts de Lorna s'enfoncèrent dans le tissu de

la chemise. Elle la posa brusquement, puis s'avança vers lady Crawford, et, lui prenant le bras, la poussa vers la carte dessinée par Benteen.

– Vous voyez ça? Savez-vous ce que c'est? interrogea-t-elle.

– Une carte, répondit Elaine en haussant les épaules.

– C'est la carte du ranch et de notre avenir. Toutes ces terres appartiennent à Benteen. C'est la raison pour laquelle je suis ici : je travaille aux côtés de Benteen pour bâtir ce ranch. Si vous étiez restée avec son père, peut-être auriez-vous construit ensemble un ranch comme celui-ci au Texas.

– Seth ne valait pas la moitié de ce que vaut Benteen, déclara Elaine. Il était incapable de distinguer ses rêves de la réalité.

– On commence par des rêves et l'on bâtit sur eux. Ce ranch n'était qu'un rêve le jour où nous avons posé le pied sur cette terre. Je commence à comprendre que toute votre vie s'est passée à prendre, à saisir tout ce que vous pouviez. Pourquoi êtes-vous ici, au juste?

– J'ai peut-être découvert que je n'avais pas pris suffisamment, déclara Elaine, la tête haute.

Lorna pencha la tête de côté; en lady Crawford, elle ne voyait qu'un beau coquillage vide.

– Vous auriez été heureuse que je quitte Benteen?

– Quelle absurdité! se récria Elaine. Je n'ai rien contre vous. Tous les hommes ont besoin d'une épouse. Benteen n'est pas différent.

– Une épouse... Vous parlez comme si la femme n'était pas un être véritable, mais juste bonne à servir.

– Je crois que vous ne comprenez pas bien la situation. Grâce à mon argent et à ce qui me reste d'influence, je peux faire de Benteen l'homme le plus riche du pays.

– Je n'ai aucun doute là-dessus, reconnut Lorna, mais je ne crois pas que ce soit ce qu'il attend de vous.

– L'instinct maternel, supposé être si fort en toute femme, me fait défaut. Je ne peux être ce que je n'ai jamais été.

Cette affirmation n'était nullement une apologie.

– Alors, cessez de vouloir éveiller de l'amour en votre fils, conseilla Lorna. Si vous n'éprouvez rien pour Benteen, n'agissez plus ainsi avec lui. Soyez son associée, son financier, mais ne le laissez plus se demander si la mère qu'il a toujours désirée lui est revenue.

Ce plaidoyer ne reçut point de réponse. Lady Crawford s'approcha nonchalamment de la malle où Lorna rangeait les vêtements. Elle prit une robe qui se trouvait sur le dessus.

– Pourquoi ces bagages?

– J'ai décidé de déménager dans la nouvelle maison, répondit Lorna. Nous pourrons nous installer dans deux pièces en attendant que le reste soit achevé.

– Je vois, murmura lady Crawford en laissant retomber la robe.

Elle quitta la cabane dans un bruissement de soie noire, laissant Lorna perplexe.

Benteen obligea son cheval à passer du pas de course allongé au trot dès qu'il aperçut le bâtiment rustique, niché contre la falaise qui s'élevait derrière la rivière. Les cavaliers qui l'accompagnaient ralentirent à leur tour et se regroupèrent.

– C'est ici.

Bull Giles venait de confirmer qu'ils avaient atteint leur destination. Les arbres abattus rendaient toute approche impossible. La construction principale était adossée au rocher; une remise et un corral s'élevaient à droite. Devant, se trouvait une sorte de cabane. La falaise empêchant l'accès par-derrière, Benteen arrêta son cheval. Il était assez loin pour ne pas être repéré.

– Combien sont-ils? demanda-t-il à Giles.

– Sept, la dernière fois que je les ai vus.

Benteen n'avait pas laissé son ranch sans défense : il n'avait emmené avec lui que dix hommes, sans compter Bull.

– Vous pensez encercler le corral? s'enquit Giles.

– C'est mon idée, répondit sèchement Benteen.

– Je viens avec vous.

Barnie éparpilla des hommes derrière les arbres, tandis que Calder plaçait les autres en un grand cercle qui enserrait la berge. Il y avait du mouvement dans les bâtiments mais cela ressemblait à une activité normale.

Les hommes des Trois C s'étaient presque déployés en position d'attaque lorsque Benteen entendit un cri venant du bâtiment principal, suivi d'un sifflement de balle. Il enfonça les éperons dans les flancs de son cheval, et, ventre à terre, sortit de l'abri des arbres.

Tout à coup, un crépitement déchira l'air : les hommes de Calder ripostaient. Des silhouettes se hâtèrent à travers la clairière, puis prirent position. Benteen vida son chargeur. Les balles sifflaient autour de lui. Dans le corral, des chevaux se mirent à hennir. Dès qu'il eut atteint la clôture, Benteen sauta à bas de sa monture et courut se réfugier derrière un abreuvoir pour recharger son arme. Une balle atteignit le cheval de Vince. La bête s'effondra, mais le cow-boy réussit à se libérer et rampa vers un massif de ronces pour se mettre à l'abri.

Benteen jeta un coup d'œil en direction de la cabane et vit Barnie. Il se sentit la bouche sèche, mais des gouttes de sueur perlaient à sa lèvre supérieure. Pendant que Bull Giles progressait parmi les chevaux dans le corral, Benteen cribla la porte de balles pour le couvrir. De l'eau rejaillit sur son visage, projetée par une douille qui avait effleuré la surface de l'abreuvoir. Une pluie de balles crépita sur l'eau. Benteen s'éloigna en rampant et rejoignit Bull dans le corral. Il l'entendit lui dire :

– Ça peut pas être pire à l'intérieur.

– Dans le hangar! ordonna Calder.

Woolie et un autre, aplatis par terre, tiraient sur le hangar. Benteen les prévint que lui et Bull y entraient. Les deux hommes se précipitèrent sur la porte en déchargeant leurs fusils. Lorsque la poussière et la fumée se dissipèrent, l'un des trois bandits qui se trouvaient à l'intérieur gisait les tripes à l'air.

– Et les autres? demanda Benteen, le souffle court.

– Morts.

Il se glissa près de la fenêtre en prenant soin de ne pas se montrer. En se baissant, Benteen fonçait vers la deuxième ouverture de la cabane quand il sentit quelque chose d'humide lui couler sur les côtes. Il glissa sa main sous sa veste et la retira rouge de sang. Une balle l'avait éraflé, il n'aurait pu dire quand. Bull le rejoignit et scruta les environs.

– Barnie est à la cabane, annonça-t-il. Vince et Bob sont au coin du hangar.

Benteen remarqua une lanterne accrochée près de la porte et la décrocha.

– Nous allons mettre le feu à la baraque.

Pendant qu'il grattait une allumette sur son pantalon et allumait la lanterne, Woolie jaillit par la fenêtre et transmit le message aux hommes de la cabane. Benteen tira sur la lanterne; le feu se propagea presque aussitôt au bois du hangar.

– Tenez-vous prêts, ils vont sortir! avertit Benteen.

Trois hommes franchirent en effet la porte du bâtiment principal : ils étaient armés. Le manteau de l'un était en flammes; il roula par terre, brûlé vif. Le second tomba dans le feu en hurlant. Le troisième, un barbu, avec un vêtement en peau de buffle, était indemne.

– C'est Sallie, dit Giles.

– Arrêtez de tirer! ordonna Benteen à la ronde.

Les hommes des Trois C sortirent de leurs abris et s'approchèrent à grands pas d'Ed Sallie. Le gros homme fit un effort désespéré pour s'échapper.

Ses yeux roulaient dans leurs orbites; il ressemblait à un animal traqué qui ne trouve plus d'endroit où se réfugier.

– Qu'est-ce qui se passe?

– Tu le sais très bien, Ed Sallie, répondit Benteen en le menaçant de son fusil. Tu as oublié le troupeau que tu as essayé de me voler? Mon fils a été tué.

Derrière le bandit, l'incendie ronflait. Les flammes, en s'attaquant aux poutres sèches, faisaient un bruit d'enfer.

– J'ai volé le bétail de personne, protesta Sallie.

– Il ment, patron, dit Vince Garvey.

Vince s'avança vers le cercle formé par les cowboys et jeta par terre un fouet de cuir portant la marque des Trois C.

– C'était en train de sécher sur la clôture, précisa-t-il.

Bull Giles bouscula Benteen et marcha vers le bandit.

– Laissez-moi lui parler, Sallie et moi on cause la même langue. (Il sortit son couteau et coupa une lanière du fouet, qu'il tendit à Barnie.) Attachez-lui les mains.

Deux cow-boys se précipitèrent pour aider Barnie et lièrent les mains de Sallie dans son dos.

Bull commença à aller et venir en brandissant le fouet humide. Il grimaça un sourire à Sallie et lui ôta son chapeau.

– J'ai pas besoin de t'expliquer comment devient le cuir en séchant. (Il commença à nouer un lacet autour du cou du brigand.) Il rétrécit.

– Non! Pas ça! s'écria le bandit. C'est toi qui as organisé la rencontre, Giles!

– Tu veux dire avec Janes? interrogea Bull.

– Oui, approuva Sallie avec frénésie.

– Mais c'était juste pour que tu écartes les Indiens des troupeaux. Peut-être aimerais-tu une seconde lanière de cuir autour de ton cou pour être sûr d'être étranglé avant que je te brûle la cervelle?

– Il m'a payé pour attirer les Indiens sur les Trois C, avoua Ed Sallie.

– *Il?* Par exemple! ironisa Bull Giles.

– Oui! hurla Sallie. C'était pas mon idée.

Bull se tourna alors lentement vers Calder.

– J'ai organisé une rencontre entre Ed Sallie et Loman Janes. Boston a affirmé que c'était seulement pour éloigner les Indiens du Ten Bar... Je ne pouvais pas savoir...

Bull avait trébuché sur les derniers mots.

Benteen ne pouvait douter du chagrin de Giles à la mort d'Arthur. Cette déclaration le remplit de colère, mais il se raisonna; Bull n'avait été qu'un intermédiaire innocent.

– Je n'ai jamais fait tuer un homme pour s'être montré stupide, lança-t-il sèchement.

– Et lui, qu'est-ce qu'on en fait? demanda Barnie en désignant le brigand.

– Pendez-le, ordonna Benteen.

29

Boston, assis à sa table de travail dans son bureau de la banque, suait par tous les pores de sa peau. Il épongea sa lèvre supérieure et son front. Son mouchoir était trempé. Il regarda une nouvelle fois la pendule; son tic-tac régulier était la preuve que le temps s'écoulait.

En entendant frapper à la porte, il prit son revolver dans le tiroir de son bureau et s'efforça de répondre avec calme.

– Oui?

– C'est moi, Janes, répondit une voix assourdie.

Boston reposa son arme dans le tiroir et se leva pour déverrouiller la porte, qu'il referma dès que Janes fut entré.

– Bon sang! Qu'est-ce que tu as dit à ce brigand? explosa Boston. Ne pouvais-tu te contenter d'exécuter convenablement mes ordres?

Janes se raidit en entendant cette accusation injuste.

– Je lui ai répété exactement ce que vous aviez dit. Pourquoi?

– Pourquoi? hurla Boston, fou de rage. Parce que le fils de Calder a été tué par une balle au moment où les Indiens volaient les bêtes. Voilà pourquoi!

– La poisse, répondit Loman en haussant les épaules. Il aurait pas dû amener son fils au rassemblement.

Boston frappa de son poing sur le bureau.

– Je t'ai déjà dit que je ne voulais pas la guerre! Les ordres étaient : voler le bétail et ne pas s'occuper de Calder! J'aurais dû comprendre quand Shorty a été blessé que tu n'étais bon qu'à gâcher les choses.

– J'aime pas qu'on me parle comme ça, menaça Janes.

– Je te paie. J'ai le droit de te dire ce qui me plaît! s'écria Boston. Tu crois que Calder va laisser son fils crever sans rechercher celui qui a fait le coup? Et qu'adviendra-t-il si Bull Giles parle? S'il fait allusion à la rencontre qu'il a organisée entre toi et les bandits?

– Si c'est Giles qui vous tracasse, je lui clouerai le bec, répliqua Janes.

Il avait rougi sous l'insulte.

– En le tuant, je suppose! aboya Boston. Et s'il est déjà trop tard?

– Alors, je me débarrasserai de Calder. C'est ce qu'on aurait dû faire depuis le début.

– Oublie Calder! ordonna Boston.

– Vous avez peur de vous trouver face à face avec lui, pas vrai? Vous m'avez embauché pour faire la sale besogne à votre place. Vous avez pas assez de tripes pour la faire vous-même, jeta Janes.

Boston frappa son contremaître en plein visage.

– Ça suffit!

La main de Janes trembla sur la crosse de son revolver.

– Si vous recommencez, je vous descends, Judd Boston.

Boston recula, en fixant le chien fidèle qui venait de se transformer en un dangereux molosse.

– Retourne au ranch, et essaie de ne pas mettre la pagaille, aboya Boston sur un ton sans réplique.

Janes hésita avant de se diriger vers la porte. En ouvrant, il renifla l'odeur de la peur. Il jeta un coup d'œil sur l'homme en sueur, debout près de son bureau. Une fois dehors, Loman entendit la clé tourner dans la serrure. Il n'éprouvait plus que mépris pour son patron.

Il traversa la rue, détacha son cheval et monta en selle. Cependant, au lieu de se rendre au ranch, il prit la direction du saloon. Il ne tiendrait pas compte des ordres, il rentrerait quand ça lui chanterait.

La ville s'étendait, forme sombre éclaboussée de petits points lumineux. Benteen se redressa sur sa selle et grimaça de douleur. Sa blessure au côté lui faisait mal.

– Woolie, avance-toi et vérifie que le *buggy* de Boston est bien devant la banque.

Woolie quitta la rue principale et prit une petite rue adjacente. L'obscurité l'engloutit. On entendit décroître le bruit des sabots de son cheval dans la nuit. Benteen mit son bai au pas. Il n'était plus fou de rage; l'affrontement près de la rivière avait assouvi sa soif de vengeance. Maintenant, il ne s'agissait que de terminer le « travail ».

Lorna parcourait la maison à deux étages, s'entretenant avec les menuisiers. Soudain, elle aperçut les cow-boys qui rentraient au ranch des Trois C. Certains étaient penchés sur leur selle. Elle marmonna des excuses et se précipita sur la butte pour les accueillir.

Ils étaient moins nombreux qu'au départ. Après le moment de panique qui suivit la constatation que son mari était absent, elle aborda Barnie et l'interrogea :

– Où est Benteen? Et les autres?

– Il faut pas vous inquiéter. Il va bien, assura le cow-boy. Ils sont allés en ville trouver Boston.

La jeune femme se sentit incapable d'attendre tranquillement au ranch le retour de son époux.

– Je vais en ville.

Sa décision n'étonna pas Rusty.

– Vous n'irez pas seule. Barnie va atteler la voiture et vous conduire.

– Est-ce que je peux venir? supplia Webb.

– Non.

Lorna avait déjà perdu un enfant; elle ne voulait pas risquer la vie du second.

Loman Janes jeta la monnaie sur le comptoir pour régler sa consommation. Il fit signe à l'homme du Ten Bar qui était avec lui. Dehors, il fit halte sur le trottoir pour inspecter la rue. Instinctivement, il rajusta son ceinturon sur ses hanches étroites et aperçut alors quatre hommes à cheval qui descendaient la chaussée sans se presser. Il n'y avait pas à s'y tromper; il reconnaissait la silhouette massive de Giles et celle, plus élancée, de Calder. Janes sortit de la lumière projetée par le saloon et se cacha dans l'ombre. Puis il siffla doucement ses hommes. Ainsi, les craintes de Boston se confirmaient... Janes dispersa ses acolytes en leur donnant des ordres à voix basse. Pour lui, c'était clair et net : quand on « veut » un homme, on l'exécute.

Le regard de Benteen, aux aguets, allait et venait d'un côté de la rue à l'autre. Un cow-boy entra dans le saloon, des silhouettes se mouvaient dehors, mais tout semblait normal. Benteen se demanda si Boston était à sa banque, car Woolie n'était pas encore revenu.

De son côté, Woolie avait remarqué un cow-boy appuyé contre le mur, au coin du bâtiment, en haut de l'allée. Son front se plissa d'inquiétude. Que faisait ce type? Il s'approcha et vit briller le canon d'un fusil. Il reconnut l'homme pour appartenant au Ten Bar. Woolie poussa un cri d'avertissement et chargea droit sur le cow-boy, qu'il abattit sur-le-champ. En entendant le cri, Benteen tira un coup sec sur les rênes de sa monture.

Soudain, les sons lui parurent plus nets, les odeurs plus fortes, les images plus précises. Le temps de réagir, il fit quitter à son cheval le milieu de la rue, juste comme une balle traversait l'air. Les cavaliers offraient de trop grandes cibles pour leurs adversaires tapis dans l'ombre.

Woolie et Benteen sautèrent à bas de leurs montures. Une balle s'enfonça dans l'épaule du second et l'envoya rouler contre le bâtiment. Il réussit à ramper jusque derrière un tonneau pour s'abriter. Son bras gauche pendait, inutile.

Le pouls battant fort dans sa gorge, le souffle court, Benteen scruta le côté opposé de la rue, essayant de localiser ses ennemis. En levant ensuite les yeux, il remarqua un détail étrange : toutes les fenêtres du premier étage de la banque étaient éclairées, sauf une, qui était ouverte, de surcroît. Benteen distinguait le rideau, qui volait au vent. Il tira trois coups et vit une forme s'effondrer sur l'appui.

Mais, ce faisant, il venait de signaler sa position. Aussitôt, des balles crépitèrent sur le tonneau, pulvérisant le mur juste au-dessus de sa tête. Benteen s'aplatit par terre et ouvrit le feu, soutenu par Jessie. Plusieurs hommes du Ten Bar s'effondrèrent, touchés à mort.

Tout à coup, un *buggy* dévala la rue à grand fracas. Benteen se colla contre le mur et reconnut avec stupéfaction le chapeau melon de Judd Boston.

De l'autre côté de la rue, une voix cria :

– Tirez-vous de là, on va coincer Calder!

Boston arrêta le *buggy* au milieu de la chaussée.

– Pauvre imbécile! (Il se leva sur son siège et se retourna.) Calder, ça n'est pas moi qui ai donné ces ordres! Janes a agi de sa propre initiative...

– Sale bâtard! grogna Janes dans l'ombre.

On tira deux coups successifs. Boston retomba sur son siège. Les chevaux prirent la fuite, entraînant la petite voiture. Benteen en profita pour traverser la chaussée et se cacher derrière une charrette.

Son épaule battait comme un tambour, du sang lui coulait le long du bras. Il lécha ses lèvres desséchées et essaya de localiser une nouvelle fois les attaquants grâce aux bruits.

Boston était mort. Bien qu'il détestât Loman Janes, Benteen ne pouvait s'empêcher de l'admirer. Il avait ses idées, il allait jusqu'au bout de ce qu'il entreprenait.

On entendit alors une galopade. Benteen apparut derrière la charrette et fit feu. Un homme du Ten Bar le visa à son tour; le projectile lui effleura la cuisse. Benteen sentit comme une brûlure au fer rouge. Aussitôt, il abattit son agresseur.

Un sourire de satisfaction avait étiré les minces lèvres de Janes lorsqu'il avait vu Boston s'effondrer. Ce sale type voulait lui faire porter toute la responsabilité de l'affaire. Il n'avait eu que ce qu'il méritait! Janes était certain que la silhouette qui s'était lancée derrière le *buggy* était celle de Benteen Calder. Pendant ce temps, Giles avait reçu une balle dans la jambe et ne pouvait se déplacer.

Avec son bras gauche blessé, Benteen eut du mal à recharger son fusil. Il dut s'appuyer contre le mur de la banque. De l'autre côté de la rue, il aperçut Bull un peu sur la droite. Benteen avait une position moins avantageuse car il pouvait être cerné.

Lorsque Bull distingua une forme qui se déplaçait lentement, il ne fut tout d'abord pas certain qu'il s'agissait d'un homme. Puis, soudain, il découvrit avec un frisson que c'était Loman Janes qui se glissait le long du mur de la banque, dans le but de surprendre Calder par-derrière. Bull ouvrit la bouche pour crier, mais aucun son n'en sortit. Si Benteen mourait, Lorna deviendrait veuve. Cette horrible pensée s'imposa à lui. Il garda la bouche fermée, se maudissant intérieurement.

Maintenant, il était trop tard pour prévenir Calder : Janes était tout près. Sans savoir ce qui se préparait, Benteen avançait à pas lents, rasant le bâtiment, tendant l'oreille, à l'affût du moindre bruit. Il n'entendait plus que sa respiration et le sang qui cognait contre ses tempes.

– Janes! hurla Bull.

Il tira.

Un fusil fit feu derrière Benteen, qui pirouetta sur ses talons pour faire face à Loman Janes. En l'espace de quelques secondes, il pensa à Lorna, à la maison, et vida son chargeur. Janes toussa. Les yeux pleins d'effroi, il recula avant de s'affaisser sur le tonneau et de glisser à terre.

Aussitôt, les tirs cessèrent et la rue redevint silencieuse.

La bataille était terminée.

Son pistolet dans la main, Benteen toucha son bras gauche, qui le faisait cruellement souffrir. Il s'avança dans la rue en titubant. Hébété, il eut vaguement conscience de silhouettes qui sortaient avec précaution de la banque, et de Bull gisant sur le sol.

Tout à coup, un chariot dévala la rue. Benteen s'arrêta pour le laisser passer, mais le véhicule fit halte devant lui.

Ses yeux hagards distinguèrent Lorna. Elle bondit sur le trottoir. Ce fut seulement lorsque ses mains touchèrent son visage que Benteen comprit que c'était elle.

– Que fais-tu ici?

Il avait une voix sans timbre, mais son regard était vif.

– Je ne pouvais plus attendre, avoua la jeune femme.

Elle dévisagea son époux, cherchant ses blessures à la fois avec ses mains et ses yeux.

– Ramène-moi à la maison, supplia-t-il.

– Je t'emmène d'abord chez le docteur!

Benteen se rappela soudain un événement important :

– Je crois que Giles a reçu une balle qui m'était destinée. Va voir comment il va.

– Mais...

– Je vais bien, Lorna.

Lorna se retourna et ordonna :

– Barnie, conduisez mon mari chez le médecin.

Elle traversa la rue à la hâte. Bull gisait sur le trottoir, le visage d'une pâleur cadavéreuse et le genou gauche ensanglanté. Il avait replié son bras droit sur sa poitrine, rouge de sang. Lorna s'agenouilla près de lui.

Bull souleva la tête et lui sourit faiblement.

– C'est *lui* qui vous a envoyée?

– Oui, avoua-t-elle en se penchant pour examiner les blessures.

En se réveillant, Benteen aperçut les rayons du soleil filtrant par la fenêtre. Il voyait trouble; la pièce où il se trouvait était floue. Une forte odeur d'antiseptique flottait dans l'air. Il lui fallut une bonne minute pour comprendre qu'il était étendu sur une couchette dans le bureau du médecin. Quand il essaya de bouger, un coup de poignard transperça son épaule, lui arrachant une grimace de douleur.

– Reste allongé!

C'était la voix de Lorna. Elle serra doucement le bras de son mari. Les yeux de Benteen se posèrent sur son visage; il avait retrouvé une vision normale. Sa femme était bien vivante, ses lèvres étaient tièdes et douces. Il sentit son parfum à la fois frais et sauvage.

– Je croyais que tu devais me ramener à la maison, lui rappela-t-il.

– Le docteur a préféré que tu passes la nuit ici. Il t'a donné un narcotique pour extraire la balle de ton épaule. Veux-tu la garder?

– Non. Jette-la. (Il toucha son bandage.) Je n'ai besoin de rien pour me souvenir.

Lorna jeta la balle dans une bassine. Elle ne voulait plus revivre le moment où elle avait aperçu son mari titubant dans la rue.

– Comment vont les autres? Woolie, Giles? demanda Benteen avec inquiétude.

– Le cheval de Woolie a été abattu. Lui, a eu une jambe cassée. Jessie a le bras luxé et Bob Vernon a reçu une balle dans la main. Bull... a eu le genou fracassé. Le docteur affirme qu'il est hors de danger, mais il ne pourra plus plier la jambe.

Benteen soupira sans rien dire, conscient de sa dette envers Bull Giles.

– Boston est-il mort?

– Oui.

– C'est insensé, murmura Benteen, perdu dans ses pensées. On dit toujours que les hommes qui vivent des armes meurent par les armes. Boston volait les autres avec des papiers, non pas avec des balles. C'était un voleur rusé, mais il a eu une mort violente.

Il y eut un grattement à la porte. Lorna se retourna sans quitter sa place.

– Oui?

La porte s'ouvrit et lady Crawford entra en faisant tourbillonner sa longue jupe noire en satin. Elle était l'image même de l'indifférence lorsqu'elle traversa la pièce pour s'approcher de la couchette.

– Ainsi, tu faisais partie de cette tuerie, la nuit dernière? fit-elle mollement. Comment te sens-tu?

– Je serai beaucoup mieux dès que je retournerai au ranch, déclara Benteen en glissant ses doigts entre ceux de Lorna.

– Je suis certaine que ta femme te soignera bien, quoique... je ne lui envie pas cette tâche. Quant à moi, je pars. Le gouverneur m'a invitée à passer une semaine dans sa famille. Cela vaut le déplacement, je crois.

– Sans doute, approuva Benteen.

Lorna sentit de la résignation dans sa voix.

– Malheureusement, il faudra patienter quelque temps avant que M. Giles soit rétabli. Je devrai voyager seule, en attendant. Il pourra reprendre ses activités dans une quinzaine de jours.

– Je suis heureux de savoir qu'il va mieux, assura Benteen en regardant Lorna.

Il ne redoutait plus l'amitié de Giles pour sa femme, et il l'avait prouvé la veille.

– Je suis sûre que tu n'es pas en état de parler affaires, continua Elaine. Je te recontacterai plus tard.

Lorna commençait à peine à comprendre la froideur apparente de lady Crawford. Une mère « ordinaire » aurait dû s'inquiéter de voir son fils blessé et ne pas le quitter avant qu'il fût rétabli. Mais lady Crawford ne manifestait aucune émotion. Et cela délibérément, pour ne pas importuner son fils. Lorna éprouva de l'admiration et du respect pour elle.

– Au fait, Benteen, reprit Elaine, j'ai déposé une plainte auprès du gouvernement canadien au sujet du bétail volé par les Indiens. Il va te dédommager pour les pertes subies.

Benteen leva un sourcil, agréablement surpris.

– Voilà d'excellentes nouvelles.

– J'étais sûre que cela te ferait plaisir, fit Elaine en souriant. Maintenant je dois m'en aller. Soigne-toi bien.

Son ombrelle à la main, elle glissa vers la porte. Lorna abandonna la main de Benteen.

– Je reviens dans une minute, promit-elle en se précipitant derrière sa belle-mère et en fermant soigneusement la porte derrière elle.

– Désirez-vous quelque chose? demanda Elaine avec un petit mouvement de tête quand la jeune femme la rejoignit.

– Vous remercier, répondit Lorna.

– Me remercier?

– Oui. De ce que vous avez fait pour votre fils. C'était très généreux de votre part.

– Oui, eh bien... (Lady Crawford s'absorba dans la contemplation des gants qu'elle tenait à la main.) Il y a une chose que je n'ai pu lui donner... Mais j'ai pu réaliser certains de ses rêves.

– Merci, répéta Lorna.

Elaine s'échappa par la grande porte avant que Lorna ait réussi à ajouter quoi que ce fût. D'ailleurs tout avait été dit.

La jeune femme retourna alors vers Benteen et le trouva assis sur la couchette, en équilibre précaire.

– Chase Benteen Calder! Que fais-tu?

Elle se précipita pour le soutenir.

– Nous rentrons à la maison, non? Qu'as-tu dit à ma mère?

– Rien.

Trois semaines plus tard, le mobilier acheminé par bateau arrivait au ranch. Lorna surveilla les hommes pendant qu'ils déballaient le bureau et l'installaient dans la salle d'étude. Elle fit accrocher la carte sur le mur et rangea les papiers de

Benteen dans les tiroirs. Pour finir, elle disposa deux fauteuils devant l'immense cheminée.

En entendant Webb galoper sous le porche pour accueillir son père qui revenait de la prairie, Lorna s'avança, elle aussi. Benteen avait encore l'épaule raide, il avait maigri et, cependant, il ne faisait pas l'ombre d'un doute qu'il avait repris la compagnie Calder en main.

Webb grimpa sur le dos de son père mais Benteen le reposa à terre aussitôt entré dans la maison; il regarda Lorna de cette façon qui lui faisait battre le cœur.

– Le dîner est prêt?

– Je n'ai même pas commencé, avoua-t-elle en riant. (Elle prit son mari par la main, comme si c'était un enfant.) Je voulais te montrer quelque chose.

Tout excitée, elle l'attira vers la porte du bureau, qu'elle ouvrit, et se retourna pour guetter sa réaction.

– Les meubles sont arrivés ce matin, après ton départ.

– La carte, remarqua Benteen avec un sourire. J'aime beaucoup. Mais il manque quelque chose sur le manteau de la cheminée.

Lorna se dirigea vers le bureau et sortit du tiroir le portrait de lady Crawford :

– Veux-tu que nous l'accrochions?

Elle le tendit à Benteen. L'émotion déforma ses traits rudes. Il poussa un soupir.

– Non. Mets-le ailleurs, où tu voudras.

Il ne subsisterait rien des vieux rêves ni de l'ancienne amertume. Lorna traversa la pièce et embrassa son époux.

– J'espérais bien que les fantômes s'étaient enfuis, murmura-t-elle contre les cheveux de Benteen.

Il eut un petit rire amer.

– Tu imagines Webb l'appelant « grand-mère »? Elle serait horrifiée! s'écria Benteen en enlaçant sa femme pour la serrer contre lui. (Puis il ajouta, au bout d'un moment :) Ne pourrais-tu pas persuader ton fils d'aller jouer dehors une petite heure?

– Une petite heure? répéta Lorna, provocante. Tu n'es pas très vaillant!

– Adorable petite idiote...

Il ne termina pas sa phrase : Lorna lui avait offert ses lèvres.

ÉPILOGUE

1902

Au petit matin, Benteen conduisit deux chevaux au camp. En le voyant revenir, Lorna jeta le marc tombé au fond de sa timbale. Ce café n'était pas aussi bon que celui de Rusty. Elle sourit au mince petit homme nommé Bogie qui avait pris la place du cuisinier. Elle regrettait l'irascible Rusty aux favoris blancs, qui était mort tranquillement dans son sommeil, une nuit. Lorna ne lui avait jamais dit combien elle l'aimait.

Consciente du regard de son mari, la jeune femme secoua la tête pour chasser sa tristesse, et sourit. Les yeux sombres de son époux glissèrent sur elle. Elle portait un pantalon qui lui moulait les hanches et dont le tissu neuf bruissait à chaque pas. Lorna était aussi belle que le jour où il l'avait épousée, songeait Benteen, et elle avait nettement plus d'expérience.

Il lui tendit les rênes du cheval rouan, en observant :

– Je crois que tu viens au rassemblement rien que pour porter la culotte.

Il l'aimait vêtue ainsi, mais refusait toujours de l'admettre.

– Je crois que tu me demandes d'y venir rien que pour me voir la porter, rétorqua Lorna avec une impertinence délibérée.

Elle mit un pied à l'étrier et monta en selle avec aisance. Benteen admira la façon dont le tissu du chemisier se tendait sur sa poitrine ferme; il désirait sa femme comme au premier jour.

– J'aurais dû te faire enlever ces vêtements dès que tu les as mis, au lieu de penser que c'était provisoire. Donnez tant soit peu à une femme, et elle vous demandera tout! Tout le monde jase sur ta façon de monter à cheval comme un homme, ajouta-t-il en riant.

– Je me demande pourquoi les gens en parlent, protesta Lorna. Je ne suis pas la seule femme à monter à califourchon!

– Mais tu es la seule à porter des pantalons. Les autres portent des jupes longues!

– Essaierais-tu de me dire ce que je dois mettre, Benteen Calder? plaisanta la jeune femme.

– Quelle idée! Tu as toujours fait ce qui te plaisait.

– Pas toujours, rectifia Lorna. Il y eut un temps où l'opinion des autres m'importait. Cette terre m'a appris l'indépendance...

Les époux s'approchèrent de l'endroit où les cow-boys organisaient le rassemblement de printemps. Les vaches étaient flanquées de petits veaux au museau blanc et brillant.

Toutes les bêtes portaient la marque des Trois C sur le flanc. Lorna ne put s'empêcher d'éprouver un sentiment de plénitude en les voyant. Elle contempla l'immense propriété qui leur appartenait, à elle et à son époux.

– Te sens-tu un « baron de la prairie », Benteen?

Elle savait que le mot « baron » l'irriterait.

– Tous les gens qui disent « baron » ne peuvent s'empêcher de penser « baron cupide », dit-il. Je n'ai jamais compris pourquoi le petit fermier attirait la sympathie, alors que le grand propriétaire, lui, apparaissait comme un seigneur tyrannique.

– Autrefois, tu m'as dit qu'il était dans la nature humaine de vouloir ce que possèdent les autres, rappela Lorna.

– Oui, mais un jour, les gens devront reconnaître le *rancher*. Aucun homme ne fait un travail plus dur et plus solitaire, pas même le fermier. Les heures sont longues, les conditions de travail difficiles, et pour toute compagnie, le *rancher* a son cheval. Nous sommes venus à un moment où il n'y avait ni ville ni gens, juste de l'herbe, des chiens de prairie et des Indiens.

Lorna se rappela un hiver récent, qui avait failli les ruiner, comme tant d'autres éleveurs. Après les épaisses neiges de novembre, le vent s'était mis à souffler en janvier et avait transformé la neige en une couche de glace que les sabots du bétail ne parvenaient pas à briser pour atteindre l'herbe. Les vaches étaient mortes par centaines, de froid et d'inanition. Cela avait été un rude coup pour le ranch des Trois C.

– Monsieur Calder!

Le fils de Jessie Trumbo, un gaillard de quinze ans, approchait à cheval. Il appartenait à la nouvelle génération du ranch. Le premier enfant d'Ely et de Mary Stanton avait été une fille, Ruth Ann. Ensuite, ils avaient eu deux garçons : Clément et Toby. Woolie Willis avait épousé une petite rousse, Bob Vernon une danseuse, et il avait un fils de dix-sept ans qui travaillait au rabattage. Vince Garvey et Zeke Taylor s'étaient également mariés et élevaient leurs enfants. Aux Trois C, existait un sens de la continuité, un ordre établi qui donnait un sentiment de permanence.

Benteen tourna son cheval vers le jeune cavalier.

– Papa demande que vous veniez. C'est Capitaine : il est mort.

Le jeune homme tourna en cercle à cheval, déjà prêt à repartir. Lorna poussa un petit cri de regret et tira sur les rênes de sa jument pour suivre Benteen.

On avait retiré des pistes le vieux taureau pour le mettre dans un pâturage quelques années plus tôt.

A cinq cents mètres de l'enclos, le couple rencontra Jessie au bord d'un ravin. Il avait enlevé son chapeau, comme par respect pour un vieux camarade. Il ne restait presque rien de l'animal : les rapaces avaient nettoyé sa carcasse, ne laissant qu'un squelette et de longues cornes.

Le visage triste, Jessie regarda Benteen.

– C'est Capitaine, je reconnais ses cornes.

Cette déclaration fut suivie d'un long silence que Benteen finit par rompre :

– Ramenons-les au ranch. Nous les accrocherons au-dessus de la cheminée.

Lorna approuva de la tête. Le taureau avait joué un rôle essentiel dans le ranch; on rendrait ainsi hommage à sa mémoire et à sa race.

Avant de repartir, Lorna observa son mari, qui scrutait l'horizon.

– Ça t'ennuie, ces clôtures, n'est-ce pas? chuchota-t-elle.

– Les propriétaires n'aiment pas les clôtures, mais ils sont obligés de les subir, expliqua Benteen. Le bétail est devenu trop cher pour que nous courions le risque de le perdre.

En approchant de l'enclos, Lorna aperçut deux cavaliers. L'un d'eux était Webb Calder, un grand jeune homme aux cheveux noirs et aux yeux sombres. Depuis sa naissance, les cow-boys du ranch l'avaient traité comme un des leurs. Ils n'avaient jamais fait le travail à sa place, mais lui avaient tout appris. Bien que très jeune, Webb montrait déjà les signes d'une extrême indépendance.

– Ton fils a insinué qu'il pourrait vivre ailleurs avec les cow-boys, remarqua Lorna. J'imagine que c'est une façon gentille de se détacher de moi et de m'annoncer qu'il est devenu un homme!

– Dis-lui qu'il cesse d'« insinuer », protesta Benteen. Le gouverneur et sa famille doivent nous rendre visite. J'entends que mon fils soit là.

– J'avais oublié, fit Lorna avec une grimace. Elaine se serait chargée de le recevoir, si elle était encore là...

Le couple avait encore du mal à accepter que lady Crawford eût disparu trois ans auparavant, emportée par une attaque. Lady Crawford avait toujours effectué des entrées et des sorties imprévues dans leur vie, et il semblait à Lorna qu'elle était partie bien trop brusquement.

– C'était une femme extraordinaire, murmura Benteen.

Entre la mère et le fils s'étaient peu à peu développées des relations de respect plus que d'affection, ce que peu de gens auraient compris, s'ils l'avaient su.

– Il y a longtemps que nous n'avons pas eu de nouvelles de Bull. Je me demande ce qu'il devient, dit Lorna.

– D'après ce que j'ai entendu dire par les éleveurs, l'hôtel qu'il a ouvert à Denver s'est forgé une belle renommée. Il reçoit la fine fleur de la société, répondit Benteen. Giles a acquis de l'expérience, comme secrétaire de ma mère, garde du corps, et... ami, finalement.

En effet, cela avait été une étrange association que celle de la comtesse et de l'homme au cou de taureau. Bull, habituellement si réticent à toute forme d'autorité, avait exécuté tous les ordres d'Elaine, sans jamais courber la tête pour autant. En mourant, lady Crawford lui avait légué sa fortune. Elle avait écrit à son fils, lui expliquant qu'étant donné qu'elle l'avait aidé à s'enrichir de son vivant, elle ne se sentait pas obligée de lui laisser quoi que ce fût après sa mort.

– Tu n'as jamais été jaloux de ce que ta mère ait tout donné à Bull? demanda Lorna.

Elle jeta un regard oblique sur le beau profil de son époux.

Benteen lui retourna un sourire ironique.

– Au contraire : j'en ai été heureux. (Il amena son cheval tout contre le rouan de Lorna.) Je me rappelle combien tu pleurais en quittant Fort Worth. Es-tu malheureuse ici?

Cette question prit Lorna au dépourvu.

– Pourquoi me demandes-tu cela? Non, je ne suis pas malheureuse ici, c'est ma maison.

– Mais tu aimerais revoir tes parents?

– Oui. Dans sa dernière lettre, maman disait que papa n'allait pas très bien.

– Cet automne, nous pourrons peut-être aller leur rendre visite, suggéra Benteen.

Lorna fixa son mari durant plusieurs secondes, médusée. Elle avait souvent songé ces dernières années à revoir son pays, mais elle pensait que Benteen ne le souhaitait pas, étant donné qu'il avait quitté le Texas pour toujours.

– J'aimerais y retourner, déclara-t-elle simplement.

– Alors, nous allons y penser, dit Benteen. J'en profiterai pour acheter deux taureaux. Lorsqu'une femme cesse de se plaindre, son mari doit lui faire plaisir, précisa-t-il, malicieux.

– Dis, Benteen, regretterais-tu par hasard de ne pas avoir une petite épouse docile qui t'attend à la maison?

Elle le défia, les yeux brillants.

– Ce serait différent si j'avais une épouse qui reste à sa place, se moqua Benteen.

– Mais je reste à ma place, Benteen, et ma place est auprès de toi.

2029
★★★★

Impression Brodard et Taupin à La Flèche (Sarthe)
le 6 juin 1986
6009-5 Dépôt légal juin 1986. ISBN 2 - 277 - 22029 - 9
Imprimé en France

Editions J'ai lu
27, rue Cassette, 75006 Paris
diffusion France et étranger : Flammarion